石岡繁雄が語る

氷壁・ナイロンザイル事件の真実

石岡繁雄
相田武男［著］

あるむ

序

財団法人日本極地研究振興会理事長　鳥居　鉄也

石岡君、いや、あえて、ここでもバッカスと呼ばせてもらった方が、旧制の八高に入学して山岳部入部を誘われて以来の彼とのつき合い、彼の人柄がより読者には理解していただけると思う。

大学はバッカスが名古屋、私は東京と別々になった。以来、二人は山行を共にすることなどはなかったが、その人柄から彼は私にとって身近な存在だった。

「バッカス」は言うまでもなく、ギリシア神話の酒神バッカスにちなんだものだが、彼は単なる酒好きではない。彼は、老若を問わず人の話をよく聞いた。バッカスの周りに多くの人が集まり、議論の場になったゆえんだ。

ナイロンザイル事件で、バッカスは驚異的な粘り強さを見せてくれた。実験に基づく科学的で客観的なデータ、事実の積み重ね、関係する人たちから寄せられた証言の数々は、緻密さ、誠実さ、人の言うことに耳を傾けるという彼の人柄がナイロンザイル事件の解明に反映し、結実したものだ。

昭和二十二年、登攀不可能といわれた穂高・屏風岩中央カンテを旧制中学生らと共に命をかけて初登攀した登山家としての強靭な体力、危険な状況に陥っても冷静さを失わない精神力、知力、体験が、ナイロンザイル事件をたたかったバッカスの人生とダブって見える。五十年余前、従来にない強度を持つとされた最新鋭の保証付きナイロンザイルが簡単に切断し、実弟である岩稜会員が命を失ったことは、ザイルが登山者の命を守る製品である以上、登山家バッカスにとってゆるがせに出来ない問題であった。なによりも安全を第一に考えなければならないと判断したのは、登山家としての人格の根幹そのものであった。同時に、それは社会に共通する問題であった、ということだ。ナイロンザイル事件は、人間性そのものを考えさせる問題でもあった、と思う。

酷寒の北アルプス、一般社会から隔絶した絶壁で起きた思いもかけないザイルの切断。その原因を実験で究明し、社会に訴えたバッカスにとって当時の登山界の常識、社会が向ける目は、登攀することを拒否するようにそそり立つ屏風岩そのものであったに違いない。しかし、バッカスは、高く、巨大な見えない絶壁をじりじりとだったが、着実に克服した。彼の真骨頂である。

平成十八年八月十五日、バッカスは先立った敏子夫人を追って旅立った。本書はバッカス最後の著作、「遺書」である。

二十一世紀を担う人たちに、人の命や安全を無視する社会を繰り返させることがあってはならない、とナイロンザイル事件を通して語りかけるバッカスの肉声が聞こえる。

平成十八年十一月

はじめに――若い人たちに伝えたいナイロンザイル事件

岩稜会会長　石岡繁雄

私は、三重県鈴鹿市に昭和二一年（一九四六）につくられた「岩稜会《がんりょうかい》」という山の会の会長をしています。

岩稜会では、会のスタート時から岩壁の登攀をやっていました。

日本の登山界では、昔から岩壁を登る時、命綱にするロープのことをドイツ語のザイルという言葉をそのまま使っていたんですが、昭和三〇年（一九五五）正月、岩稜会員が、一トン以上の力で引っ張っても切れないとメーカーが保証したナイロン製のザイルで前穂高岳東壁を登攀中、従来の麻ザイルでは考えられない条件で切断しました。これによって、会員一人が北アルプスで転落死したことに端を発した事件が「ナイロンザイル事件」です。

この問題を素材にして、作家の井上靖氏は『氷壁』を執筆、朝日新聞に翌三一年（一九五六）一一月から九か月余連載しました。小説の完結後、作品は同じ題で映画化もされています。二〇〇六年初めには、ＮＨＫテレビでリメーク版の『氷壁』が放送されましたが、ナイロンザイル事件の当事者であり、長い間この問題を訴えて来た私としては、ナイロンザイルの切断ではなくカラビナの破壊に設定が変えられたことで、現実の事件の核心から逸れてしまう結果となり、残念ながら少なからず不満が残る内容でした。

ナイロンザイルは、ある種の条件で致命的な弱点があることを、私たちは実験により突き止めました。登山者が墜落死亡したために、ザイルメーカーは日本山岳会の関西支部長である専門家の指導で公開実験をしたのですが、その弱点をある種の細工をすることによって隠したことから、私たちの長い闘いは始まったのです。

非常に危険な弱点をもつナイロンザイルの切断事故が、この公開実験以来、あたかもザイル切断原因は使い方にあったかのように誤解されることになりました。日本山岳会は、自らが編集する『山日記』に、この公開実験に基づく記述を掲載し、登山者の生命を危険にさらすことになったのです。これは、登山者の安全より企業の利益を優先するという企業犯罪に結果として加担させられた、と言えます。

私たちは、登山者の生命に関わるザイルは、その弱点をメーカーがはっきり認めザイル使用者に明らかにしないと、岩稜会員と同じようなことが繰り返されると考え、メーカーと日本山岳会に弱点の明示を求めたのです。後になって、それは製造物責任賠償法（ＰＬ法）の精神であるとわかったのですが、私たちはメーカーなどに対して、補償や賠償を一切求めることはしませんでした。ひたすら、命に関わるザイルの弱点を明らかにするべきだ、と訴え続けたのです。

事件以来五〇年、ナイロンザイルにかかわってきた私は、大正七年（一九一八）生まれですから八八歳になりましたが、ずっと、この問題は人の生命を考えるという点で、山岳界の問題だけにとどまらない社会全体のテーマであると理解してきました。

ナイロンザイル事件について語ったり、山岳関係の本や雑誌、新聞に書いてきたことは百回にもなるでしょう。しかし、限られた時間、紙数だけに、皆さんに十分理解していただけたとは思っていません。

私たちが体験したことと同じような事件は、今日もなお同じような形で起きています。そういうことが起こるたびに、私は二十一世紀を担う若い人たちに、ナイロンザイル事件の解決がなぜこんなに長引いたのか、企業や学問、科学技術にたずさわる人たちが社会的な責任というものをどう考えて行動したのか、また事件の渦中で示された人間の真実といったことを、理解してもらいたいと思ってきました。本書では、複雑な展開をしたナイロンザイル事件を、できるだけ理解してもらいやすいように語ります。それを、三十数年来ナイロンザイル事件を取材してきた相田武男さんにまとめてもらいました。なお、肩書や役職などは、当時のものをそのまま使わせてもらいました。

平成十八年八月四日

《本書の構成について記しておきます。この本は大きく二部構成になっています。前半が石岡繁雄さんの話を相田が記録したもので、そのなかで取り上げては通読しにくくなる関連事実やエピソード、また参考資料などについては、石岡さんの語りをまとめたあとで補足的に説明し、それらの部分は、この文章と同じようにすこし小さなポイントの文字で《 》に入れたり、資料として見出しを付けて示しました。石岡さんは、小さい文字の部分は読み飛ばしてもナイロンザイル事件が理解できるように語っています。しかしながら、それらを読んでもらったほうが、より深く事件を理解できると思います。

本書の後半には、資料編として当時の石岡さんの著作や関連する文章を掲載しました。資料編は、いっそう専門的にナイロンザイル問題を考えてみようとする読者や登山家のために紙幅の許す範囲で掲載したもので、それぞれの冒頭に資料の簡単な解題を付してあります。さらに詳しい資料に関しては、奥付に記載したホームページから問い合せていただくこともできます。そして、巻末にはナイロンザイル事件関係年表を付しておきました。。

なお、本文中に見られる「今年」「現在」といった表記は、平成十八年を基準にしたもの、また文中の〔 〕内表記は理解を補うために注として入れたものです。本書の本文と資料類は半世紀近くの隔たりとさまざまな発表形態のために、漢字表記、数字や単位記号などが多岐に及んでいます。本文に関してはなるべく統一しましたが、資料類は発表時の雰囲気も考え、必ずしも統一してありません。

——相田武男記》

■石岡繁雄が語る氷壁・ナイロンザイル事件の真実／目次

序　鳥居鉄也　i

はじめに――若い人たちに伝えたいナイロンザイル事件　石岡繁雄　iii

本書の構成について　vi

［氷壁・ナイロンザイル事件の真実］

I　挑　戦……3

下界で初正月　岩稜会誕生のいきさつ
冬期初登攀計画　遭難！
「ザイルが切れた！」「明神五峰でも」
原因究明　報告書だ！
科学的調査の必要

II 疑惑 …… 65

失礼な手紙　手製の実験装置
「登山者の生命守るために——」「切れる」と明言
公開実験への伏線？「手品だ！」
いわれ無き批判　研究者にもインチキ実験
空虚な「論」続出　遺体発見！
判っていた「弱さ」　登山家の良心
詳細に現場調査　裏付け実験
そろった「反証」材料　再び偽る
困難な道を選ぶ　名誉毀損で告訴
岩稜会への激励　東京製綱の実態

III 波紋 …… 149

なぜ面取りを？　『山日記』に問題

出されない反論
これが検事の調書？
公開質問状
無視された登山者の命
続く「ザイル切断」

IV 決着 ……… 183

一日に二件の切断事故
一五年前と変わらぬ弱さ
ザイルの限界をなぜ示さない
追及再開
三重県岳連、再度の取組み
ナイロンザイルの普及
本当の公開実験
命を守る技術
東京製綱の反応
世界初　ザイルに基準
「見守ってくれ」
岩稜会員に支えられた闘い
最後の険しい峰
訂正に向かって急加速
最後の『事件報告書』

本文挿入資料一覧

澤田栄介「前穂高岳東壁遭難報告書」……25
大阪市立大学・大島健司氏からの手紙……39
若山繁二「私達の言葉」草稿……52
石岡繁雄「切れたナイロン・ザイル――〝世にも不思議な出来事〟」……54
木下是雄氏からの手紙……73
名古屋大学工学部での実験……76
今井喜久郎「春期捜索行　昭和三〇年四月二三日～五月六日」……80
今井喜久郎「夏期捜索行　捜索遺体発見から収容まで」……99
加藤富雄「岩登りに於けるザイルの破断とその対策について」……111
篠田軍治・梶原信男・川辺秀昭「ナイロン・ロープの動的特性」
(昭和三〇年秋季応用物理学連合講演会講演予稿集Ⅰ)……128
篠田軍治氏から石岡に届いた手紙……133
『ナイロン・ザイル事件』の冒頭に掲げられた宣告の全文……145
『一九五六年版山日記』「登攀用具」中ザイルに関する記述……152
岩稜会「第一回公開質問状」……161
三重県山岳連盟「ナイロン・ザイル事件論争を終止するに当って」……170

ザイルの切断事故（一九八〇年までの調査）……180
篠田軍治氏から若山富夫への返信……221
篠田軍治氏から日本山岳会『山日記』担当理事への手紙……229
岩稜会が日本山岳会に通知したお詫び案の全文……232
『一九七七年版山日記』に掲載されたお詫びの全文……233

［資料編］

篠田軍治・梶原信男・川辺秀昭「登山用ナイロンロープの力学的性能」……251
岩稜会「前穂高東壁事件について」（『ナイロン・ザイル事件』より）……257
石岡繁雄「ナイロンザイルの強度（下）」……289
斎藤検事からの不起訴理由の告知……297
岩稜会「第二回公開質問状」……305
岩稜会「第三回公開質問状」……313
石岡繁雄「『氷壁』をめぐって」……325
石岡繁雄「ザイルの選び方と使い方――安全基準に関連して」……341

石岡繁雄「ザイルの安全基準はどうなる――安全基準の歴史と今後の方向」…… 363
石岡繁雄・笠井幸郎「登山綱の動的特性と安全装置の研究」………… 402
石岡繁雄・笠井幸郎・山木　薫「登山用緩衝装置の研究」………… 416
石岡繁雄「ナイロンザイルの岩角での実験」（『登山研修』第五号より）………… 426
ナイロンザイル事件関係年表 ……………………………… 427

私にとってのナイロンザイル事件　相田武男　439

表紙・扉写真　二〇〇五年六月、横尾からの前穂高岳　澤田栄介氏撮影

石岡繁雄が語る

氷壁・ナイロンザイル事件の真実

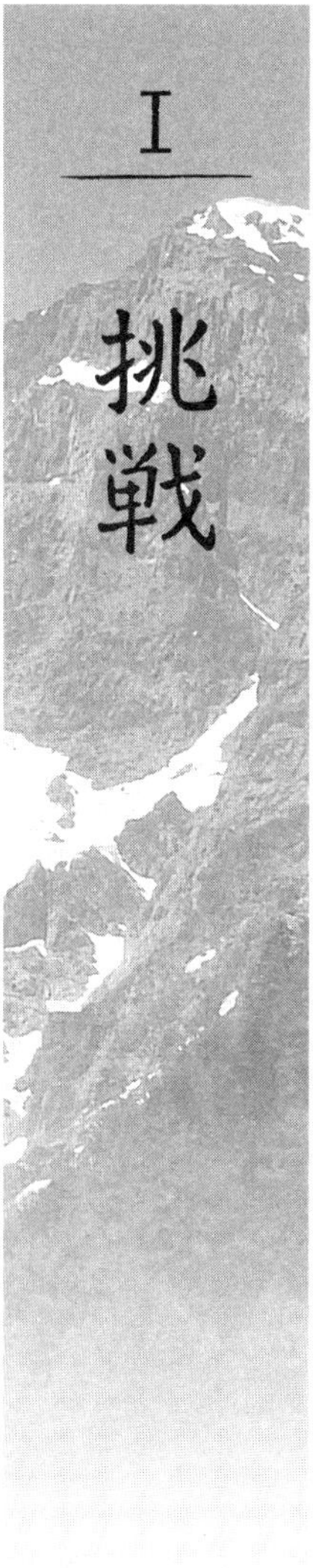

I 挑戦

下界で初正月

昭和二九年（一九五四）の大晦日から新年にかけて、私は、「これでいいのかなぁ」と思うほどぬくぬくとして、三重県鈴鹿市の家で正月を迎えました。

当時は名古屋大学の職員で、大学の近くにあった家に住んでいたんですが、私たちの家族四人は鈴鹿の両親と過ごすため暮れから帰っていたんです。

大晦日の夜は、太平洋戦争中に砲弾や武器を製造するために供出されていたのが返ってきたり、復活したお寺の除夜の鐘の音を久しぶりに、コタツで暖かい思いをしながら聞きましたよ。

元旦、二日と天気は好くて、外では子どもたちのにぎやかな声がしていました。

岩稜会ができて以来、私は毎年暮れから正月には合宿で山に入っていましたから、家で正月を迎えるなんてことは出来なかったんですよ。まぁ、北アルプスの雪の上のテント、寒い中での年越し、新年というのが、当然みたいなものだったですからね、家での正月は、ぜいたくな感じでした。

新年になれば、すぐに私は三七歳になりますので、山で若い会員たちと一緒に活動するには体力的にもついていけなくなった、ということもありますが、私が会長をしていて、合宿で山に入っても指導するということをしていましたから、それをいつまでも続けていては、若い会員が指導的役割を果たすことができないことですからね。そう考えて、岩稜会の会長だけに専念させてもらうということにし、会員に諮《はか》って現役を引退させてもらったんで、暮も正月も自宅で過ごす、という当たり前のことができることになったんです。

山に入ってから、私の代わりに現場で指導にあたるチーフリーダーは、三〇歳前で、私の次に年長であり、経験豊かな石原一郎君にやってもらうということで会員が承知しまして、彼らを暮に送り出したんです。

岩稜会では、昭和二九年（一九五四）度の計画として、厳冬期の北アルプス前穂高岳四峰正面ルー《まえほたかだけよんぽう》トなどの初登攀《とうはん》の目標を立てて、春から夏、秋と活動し、準備をしていました。

暮に入山した岩稜会のメンバーは、

「本当の正月は、初登攀に成功してから」

と、考えていたでしょうね。

そういう事情で、私は石原一郎君のもとでの彼らの活動、登攀成功の結果を自宅で待つことになった、というわけなんです。

暮から元日にかけての彼らが、どんな状況で過ごしているか気にかかってしょうがないんですね。そりゃ、当然ですよねぇ。心配で、というんじゃないんですよ。気分的には、本当のところ現役という気持だったんでしょうね。自分もベースキャンプにでもいるような感じのものでした。

❇ 岩稜会誕生のいきさつ

ここで、岩稜会がどういういきさつで誕生したのかを説明しましょう。

昭和二〇年（一九四五）の八月一五日に太平洋戦争が終わりました。海軍から復員した私は、鈴鹿市にある旧制の三重県立神戸《かんべ》中学（現在の県立神戸高校）の物理の教員になったんです。この年の秋に、生徒の要望で私が部長になって神戸中学に山岳部ができました。翌二一年四月に、山岳部の卒業生を中心に約四〇人が会員になった岩稜会が、民間の山岳会として鈴鹿市に生まれたんです。

戦前、旧制八高（名古屋大学の前身）時代から、穂高の山を中心に登山をしていた私は、名古屋大学（旧・名古屋帝大）に進んで山岳部に所属して以来、山を続けていました。

昭和一七年（一九四二）、繰り上げ卒業で電気工学科を卒業して、海軍に技術士官として入隊したんですが、三年にならないうちに終戦です。約二週間後に復員して、すぐに旧制神戸中学の教師に採用されたんです。

神戸中学の山岳部づくりの始まりは、私が教師になった年の一〇月、近所に住んでいる海軍兵学校

出身で神戸中学に復学した生徒が夜突然に自宅を訪ねてきて、

「山岳部をつくってください」

と、要望したことからでした。

ところが、「山岳部をつくってくれ」などといわれても、とてもじゃないですが、安易には了解できない社会状態でした。戦争が終わったばかりですよ。食うや食わずの時代でしたからね。いまの若い人には、考えられないような社会でした。みんなが貧乏していたんですよ。不足していたのは食べ物ばかりじゃなく、着る物も、文房具類も、本も、何もかもですからね。

まわりにはザイルはおろか、リュックも山に履いてゆく靴だってないんですよ。そんな状況ですから、いくら山が好きな私でも、世の中がその日を暮らすのに困窮している時代です、そう簡単には山に行けるような状態じゃないんですよ。

戦前から穂高の山を歩いていましたから、私一人の分なら装備はありましたよ。しかし、自分の分だけが精一杯。社会の状況を考えたら、それは、大勢では、とてもじゃないですが、無理なことは分かりきったことじゃないですか。そこで、

「悪いけども、山岳部をつくるなんてことは、それは、ちょっと無理じゃないかなぁ」

と、私は言ったんですが、彼は、

「山岳部という名前だけでもいいじゃないですか」

と、熱心に言うんですよ。それで、私も考えた末に、

「まぁ、やってみよう」

と、決心しましてね。山岳部をつくることになり、部員を募集したんです。

当時は、どこでも同じような状態だったんでしょうが、野球部やテニス部、水泳部など学校スポーツも盛んじゃないし、レクリエーションもない時代ですから、わっ、と生徒が集まりましたね。七〇人ほどになりました。その中には、運動神経の発達している生徒もいたんですよ。

現在なら、さしずめ野球部、サッカー部に行って、人一倍活躍、注目されるような高い運動能力の持ち主ですね。

現代の若い人には信じられないかもしれませんが、太平洋戦争中の昭和一九年（一九四四）ごろから戦争が終わるまで、全国どこでも旧制中学、女学校の生徒たちは、教室での授業なんかよりも勤労動員、勤労奉仕といって、教師に伴われて学年やクラス単位で工場などで働かされていたんです。これは念のためですが、自分の意思で働くアルバイトじゃないんですよ。

戦争が終わって学校に戻ったものの、生徒たちは戦争中の学校、社会との落差の中で、とまどっていました。

そんな生徒たちに、戦前から穂高などで山に登り、登山をしていた経験なんかを折りにふれ、話しましたね。もちろん授業時間中です。

当時は、まだ学校もいまみたいに、管理が厳しいなんてことはなかった時代だったんですよ。だから、職員室でそんなことがわかっても、別に目くじらたてて校長や教頭が怒ったり、注意する、なんてことはなかったですね。

学校、先生たちにとっても混乱の時代でしたし、とにかく生徒たちの心を学校、教育の場に落ちつかせなくちゃならん、という時代だったからでしょう。

だから、そんな授業時間も可能なことだったんですね。

私自身、山でさまざまなシーンにぶつかったり、登山を通じていろいろなことを学びましたから、生徒たちにせがまれて山での話をしているうちに授業時間が終わったなんてことは、別に珍しいことじゃなかったですね。まぁ、そういう意味ではいい時代でした。

こんな状況があって、山岳部が生まれたんです。ただし、部員の生徒たちが家族に、

「今度、山に行くんや」

なんてことを言ったら、

「山に遊びに行くなんてっ！」

と、怒られたということはごく当たり前でしたが、それも当時の社会の暮らしぶりからすれば、当然ですよね。そこで私は、

「無理をしちゃいかん。まあ、無理をしないで、行ける時に参加すりゃいいんだから」

と、生徒たちに言っていました。そういう環境の中で、行くことができる部員たちと土曜日の午後や日曜日に鈴鹿の山に出かけました。

腹はへっていても、汗をかいて山を登って、自然の懐に入り込んで、ふかしたサツマイモでもなんでもいいから、腹の足しになるものをみんなで持ち寄り、分け合うようにして食べるんですね。

食うものは粗末で腹にたまらなくて、すぐに腹がへってしまうんですね。それでも、谷川の冷たい水を飲んで、仲間同士で食べるんですから、これは楽しいですよ。山での雰囲気がつくりだす何か

に、生徒たちは引かれるものを感じたんでしょうか。

鈴鹿は内陸部に滋賀県と隣接した山が連なっていますし、御在所岳《ございしょだけ》など岩登りの練習になる場所や渓谷も近くて、山に親しむには恵まれた地域なんです。

身近に山があり、何かに打ちこみたいという生徒たちの欲求から部員数が七〇人にもなったんでしょうね。

昭和二〇年の冬休みに初めて、山岳部の冬山合宿を鈴鹿山系の宮妻峡《みやづまきょう》で実施しまして、やがて活動は盛んになりました。土、日曜には部員の誰かが山に入っている、ということが続いて、山に強い興味と親近感を持った生徒たちの中から、優れた岩登りの名手が出たんです。

二一年三月になると、神戸中学山岳部の部員の最上級生だった者が卒業してしまいました。山岳部の卒業生の中には二〇歳になった者もいて、彼らは、タバコでも酒でも、もう自由にやれるわけです。そんなわけで、神戸中学の山岳部と一緒じゃ、ちょっと具合が悪いですよね。

そこでなりゆき上、私が会長になった「岩稜会」ができたというわけです。私が学生時代に所属していた八高の山岳部のOBの会が「山稜会《さんりょうかい》」だったもんだから、それにちなんで「岩稜会」としたんです。会員が約四〇人というのは、大所帯でした。

ナイロンザイルの切断で墜落死した岩稜会員は私の末の弟、若山五朗ですが、小学生時代から、私が山に連れて行ったことから山の魅力に目覚めて、津市にある三重大学に入学して愛知県佐織《さおり》町（二〇〇五年に周辺町村と合併して愛西市）の実家から離れ、大学近くに下宿するようになって、岩稜会に入ったんですよ。

岩稜会は、土曜、日曜などには自転車や歩きでも行ける鈴鹿の山の岩場、長い休みが取れる夏休み、冬休みには穂高連峰を主な活動の場にして、残された未登ルートに挑戦したり、新たなルートを開発して、岩場を登り続けるということをしていました。

岩稜会の発足後、初合宿を二一年の夏に北アルプス・涸沢《からさわ》で実施したんですが、その時、あちこちの岩場に出かけて登攀する岩稜会の会員の中には、中学時代から鈴鹿に近い御在所岳の藤内壁《とうないへき》などの岩場に通っては、訓練を積んでいた者がいたんで、彼らの岩登りの技術には目を見張るものがありました。大学山岳部をはるかに超える技量を発揮する者が何人かいましたですね。

❄ 冬期初登攀計画

前穂高岳四峰正面、東壁、北尾根を冬期登攀した記録がなかったものだから、岩稜会ができて七年経った昭和二九年（一九五四）の年度計画で、四峰などの冬期初登攀を冬合宿中の目標にすることが決まり、夏から最終的な準備が進められたんです。

「われわれが、冬期初登攀をやろう」

という心づもりは前からしっかりとあっただけに、

「さぁ、いよいよこの冬には……」

と、念入りに計画をチェックしていました。

当時、岩稜会でも岩場を登攀するのには一般的だった一二ミリの麻ザイルを使っていましたが、そ

■岩稜会が冬季登攀に挑んだ前穂高岳東壁～四峰（奥又白谷出合より）

れまで使っていたものが更新時期に来ていたので、そのころ発売されて間もなかった直径八ミリのナイロンザイルを購入したんです。

ナイロン繊維を撚《よ》ったものを三本に撚り合わせたザイルで、麻ザイルよりすぐれた性能を持っていて、「一〇三〇キロの重さにまで耐える」「南氷洋の捕鯨にも使われている」と、登山家である名古屋の運動具店主が説明したので、その性能に驚かされましたね。

その上、麻ザイルのように固くないので、かさばらず扱いやすいことは、強さと同時に岩場を登攀する者にとって、大きな魅力でした。

もちろん、岩稜会員の中に、

「こんなに細いザイルで、本当にそんなに強いんだろうか？」

と、疑問を持った者が何人かいたことは事実です。しかし、「保証付き」であり、保証のないものより二割高い値段だったので、メーカーと登山家である販売店主の説明を信用してナイロンザイル購入を決めたんです。出はじめたばかりですから、高価でしたね。

しかし、安全には換えられませんから、大枚をはたいて買ったんですよ。八〇メートル買い、リーダーの石原一郎君ら総勢一二人が、四〇メートル二本を持って入山したんです。

ベースキャンプは、標高二千五百メートルの奥又白池《おくまたしろ》のわき。四峰正面の攻撃に先立つ東壁の冬期初登攀の決行とその日時は、石原一郎君が現地の気象状況、メンバーの登攀技量、体力などから決めたんです。隊員は現地で、石原一郎君の弟で中央大学四年、二四歳の石原國利、それに三重大学の三年生で二一歳の澤田栄介、同じく一年生で一九歳だった若山五朗の三人と決定しました。三人が東壁挑戦に対する技術、体力を持つ、と判断したんですね。

通称、「クニちゃん」の國利君と一郎君は福岡県の出身で、クニちゃんは大学が東京ですから世田谷区内に下宿していたんです。一郎君との関係で、以前から岩稜会の会員と一緒に山に登るなどしていて、東京の大学に進学したのに大学の山岳部には入らず岩稜会員として活動していたんです。

福岡県直方市が実家で、山口高商の学生だった兄の一郎君は山のベテランで体力、技術とも優れた人で、昭和一五年（一九四〇）七月に私と偶然に穂高で出会って以来、親しくなったんですよ。遠くに住んでいながら、岩稜会ができたことから兄弟で岩稜会員になったんです。

《昭和三〇年（一九五五）、この年は第二次世界大戦が終わって一〇年、日本は、まだ高度経済成長時代には入っていないが、朝鮮戦争の特需を経て、戦後の壊滅的な経済の混乱から立ち直り始めた時期だ。しかし、海外渡航は自由化されてなく、現在のように登山のために海外に行くことなど、特別な条件のある者にしか考えられない時代だった。大学山岳部や各地の山岳会は、もっぱら国内の山で登攀困難な岩場に挑んだり、より困難なルート開発に挑戦する先鋭的な登山をめざしていた。

地域や職場の山岳会、山に登る若い人たちが急速にふえ始めたのもこのころからだ。

その一方、岩稜会の活動は、昭和三〇年を境に「ナイロンザイル事件」を闘わざるを得ない状況に追いこまれ、会長の石岡さんは、エネルギーの大半をそれに費やす結果になった。

岩稜会員たちは、ヒマラヤに挑戦することをめざしていたが、岩稜会本来の山岳での活動は会員個々人が山行するというケースが主流となった。

ナイロンザイル事件以前の神戸中学山岳部、岩稜会の山歴は、

・昭和二一年（一九四六）＝穂高屏風岩正面岩壁の横断完成
・昭和二二年（一九四七）夏＝穂高屏風岩中央カンテ初登攀〔カンテ＝岩壁に突き出したように縦方向にのびた凸面の岩角。この登攀を描いた山岳ドキュメント『屏風岩登攀記』は名著の評が高い〕
・昭和二四年（一九四九）＝明神岳五峰東壁中央リンネ完登（リンネ＝山頂に向かって食い込んでいる急峻な溝状になった岩）
・昭和二六年（一九五一）春＝同中央リッペ初登攀〔リッペ＝大きな尾根から肋骨のように直角方向に出ている岩尾根〕
・昭和二七年（一九五二）＝前穂高岳北尾根四峰甲南ルート春季登攀

と、大学の山岳部を超えるような輝かしい記録である。

そして、岩稜会の穂高での活動が抜きん出ていたことを物語るのがナイロンザイル事件を闘う中、昭和

三四年（一九五九）と翌年にわたって朋文社から出版された岩稜会編の『穂高の岩場1・2』である。二冊は、昭和五一年（一九七六）、山と渓谷社の「山の名著BEST一〇〇」に『屏風岩登攀記』とともに選ばれることとなった。これらのことをもってしても、岩稜会の登山技術の質の高さ、活動の一端を垣間見ることができるのではなかろうか》

❄ 遭難！

元日から穏やかな正月を過ごしていた私には、厳しい寒さの中、新鋭のナイロンザイルに命を託して穂高の岩壁を登る岩稜会員の姿が、見えるようでした。

翌二日夜でした。私は小学生の長女と自宅の近くにあった映画館に行きました。どんな映画を見たのか、いまは思い出せませんが、長女は中村錦之助（のちの萬屋錦之助）の時代劇だったと言っています。映画を見ているさなか、ほの暗い館内に突然、

■岩稜会が調査・撮影・執筆を担当した幻の名著『穂高の岩場1・2』

「石岡さーん、弟さんが遭難しました！　すぐ、家にお帰りください！」

という映画館の人の大声が響いたんです。驚いて、私は娘の手を引きずるようにして家に駆け戻りました。

自宅に戻った私は、つながったままで私を待っていた電話で「遭難」を知らされました。

当時は、電話事情も悪くて、上高地の木村小屋にあった電話からでしたが、こちらは大声で話すものの、相手方の声は小さくなってしまうのでお互いがまことに聞き取りにくい状態でしたね。

それでも、どうにか「遭難」したという事実の概略はつかめたので救出へ向け岩稜会員らに連絡をして、わが家に留守番の岩稜会のメンバーに集まってもらいました。

私自身は、翌日早朝にまず第一陣として鈴鹿を出発、他の会員と共に名古屋駅から中央線の列車に飛び乗りました。その夜遅くに、なんとか上高地の木村小屋に入りました。

木村小屋は、上高地帝国ホテルの冬期間の管理のためにある小屋です。冬の間、上高地で営業しているのは木村小屋しかありませんから、ここを私たちも利用していたので、つきあいがあって何かと無理も聞いてもらえたんです。

四日は、同行した救援隊のほかの会員は、早朝に奥又白池のベースキャンプへ深い雪の中を駆けるような思いで上がって行きました。しかし、私までが木村小屋から上に行ったら、鈴鹿との電話連絡もできないですから、その場を離れることはならんわけです。じたんだを踏む思いで木村小屋に留まって、ひたすら情報を待ちました。

石原國利、澤田の両君は、若山五朗が墜落したあと、精神的なショックもあったのでしょう、登攀を継続できなくなってそのまま救援を待たざるを得なくなっていたんです。もうひと晩、ビバークしています。翌日の三日、奥又白のベースキャンプから救出に向かった岩稜会員と他のパーティによって頂上に引き上げられて救出されました。

《石岡さんの自宅の膨大な資料に埋まって、「一九五五年一月奥又白合宿備忘録　岩稜会」と題した小さなノートがあった。ノートは横書きで、第一頁には、

一九五五年冬山参加隊員（出発順）とある。それによると、一番早く鈴鹿を出発したのは澤田栄介さん、石原國利さん、若山五朗さんら四人。一二月二二日だった。

次いで石原一郎さん（福岡県直方市）で二五日。二七日二人、三〇日一人（福岡市）、元旦が松田武雄さん（鈴鹿市）ら五人。計一三人が出発日をずらせて北アルプスに入った。

攻撃目標

前穂四峰正面　北条―新村ルート

松高ルート

四峰　明大ルート

前穂東壁

北尾根

とある。このあと、備忘録は遭難対策本部のメモとなる。

「遭難」の第一報が、石原一郎さんから石岡さんの家に長距離電話で入ったのは二日の午後七時。

電話の内容は「一日、國利、栄介、五朗東壁アタック第二テラス〈岩壁の狭い棚状の場所〉に出たこと

確認、其の後ガスのため消息断つ、同夜オカン。二日〔岩稜会会員の〕上岡、高井　A沢を上り前穂頂上付近まで捜索するも足跡なし、故に登路を失い下降しつつあるものの如し」である。電話の「オカン」はビバークのことである。

第二報はこの約二時間後、電報でもたらされた。電文は「ゴロウ　サワダ　クニトシ　トウヘキノボリカエリニ　フブキノタメ　マヨウ」だ。石原一郎さんは長距離電話の声が聞き取りにくかったため、万一の連絡ミスを恐れて、上高地から島々の郵便局に電話して、そこから鈴鹿に電報を打ってもらった、と理解できる。

また、第一報、第二報は登攀後にガス（濃霧）で路に迷ったか、下降したのではないか、と考えていたこと、ザイルが切れたとか、転落したことなどは思いもしていないことがよく分かる。

石原さんは、この日正午すぎ、又白のベースキャンプから数時間かけて深い雪の中を上高地の木村小屋まで下りて、直接、石岡さんに電話した。

第一報のあと、鈴鹿の石岡さんの家は、岩稜会の鈴鹿での遭難対策本部の役割を担う。この夜から、岩稜会のメンバーが二四時間態勢で詰め、現地との連絡に当たった。

第三報は、三日午後五時五〇分に届いた。島々午後四時四〇分発の電報は「アタラシイ　シラセナシ　シゲオ」。

三日午前八時五分名古屋発中央線の列車で岩稜会員三人と共に先発し、現地に向った石岡さんが島々に着いた段階で上高地に電話連絡、情報を郵便局から鈴鹿に電報したものだ。対策本部の処置として、「若山宅へ電報『ゴロウソウナンラシイ　シゲオタツ　バンゼンノテハイアリ　アトシラス』、石原宅へ『クニトシソウナンラシイ　バンゼンノテハイシタ　イサイワカルマデマテ　イシオカ』三日午後八時三〇分発」とある。

第四報は電話。三日の午後一一時四五分から四日の午前零時一五分。石岡さんが三日午後一〇時半に上高地木村小屋に到着したこと、石原國利さんらが捜索隊に応答したので望みあること、救援隊がベースキャンプから全員現場に向ったこと、凍傷治療準備、救援隊の出発準備をせよ、などの指示をしたことが記録されている。

第五報でようやく「遭難」の具体的な様子が鈴鹿に伝えられた。四日午前一一時半、石岡さんからの電話だ。

内容は、「國利、澤田、無事又白のテントに救出。五朗ザイル切れ、落ちた。全力で遺体捜索中。二名の状態、凍傷程度の如何により〔四日中に〕徳沢まで下れるかも知れない。見越〔石岡さんの実家若山家の所在地。若山五朗さんの家を意味する〕へ次の連絡せよ。電文『父上母上最大の不孝をお詫びします。しかし他の二名が、無事だったことを感謝します』。若山富さん〔石岡さんの実弟で三男の富夫さん〕に見越へ行ってもらいたい。新聞社へは連絡しないで処理すること」とある。

石岡さんの指示を受けた鈴鹿の対策本部は、石原さんの実家と下宿先に「クニトシブジ　アンシンセヨイシオカ」の電報を打つなどしている。一方、澤田さんの自宅は、石岡家から徒歩で一〇分ほどのところにあったので、直接連絡が行なわれた。処置としてほかに、「バッカスの電文を直ちに発信と共に敏子夫人が見越へ、四日午後行った」とあり、岩稜会員の欠勤届け持参なども記されている。

第六報は同日午後一時一五分、上高地の石岡さんからの電話で「澤田、足凍傷悪いが、自分では良いといって大変元気、四日中に上高地まで下る予定。國利は全然元気。中道氏へ連絡せよ。名古屋大から凍傷の権威者二名今夜夜行で発つよう依頼してあるから一緒に来てもらうように」とあり、処置として「四日午後一時三〇分　新聞記者からの電話がうるさいので、中道、社長、本田氏、その他会員多勢立会いの下に石岡氏宅にて、情況を報せた。発表文『一時一五分島々局経由上高地にて石岡繁雄氏の連絡によれば、石原、澤田は天幕に収容したが生命は無事であった。残る一名の若山は捜索中であるが不明、遭難原因はザイルの切断による墜落らしい』（註　中部日本新聞〔現、中日新聞〕だけには鈴木氏に一三時本部に来てもらって、先に連絡し、その後、中日も共に上記の発表を行なったもの）」と記されている。

　四日午後九時一〇分の上高地からの第八報では、石岡さんからの電話が次のように記録されている。「見越のお母さんが行きたいといっているが、上までは来られないから、坂巻までなら来てもいい。その時には、敏子夫人に一緒に来てもらうか、上高地から北川さんを迎えに下してもよろしい。その旨津島〔見越〕に連絡して返事せよ。もし五朗が見付かったとき、上高地まで降せないから、富さん、英太《つねた》氏〔石岡さんの実弟。五朗さんのすぐ上の兄〕立会いの上、奥又の出合で火葬にする予定でいる。お母さんは従って姿を見ることはできないことになる。現在まだ見付かったという連絡はない」。これに対して処置メモは「直ちに見越に意向をきいたら、御両親共もう行かないといっておられた旨、二二時一〇分バッカスに電話した」とある。

　備忘録には遭難の第一報後の情報確認やその対応などがメモで簡潔に書かれ、のちに、メモがそのままに清書された、と思われる。しかし、簡潔さの中に、遭難を知らせた者、その報告を受けた者の動揺、指示、あわただしさの中に肉親を失った悲しさが凝縮されている。

　上高地の冬の様相は、春から秋までの穏やかな風景とはまったく異なる。以前、徳沢園で冬期の番人をする三〇代の男性から聞いた話では、低気圧がやって来て風雪が強まると、建物が吹き飛ばされるような恐怖感に襲われる。猛烈な吹雪が視界をさえぎり、屋外に出ることはもちろん困難で、「情けないけど、大の男がひたすら雪が止むのを心の中で祈るだけですよ」と、いうほどだ。

　また梓川に架かるつり橋が暴風で真横に近くなるまで揺すられることも珍しくないということだ。こういう状態の中で、遭難の一報を鈴鹿に伝えるため深い雪の中を数時間かけて、木村小屋に到着した石原一郎さんは、石岡さんに電話をしたあと、現場の責任者として、すぐにベースキャンプに引き返している。体力、精神力ともに秀でていなければ、できないことだ。

備忘録に長距離電話という記述があるのが、当時の通信事情を想像させる。

メモにもあるが、この冬の合宿での第一目標は冬期登攀がされていない前穂四峰正面の新村ルートか松高ルート（旧制松本高校、現在の信州大学）であった。四峰正面のアタックは東壁攻撃パーティより実力が一段上のメンバーが挑戦することになっていたが、メンバー全員が奥又白に到着していなかったので、一郎さんは最初に入山して荷揚げを黙々とこなしたメンバー四人の努力に報いようと、この中から東壁攻撃の三人を選択した可能性が高い。

選抜の「目やす」にしたのは、第一に夏に東壁の登攀経験があることだった、と思われる。石原國利さんと澤田栄介さんがそうだ。次いで、体力と登攀技術。そこで、夏期の東壁登攀経験は無いが体力抜群で、冬合宿前に鈴鹿の岩場の難所をこなして、石岡さんから「それはすごい！」と、誉められた五朗さんを選んだだと思われる》

❄「ザイルが切れた！」

二人は手足に凍傷を負って、木村小屋に四日の午後到着しました。國利君は歩き、澤田君はスノーボートに乗せられてです。厳しい寒気の中、仲間の事故という精神的打撃と闘いながら、長時間耐えて生還し、疲労困憊している二人を私は、慰めることもできないぐらい悲痛な気持でした。

迎えた私に、國利君が最初に言った言葉は、

「バッカス！　ザイルが切れましたっ！」

でした。

まずは、國利君とスノーボートから下ろされた澤田君の姿を確認してほっとしましたが、ナイロンザイルが切れた、という國利君の最初の報告に、

「えーっ！」

と、大声が出ました。

当時、登山に使われる麻ザイルにも、時々切断事故はありましたが、新品では登山者が滑落しても切断することはない、と考えられていました。それなのにですよ、麻ザイルよりはるかに強いはずのナイロンザイル、それも新品が切れたんですから、

「一体、何があったんやっ！」

と、頭の中が混乱しました。

石原君は自分の体に結んでいた切れたザイルをそのまま持ちかえっていました。その切り口を見せて、切断の前後の状況を詳しく説明しました。


《東壁アタック隊の三人が奥又白池のベースキャンプを出発して、東壁にとりつく前にザイルで互いに結び合った頃、大阪市立大学山岳部の大島健司さんは前穂高岳北尾根四峰にいた。これこそまさに運命的な瞬間だ。米粒のように写っているトップが石原國利さん、セカンドは若山五朗さん、サードは澤田栄介さ

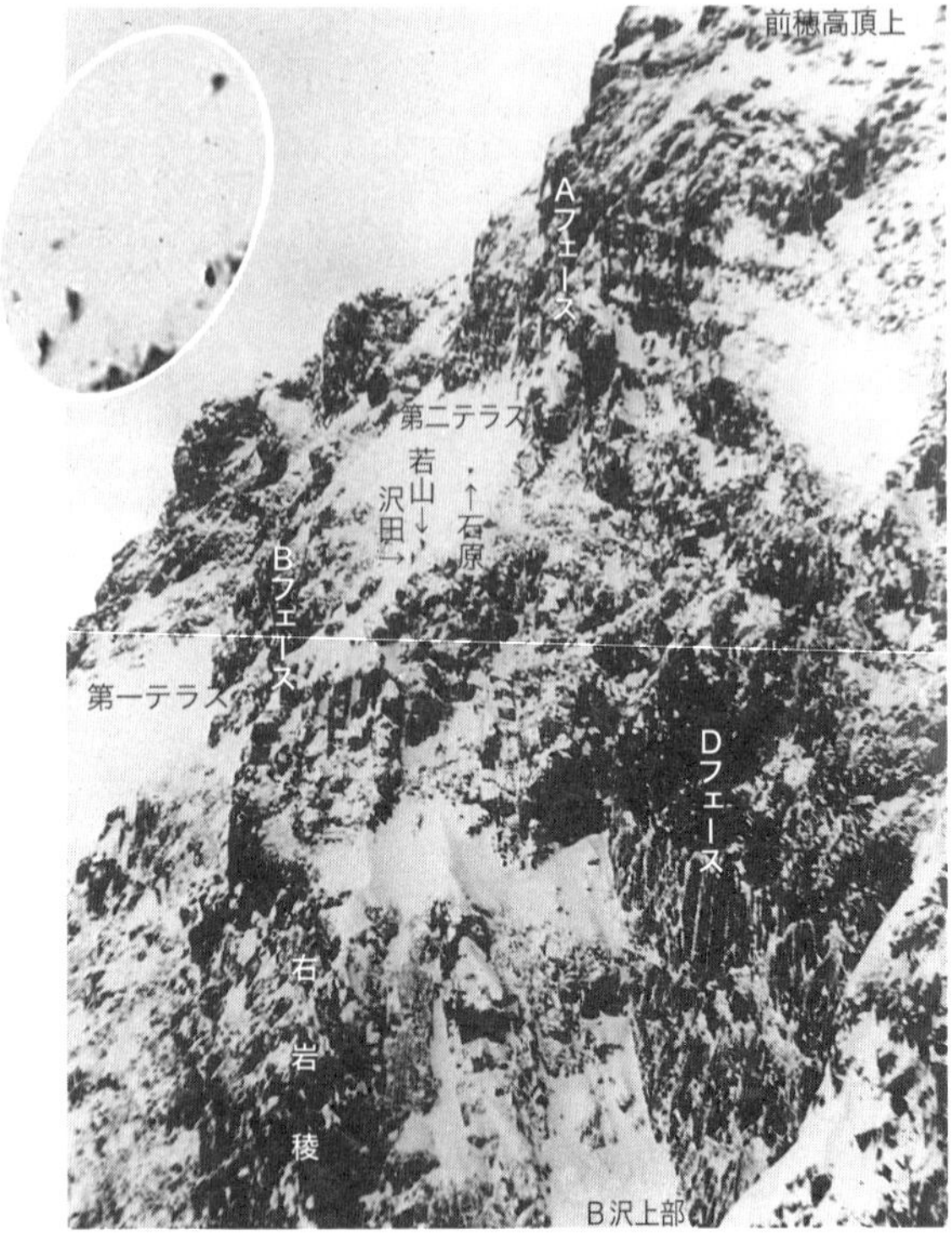

■昭和三〇年一月一日午後、前穂高岳東壁Aフェース下の深い雪の急斜面をラッセルしつつ登る岩稜会の三人。円内は三人の姿（大島健司氏撮影）

ん。

この時、大阪市立大学のパーティは「ガンバレヨ！」と声をかけ、岩稜会パーティは「ガンバルヨー」と、声を返して励ましあっている。

大阪市大パーティが、Aフェースを登るパーティを岩稜会だとわかったのは、岩稜会独特のかけ声「アラヨー」を聞いたからであった。彼らもこの翌々日の三日、新品の一一ミリナイロンザイルが岩角で切断したため二人パーティのトップ、大島さんが転落した。幸い、けがはそれほど重いものではなかった。

写真は、後に石岡さんにお悔やみと自分たちもナイロンザイル切断を岩稜会とほぼ時を同じくして経験したことを報告し、その切断

原因を徹底的に究明してもらいたいという手紙（後掲）とともに、大島さんから届けられたものである》

石原國利君が報告してくれた「ザイルが切れた時」の様子は、こういうことです——。

三人は、一日早朝に標高二千五百メートルの奥又白池のベースキャンプを出発、午前八時ごろから、厳冬期未踏の前穂高岳東壁初登攀の挑戦を開始した、ということです。

しかし、日没になったのと雪が降り出したのとで、三人はこの日の登攀を中断、身を寄せ合って狭い岩だなで羽二重《はぶたえ》でつくった手製のツェルト、簡易テントですね、これをかぶって厳しい寒さをこらえて露営し、翌日の挑戦に備えたというんです。

ベースキャンプでは、この時点で東壁の登攀終了まで約三〇メートル地点に到達したことを確認していました。

翌二日は午前八時ごろから登攀を再開して、トップを石原君、セカンド五朗、そのあとを澤田君の順で岩壁にとりついたんです。

石原君が岩の割れ目を登って、頭上に突き出した約九〇度の岩角にザイルをかけまして、往復二本のザイルを握って、その岩の上に出ようとしたけれども、うまくいかなかった。三回やってみたけれども、どうしても越えられなかったので、今度は五朗が交代して、トップになったんです。

そして、石原君がとりついていた壁の右側に、コースを少しずらせて登ろうとしているうちに足を滑らせ、五〇センチほどずり落ちたそうです。

五朗の体に結ばれたザイルが頭のすぐ上にある岩にかかっていてザイルは体に結んであるんだか

ら、ずり落ちてもすぐ停止するはずです。それまで使っていた麻ザイルでは、それが当たり前です。

ところが、五朗が「あっ」と声をあげた瞬間、体が左に少し振られるようにしてナイロンザイルが音もショックもなく切断してしまい、石原君の大腿部をかするようにして、五朗は谷底に転落していったそうなんです。

石原君らは、必死になって谷底に向かって身を乗り出して五朗の名を呼び、姿を探したが応答がないまま時間が過ぎ、精神的ショックから、それ以上登ることができなくなってしまってその場に留まり、そのまま夜を明かしました。

ベースキャンプから見ていて異変に気づいた岩稜会メンバーが東壁の頂上に駆けつけ、他の登山パーティの支援によって、二人は翌三日の夕方、下ろされたザイルで引き上げられて救出された、というわけです。

新鋭のナイロンザイルの切れた状況を聞くと、それまで使ってきた麻ザイルにはないもろい切れ方です。石原君は、

「信じられないですよ！　バッカス！」

と、言いましたが、これは私にとっても同様でした。これが、遭難の概略です。


《登山（ロッククライミング）で麻ザイルが使われていた時代、麻ザイルが切断したことは時々あったそうだ。しかし、ザイルが古くなっていたのではないかとか、落石がザイルを直撃したことによって切断したのかなどの類推をされるだけで、切断原因まで立ち至って究明されることはなかった。新品ザイルを

使っていて、登山者が岩場で足を滑らせたとしても、わずかな距離をずり落ちただけで切断することはない、と考えられていたのが、当時の登山者の共通認識だった。

当時、ロッククライミングをする山男たちの命を支えるザイルは、直径一二ミリのマニラ麻のザイルだった。新品のものにワセリンなどを塗って布などでしごき、しみ込ませて使用した。

ナイロンザイルの「強度」が、登山の魅力となったばかりでなく、実際に岩壁で使う時には、柔らかで麻ザイルのようにかさばらなくて凍りにくい、ワセリン塗りなどの必要がなくなり、取り扱いが格段によいこともナイロンザイルの方が麻ザイルより優れている、とされた。

三人のうち二人が三重大学山岳部員だったことから、澤田さんは「遭難報告」を書き、この年の秋、三重大学山岳部会報に掲載された。さらに三重県山岳連盟の会報にも掲載されたが、澤田さんは、パーティの行動を忠実にたどり、岩角に掛けたナイロンザイルが切断したという客観的事実に言及、遭難としての報告に止めている。

石岡さんら岩稜会の調査、研究によって、多くの報告書などが書かれたが、当事者が文字で伝えた〝第一次資料〟としての報告書は、澤田さんのものだけである。登攀時の状況等が詳しく書かれており、先に挙げた岩稜会の遭難対策本部メモ、大阪市大パーティからの手紙とあわせて読んでみると、当時の状況が手にとるように判る。ちなみに澤田さんと大阪市大パーティの橋本信行さんは神戸高校の同級生だった。しかし、二人はこの時は同時に登っていることを知らなかった》

■澤田栄介記「前穂高岳東壁遭難報告書」（三重大学山岳部会報）

昭和二九年一二月二二日　先発隊として、石原弟（國利）、澤田、南川、若山の四名は勇躍して、上高

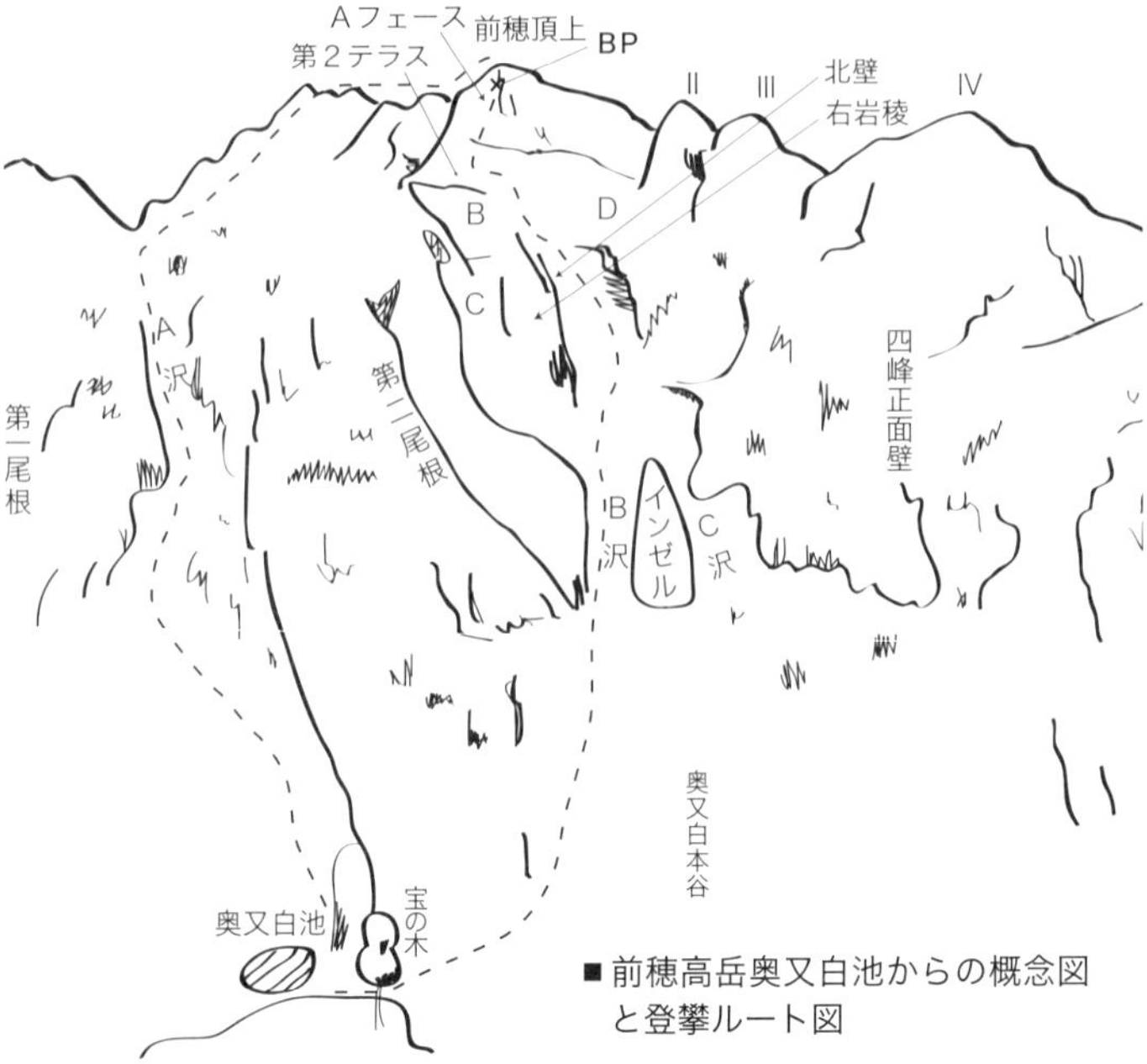

■前穂高岳奥又白池からの概念図と登攀ルート図

地へ向った。明神池養魚場を経て、丈余の積雪を踏みわけ、奥又白池・宝の木付近へベースキャンプを設営し、荷揚げを終えたのは二九日であった。此の間、リーダー石原兄〔一郎〕の参加をみ、いよいよ好天気を待っての態勢は整ったのである。石原兄弟、澤田は偵察とラッセルを兼ねてB沢上部まで行く。ここから眺めた東壁下部、即ち、北壁と称する部分は雪も沢山つき、一見したところ、登攀は容易であるとの印象を得たので、一同満足な気持で天幕へひきかえした。三一日は泣き出しそうな空から雪が舞い下っていた。午後、高井兄弟が参加した。いよいよ二九年も終りである。

明けて元旦、午前三時、満天の星にとび起き、急いで準備にかかる。パーティは三名とし、石原國利、澤田、若山の新人で編成した。六時になってようやく明るくなったので、見送りの友人と握手し、石原一郎リーダーの激励の言葉を後に天幕を出発した。天候は全くの快晴だが、非常に寒い。全員非常に快調で、腰までもぐるラッセルもなんのその、アタックの喜びに燃えた我々はぐんぐんピッチをあげていく。七時一〇分、インゼル〔島のように出た岩や地面の部分〕の中程で、折からの御来光を仰ぎ、その神々しさに全く魂をうたれた。

七時三〇分、B沢上部でアンザイレン〔ザイルで結び合う〕をする。オーダーは石原國利、若山、澤田の順である。テルモスのミルクをあけて、チョコレートを噛り、いよいよ高距一五〇メートル、傾斜六〇度の北壁に取りつく。八時、ルートは昨年夏のルート、即ち、一番右側、右岩稜寄りが容易とみられるので、これを採る。先ず、Dフェース基部に沿って一ピッチ、それから左上方に一ピッチと雪の斜面を登り、次に四メートルのクラック〔岩壁の割れ目〕にハーケンを一本きかし、先人のハーケンを利用して乗り越え、チムニー〔岩壁に縦に走る割れ目〕の基部に入る。雪の状態は全く悪い。岩の上に乗っている雪は固まることなく、さらさらと落ちてくるので、アイゼンのツァッケ〔爪〕が全然きかない。トッ

■奥又白本谷からの前穂高東壁とB沢（30年1月）
中央右がインゼル、奥のピークは2・3峰

プは全く大変で、雪をかき落して登らなければならず、思わぬ時間の消耗をきたした。約六メートルのチムニーに三本のハーケンを打ち、やっとのことで、ここを切り抜けて上部の雪のリッジ〔山稜〕に出る。いよいよ難関の第二テラスへ抜ける約四〇メートルの岩壁に向う。傾斜もぐんぐんと増し、非常に困難に見える。しかしながら、我々の闘志は全然おとろえず、かえって奮いたつだけであった。トップは左側のチムニーをさけ、右側のフェースを微妙なバランスで登り、次に、チムニーに沿って五メートル登ると、行先ははたと止った。オーバーハング〔岩壁の傾斜が垂直以上の部分〕である。ハーケンをきかして、物凄いファイトでこれを越える。非常な悪場である。チムニーの左側へトラバース〔斜面の水平移動〕する。石原の姿が現れ、大きく左に廻り込んで第二テラスの末端の雪の斜面に再び姿を消した。此処でザイルの間隔を変え、石原と若山の間を三〇メートルにし、若山をハング下まで登らせる。やがて、ザイルがピンと張り、アラヨッの声が聞える。一時五〇分、丁度、この時第四峯頂上から、大阪市大のパーティの激励の言葉を受ける。セカンドの若山はどうしても此のハングが越せないのか、上からの懸命の確保があるにもかかわらず、非常に苦しんでいる。突然全く、突然ザザーと、左側のチムニーを滑り落ちる雪と共に、上のザイルが物凄く緊張した。どうしたと声をかけたが返事がない。上から驚きの声が聞えて来た。オーバーハングの乗り越しに力つき、そのままズルズルとチムニーに滑り落ちたらしい。そのままの姿勢でいるように声をかけ、澤田はハング下まで登り、元気づいた若山を元の地点にあげ、肩車でハングを越し、左へ廻り込んで第二テラスへ出たのは一四時五〇分であった。直ちに、ベースキャンプへ向って、ヤッホーをかけた。第二テラスの急な斜面を二ピッチ登り、Aフェース下にやっと一五時一〇分についた。

遅い昼食をとり、甘納豆をほおばりつつAフェースを懸命に注視する。Aフェースは高距約八〇メートルで、傾斜六五度あり、北壁に比して積雪が少ない。

此の頃から、さしもの快晴もようやく薄もやがたちこめて来た。天幕に向ってヤッホーと呼びかけた後、直ちにとりつく。時まさに三時半である。右側ルートを忠実に登る。一ピッチ後、夏には問題でない細いクラックが非常に悪い。ハーケンを二本打ち、アブミ〔短めの縄ばしご〕を使用する。次は傾斜は緩くなるが、スラブ状の岩〔凹凸の少ない一枚岩〕に不安定な雪がべっとりとついていて、全く感じの悪い所である。足元が今にもくずれ落ちそうな所を慎重に登る。

もう日がとっぷり暮れる。時計を見ると五時半である。頭上三〇メートル程に見える頂上のスカイラインがおいでおいでをして差招いているようだ。ザックからライトをとり出して、頭上につけたけれども、矢張り視界はきかず全く致命的であった。仕方なくビバークと決心する。しかし、この地点では、身体一つかくすところもないし、それどころか安全な足場一つ探すこともできない。一寸暗然たる気持になる。すると、突然、石原が喜びの声をあげた。ピッケルで雪をかき落していた時、偶然にも岩のくぼみを発見した。漸く安堵の胸をなでおろし、そこへ集結して、雪を掘り出し、巾一メートル二〇センチ、高三〇センチ、奥行き一メートルの穴を作る。そこへ三人が並んで腰を下し、足を投出して穴の中へ入れる。しかし上半身は全て外へ出ており、特に尻が半分しか乗っていないのである。気をゆるめ

■3人が過ごしたビバーク地点（夏に再現）

ると、今にも真逆さまに第二テラスへ落ちてゆくような気がする。各自ピッケルで完全なるセルフビレイ〔自己確保〕を行う。一八時になって、真黒な空からは粉雪が舞い始め、前途多難を思わしめるが、明日へ希望をつなぎ、ツェルトを冠り、昼食の残りを噛みしめる。身動き一つできない姿勢のために、セーターも着る事ができない。アイゼンの紐はコチコチに凍結してしまった。凍傷を心配して、ともすると、ゆるむ心をはげまして、懸命に靴の中の指を動かす。寒さは全くはげしい。それでも疲れているためかうとうととしかけるが、矢張り眠れない。足はじーんとして感覚が失われてゆく。今頃、下の天幕ではどうしているだろう。我々の帰りの無いのを何と想像しているだろう。ラジュースのうなっている天幕の中で暖かい雑煮で満腹して居る仲間の顔が目に浮ぶ。今日は元旦な筈だ。

何故、我々はかくもして山へ登らなければならないのだろうか。唯だ山の呼ぶ声に夢中になって良いのだろうか。

何時の間にか、左側の若山がやすらかな鼾をたて始めた。漸く、落着きを覚え再びうとうとする。三時頃であろうか、三人共ぱっちり目を覚す。体中一面雪で埋っている。非常な寒さだ。互に身体と身体をぶっつけて暖をとる。固型メタに点火しようとするも、吹き込む風と雪とでたちまち消えてしまう。火の消えた後が全くやりきれない。五時、六時と時計の進むのが、蟻の歩みよりのろくさい。

漸く明るくなり始めたが、依然雪が止まない。ツェルトから体を乗り出せば、みるみる中に、ヤッケ共に体がこわばってしまう。暫く、暖かくなるのを待って行動を開始することにした。

八時になって、石原が先ずビバーク地点の左側を調べる。そこはスラブ状の所へ新雪が附いて、全く不気味な程不安定にみえる。それでも、四メートル程登ったが、今にも雪が落ちそうで、引返した。今度は右側のチムニーへ取付く。約二メートル上に岩の突起があり、更に、その上三メートルの所に顕著なオーバーハングをなす突起がある。此処を越すのがヤマ場と見られた。ハング下までは難なく登り、突起にザイルをかけ、これを手がかりにして真正面から乗り切ろうとしたが、昨日の疲れのため、どうしても乗越せない。暫く休憩の後、二度、三度と試みたが矢張り駄目だった。そこで、オーダーを変更して、ミッテルの若山が先頭となり石原と交代する。

若山も石原と同様に、難なくハング下に到り、突起にザイルをかける。暫く真正面から乗越そうと試みていたが、駄目なのか、今度はザイルを突起にかけたまま、右側岩壁に沿って逃げ切ろうとして、一歩トラバースを開始して、直登にかかろうとした瞬間、「アッ」と一声叫ぶと共に、右足をスリップした。下で懸命に確保して居た石原の足に触れて、姿は消えてしまった。不思議にも墜落によるザイルのショックが全然ない。おそるおそるザイルをたぐってみる。これはなんとしたことか、八ミリ強力ナイロンザイルがぷっつり切れている。あたかも鋭い刃物でたち切ったように。「五朗ちゃーん、五朗ちゃーん」と第二テラスに向って必死になって叫ぶ。九時二〇分、更に声を張りあげてどなっても応答がない。暫くは呆然として言葉が出ない。ようやく気をとりなおして、天幕へ向って「ヤッホー」を連呼し、救援を依頼する。天幕からは

■スリップ直前の若山の足場（○印）とザイルを架けた岩角位置（＋印の岩の奥）

直ちに「了解」という力強い石原リーダーからの応答があり、ついで南川の返事がある。

再びビバーク地点へ腰を下す。このまま救援を待つか、或は第二テラスまでアップザイレン〔ザイルによる懸垂〕で下り、若山を捜し、左側V字状雪渓へ向ってトラバースして逃げるか、或は自力でAフェース最後の二〇メートルを登り切るか、方法は三通りしかない。しかしながら、疲れ切った身体には、このショックは余りにも痛手だった。登攀の自信を失った我々は救援に来る友を信じ一日でも二日でも待つことにした。雪は休みなく降っている。昨日声をかけてくれた大阪市大のパーティもこの雪では前穂高岳の頂上へは登れないだろう。

暫くツェルトをかぶっている内に、漸く身体も休まった。すると第二テラスへどうしても下らなければならないという考えが強力に支配し始める。

アップザイレンの準備にとりかかる。先ず、石原が下り始めたが、第二尾根近くで、救援隊らしい声がしたので留った。ヤッホーをかける。突然、高井兄〔利恭〕の声が間近かに聞えた。「元気か」「ザイルが切れて五朗ちゃんが落ちたんだ」「落下地点は」「わからん」。こんな言葉がかわされた後、アップザイレンをやめ、もとの地点へ腰を下す。一四時半である。

A沢から頂上に到る所要時間を幾度も幾度も計算し、二人で話し合った。一六時半になっても、救援隊の来る気配もない。不安な気持が湧き始めた。しかし、石原リーダー、高井兄、それに東壁の大先輩上岡さんも天幕に居られる筈だ。絶対来てくれる。こう確信してからも、互に見合す眼と眼、顔には力がない。五時半、日も暮れはてて、再び飢えと寒気にさいなまれる夜を迎えなければならなかった。天幕に向って叫ぶ声も疲れて声とならない。これぐらいで参ってたまるものか。明日こそはがんばると、互に励ましあう。段々と睡魔がおそってくる。此のまま眠ってしまおう。何時までも山は我々を守って居てくれるだろう。彼等の懐に抱かれつつ何時かねむってしまった。

三重大生が遭難か

奥穂高で

若山五朗君

【津島発】愛知県海部郡佐織町見越、会社重役若山繁二氏の五男五朗君(二〇)=三重大学芸学部一年=は、鈴鹿市岩稜会のアルピニスト四名とともに去る十二月二十二日北アルプス奥

若山氏方へ「五朗遭難らしい。繁雄現地へ行く」との電報が届いた。石岡氏は今度の奥穂高行には都合で参加しなかったが、連絡で直ちに現地へ出かけた。

五朗君は津島高校時代から山好きで同高校山岳部のキャプテンをしていた。

若山氏の話=これまで相当経験も積んでおり、出発の時に三日夜か四日朝に帰るといっていたので別に心配していなかった。岩稜会のメンバーはいつも強行軍で、アルプス方面も踏破して

一名は絶望か

穂高遭難 三重大生ら三名

【鈴鹿発】北ア前穂高東壁目ざして去月二十二日出発した岩稜会(会長、鈴鹿市神戸河町、室蔽也氏)の会員十三名のうち遭難を伝えられた三重大学芸学部三年沢田栄介君(二二)=鈴鹿市飯野寺家町、同学部一年若山五郎君(二〇)=愛知県海部郡佐織町、中央大学経済学部石原国利君(二四)=福岡県直方市殿町=の三名の消息については四日午後一時十五分同会顧問石岡繁雄氏=同市神戸小山=方への電話連絡によると東壁に雪穴を掘って吹雪を避けていた石原、沢田両君を無事奥又白谷のテントに収容したが、登高中ザイルが切れて若山君は谷間へ転落、行方不明になっており絶望視されている。

■遭難を伝える新聞の第一報。右＝朝日新聞（1月4日朝刊）　左＝中日新聞（1月5日朝刊）現在と違い通信手段の電話に雑音が入るうえ、音質も悪く、聞き取りにくかったことと、第一報は情報が錯綜するため細かい点で誤りが多い。しかし、当時としてはやむを得ないことだった。

〔三日〕午前四時頃か、厳しい寒さに夢が破れた。とても堪えられない寒気だ。雪は依然として、しんしんと降っているが、風が比較的少いのがありがたい。

やっと長い長い夜が明けた。陽があたり始める。ツェルトをぬいで天幕へ向って叫ぶ。声が枯れると笛を吹く。天候は回復しつつある。一時間おきにヤッホーをかける事にする。九時、今一度昨日のチムニーに取りつく。矢張り駄目だ。これしきのハングぐらいなんだと負けおしみを言いながらツェルトをかぶる。

一〇時二〇分、ヤッホーをかけようと天幕の方に目をやると、天幕の上部の丘の地点をラッセルの跡がくっきりと走っているのが見える。更にその跡をたどると、黒点が四つ上に向って動いてくるのが見える。嬉しさの余り、ヤッホーを連発する。さあ引揚げの準備だ。もうじっとしていられない。リュックを背負っていようとしても、どうすることもできない。互に苦笑しながら再びツェルトを取り出す。今度こそ三時までには来るだろ

う。突然、頭上から、ヤッホーがかかる。「ここだ。ここだ」と合図する。暫く待つ。するすると高井兄の見事なアップザイレンが現れる。「よう頑張った……」。感激に何も言葉が出ない。

持ってきてくれた暖かいミルクを飲んで少し元気が出て来た。引揚の準備にかかる。二日間のオカン場となったこのテラスに感謝を捧げ、はるか下の第二テラスへ向って合掌する。「友よ、安らかに眠れ」と別れを告げる。

先ず石原が頂上からのザイルに身を結び、登り始める。ルートは左側スラブ状の方だ。一四時四〇分、続いて澤田が登る。腕の力が全然ないので、上からの力強い引揚げに頼るより仕方がない。頂上では上岡さん始め、早大OB、関西登高会、西糸屋の方々の暖かい手に迎えられた。やがてA沢を経て、一七時一〇分、無事ベースキャンプへ達した。


《報告書の最後にある、三日午後に前穂高の頂上で二人を迎えた人たちの中に記されている西糸屋は、河童《かっぱ》橋右岸の上高地西糸屋山荘のことで、先々代から石岡さんと深いつきあいがあり、岩稜会もここをよく利用していたので、会員の遭難と聞いて救援にかけつけたのだ。西糸屋の人たちもその後のナイロンザイル事件のなりゆきを注目していたという。

そのつきあいは家族同様のものだった。石岡さんは、昭和一九年一一月、所属先の四日市の海軍燃料廠から二〇日間出張し、福島県境に近い茨城県の太平洋岸に面する宿に一人で滞在した。この長期出張中にやりくりして休日を三日間捻出、最後となるかもしれない穂高行を決行し西糸屋に着いた時のことを『屏風岩登攀記』の「戦時中の登山」で次のように書いている。


楽しいにつけ、さびしいにつけ、十年来の思いがつのって生家のようになった山宿、西糸屋の板塀が白樺林の間にちらついたと思ううちに、もうその家の門に立っていた。四年ぶりにふれる入口のガラス戸も、ぎこちなくガタガタと開く不愉快な音にも懐かしさがあふれている。……（略）……

「おばさーん」

と昔のままの大声で呼んでみた。あまり静かだったので自分でもびっくりするような響きが伝わった。

「はーい」

と裏の大根畑から声がした。出しっぱなしの自然の水道で手を洗ったらしいわずかな物音と、下駄をぬいで裏口のすすけた戸をあける音が聞こえ、予想通りの楽しい数秒が経過したと思うと、おばさんの私を見てびっくりぎょうてんした顔が目の前にあらわれた。

「誰かと思ったら若山さん（私の旧姓）じゃないかい。まあ、どうしていまどき、なんでも北支へ征っているとか聞いていたのに」

……（略）……

考えてみれば私の学生時代、まるで野放しの小鳥のように学校をぬけてはやってきて、おじさんやおばさんを困らせたものである。そんなときおじさんはいつも、

「いやあ、これは息子のようでしてな、遠くの学校へいっているのが帰ってきてくれるとね、口じゃ学校を休んじゃいかんとしかっても、けっきょくうれしいもんでしてな」

といって、

「この学生、学業をさぼっていやがるな」

とでもいいたそうな顔つきのお客が傍にいると、きまって弁解するかのようにつぶやくのだ。》

❄「明神五峰でも」

「一トン強の重さにも耐える」

と言われて、

「これは頼りになる」

と買ったメーカー保証付きの新品のナイロンザイルが、

「ショックも、音もなく切れた」

というのです。いとも簡単に切れてしまったのですよ。報告を聞いた瞬間、私もぼう然としました。


石原君の体に結ばれていたナイロンザイルは、二人が仲間に支えられて木村小屋に着いた時に、最初に私に見せたんです。

「一トン強の重さに耐えるはずのナイロンザイルが、こうも簡単に、しかも音も衝撃もなく、なんで切れたのか」

その疑問が、私の中に、当然大きく噴きあがってきました。それは、救出された二人にとっても同様でした。


五朗が自分の体に結んだ、もう一方は、深い雪の中に五朗の体と共にあり、同じような切断面であるに違いないことは当然予想できることです。

すぐにでも五朗を捜し出して、救出すると同時に、ザイルの切れた原因を知りたい、と矢も盾もたまらなかったですよ。

ですが、天候、積雪状況、雪崩の恐れから、二重遭難になる可能性が強く、五朗が転落したと思われる東壁直下に向かうことも捜索をすることも不可能でした。

結局、五朗の行方はわからぬまま、捜索はいったん打ち切られ、雪解けを待って再開することになったんです。

頭が混乱する中、私たちは木村小屋の主人から、「えーっ！」、「まさか！」と、本当にびっくりする話を聞かされました。

「じつはね、石岡さん。岩稜会のザイル切断があった四日前にも、穂高の明神五峰《みょうじんごほう》で東京のパーティが、ナイロンザイルが切れて転落してしまって、重傷を負ったんだよ〔事故は五日前に起きた〕」と言うんです。このパーティは、後に確認できたんですが、東京の東雲《しののめ》山渓会の会員でした。

明神五峰、つまり明神岳の五峰です。前穂高とは、目と鼻の先ですよ。一体、これは何だろう？穂高という同じ山域で、しかも、ごく近くの岩場でこれだけ短期間に二件のナイロンザイル切断があったんですから、石原君の報告から推察できるように、ナイロンザイルには岩角で切れやすいというような何らかの欠陥があるんじゃなかろうか、と考えるのは当然ですよね。

そこで、私は、いつも山に持っていくナタで試してみたんです。

マニラ麻の一二ミリザイルと八ミリナイロンザイルを木村小屋のマキの上に並べて、同じ高さから力を入れずにナタを自然に落下させるように打ち下ろしてみたら、ナイロンザイルは簡単に切れてしまったんですよ。麻ザイルはナイロンザイルが切れたみたいに、そんなに簡単には切れませんでした。

それで、

「ナイロンザイルは岩角にかかった場合、麻ザイルより弱いんじゃなかろうか」

と、かなり強い疑念を持ちました。

さらに、これは後になってから知ったことですが、岩稜会の二日に続いて、三日にも岩稜会の切断現場から二百メートルほどしか離れていない地点で、大阪市大山岳部員が一一ミリナイロンザイルを使って登攀中に、わずかに滑落しただけで、これもザイルが切断して転落、幸いケガは比較的軽くて済んだんですよ。

私は、石原君の報告や明神五峰の件、自分自身でナタでナイロンザイルと麻ザイルを切ってみて確かめた結果から、ナイロンザイルは麻ザイルをはるかに上回る性能を持っているというものの、岩角では簡単に切れてしまう欠点がある、と思わざるを得なくなりましたね。

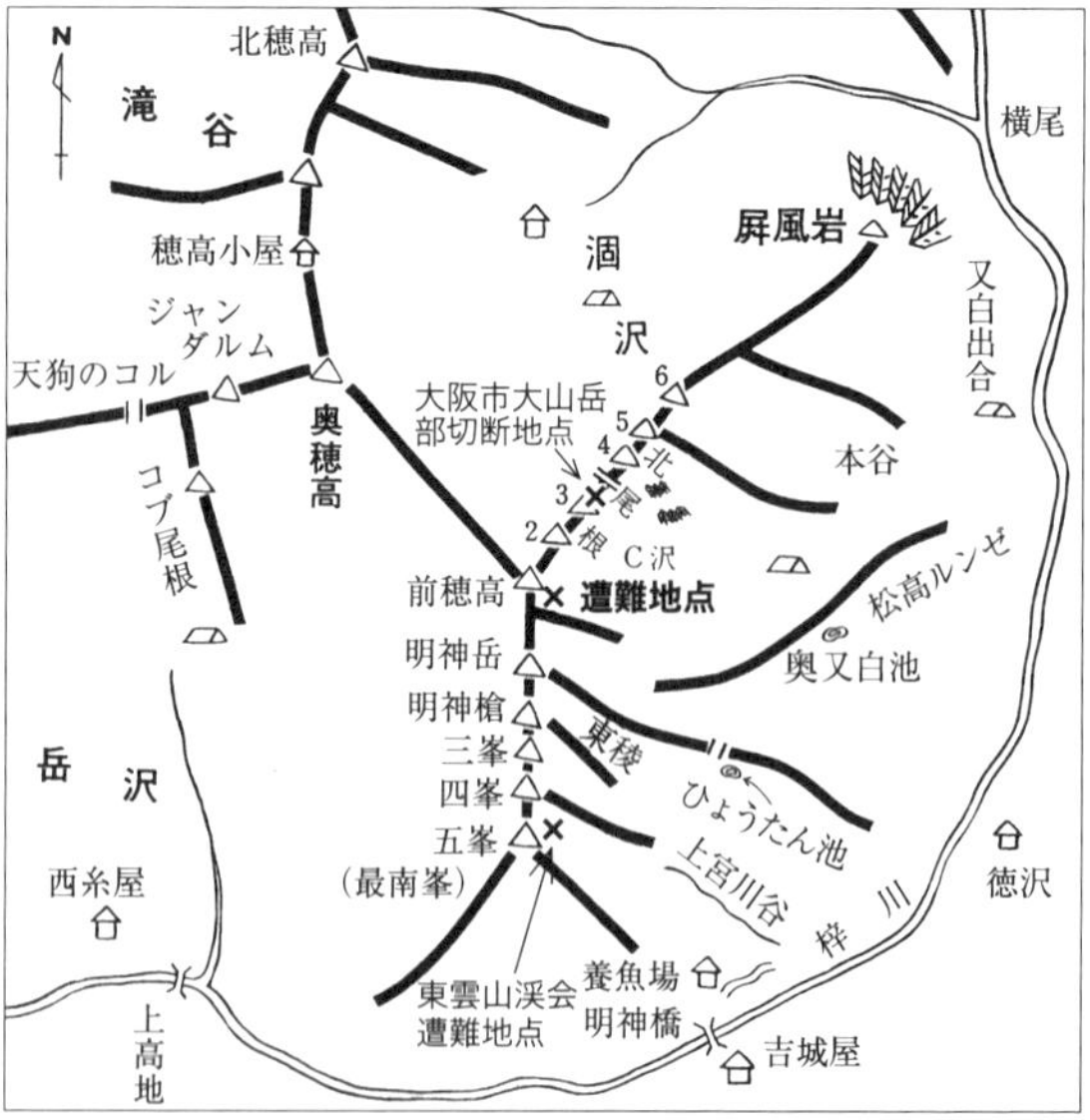

■穂高岳中心部とナイロンザイル切断事故地点

■大阪市立大学・大島健司氏からの手紙

……（略）……

同封しました写真〔二二頁に掲載〕には、パーティ三人の姿が微かに写って居ますが、これは恐らく五朗君最期の写真と思います。

この冬山、私達は北尾根を慶應尾根から取付き、八峰下にベース・キャンプを設け、一二月三一日に五・六のコルに第一キャンプを作りました。元旦には大島と橋本信行が四峰頂上より奥又側へ出ている尾根を約三〇メートル行った岩蔭にツェルトを張って、前穂へのアタック・キャンプとすることにしました。丁度、東壁Aフェースの下の大きな雪の斜面にトップが出たところでした。雪の中に蹲《うずくま》り柿色のザイルを白い雪の上に垂らしてトップが確保の態勢をとった頃、私は〝ガンバレヨ！〟と声を掛けました。〝ガンバルヨー〟という元気な返事を聞いて、私達二人は岩蔭の雪を除け、ツェルトを張り、第二キャンプの夜を過す用意をしました。

ツェルトを張り終って東壁を見ると今しもあとの二人が雪の斜面へ出て来たところ。記念にと一枚撮ったのです。どうか、この写真を以って私共の哀悼の意を五朗君の御霊にお伝え下さい。

徳沢で関西登高会の方などから遭難の事情を少しくお聞きし、又帰ってから中部日本新聞の「二つの遭難とナイロンザイル」を読ませて戴き、詳しい事を知ったのですが、遭難の直接原因がザイルの切断によるものである事を知り、皆様の御無念如何にと、お察し致します。

〝ナイロンザイルの切断〟――じつは私達もこの〝ナイロンザイルの切断〟を体験したのです。しかも五朗君遭難の翌三日、場所も前穂三峰で。

三人の東壁登攀をカメラに収めた後、一人が池の方へ手を振るのを見てから、私達はツェルトに潜り込んだのですが、炊事をしながら、一度外を見た時は、もうガスがかかっていて声だけが聞こえていました。四日市に家のある橋本は〝アラヨー〟を聞いて岩稜会と知っていました。第二キャンプまで持って来た携帯ラジオを聞くと、松本放送で〝元旦の北アルプスは快晴で……大阪市立大学、岩稜会……が夫々前穂高北尾根、奥又白……で……〟というのを聞いて嬉しくなったものですが、天気予報はあまりいいものではありませんでした。何時までも聞えている東壁登攀の声に〝いよいよビバークなんだな。大丈夫なんだろうか〟と二人で色々想像し、話しながらも、早く寝ました。

翌日二日、朝早く私達は一旦ツェルトを出、アタックに出発しましたが、吹雪に三・四のコルから引返しました。帰ってしばらくすると〝アラヨー〟が聞え、〝登り切ったのかな〟と思ったのですが、その後も時々聞えて来る。〝アラヨー〟は遠くかすかに聞えたり、近くなったり、何が何だか訳がわからぬようなもので、ただ異常感だけをはっきりと感じさせました。釣尾根を奥穂の方へ行っているようだったり、三峰の上の方へ出て来たように近くになったりして、一体サポート隊なのか登攀隊なのか全然分らず、こちらから合図をしてみようかと相談したりしたのですが、結局は下手に合図をして間違ってはと思いとどまったのです。

色んな想像に一日中息もつまりそうな気持を味わったものです。三日は少しでも天気が良くなれば飛出そうと待機し、午後になってツェルトを出ました。

思わず〝この下だ〟というような声を間近かに聞いて見上げると、東壁の上に人影が四つ五つシルエットを描いています。

時間的にもとても無理だが行けるだけ行ってみようとコルへ下り、三峰に取付きました。

コルからやや涸沢側を五メートル乃至一〇メートル登って稜線へ出、雪の小さい鞍部で橋本が確保し、大島がトップで奥又白側を覗きながら約六、七メートル登ったと記憶しています。オーバー・ハングの下の岩に立とうとした時、バランスが崩れ、奥又白側へ墜落。同時に橋本は、一歩涸沢側へ下ってショックに備えたのですが、何時まで経ってもショックが全然来ないので、恐る恐るザイルを引上げながら覗くとザイルが切断していたのです。

ザイルはTOKYO ROPE NO. G.N.10078東京製綱ナイロン一一ミリで、一二月に購入して、この冬山に初めて使用したものです。

切断は、大島から四メートル五〇センチの所で起って居り、約一五センチは、ばらばらにほぐれて居り、あたかもザイルの縒《よ》りを戻して引き抜いたような感じです。そこから約一〇センチは三つに縒りがほぐれて所々部分的に繊維が切れています。更に約一五センチは岩で擦った跡があります。大島の体重は当時の装備付きで一七貫（六三・七五キログラム）。奥又へコルを約一〇メートル下った雪の中に墜ちていて、橋本に連れられツェルト迄歩いて帰ったのですが、その間の記憶は全然ありません。

左尻全体を打って居り、翌日歩くのに相当不便を感じたのですが、他に傷はありません。

ザイル切断の原因については、両人が墜落地点の状況を明確には覚えていないので、不明、不確実なところがあり、目下ザイルの切断箇所について研究しているところで、未だ確定的な答を出せないのですが、とりあえずナイロン・ザイル切断の事をお知らせして置きます。

登山界にナイロン・ザイルの普及しつつある今日、再検討を要する事故、徹底的に切断の原因を究明したく思います。

これこそ、亡き五朗君に対する最大の慰めと信じます。よろしく御指導、御教授下さい。

奥又の雪に眠る五朗君の魂の安からんことを祈り筆を置きます。

大阪市立大学山岳部　大島健司

一月一六日

岩稜会　石岡繁雄様

また〳〵前穂で遭難

一名転落、二名凍傷

三重大生ら ザイル切れ絶望

新春の北ア前穂高岳で、またも遭難事件があり一名は行方不明、他の二名が負傷した。

長塀山から見た前穂高 ①本峰 ②二峰 ③三峰 ④四峰 ⑤奥又白谷 ×印は遭難場所

『ナイロン製ザイル』再検討の必要あり

堀田彌一氏（マナスル登山隊長）

■ザイル切断再発を報じる信濃毎日新聞（1月5日）

《信濃毎日新聞、昭和三〇年一月五日付の紙面は、岩稜会のザイル切断を報じた「またまた前穂で遭難」の記事に、別項で「ナイロン製ザイル、再検討の必要あり」と日本山岳会理事初見一雄氏の次のような談話を掲載している。

「ナイロン製ザイルはフランス、スイス、英国などで使われはじめた。日本で使われはじめてから三年しかたっていない。フランス製が最優秀ということになっている。日本では東洋レーヨン一社だけしか作っていないが、これも米国のデュポン社の特許を使っているから外国製に劣るものとは思われない。しかし人が落ちた場合そのショックに耐えるかどうか荷重の点に疑問があるとされている。事件の原因をよく調べたうえでナイロン製ザイルの性質を再検討する必要がありそうだ」

木村小屋の主人が「四日前」と言ったのは、東雲山渓会のパーティが木村小屋に救助を求めた日、二九日で、切断があったのは五日前の二八日である。東雲山渓会は、都立小山台高校出身者らによってつくられた山好きの小さな山の会だった。石原國利さんは、明神五峰のナイロンザイル切断現場とザイル切断が起きた岩の角度などを調べるために、以前から知り合いだった東雲山渓会の会員で転落した大高俊直さんの案内で現場調査にあたっている。

切断したザイルは岩稜会のものと同じ八ミリで、四〇メートルだったが、岩稜会とは違って保証付きではなかった。現在、東京都港区に住み、七五歳になっている大高さんは「ザイルの色はあめ色っぽい白色だった」と記憶していた。

ザイルは、前年二月に東京・銀座にあった山用品の老舗で買った。明神で使用したのが四回目だった。トップが大高さんで、セカンドの有賀浩さん（山梨県笛吹市在住、七四歳）は、約一〇メートル離れた岩陰でザイルを確保していた。有賀さんによると、大高さんが「行くぞ！」と言った直後に、「あっ！」と、声がして、全くショックもなくザイルに手応えがなくなった。驚いてザイルを静かに手繰ってみたら、ズルズルと手元に寄ってきたので、「切れたっ！」と、足がすくんだ。

有賀さんは、岩に打ちこんだハーケンとカラビナで自分の体を確保していた。身を乗り出して下をのぞくと、かすかに雪がけずられて、大高さんの墜落地点が推定できたので、急いで大高さんの救助に向った。

大高さんは、真逆さまに深い雪だまりに頭から突っ込み、両足が雪の上に出て、わずかに動いていた。必死になって雪を掘り、意識が朦朧としていた大高さんを救い出した。

有賀さんは必死の思いで大高さんを助けて、ザイルなしで凍った急斜面を下降、テントにたどり着き、一晩過ごした。

翌二九日午前四時ころ、単身でテントを出発、午前六時すぎごろに木村小屋に救援を求め、救出の運びとなった。

大高さんは結局、都内の大学病院に二週間ほど入院しただけですんだ。ケガの診断は、頭蓋亀裂骨折だった。

有賀さんによると、東京製綱か東洋レーヨンか記憶は定かではないが、電話でザイルの切れた時の様子や状況の問い合わせを受けたが、その後の連絡や問い合わせなどはなかった。しかし、東雲山渓会では大高さんと有賀さんの話などから

「ナイロンザイルはどうも鋭角の岩には弱いようだ、という認識を持ったんですが、ケガだけで済んで助かった、という気持が強かったですね」

という。

有賀さん自身は、岩稜会の『ナイロン・ザイル事件』を読んで、岩稜会に頑張ってもらいたいのでカンパをしたそうだ。

ナイロンザイルの切断で被害を受けた山岳会ばかりでなく他の山岳会や登山者は、岩稜会のナイロンザイル事件への取組みに期待し、岩稜会の存在も知られるようになった。昭和三〇年代の後半には、上高地の河童橋のわきに岩稜会と所属を書いたキスリング（リュック）をまとめて置いてあるのを見つけた登山者が、「オイ、岩稜会が来ているぞ」と、同行者らに知らせているのを目撃した人もいる。

昭和六二年（一九八七）有賀浩さんは資料の整理をしている時に、散逸させてしまったと思っていた自分たちのナイロンザイル切断前後の日記を見つけて、「明神岳最南峯東壁での遭難――一九五四年一二月大高俊直　有賀浩」と題してB5判数枚にワープロで浄書していた。パーティの行動を中心に書いたものでザイルに関するものほとんどないが、「ザイルの切り口はズタズタではなく先端はきれいに揃っており二センチ位の長さで綻《ほころ》びていた」と記録されている》

❄ 原因究明

一トン以上の重さに耐えるというナイロンザイルが、いとも簡単に切れて、会員が墜落死してしまったんです。切断した状況を生還した会員から聞いて、それは、大変なショックを受けました。会長であり、ナイロンザイルの購入を提案して、それを持たせて山に行かせた結果、若者を死なせてしまったんです。

である以上、責任ある立場にいる私はその原因を確かめなくてはならない、と考えたのは当然のことです。強度が従来の麻ザイルをはるかに超えるというのに、登山をする人間にとっての命綱であるものが、なぜそんな簡単に切断してしまったんだろうか、と頭の中は混乱しましたが、これは絶対に自分自身の手で確かめなければならない、と実験を始めました。

幸い、私は大学が電気工学科の出身であったものですから、実験に対してまったく経験がないわけではなかったことが、よかったんだと、思いますね。

その結果、当のナイロンザイルが九〇度の岩角で、簡単に切断してしまうことを突き止めたんです。

岩壁を登る時には、岩角が九〇度ある岩なんかは、ごく普通です。素手で手をかけたら指が痛くてたまらないほど表面が鋭くなっている岩があるのが、いわば、当たり前なんですからね。そういう岩の表面は、のこぎりの細かい刃のようにギザギザになっています。岩角は九〇度より鋭くなっているというのが、普通の状態なんですよ。

登山の際に使うザイルは、命綱です。このことは、くどいと思うでしょうが、これからも繰り返し言うことになるかもしれません。

ナイロンザイルに命を托して登攀中に岩のわずかなでっぱりにかけた登山靴が滑って、体がズルズルッとずり落ちることはよくあることです。

その時、鋭くなっている岩角にザイルがひっかかって、そこが支点になって登山者の体重が数十センチ落下する力で引っ張られると、簡単に切れてしまうということがはっきりした以上、メーカーや販売店が登山者の安全のためにナイロンザイルの欠点、つまり「鋭い岩角にかかったザイルに衝撃力が加わると、切れやすい、そういう使い方をするとザイルが切断するので危険である」ということを認め、それをはっきりと説明するべきだ、と私は考えたんです。

当時、ナイロンザイルは、登場したばかりでした。「最新科学がつくりあげたザイル」、「一トンの重さにも耐える」と、山の雑誌などでとりあげられていました。購入した直径八ミリのナイロンザイルは、登山家でもある名古屋市内の運動具店経営者が「保証付き強力ナイロンザイル」で、従来のナイロンザイルより約二割強力となり、八ミリザイルの抗張力は従来のマニラ麻一一ミリに匹敵、衝撃に対しては約三倍の強さがあると説明、後に「撚《よ》りロープ」と言われるようになったものです。

抗張力、引っ張って切れてしまう限界ですね、これが一〇三〇キログラム、その時の伸び率は五〇%でした。一方、当時、一般的だった登山用のマニラ麻ザイル（径一二ミリ）ですが、これも撚ったもので、抗張力約一二〇〇キログラム、その時の伸び率約一一%、となっていました。

八ミリのナイロンザイルは、一二ミリ麻ザイルに比べて、抗張力の数値が少し低いんですが、伸びが大きいので計算上では、衝撃吸収能力全体としては三倍強になる、ということです。

問題のナイロンザイルを製造したのは、国内で当時唯一のザイルメーカー、一流メーカーである東京製綱です。

従来の一二ミリ麻ザイルは、岩場で登山者が足を滑らせて体勢を崩してずり落ちる滑落をしても、切れる事はないと考えられてきました。

もちろん切断することはあったんですが、戦後になってから、日本でもアメリカの論文が紹介されて、研究されるようになった結果、麻ザイルは伸びが少ないので墜落時の衝撃エネルギーを吸収できずに切断するんだ、ということが分かったんですよ。

ナイロンザイルは、先ほど言いましたように、すぐれた理想のザイルだと、信じられたんです。ザイルを撚っているナイロンの原糸は、これも一流企業の製品でしたから、私たちにとって信頼は、絶対的なものでしたよ。

ナイロンザイルは、麻ザイルより取り扱い易いうえに、軽くて、かさばらないですからね、岩場で足を踏み外し、宙づりになったとしても、一トン強の重量に耐えるナイロンザイルは体重五、六〇キロの登山者の体を軽々と支えてくれると疑うことなどなく、そういう信頼を置いていたんです。

これは、死と隣り合わせているロッククライミングには安全が確保できる、願ってもない「新兵器」です。そういうザイルが登場したわけですから、これはもう、ぜひ使いたい、と思うのは当然のことでした。

私たちは、購入した店の経営者が、

「ナイロンザイルは紫外線にさらされると、弱くなり方が早い」

と、説明したので、ザイルを保護するためにキャンバス製の袋を特別注文して、つくってもらい、その中に入れてザイルを山に持って行ったんですよ。そして、使う直前に袋から出す、という慎重さでした。

その種の説明がナイロンザイルの岩角での性質についてもされていれば、私たちは説明を守って紫外線対策にキャンバス製の袋を作ったと同じように、それに対応した使い方、準備をしていたんですよ。

❄ 報告書だ！

捜索もできず、今後のことを考えても見通しなんかまったく立たないですし、ザイルの岩角欠陥のことを考えて、寝られなかったですね。

六日になってからだったでしょうか、木村小屋で撤収の準備をしていたら、上高地からひと足先に発って帰宅途中の私の弟、若山富夫から電話が入りましてね、松本からでした。あわてた様子で、

「大変だよ！　兄さん！　六日の毎日新聞朝刊に竹節運動部長の話として、ナイロンザイルは切れるはずがない。何らかのミスがあったのだろうというようなことが、出ている」というんですよ。

切れたザイルも現場も調べず、石原君、澤田君の話も聞かないで、

「もし岩の角で切れたとしたらザイルさばきが下手であったことになるし、使い古したか、細すぎたザイルを使ったのであったら不注意ということになる、と書いてある」

　というんで私としては、

「一体、どうなってるんだ」

　と、とても腹が立ちましたよ。竹節さんは、竹節作太といって、昭和一一年（一九三六）に日本で初めてのヒマラヤ遠征を立教大学山岳部が計画、ナンダコット（六八六七メートル）に初登頂したんですが、この遠征隊を毎日新聞（当時は東京日日新聞）が後援し、竹節さんは特派員として遠征隊に同行しています。

　登山に関する著作のある方なので、竹節さんが新聞でこういう考えを発表されているんじゃ、切断の原因が一方的に登山者のミスにされてしまう。もし、そんなことになったら大変なことだ、と考えました。

　現に、岩稜会のザイル切断の直前にも同じように岩場でナイロンザイルが切断して重傷者が出ている事実があったんですから、

「これは、このままにしておいたら、いかん！」

　と、急いで、石原國利君が説明してくれた現場の状況、事故の報告を書き始めました。岩稜会のパーティがザイルをかけた岩の位置関係などを描いた石原君の現場スケッチも含めて、ナイロンザイルが岩角で切断しやすいのではないか、という仮説を書き加えた報告書にしました。

《一月六日の毎日新聞竹節運動部長の発言をもとにした記事を国会図書館のマイクロフィルム、図書館の当時の新聞の綴じ込みで探したが、なかなか見つからなかった。ひょっとしたら、信濃毎日新聞ではないかと思い、長野県内の図書館で調べたが、これも見つからなかった。

ナイロンザイル事件に関わりそうなスクラップや資料の収集、保存を丁寧にしている石岡さんにしては珍しいことだったが、記憶力の確かさを信じて、長野県版ではないかと考え、長野県立図書館に問い合わせたところ、社会面で報じられたザイル切断で若山五朗さんが転落、行方不明になったという一報を受けて、長野県内に限って掲載する長野県版（長野版）に書かれた三段の記事が掲載されていた。ナイロンザイル切断の波紋がどのように受けとめられたのかを示す資料として、談話の全文を紹介したい。

見出しは「ナイロン・ザイルは弱いか——マナスルでも役立つ」となっている。

「前穂高遭難の三重大生一行の使ったザイルがナイロン製であったことから山の専門家たちの間でも「極寒に弱いのではないか」の疑問を抱くものがあるので是について竹節本社運動部長にきいてみた。

【竹節本社運動部長】　ナイロン製のザイルは日本で製造され始めてからまだ日は浅いが外国品にも劣らない優秀なものが造られている。昭和二七年にマナスルへ踏査に行った時はスイス、アメリカ、日本などのナイロン製ザイルを持って行った。この時は日本製は何となく頼り切ることができなかったが、二八年の登山には非常に役立ちむしろアメリカ製よりも日本製に頼りきることができたので二九年の登山にはすべて日本製にしてしまった。私は日本製ナイロン・ザイルの優秀な点を十分に認める。

前穂高岳で三重大の若山君が遭難した直接原因を日本製ナイロン・ザイルの弱さになすりつけてとやかくいっている者もあるが、これははなはだ早計である。ナイロン製は麻製よりも細く軽く耐久性がある。しかし日光に対してはひどくもろくかつ固くなる欠点がある。ザイルを買うには何百キロのショックに耐えうるかの試験をしなければならないが、一般市販などではあるいは略してしまうこともあり勝ちである。自分たちの生命を託するザイルであるから使用前に慎重過ぎるほどのテストを経るのが当然である。したがって毎朝出発する前には十分テストをしてから出発しなければならない。若山君の場合はどんな具合に切れたのか判らないが、もし岩の角で切れたとしたらザイルさばきが下手であったことになるし、使い古したか、細過ぎたザイルを使ったのであったら不注意ということになる」

この記事は、石岡さんがナイロンザイル事件に加え、のちに述べるがこれに付随して起きた問題を半世紀にわたって追求することになる闘いに火を点けることになった、いわば点火剤、起爆剤であった。記事には「ザイルを買うには何百キロのショックに耐えうるかの試験をしなければならないが、一般市民などではあるいは略してしまうこともあり勝ちである」とあるが、試験器具のない登山者は、どうやってこの試験をすることができるのだろうか。

また、「毎朝出発する前には十分テストをしてから出発しなければならない」の「テスト」は、点検という意味で使われているのだろうが、メーカーのレベルでの「テスト」に言及していないのは、いかにも片手落ちの感がある。

竹節作太氏の記事の一方で、前記した信濃毎日新聞には、第一報を伝えるマスコミの姿勢、目線の違いが如実に現れている》

岩稜会の仲間たちが、私の書いた原稿を手分けして書き写して、七部つくりました。そうして、捜索を雪解けまで一時中断して、鈴鹿に帰る途中の松本で新聞社や新聞記者に渡し、鈴鹿に帰って、コピーをつくり、すぐに山関係の出版社などにも送りました。

私たちは、その反応がどうなるか、「岩角欠陥」を指摘した仮説に、山岳界や新聞社が目を向けてくれるか、気が気じゃなかったですが、中部日本新聞〔昭和四〇年から中日新聞〕、朝日新聞が報告書に反応してくれましたね。

中部日本新聞は、一月一一、一二日に「二つの遭難とナイロンザイル」のタイトルで上、下にわたって私の書いた報告書を掲載してくれました。

また、朝日新聞は一月一五日付け夕刊の一面のコラム『今日の問題』で、「切れたザイル」の見出しで取り上げました。

「五〇センチばかりずり落ちたときに、あっ気なく切れたという。強力ナイロンどころか、ワラ綱《ママ》よりも弱いザイルである。いずれそれと同じザイルを持って山に登っている者が、ほかにも多いに違いない。そんなものに一命を托しているとは、なんと危険なことではないか。ザイルは、製造会社の保証ずみのものだそうだが、いったい何を保証したのか、徹底的に究明する必要がある」

などと書いてくれたのには、心強く感じました。

また、五朗を失った私たちの父、若山繁二はＮＨＫ第一放送の「私達の言葉」という番組で、登山経験者には一流メーカーの保証付きナイロンザイルの切断を信じてもらえないこと、息子は新製品の試験台となってあたら若い生命を失ったという訴えが採用されて、一月一七日に放送されました。

■若山繁二による「私達の言葉」草稿〔東京製綱株式会社はＴ社と仮名で、傍点部分は削除し放送された〕

私は去る一月二日、北アルプス前穂高岳に於いて遭難した若山五朗の父であります。

去る三日の夜九時頃、遭難の知らせに接しましたが、それは七二歳の今日まで、かつて私の経験したことのない驚きと悲しみを持った知らせでありました。その上、それは遠い、雪深い高山の絶壁の出来事でありますから、老人の私としては現地へ直ちに行く事もできず、唯狼狽するのみで、如何《いかん》とも致し方なく、万策尽き、それでも尚《なお》半信半疑のまま、やむなく床に入りましたが終《つ》いにまどろむ事さえできず夜を明かしました。翌日と翌々日とに弗々連絡が着き「どうか誤報である様に」と念じた悲報は最早やどうする事もできない悲惨な事実となりました。それはザイル切断が遭難の原因という事です。登山に経験のある見舞の方々にはザイルの切断は絶対に信じて頂けないのです。

九日遺体捜索を断念して、現地より帰られた山岳会の方々の御話に依《よ》れば、此の度の登山には、特に従来の麻ザイルに比して、二〜三倍の強力があり、その上極めて軽く一流メーカー東京製綱株式会社の保証付製品という好条件の下に、特に何割かの高額を支払って求めたナイロンザイルの使用のためであったと聞きました。

若い者は純真で人の言葉を何の疑いも挟まず、直ちに信用して使用した処、意外にも廃品にも劣り、何の手応えもなく切断して、アッという驚きと同時に「無念」の一言を残し、三百メートルの断涯へ墜落して行って仕舞ったと聞いた私は「吾が子が、この悪質にして無責任なる商人の宣伝に騙されて、あたら一九歳を一期として、避け得らるべき、ナイロンザイルの試験の犠牲にされたのだ」と考え、今は亡き吾子の、その場の心中を想像し、親としてはどうしても残念で耐えられません。あきらめ様としてもあきらめられず、その後幾日も泣き続けました。登山同好の子をお持ちになる親様方にはこの悲しみは必ず御察し願える事と存じます。

若い者は誰も新しい物を自ら進んで取り入れる進取の気性が旺盛であり、是は青年の特長でありますが、それを奇貨として巧言を以って頼むべからざる生命の綱を買わされ、尊き生命をさえ取られたのが私の子息であります。どうか世の青少年諸君には総《すべ》て何事に依らず先人が未経験の物を撰《えら》ばんとせらる時は、充分の注意と更に警戒心とを以って当たって頂き度いのです。世の中には人道に反する、悪質誇大にして然も己が利すれば他を省みざる類の宣伝を平然として居る者のある事に御注意願い度い。不幸なる遭難者の父として青少年諸君にお願い致します。

❄ 科学的調査の必要

私たちが上高地で作成した報告書は、山関係の雑誌では『山と渓谷』『岳人』のそれぞれ三月号に全文掲載されました。

『岳人』では「切れたナイロン・ザイル――〝世にも不思議な出来事〟」というタイトルでした。この文章の冒頭部分に、「転落死したのは、今や岳人の間に絶対の信頼をもたれようとしているナイロン・ザイルの切断という事実にあるので、ザイル切断時の情況と、それについての拙い感想を記すことは、ナイロン・ザイルの検討、即ち岩登りの発展のために私に課せられた義務ではないかと思う」と書きました。学生時代から岩登りをしてきた人間として、この問題を中途半端にしておくことはできないという気持でした。

■「**切れたナイロン・ザイル――〝世にも不思議な出来事〟**」(『岳人』昭和三〇年三月一日号)

岩登りによる遭難事故は、その原因はどのようであろうとも、岩登りの健全な発展を著しく阻害するものである。私は常にこのように考えているので、技術の科学的究明と安全ということについては、全く慎重にのぞんできた。そして、私の岩登り生活二〇年間を通じ、ともかく無事故を通してきたのである。ところが、今年一月二日前穂高東壁において遭難事故をひきおこしてしまったことは誠に申し訳ないことで、慚愧《ざんき》に堪えない次第である。敗れた私が、次のようなことを記すのは大変卑怯であり、また、愛する肉親を失った衝撃が、私の乏しい理性を一層低下させているのではないかと恐れるものである。

今度の事故の原因はいろいろ考えられるが、転落死したのは、今や岳人の間に絶対の信頼をもたれようとしているナイロン・ザイルの切断という事実にあるので、ザイル切断時の情況と、それについての拙い感想を記すことは、ナイロン・ザイルの検討、即ち岩登りの発展のために私に課せられた義務ではないかと思う。

ナイロン・ザイル使用の動機

私は、これまでアーサービール、セクリタス、T製綱製（麻）などのザイルを使用していたが、T製綱会社製作のナイロン・ザイルの強度に関する同社発表のデータに基づいた某著名登山家の、次のような推奨の言葉を信頼して、ナイロン・ザイルを使用することにした。

①製品は、Tレーヨンの原糸を使用してT製綱で製綱したものである。現在の研究段階は従来のナイロン・ザイルより約二割強力なザイルが完成している。これによればこの八ミリザイルの抗張力は、従来のマニラ麻一一ミリ（筆者はこれのスイス製品をよく使った）に匹敵する。従って、岩登りで最も大切な衝撃に耐える力に関しては、ナイロン・ザイルは麻ザイルの約三倍の強さを有するであろう。

（註）データ中の抗張力を表わす数字が正しければ、マニラ麻ザイルの伸びは一〇～一五パーセント、ナイロン・ザイルは五五パーセントであるから、ナイロン・ザイルは理論上、衝撃に対して約三倍強

いことになる。

②寒さに対しては大丈夫である。すでに、マナスルとアンナプルナの両登山、南氷洋の捕鯨に使用している。ただ、ナイロン繊維の間に水が入って凍った状態の場合、即ちガリガリの状態の場合のテストは麻綱の場合と同様行われていないから、この状態についてはなにもいえない。

（註）従来、麻綱の場合は油脂をぬって凍結を防いでいる。実際、凍結したザイルというものは使えたものではないのであり、凍結させてはいけないのである。従って、そういう場合のテストの必要はないのであるが、そういうデータがないということであるので、私は名大の須賀太郎教授にお願いして、こういう場合のデータをとるべく準備をしていた。しかし、入山の期日が迫り、実際にはテストはできなかった。後で述べるように、ザイル切断の場合はこの状態ではなかった。

③ナイロンは紫外線に弱いといわれているが、これはザイルの表面を着色することによって防止できるのではないかと思う。いずれにしても、着色すれば判別も容易だから着色してはどうか。

（註）この意見に基づき、オレンジ色に着色した。（着色はザイルの表面だけで内部には及んでいない）なお、アンザイレンのとき以外は紫外線にふれることを避け、また運搬、テント内などでの損傷を防ぐため、綿防水布で袋を作り、これに入れて携行した。

④一般に、ナイロン・ザイルが欲しくても買えないのは、高価なためである。しかし八ミリのものであれば値段もマニラ麻の一一ミリのものと大差なく、それにマニラ麻一一ミリのものより強力なのだから、これで充分である。

⑤製品は、T製綱の保証済みのものである。

私が、ナイロン・ザイルの購入について、私たちの仲間と協議したとき、彼らの中には習慣上、八ミリということに大きな不安を感じたものが多かった。しかし、私は以上の説明をくりかえし、ザイルが太いとか細いとかいうことは相対的な問題であって、たんに細いからという理由だけで使ってみようとしないことは、科学的でないと主張した。なお、先登者の確保の場合に、ザイルが細くて滑りやすくはないかということについても、先登者の安全な確保は制動確保のほかはないのであるから（この理論的な説明は学問的になるので省略する）滑りやすいということは、却って有利であることを知っていたので、ついに昨年一二月初め八ミリのものを八〇メートル購入することにした。

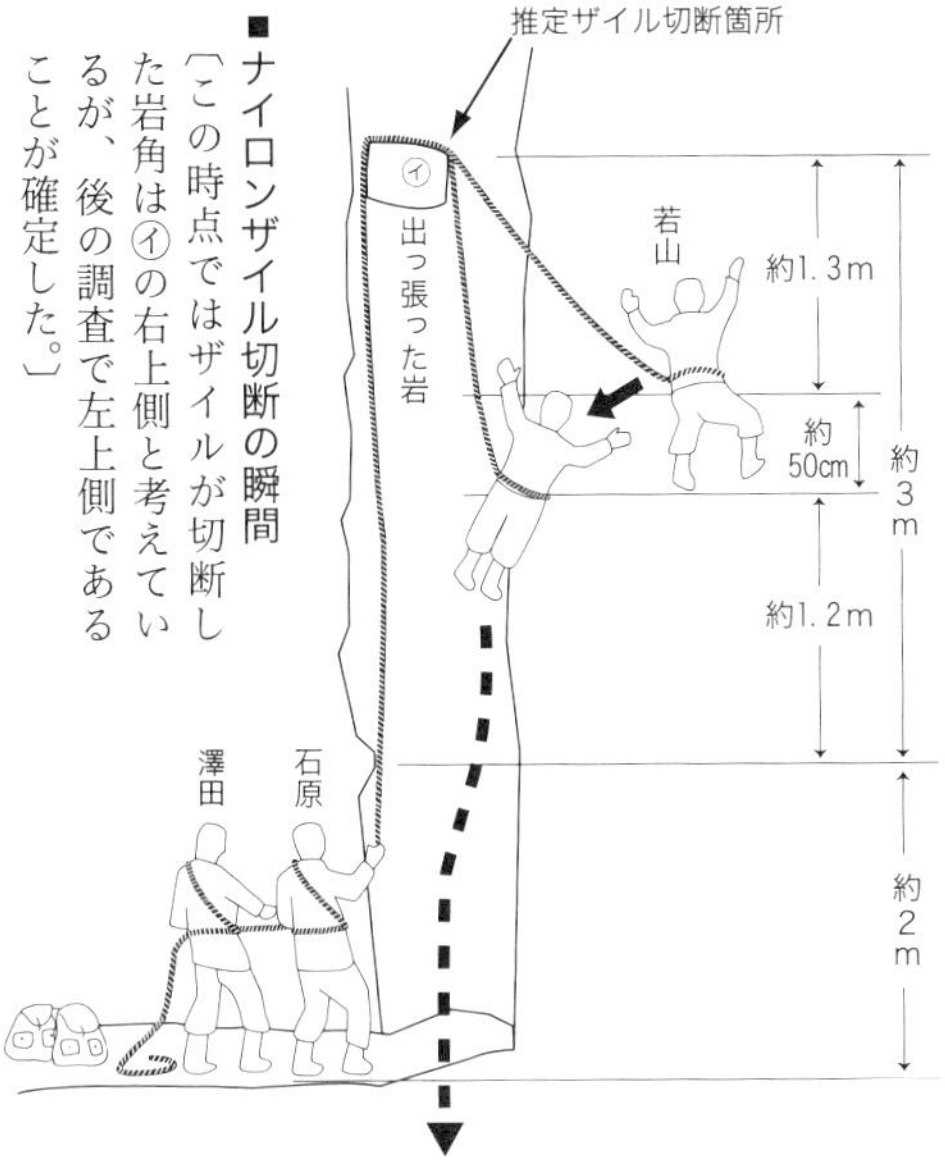

■ナイロンザイル切断の瞬間
〔この時点ではザイルが切断した岩角は㋑の右上側と考えているが、後の調査で左上側であることが確定した。〕

遭難当時の情況

……（略）……

翌二日七時半、元気に再び登攀を開始。石原は、図の割れ目を登って㋑の突出した岩にザイルを掛け（投げ縄ではない）その往復二本のザイルを握って突起の上に出ようと試みた。しかし、突起の上に頭を出しながら、力不足で成功しなかった。そこでザイルにつかまったまま棚に降り、先頭を若山と交代した。若山は、石原とザイルを結ぶ順序を交代したのち、直接㋑に登らず、右方の壁に取りついた。もちろん、石原は若山の登高と共にザイルを引いていた。このときの状態は、石原の記憶によれば図のようであった。（石原は、自分もその前に登っており、また確保すべき先登者を注意深く注視していたので、誤りはほとんどないといっている）

そのとき、若山は左足を滑らし〝アッ〟といって矢印の方向に時計の振子のように半円を描いて落ちた。同時にザイルは切断し、若山は石原の腿にあたって瞬間に見えなくなった。このとき、ザイルを握って若山を確保していた石原には、ショックはほとんどなかった。

石原、澤田の二人は大声で呼んだが、下からの応答はなかった。二人は、ザイルの余りの脆さに登攀の自信を失い、その場で救援を待つことにし、再び第二夜を風雪の棚で明かしたが、翌三日午後、無事救出され、暗くなってから〔奥〕又白池畔のテントに戻った。

ザイル切断に関する考察

ザイル切断の理由として考えられるのは一、ザイルが弱かった（ザイルそのものの欠陥、損傷、使い古しなど）。二、ザイルの取扱いが悪かった。三、人的条件以外のもの（落石など）が発生した。四、以上のものが組み合わさった場合、などであると考えてよいと思う。

ここで大切なことはザイルが弱いとか取扱いが悪いとかいう場合には、よるべき基準が必要となるが、今ここではふれないこととし、従来の直感的なおおざっぱな考え方で進めることにする。また、今度の場合は登攀者の言および次の(a)(b)二つの理由から、ザイル切断の理由は、ザイル自体に欠陥があったと考えるのが穏当のように思われる。

(a)　ザイルの支点となった部分の岩の状態が刃のようではなかった場合、つまり支点がザイルに楔《くさび》の作用をしなかったものと仮定した場合、確保者（石原）への衝撃がなかったことは、ザイルと岩の接触摩擦が大きくなっていて、確保は直接確保の場合と同様な結果になっていたと考えられてよいことになる。この場合、ザイルに加わる張力を計算すると、人体の緩衝作用を無視した場合でも、最大抗張力の半分以下となる（この計算は略す）。実際には、わずか五〇センチの落下のため、人体自身の緩衝作用も影響を無視できない。即ち、ザイルの切断に関し更により安全な状態にあったと考えられる。即ち、この場合、メーカーのデータ通りのザイルであったとすれば、切断しなかったはずである。

(b) 楔《くさび》の作用が働いた場合、この場合にはいかに強力、優秀なザイルでも切断することはありうる。しかし、従来の経験によると前記の程度の滑落は普通によくあることである。岩角にザイルを掛けて行う懸垂下降中でも、この程度の衝撃はよく起きているはずである。実際この場合は、落下というよりも、時計の振子のようにズリ落ちたという感じである。（支持点が上方にあるからトップの墜落とはいえない）そして、従来の麻ザイルではこのような状態での新しいザイルの切断というものは全く聞かないのである。このことは、ザイルを掛けた岩角が、偶然にもこの程度の張力でザイルを切断するほど、鋭い刃の状態であったことになる。即ち、過去何十年間にもなかったような、全く珍しいケースであったということになる。即ち、これをもって、ザイル切断の穏当な理由とすることはできないと思う。同様に、事故発生時の状態から考えて落石などの人的条件以外のものを理由と考えることも無理のようである。

以上の理由から、一応ザイル切断の原因をザイル自体の欠陥と考えることとするが、この場合に考えられるのは①メーカーの保証付として渡されたナイロン・ザイルが、T製綱の発表したデータだけの性能をもっていなかった場合②データどおりの性能はもっていたが、従来気づかれなかった部分も存在していた場合、などである。

①について、一流メーカーの製品中にも、粗雑な品物が混入することは、しばしば経験するところである。今度の場合に使用した八本爪のアイゼンも、懸垂で遭難現場に救出におもむいた高井のものは有名なK製の新品であったが、普通の使用状態で四個所も折れ、欠損している。（救出された石原、澤田、およ

び他の会員のものは新品でなく、異常はなかった）このことから考えても、私たちが購入したナイロン・ザイルはメーカー保証付にもかかわらず、粗悪品ではなかったかと一抹の不安を抱かざるを得ないように思う。

②について、従来、ザイルの性能についてのデータは、抗張力と伸び、即ち衝撃に耐える力に関する部分だけしか示されていないが、実際の登山綱として考えるとき、これだけでは不備であって、なにかほかに重要な要素が忘れられているのではないか、ということである。たとえば、緊張したザイルが鋭い岩角に押しつけられた場合は、抗張力より少ない張力でザイルは切断するであろう。岩登りをする場合に、なるべくそういうことのないようにしなければならないが、この状態を全く避けることは不可能である。だから、そのような状態でも、ザイルがある程度の強さをもつということは登山綱として欠くべからざる条件である。ところが、こういう場合の科学的テストが行われていないように思われる。ただ、ヒッパリ試験に強いザイルは、そういう場合にも強いと考えられていたようである。

しかし、今度の事故によって、このことに大きな疑問をもつにいたった。即ち、ナイロン・ザイルの抗張力は麻ザイルより大でも、岩角での楔の作用が働いたときにはその強度は麻ザイルより、むしろ小さくはないかということである。素人考えではあるが、柔らかいものは硬いものよりも刃に対して弱いように思う。この考えの裏づけになると思われることに、次の事実がある。即ち、ナイロン・ザイルを岩の上でズラせたり（ズラさないように注意しても、実際にはズラさなければ確保は不可能である）することにより、ザイル表面のケバ立ちが著しい。よく見ると、ザイルの表面のナイロン繊維が切れたり、あるいは抉《えぐ》れたりしている。この影響かどうかわからないが。また、稜角約六〇度の刃でT製綱麻綱（青糸）と、今回切れたナイロン・ザイルとを切ってみたが、切断に要する圧力が全く異っていた。（データを整理するところまでに至っていないので詳細を記せない）

しかし、ここで問題になるのは、従来何故岩の刃に対する科学的な測定がなされなかったかということである。私が想像するのに、従来ザイルといえば殆どが麻製であり、また、麻綱がたまたま岩の刃に強かったので人々に気づかれず、問題にもならなかったのではなかろうか。しかし、今後はザイルを多種の角度をもつ刃の上にのせての抗張力テスト、衝撃テストなどを行う必要があるのではないかと考える。少なくとも、ナイロンと麻とのこうした比較テストは、ぜひとも必要と考える。

ナイロン・ザイルが高価であるから強かろうとか、ヒマラヤで使われたから大丈夫であろうということは当らない。ヒマラヤで果してナイロン・ザイルが岩の刃の試煉を受けたであろうか。なお、こんどの事故の場合、ナイロン・ザイルは全く柔軟であって、凍結してはいない。また切れ口は、その断面の約六〇パーセントがナイフで切ったようになり、残りが筆の先のようになっている（石原、澤田、救援隊員証言）。しかし、私が行った実験によれば、ナイロン・ザイルはたんなる引っ張りによる切断の場合でも、ナイフで切ったと同一の切れ方をする場合があるので、切れ口だけをみて岩角で切れたかどうかの判断はできない。

結論として

従来の麻ザイルの常識をもってすれば、全く考えられないような事故が、ナイロン・ザイルの場合に起きたということは、この事故の原因の科学的究明と理論的な検討がなされるまでは、ナイロン・ザイルの岩場での使用は見合わすべきであるとする充分な理由になると考える。そして、一日も早く安心して使える日がくることを念願するものである。

なお、ナイロン・ザイルが岩角に対して弱いという結果になった場合、氷雪ならば安全かといえば必ずしもそうでなく、氷雪上の横断でスリップした場合、突出した岩角に触れることは充分考えられると思う。要するに、山には岩があり、岩角は稜角の角度如何にかかわらず稜線は鋭いと考えてよいのである。

岩角に弱いザイルというものは、安心して使えないと思う。また、麻や綿のように植物がつくり出したものは性能が均一であると考えてもよさそうであるが、ナイロンのような化学繊維となると製造過程でのわずかな差が重大な性能の欠陥となって現われることになるかもしれない。生命に関するものの場合には、メーカーはあらゆる場合を考え、一本々々慎重にテストして製品にしなければならないと思う。以上、私の考察が誤っておれば、幸いである。


『山と渓谷』三月号では、われわれにザイルを販売した熊沢友三郎氏が、

「現在の岳界の人々でこの問題に答えられる人は私の知るかぎりありません。この重大さに発表できないのが現状で、素人考えはやめて、科学的調査による必要があります。私の考えはナイロンの知識を登山者が知らないためによる原因と、製綱上の点を考えねばならないと思います」

と、記述していました。

科学的調査こそが、一〇三〇キロの重さまで耐えるナイロンザイルが岩角で簡単に切れることを確かめ、その切断がなぜ起きるのかの原因を追究する手段なのは、その通りです。

『山と渓谷』には、次号で日本山岳会関西支部長、大阪大学工学部教授の篠田軍治氏の実験報告を掲載する、とありました。私たちはそれに大いに期待していましたが、四月号には掲載されませんでした。掲載が延期された理由は、のちになって推測できるようになりました。

結局、報告記事は、七月号に掲載されました。しかし、それはとても科学的な切断原因調査だと言えるものではありませんでした。

この時期、メーカーがナイロンザイルの一時使用停止を山岳界に依頼したことがあるんです。全日本山岳連盟（全岳連）の発足が五月に予定されていましたので、三月二四日に関東地区山岳連盟理事会が開かれ、そこで全岳連発会式の経過報告が案として検討されました。その経過報告が私のところにも送られてきまして、その中に「経過報告の別紙」として次のような記述がありました。

「ナイロンザイル使用停止の件

東洋レイヨン・東京製綱より全岳連へ『今冬の遭難二件はナイロンザイルに依るものである故、詳細なデーターの挙るまで一時使用を停止せられたい』との申入れあり今後の事故防止の為早急に各団体及び登山者に連絡なされたきむねの依頼あり各地方へ連絡せられたい」

私にとって、岳連が三月下旬に出した機関誌で「ナイロンザイルの切断原因が判明するまで一時使用を停止されたい」と、発表してくれたのは、登山者の命を守るという意味で評価できることでした。

Ⅱ 疑惑

❄ 失礼な手紙

五朗の捜索活動は雪解けまであきらめざるをえませんでした。私たちは後ろ髪を引かれる思いで、鈴鹿に引き上げました。

石原、澤田の両君は凍傷の治療のために、鈴鹿市内の病院に入院しましたが、この間、両君にはザイルを販売した熊沢友三郎氏から書簡が届けられています。たとえば澤田君への書簡には「御尋ね事項」として、

「前日の行動中にザイルを濡らしていたかどうか。ビバークの夜はザイルを尻の下敷に利用して濡らしはしなかったか。ビバークの夜ザイルを岩に（確保用）つけたまま利用したとすれば、ザイル損傷の懸念は有ったか。遭難当時の気温はどの位であったか、アイゼンの歯が折れる位だったか。若山君

のザイルの結び方法は。若山君のザイル結びは行動寸前か、前日のままか。……」

という質問が出されているんです。

石原君は、救出されて木村小屋に運ばれて私と会った最初の言葉が、

「バッカス！　ザイルが切れましたっ！」

だったんです。

そして、現場の岩壁から持ち帰った切れたザイルを私に見せているんです。もちろん、私はその切断したザイルを手にとって、確認しています。

彼は、一トン以上の重さにも耐えるといわれるナイロンザイルが簡単に切断してしまったんで、

「何かナイロンザイルの性質に、特別な原因があるんじゃないだろうか？」

と、クライマーとして直感的に疑問を持ったからこそ、切れたザイルを十分に調べる必要がある、と私に訴えたんですよ。

命を托すザイルが簡単に切れてしまったんですから、自分の判断だけじゃなく、納得できる原因を調べ、追求しなくちゃならない、と考えたからこそ、持ち帰って私にも見せて現場の状況を詳しく報告しているんですよ。

澤田君に対する熊沢氏の手紙の質問は、

「ザイルの扱いに間違いや誤りなど不注意があったのではないか」

と言外に言っていることですよ。

こんなバカを言っちゃいけません。じつに失礼なことだし、自ら登山家である人が、自分が販売し

たメーカー保証付きのザイルが、昔からの麻ザイルよりはるかに簡単に切れてしまったんですから、その原因を調べようという気持を持ってもらいたかった、ということを今でも感じていますね。

そもそも、ザイルの結び方を習得することは、登山、岩壁の登攀を志す者がやらなくてはならない初歩訓練です。ザイルは自分の命を救うための命綱じゃないですか。結び目がほどけるような状態で岩壁に挑むなんてことは、まさに自殺行為ですよ。そうでしょう。ザイルを満足に結べないんじゃ、まず岩壁に向かうことすらできないです。

真っ暗やみの中でも、状況に応じた結び方ができるようになる、というのは登山でもヨットでも、ザイル、ロープを使うスポーツの基本中の基本ですよ、そうじゃないですか、ねえ。

岩稜会では、ザイルを満足に結べない人間を岩壁に挑ませるなんて、そんな、ぶざまなことはさせませんよ。まして、彼らは厳冬期の前穂高岳東壁の初登攀に挑戦するほどの実力を持ったクライマーです。ザイルに命を託して岩壁を登るんですから、ザイルの状態はいつも確認しています。登攀中にザイルがほどけるような初歩的も初歩的、そんな安易なミスを絶対にするわけがありませんよ。

熊沢氏は私の知人の一人であったんです。このあと、ご本人は、先にも言っているように雑誌で、専門家の科学的な判断が必要だ、と述べているんです。

しかし、この質問は、本人が登山家で名古屋の山岳会の幹部であるにもかかわらず、非常識です。いずれにしても、五朗が収容されれば、必ず彼の体に結ばれているザイルの切断面は、石原君が回収したザイルの切断面と同様であるはずですし、ザイルは、間違いなく確実に体に結ばれているに違いありません。私は、熊沢氏は自分の言っていたことがことごとく覆された時に何と言って岩稜会員に詫びるんだろうな、と思ったものです。

その意味で、五朗の発見が「ナイロンザイル岩角欠陥」の仮説を裏付ける有力な証明になるわけですから、私たちは一刻も早く五朗を発見し、収容することを願って一日千秋の思いで雪解けの便りを待ちました。同時に、鈴鹿に帰って、時を置かずに実験にとりかかりました。


《熊沢氏の手紙には、ザイル切断の原因を客観的に究明しようという心構えより、「メーカー保証付き」のザイルを販売した立場で、切断の原因を登山者サイドのミスによるものとして解決できないか、という意図が垣間見える。

上高地から帰った石岡さんは、冬期合宿に持参した東京製綱製の八ミリナイロインザイルの残りの四〇メートルを使って実験を始めた。「メーカー保証付き」だったという石岡さんに、このザイルを買い求めた時に保証書のようなものは添付されていたのかを確認したが、「保証付き」というのは言葉だけであったことがわかった。

旧制名古屋帝大の電気工学科出身の石岡さんは、前述のように海軍技術将校（大尉）の経歴を持ち、戦後、旧制三重県立神戸中学で一時期物理を教え、名古屋大学職員となった。のちに、国立豊田高専、同鈴鹿高専で、応用物理を教えている。大学時代以来の経験からして、実験をするということは、石岡さんにとって、それほど特別なことではなかった。

第二海軍燃料廠時代の同僚によると、石岡さんは、軍の航空機燃料が不足しはじめたため、その代用として考え出された松根油《しょうこんゆ》（松の木の根っこを掘り出して、油分を抽出、精製してオクタン価を高めてつくられた航空機燃料油）の連続蒸留システムで常時起きる爆発の原因を突き止め、二四時間連続運転を可能にするなどしたそうだ。

この話を聞いた時、石岡さんに「どうやって、原因を突き止めたんですか」と質問したら、「学生時代から、問題が出てきたら基本に戻って、分からなくなったところをしっかり点検するんですよ。そうすると、案外早く問題の場所なり、ポイントなりが発見できるんです」と、答えてくれた。理科系出身者の知識と実験に対する経験、石岡さんの「基本に戻る」という思考方法が、ナイロンザイル切断の原因追及、問題提起などに大きな力となった》

❄ 手製の実験装置

鈴鹿に帰ってから、まず、自宅近くの神戸城跡にある松の大木を使わせてもらって、さっそく、実験にとりかかったんですよ。

ザイルの一端に、砂利約六〇キロを詰めた麻袋を結び付けました。当然、この重さは成人男性の体重に相当する重量、ということですね。

そして、約五メートルの高さにある太い枝を支点にして六〇キロの麻袋を引き上げ、麻袋を何度も落下させました。これは、本格的な実験にかかる前の予備的実験でした。

直径八ミリのザイルは、太い枝を擦って落下する一瞬、ピュッという感じで細く伸びましたね。それでも、切れることはなかったですね。六〇キロを支えているんです。

「えっ、こんなに細く伸びても六〇キロを持ちこたえるのか！」

と、びっくりしたことを憶えていますよ。

石原君から、

「ザイルを回した現場の岩の角度は九〇度ぐらいで、表面がギザギザだった」

という状況の説明を受けていますからね、ザイルがぴゅっと、まるでゴムひものように伸びるのを見て、木村小屋でナイロンザイルがナタで簡単に切れてしまったことと合わせて、私は、

「ナイロンザイルは一トン強の重さにまで耐えるといわれているものの、これは単純な引っ張りの強さだけじゃないのか。岩壁を登攀中にずり落ちて、表面がギザギザして手の先が切れて血がにじみだすような鋭くなった岩角に引っかかったり、擦られたりしながら引っ張られたら、極端に弱くなるんじゃないのか」

と、すぐ推測できました。

木村小屋でナイロンザイルと麻ザイルをナタで切ってみた時は、ザイルをただ横にして、引っ張りも何もしていない状態でした。それでもナイロンは麻より簡単に切れたんですね。それなのに、目の前で六〇キロをぶら下げて細くゴムみたいに伸びているナイロンザイルを見れば、

「これは、岩場ならどこにでもあるような岩に直角にかかって引っ張られたら、簡単に切れちゃうな」

と、誰しも考えるでしょう。

ザイルを使って、岩場を登攀した経験があり、切断した現場の岩角の状況の説明を聞いて、その上で実験した人間なら、当然、そう感じるでしょう。

松の木での予備的な実験の結果をふまえて、一月中旬から小規模な実験にとりかかりました。高さ一五六センチの木製の架台をつくりまして、九〇度の岩角の代わりに同じ角度の鉄のエッジを横木の上部に固定し、それにザイルをかけ、もう一方の側に一五・五キロの石を結んで、落下させる、というものです。

実験は、まずザイル上端を台の上に結んで固定、他の一方に石（錘《おもり》）を結びます。その錘を落下さ

■自宅の庭先に作った木製架台の実験装置
上＝装置全体　下＝鉄製エッジと錘の石

せるんですが、ザイルがどれだけの高さから錘を落下させた時に切断するかを測定する、というやり方です。

エッジは一二〇度、九〇度、六〇度、四五度の四種を自作しました。エッジの先端部は加工したままの状態です。テストに使ったザイルは、前穂高岳東壁で切れたものと同じ、直径八ミリ、抗張力一〇三〇キロのザイル、前にも言っているように抗張力というのは引っ張りに対する強さですが、このザイルが高さ六〇～六六センチ落下させるとエッジ部分で切断しました。

石の重さの一五・五キロは、体重が六〇キロの人間の約四分の一ですよ。それで、簡単に切断してしまうんです。

マニラ麻一二ミリザイルの場合は高さ七〇センチの落下では切れませんでした。

「やっぱり、これだ！」

木村小屋での私の直感に間違いなかったことが、これで裏付けられたんですよ。一トン強の引っ張りにも耐えるという新鋭ナイロンザイルが、岩角では極端に弱くなって簡単に切断してしまう、ということが数字で明らかになったんです。岩角に弱いということが、納得できました。

当時、ザイル問題で話を聞かせてもらいたい、と鈴鹿の私の家を訪れた登山関係者たちには、必ずこの実験をして見せました。論より証拠で、これを見た岩登りの経験を持っている登山家は、みんな、ぞっとしたんじゃないでしょうか。

一月一一日と一二日の中部日本新聞が掲載してくれた私の報告と仮説の記事を読んで、登山家であり学習院大学教授の木下是雄さんが、篠田氏を訪ねてナイロンザイル切断の件を聞いたそうです。木下さんは、東京大学で寺田寅彦の講義を受けたことがあるそうで、以前からの私の友人だった人です。その木下さんが篠田氏の話を基に、

「篠田氏の影響がかなり入っているかもしれないが……」

と断って、ナイロンザイルは私が主張したように鋭くなったエッジで弱いと思わないが、私の説も実験で確かめる必要がある、という主旨の手紙をくれました。

■木下是雄氏からの手紙

石岡　兄　　一九五五・一・二四

……（略）……

今日物理学研究連絡委員会というものがあって、その席で阪大の篠田〔軍治〕さんにお目にかかり、〔大阪〕市大の話などを伺いました。以下に述べる意見はかなり篠田さんの影響が入っているものとお考え下さい。

1　小生は貴兄が強調されるように一般に nylon rope が、特に notch effect〔シャープなエッジの楔効果〕に対して弱い、とは必ずしも考えられないように思います。

それよりも東洋レーヨンが東京製綱に送った patch ができがわるかったか、或は東京製綱のより方が悪かったかで、事故を起した一群の綱が全部粗悪品であったという方が probable なように思います。

2　nylon の製造過程を考えると、或る patch として製造されたものが、特に重合度が低かったとか、oricutation が悪かったとかいうことがありうるように思います。それらの場合にはできた綱は簡単に切れるかも知れません（ふつうの tension test でも）。……（略）……

3　より方の問題は、nylonは摩擦係数が異常に小さい材料ですから、麻と同等には扱えない。したがってより方にも特殊の工夫が必要だろうと思う。その考慮がはらわれていたかどうか、又正しく実行されていたかどうかということです。

4　以上の点から考えて、切れた綱の残片の精密検査が何より必要だろうと思います。新しい試験材料をもらってもこんどの事故原因には必ずしも役立たないかも知れません。新しいtest pieceを要求すればふつうは一番良いのをよこすでしょう。

5　元日夜から一日朝にかけての気温はどの位だったのでしょうか。篠田さんは低温脆性ということにかなりstressをおいておられました。ふつうのnylonならおそらく低温による脆化などはマイナス一〇や二〇度Cでは問題にならぬと思いますが篠田さんの意味は重合度不足の場合の「低温脆性」ということかと思います。

小生の貧弱な予備知識では重合度不足の場合特に低温で脆化するものかどうか判断しかねますが、とにかく一応問題にすべきでしょう。

6　nylon rope一般としてnotch effectで参りやすいということが考えにくいという理由は、少くともnylon繊維は屈曲試験や摩擦試験に対して異常なほどの耐久力を示しているからです。然し繊維としての強さと綱としての強さとは一応区別して考えなければならないので、摩擦係数が小さいために撚りがもどりやすくバラバラになりやすいとしたならば、或はnotch effectで参りやすくなっているのかも知れません。

7　6に書いたことと反対の議論を自らこころみますが、「摩擦係数が小さいために刃物が非常に入りやすい、つまり切れやすい、したがってsharpな岩角で切れやすい」という推論も不可能ではないでしょう（第二段から第三段に移るところのgapが大きいと思いますが）。これは貴兄のお考えと一致するものかも知れません。もしこれが事実だとすると、それはnylonせんいの問題で、nylon ropeの将来に対して致命傷です。もちろんこの仮定も実験的検証を試みるに値します。

……（略）……

11　岩角との摩擦による発熱が劣化の原因となることもあり得ると思うのですが、プリントの記事からは、そういう可能性は少ないようですね。

以上取り急ぎご返事まで。

木下是雄

木下さんは後日、鈴鹿の自宅を訪ねてくれましてね、「木製架台の実験」を私が実際にやって、見てもらいました。そうしたら彼は、とても驚きました。当初は、岩角欠陥には否定的だったと思いますが、以来、ナイロンザイルの岩角欠陥を認識されたんですよ。

装置は、自作で小規模でも理論的には、十分なものでした。九〇度の岩角（鉄のエッジで代用）にかかって錘が落下した時にザイルが切断する距離を見る単純なことですからね、それで十分なんですよ。

一月末に、私たちは友人武藤三郎君がいた名古屋工業大学の土木研究室で、一トン用引っ張り試験機を使って、八ミリナイロンザイルを鉄製の三角形のエッジ（指で押して痛い程度）を介して引っ張る実験をしたんです。この実験と同じことを一月三〇、三一日に須賀太郎教授の指導のもと名古屋大学工学部土木教室でも行ないましたが、結果は次のようにナイロンザイルの鋭いエッジでの明らかな弱さを示したものでした。

■名古屋大学工学部での実験（岩稜会『ナイロン・ザイル事件』より）

試料①　ナイロン8㎜普通糸…昭和29年12月9日に購入した東京製綱製の新品
試料②　ナイロン8㎜強力糸…同上、オレンジ色に染色した東壁で切断したのと同じ綱
試料③　青麻12㎜…………購入後四年の麻ロープで青糸ザイルと呼ばれた二流品

	三本撚りの一本切断	同二本切断	同三本切断する時の荷重
◎エッジA			
①	78kg	90kg	98kg
②	95kg	98kg	
③	193kg	193kgからずるずる切断	
◎エッジB			
①	56kg	56kgからずるずる切断	
②	75kg	75kgからずるずる切断	
③	196kg	196kgからずるずる切断	
◎エッジC			
②	69kg	83kg	83kgからずるずる切断
③	125kg	86kg	86kgからずるずる切断

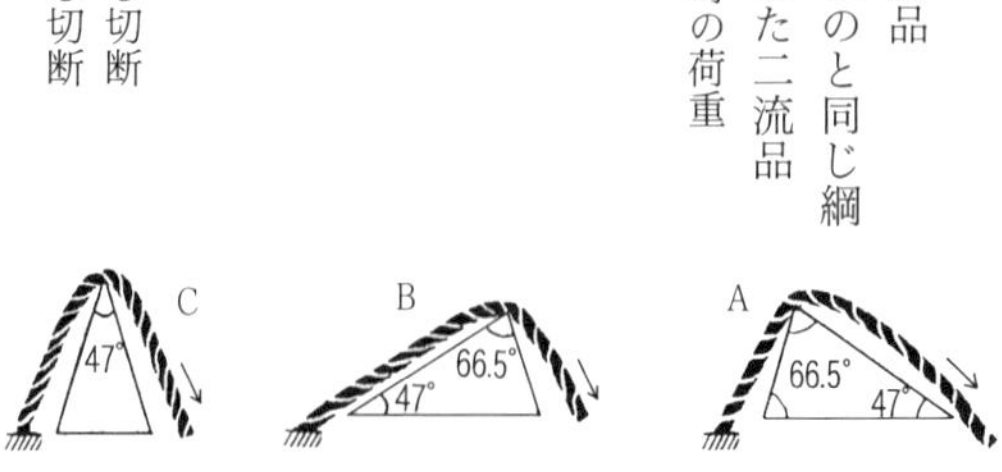

■実験に使用したエッジとザイルのかけ方

データは、石原報告の条件でナイロンザイルは容易に切断することを客観的に示した結果となりました。計測器機を使った、まさに科学的なテスト結果が示すものです。

木製架台の実験とこの実験結果から、私たちは、

「登山用として売られている直径八ミリのナイロンザイルは、九〇度の岩角を支点にして六〇キロの

重量がかかって約五〇センチ落下すると、切断するので登山用には適していない」
という結論を得たんです。

❄「登山者の生命守るために――」

名大での、この三角エッジの実験の九日後、二月九日ですね、日本山岳会関西支部主催のナイロンザイル切断事故検討会が、朝日新聞大阪本社の会議室で開かれたんです。岩稜会にも出席するよう案内があり、私が参加しました。

会は、議長役を支部長の篠田軍治氏がつとめ、

「事故原因の究明は、死因を明らかにするためと、今後の登山者の生命を守るために急がねばならない」「その研究には自分があたる」

との発言がありました。

この検討委員会での篠田氏の発言は、皆さんには、ぜひ、はっきりと記憶しておいていただきたいですね。あとになってから行なわれた篠田氏の釈明と比較してもらいたい発言なものですから、しっかりと頭に留めて置いてください。

この会議で、私は岩稜会の代表として東壁でのナイロンザイル切断の状況を報告し、先ほど結果を引用した、須賀太郎教授指導による名古屋大学工学部研究室での実験で得たデータも発表しました。多くの出席者がメモをしていましたが、どういうわけか、データ、実験方法などに対する質問もな

く、反応はありませんでした。

大阪市立大学山岳部員は切断した時に落ちた仲間をザイルで保持していた人で、「ナイロンザイルは（滑落した人間の）荷重がかかる前に切れたと思いました」と、発言。会場から笑いが起きましたが、これは岩稜会の場合と同様、切断の際にショックがまったく感じられなかったということを表現したものです。

会議のあと、新聞記者たちに質問されましたが、記者の中に「肉親がやった実験の結果は、公平なものではないんじゃないですか？」と質問した人がありました。肉親の行なった実験結果、データは信じることができない、と見られてしまったんでしょうかね。

この検討会の約三か月後、四月二〇日ごろでしょうか、三重県山岳連盟に対して東京製綱から通知がありました。愛知県蒲郡市にある東京製綱蒲郡工場で、篠田軍治氏指導のもとで公開実験を行なう、ということです。連盟に対する立会い、参加の呼びかけもありました。

※「切れる」と明言

公開実験の日取りは、五月にかけての連休が始まる日、四月二九日です。当時は、いまのように連休が振り替え休日を挟んで一週間もあって、土、日が休みという時代じゃないですから、正月休み、お盆休みを除くと、連休が山に登る機会、残雪と新緑を楽しめる絶好の時期なわけですよ。

しかし、私たち岩稜会は四月末から五月の連休中に五朗の捜索をする、という計画を一月の撤収時から立てていました。連休が近づいても前の年までのように、「今年も山に行けるなぁ」という気持になれなかったのは当然です。

私は、岩稜会の会長としての責任から、現地に行くことになっていました。公開実験には出席できないので、伊藤経男岩稜会副会長と二人で時間をつくって、二四日に大阪大学の研究室に篠田氏を訪ね、検討会以後の研究結果を聞かせてもらったんです。

この時期には、私は個人で篠田氏や東京製綱を訪ねたり、会ったりすることは周囲に不明朗感を持たれたり、招くことになると考え、こちらは必ず複数で会うことにしていました。

その時のことは、岩稜会が昭和三一年七月に刊行した『ナイロン・ザイル事件』や、昭和三三年七月号の『岩と雪』（山と渓谷社）に「ナイロンザイル切断事件の真相」という文章を書き、その中で取り上げていますので、それを紹介しましょう。篠田教授は次のように話されたんです。

「東京製綱はこの事件の為に、ザイル以外の商品にまで販売力が落ちたことで、逆に被害者側をうらんでいる。篠田個人としては、かかるうらみ方は決して正しいことではないと考えている。しかし気の毒とは思っている。ザイル切断の事は登山界にとって非常に大きな出来事で、ぜひともその原因を究明しなくてはならない。自分も努力を続けているが、その努力は科学者というよりもむしろアルピニストとしてやらなくてはならないと思っている。そうなると、当然自分の金で研究しなくてはならないが、資金の関係で困難であり、たまたま、東京製綱からの研究依頼があったので、その資金によって研究している。

〔遺族とメーカーとの〕見解が対立しているときに、一方の側の援助で研究するということは本意ではないが、それだからといって結果を誤るということは絶対ない。

仲裁の労については、いましばらくまってもらいたい。結論はこの四月終りの東京製綱蒲郡工場で行なう実験によって判明するはずであり、結果は五月中旬に出せると思うから（発表の形式は英文で発表することになるかも知れない〔「登山用ナイロンロープの力学的性能」として発表された。本書二五一頁参照〕）、それまで待ってもらいたい。その内容はあなた方に有利であっても、メーカーに有利になることは絶対にない」

これを聞いて私たちは、岩稜会では自分たちのミスをナイロンザイルのせいにした、などといわれのない批判をされていたので、ホッ、としました。

もちろん、末っ子を失った実家の父親が批判を大変気にかけていたんで、安心させるために、このことをさっそく電話して報告しました。

この日、大阪大学にまで行って、篠田氏も独自に実験をしていたことが分かりましたし、公開実験でもナイロンザイルは岩角で切断することが参加者の目で確かめられるわけですから、この実験のデータが明らかになれば、岩稜会員が登山者にあってはならない基本的ミスを犯したかのようなことを言われることはなくなるわけです。私は安心して、五朗の捜索に出発したんです。

■今井喜久郎記「春期捜索行　昭和三〇年四月二三日〜五月六日」（三重大学山岳部会報）

遭難事件以来早くも百日以上を経過した今日、雪解けを文字通り首を長くして待っていたが待ち切れず、四月下旬から五月上旬にかけての連休を利用して捜索行としては初めての大部隊からなる山行を試みる事となった。準備は三月中旬迄入院していた澤田の退院を待ってさっそく実行に移された。岩稜会石原一郎をリーダーとして岩稜会一三名、三重大山岳部五名、津島高山岳部五名、その他三名の二六名からなる多人数に及ぶ予定であった。

計画としては、主として学生会員からなる先発隊が荷揚・テント設営・偵察等を行うのを待って、後発隊が到着次第捜索を本格的に行おうとするものであった。

思いがけぬ多大の残雪と、相次ぐ新雪のため行動ははかどらず、止むなく引返したのであったが、その行動記録を当時の日記と記憶をもとにして綴ってみることにしよう。

四月二三日

東京より石原國利・黒田・石田の三名、三重大から南川・滝川・常保・小坂・今井の五名、夫々夜行にて松本に向け出発する。

四月二四日（曇後雨）

早朝、松本駅に着き合流する。共同装備・個人装備を合せて百貫〔三七五キログラム〕を超過している荷物を円滑に荷揚げするため一応島々迄電車で行く。島々到着後、深山荘の方とも相談した結果、小雨がパラつき始めたことも手伝って、ハイヤー二台を連ねて行ける所まで行くことにする。途中で難行した箇所もあったが、警察署・沢渡西村屋・養魚場御主人宅・坂巻温泉等で冬の御礼旁々入山の挨拶をしながら、一一時頃に中之湯迄到達する。前日は坂巻までしか行けなかったそうであるが……松本タクシーの運転手さんと愛すべきフォードに心から感謝する。中之湯ト伝湯にて見越から戴いた心尽しの御弁当で昼食を済ませ、漸く本降りになって来た冷い雨の中を上高地めざして登る。夜行での疲れと平均一二貫以上という重い荷も手伝って全員帝国ホテル着が一五時頃であった。この雨の中を奥又白出合迄直行するのは身体を弱らせるだけだと思い、ホテルで泊る事にする。

四月二五日（晴）

昨日の雨が夢かと思われる位に素晴らしく晴れ上った。冬からの残置物・今回の荷揚の品々を各キャンプ別に梱包し直し、北口研究所の御厚意による快適な背負子にそれぞれ八〜九貫の荷をつけて河童橋を渡ったのが一一時頃であった。養魚場手前の明神橋が流失しているとのお話だったので、梓川右岸の道を通って行く。一二時三〇分養魚場に着き冬からの残置物を加えたりし、昼食を済せて一三時三〇分出発し、奥又白出合にて泊る。

四月二六日（晴）

昨日に続いて快晴に恵まれる。目が痛くなるような紺碧の空にクッキリと線を描く前穂高の峯々が今更のように美しく感じられる。さて、本日からいよいよ本格的に行動を開始する。八時四五分、石原國・南川・石田・滝川の四名が奥又白池へ、九時、ホテルに残置した荷物のボッカのため黒田・常保・小坂の三名が夫々出発する。池へ向った四名は中畠新道を通り、池到着後（一一時四〇分）、冬からの残置品を掘出し、テントを乾したり整地をしたりして一六時二〇分に出合テントに帰る。やや遅れてホテルへ下った三名も帰る。全員出合にて泊る。

四月二七日（雨）

雨風強く荷揚中止。午前中は荷物の整理などして過したが、午後は退屈しのぎにと対岸へ直行できるように橋をかける事にし、流木を集めて二時間余りかかって成功する。名付けて〝すきやきばし〟という。

四月二八日（晴）

やや風が強かったが荷揚には差支えることはない。九時二〇分、石原國・南川・石田・滝川・常保・小坂の六名、池へ荷揚に上る。池にてテント一張設営し、雪洞をも併せ作る。一〇時二〇分、石原一郎出合に到着し昼食後一一時四〇分、池へ上る。滝川・常保・小坂テント設営後出合に下る。今夜からキャンプが池と出合の二か所に分れる事となる。明日からは池では捜索を始めるだろうし、今夜は後発隊が名古屋を出発している筈であるから、漸く行動も軌道に乗り出した事を感じる。しかしながら如何にも残雪の多いのが唯一の気懸りである。明日からは毎日幾人かが、出合〜池間を往復する事になる。

四月二九日（曇後晴）

（池）石原國・南川はA沢経由三本槍より第二テラスを観察するも何ら発見に到らず帰る。午後、石原國・石田はB沢上部捜索するも発見するものなし。途中より雪となり、視界きかず一五時二〇分、池に帰る。

■奥又白池から捜索に向かう（5月）

（出合）黒田・今井、後発隊との連絡のため下る。ホテル迄下るも（一二時）未到着のため中之湯迄下る。後発隊は石岡・松田・北川・長谷川・太田・島塚・若山富夫・若山英太・鈴木・大橋・山北・青木・吉川の一三名からなり、一五時三〇分ホテルに着き泊る。

四月三〇日（晴）

（池）後発隊到着に備えてテントを二張設営する。

（後発）八時過ぎ石岡以下一〇名ホテルを出発し、出合にて昼食後、池へ向う。荷

■捜索のためB沢を登る（5月）

揚げのため同行した滝川・黒田・常保一七時二〇分池より帰る。鈴木以下五名は坂巻迄下り、昨日残置せる荷物を持ち一九時一〇分出合に来る。後発隊の到着にて池テント九名となる。

五月一日（雪後晴）

池にて約四〇センチの積雪を見、出合にても一時は真白になる。午後は晴上ったが大橋以下三名がホテルへボッカのため下っただけで、残りのものは休息日とする。

五月二日（晴後曇）

出合より長谷川以下九名池へ荷揚のため上る。池より石原一・松田・石田・石原國・南川、六時に出発する。石原兄弟・松田V字状雪渓より第二テラスへ達するも、積雪量多く且つ雪の状態極めて不安定なるため、捜索を中止して稜線にて待機中の石田・南川と共に一五時四〇分、池テントに帰る。伊藤・室・高井・森、出合にて昼食後、一二時一五分池へ向う。午後やや遅れて新井出合に到着する。滝川、養魚場迄シュラフザックを取りに下る。一六時三〇分荷揚を終えて先記九名、若山兄弟と共に下って来る。若山英・滝川・今井は石岡よりの手紙持ち、西糸屋へ北穂会の方々の応援を頼みに下る（一七時）。小山氏他に快よく引受けるとの返事戴き、ホテルにてスコップ四丁拝借し二一時三〇分出合に帰る。

五月三日（曇後雨）

出合より新井以下六名池へ上る。太田・大橋ホテルへボッカのため下る。池テントより石原兄弟・室・松田・高井・森・南川・石田の八名、第二テラスに向い全員にて第二テラスの発掘作業行うも雪量厖大なるため遅々として進まず、第二テラスでの捜索を断念する。テント帰着は一八時であった。伊藤が心配して途中まで迎えに上って来る。午後北穂会の小山・小松・太田・平沢の四氏が池に到達される。出合より若山兄弟・山北・服部・小坂ホテルへ泊りに下る。

五月四日（雨）

出合より新井以下五名池へ上る。ホテルより小坂上ってくる。しかしながら、朝より雨降り、ガスに包まれて、捜索続行不可能なため、捜索は打切られ、池テント（一一時）、出合テント（一四時）、夫々撤収し全員ホテルに下り泊る。

五月五日（晴）

再び素晴しいまでに晴上ったが、荷物整理のため石原國・石田・新井・南川・滝川・黒田・長谷川・太田・常保・今井の一〇名を残して、全員夜行にて帰途に着く。

石原國・石田の二名養魚場へ行き挨拶かたがた荷物の整理をしてくる。他の八名は装備の整理のため後れ、先記二名と共に坂巻まで下り泊る。

五月六日（晴）

坂巻一一時発のバスにて上記一〇名帰途に着く。松本にて東京へ帰る石田・石原國と別れる。春期捜索行ここに空しく終りを告げる。

＊公開実験への伏線？

いま思えば、公開実験に自ら行かずに五朗の捜索に行った、このことを悔やんでいます。もし、私が人を疑うことを知っていたら、捜索は岩稜会の仲間たちに任せて、何を置いても公開実験を見に行っていたと思います。

熊沢氏は、公開実験の前に私に電話してきました。そして、

「あなたは、見に行かないほうがいいでしょう」

と言ったのです。

この言葉が、欺瞞的な公開実験を無事に乗りきるための周到な伏線であるとは、公開実験の結果を新聞で読まされるまでは、思えなかったですね。

さらにですよ、四月二四日に篠田氏の言ったことを信じた私が、五朗の捜索に行くことで、蒲郡の公開実験には姿を出させないようにするためだったのかもしれませんね。

公開実験を見に行ってくれたのは三重県山岳連盟の理事、加藤富雄氏と岩稜会の副会長、伊藤経男さんでした。伊藤さんは、公開実験が終わったあと、他の岩稜会員と捜索に参加するため、五月三日に捜索現場でわれわれに合流するという計画になっていました。

私たちは奥又白池の側にテントを張って、東壁の直下はじめ、五朗が落ちて埋まっていると思われる付近を捜索していましたが、雪が固く締った斜面をスコップ、ピッケルなどを使って掘りながらで

すから、なかなか作業がはかどらなかったですね。新雪が七〇センチもありましたしね。とにかく、連休中に探し出してあげたい、という岩稜会のメンバーたちは、疲れもいとわないで捜索に専念していました。

現在のように携帯電話があるわけじゃありませんし、せいぜい現代では考えられないほど大きな携帯ラジオがある程度の時代でしたが、上高地のずっと奥で捜索作業をしている私たちは、下界のニュースを知る手段は持っていませんでした。

ですから、捜索隊のわれわれは、伊藤さんたちの後続組が公開実験の結果の知らせを持って現われるのを捜索しながら待つ、という状態でした。

三日に、ようやく彼らの姿が下の方に見えてきました。みんなが、氷のようになっている雪を掘る作業の手を休めるわずかな時間に、斜面を登って来る後発組の様子を気にしていましたね。なんとなく疲れた感じがして、ちょっと気になりましたよ。ほどなく、私はテントの前で、到着した伊藤さんが黙って震える手で差し出してくれた新聞を受け取りました。五月一日付けの中部日本新聞でした。広げた途端、私は、

「エーッ！」

と、思わず大声を出しましたよ。

周りの雪の風景が、目の中で、どういうことなのか、みるみる紫色に染まっていったんですよ。それぐらいショックだったんです。あの時の紫色は、いまでもはっきり目の奥に残っていますね。

「初のナイロンザイル衝撃試験　強度は麻の数倍」

と、大きな見出しの活字にがく然としました。つまり、公開実験で、ザイルが切れなかった、というんです。

※「手品だ！」

私は、伊藤さんから新聞を見せられた一瞬後に
「この実験はインチキだ！手品だ！」

と叫んでいました。

「これは、実験用の岩角が、丸くしてあるにきまっとる！」

と、断言しました。

怒りで、体が震えた、な

初のナイロンザイル衝撃試験

新春一月二日前穂東壁を登行中の三重県岩稜会のクライマー若山五朗君がナイロン・ザイルを使用中切断しそのため墜落死したが、その遺体捜索に岳友たちが向ったという廿九日、登山綱の代表メーカーである東京製綱蒲郡工場ではわが国で初のザイルに対する落下衝撃その他登山者のための貴重なテストが行われた。これはこの冬北アで相ついで起きたナイロン・ザイルの切断事故に対し、ザイル専門の各種テストを行うため工費百万円を投じて設けられた高さ十メートルの鉄骨やぐらを用い阪大工学部篠田軍治教授指導によって行われたもの。

当日テストに使われたザイルはマニラ麻十二ミリ、同廿四ミリ、

テストに供された。テストは九十度と四十五度の角度を持つみがかれた花こう岩のエッジおよびカラビナを使用しての衝撃試験が廿一種、廿度の斜面をスライディングした場合、花こう岩エッジに対するもの一種、同エッジ上で振子を利用したストローク三種など廿八種類のケースについて行われたが、まず角度九十度のエッジに対するマニラ麻十二ミリはエッジからの長さ二メートルの綱の先端に五十五キロの分銅をつけ一メートルの高さから落下させたところ実にあっけなくぷっつりと切断してしまった。今まで登山家があれほど信頼を寄せていた麻の登山綱が分銅および確保地点に何ら弾力性を持たせなかったにせよ余りにももろいのに居合せた中京山岳会副会長服沢友三郎、東京在住の有名登山家海野治良氏らは〝あっ〟と感をのんだほどだった。

これに対しナイロン・ザイルは十一ミリで長さ三メートル五十センチのものをエッジの上一メートルのところから落下（四メートル五〇落下）させてはじめて切断するという麻に数

強度は麻の数倍

蒲郡

ほかエッジの上のス
は東壁での切断時と同一条件
長さ二メートルのナイロン八ミリを横
メートル五十センチ、高さ一メートルから落下さ
せたがこれも切断しなかった。
従って東壁での事故もエッジ上
の衝撃という想像の原因は影
薄くなったようだ。
こうしたテストに、
いたのが
せたわけで、
の八ミリナイロン・
さ三メートルのものを三メートル
も切れぬという衝撃
に対して強い抗力だ
ナイロンも水に
より八ミリは力

■中部日本新聞（昭和30年5月1日）に報道された蒲郡公開実験

んていうもんじゃなかったですね。

「なんだ、これは！」

と、実験を指導した篠田氏、それに、私に「公開実験には出ない方がいいでしょう」

と、電話で言ってきた熊沢氏に迫りたいほどでした。

それは、何回も岩角や鋼鉄の角で、エッジの実験を繰り返しやって、エッジの角にごくわずかの幅の面取りをすれば、ナイロンザイルはとたんに強くなって、切れなくなることを私は知っていたからです。つまり、面取りをすると、岩角や鋼鉄の九〇度の角が実際には丸くなってしまって、九〇度ではない、丸みを帯びた状態になるんですね。

しかし、これは、実際に実験をした者じゃないと、わからないことです。見た

■蒲郡公開実験の装置全体と実験用岩角
（右下のエッジは45度をセットしたところ）

目には分からない程度の丸みをつけてナイロンザイルを岩角で急激に強くすることなんて、実験をした当人と実験の身近にいて手伝ったりした人以外、なかなか理解できないことです。

また、少し離れていたら、一ミリぐらいの面取りが肉眼で見えるなんてことはありえないでしょう？　気づかないですよ。まさに、これはインチキだし、手品ですよ。

この公開実験では、何回も繰り返して、種類の違うザイルのテストが実施されたんですが、ナイロンザイルはいずれも麻より強力だった、というんですね。

石原國利君の報告にもとづく位置関係で、水平方向にずらした錘が振り子のように斜めに振れて、ザイルが岩角を横にも滑るように落下する実験も行なわれたんですが、やはり切断は起きなかった、というんです〔この実験の位置関係は、前穂東壁の条件とは違っている。後掲一一三頁の加藤富雄氏の報告と『一九五六年版山日記』に関する今西錦司氏への手紙、一二七頁参照〕。東壁の位置関係という実験が行なわれたことは、後に篠田氏が発言したことと関係があるので、ぜひ記憶して置いていただきたいですね。

公開実験には、新聞記者、山岳関係者ら約二〇人が集まって、取材、見学していたんだそうです。人数はあとで知ったんですが、その場でナイロンザイルが切断しない実験をしていることに気づいた人は、篠田氏と東京製綱関係者を除いたら、誰もいなかったでしょう。それは、当然のことでしょう。誰だって、三重県山岳連盟に出席を求めておいて、インチキな実験をするなんて考えてもいないですよ。

もし、私が公開実験の場にいたとしたら、当然、岩角の角度がどうなっているか、間違いなく確認させてもらったでしょう。そうなれば、その場で、公開実験の真の目的、それは取材に来た新聞記者や山岳関係者を騙し、欺くという卑劣な目的ということになりますね、それが水泡に帰していたでしょうね。

そういう事がないように、熊沢氏は、あらかじめ私に対して、

「二九日には会場に来ない方がいいでしょう」

と、言ったんでしょうかね。

とんでもない話じゃないですか。後に熊沢氏が雑誌に書いていますが、東京製綱は実験装置を百万円かけてつくったそうです。錘をウインチで持ち上げるような大掛りな装置だったそうです。

しかし、私から言えば、それはすべてインチキを隠すために必要だったんですよ。ヤグラの高さが一〇メートルあったそうですが、それだけの高さがあれば、下から見上げている人からはエッジのアールなんて見えるわけがありません。

五朗が発見されれば、切断したナイロンザイルは彼の体に結ばれていることが間違いないはずだし、発見によって問題の解決は一挙に進むと思いました。しかし、積雪は、春の陽射しを受けて解け始めていたんですが、まだまだ四か月前の雪量と変わらないんじゃないかと思うほど多くて、五朗は発見できませんでした。

奥又白池のわきには、テントがいくつか張られていたんですが、三日の夜、私以外の岩稜会員は翌日の捜索に備えて疲労快復のために酒を飲んで、これからのことを声高に話しているんですが、私は皆と一緒のテントにいることができませんでした。ザイル切断による弟の死という事件が、当初の問

題からまったく離れて、比べることができないほど重大な恐ろしい事件に発展したことを感じさせられ「私は今後どのような歩み方をすべきか」と混乱した頭で、ひとり隣のテントで片隅をみつめていました。

疲労に加えて、公開実験の結果にひどくがっかりさせられて、私は山を下り帰途につきました。しかし、五朗が発見できたら、公開実験の欺瞞性を打ち破ることができるんだ、ということで気持を奮い立たせるほかありませんでしたよ。

「五朗よ、早く姿を見せてくれ」

と、ずっと、心の中で呼びかけていました。

❄ いわれ無き批判

当時、まだテレビは普及していませんでした。テレビのニュースというものがあったのかどうか、またテレビニュースで流れたのかどうか分かりませんが、新聞はそろってナイロンザイルが切れなかったことを大きく報じました。

この公開実験の結果の影響は、二か月後の雑誌などに早くも出ました。紹介してみましょうか——まず、昭和三〇年七月一日発行の雑誌『化学』に、早稲田大学山岳部監督の関根吉郎助教授は、ザイルの切断の原因について、石原君らがビバーク中に「寒いから体を動かし、足ぶみをしただろう。悪いことに、雪の山を登る時には、鉄でできたカンジキをつけている。この爪でナイロンの綱を傷つけていたのではあるまいか。初心者にありがちの失策である。……第三者の見ていないところで起こった失敗であるから、当事者はできるだけ、罪をナイロンに帰せようとする気持もわかるが」と、書いているんです。石原君らにとっては、激しく名誉を傷つけられる言動ですよ。

また、『山と渓谷』七月号は、「メーカーの東京製綱でも科学的テストを行なって保証している」と記し、同じページでザイルを販売した熊沢友三郎氏は『工場側にて百万円を投じて、日本で初めての実験用設備を造り、……篠田先生により実験は高速度撮影されてあらゆる面が判明しました。私としては〔事故の原因は〕誤れる使用によるザイル切断かということです。……つまり指導者があまりにも、ザイル知識を知らなすぎたとも言えます」と、発表しているんですよ。

《石岡さんは、この公開実験後の新聞や雑誌の記事を見た父、繁二さんから「世間を騒がした」と、勘当を申し渡された。しかし、石岡さんは繁二さんが一か月後に鈴鹿に来た時に、座敷のかもいにザイルをかけて三角やすりで実際にザイルが切断するのを見せた。繁二さんは「切れるんだな」と言った。それで息子たちに信を置いた。以来、「勘当」はいつの間にか自然消滅した》

❄ 研究者にもインチキ実験

四月二九日の蒲郡での公開実験に加えて、東京製綱が今度は約五〇人の学者を前にして、同じようにナイロンザイルが切断しない試験を見学させていたんです。その見学会については、

「最近新設されたザイル衝撃破断試験装置による登山用ロープ数種の切断実演を見学した。他繊維のものがいずれも衝撃により切断されるにかかわらず、ナイロンロープは他より苛酷な条件下、ショック吸収率よく異常が認められなかった」

と、『日本繊維機械学会報』第八巻第九号に報告されています。実験が行なわれたのは、七月二八日ということでした。

東京製綱はこの実験で、報道関係者や山岳関係者をだました四月二九日のインチキな公開実験をさらにインチキで裏打ちするために、学者をだまして利用したんですね。

この実験を見学した学者の中に、名古屋工業大学の教授がおられたので、私はこれまでの私の実験で得たデータや各種の資料を持って、この教授を訪ねました。教授は、私の説明を聞いて、さまざまな資料を点検したあと、

「恐ろしいことがあるものですねえ。注意しなくては」

と、嘆いておられました。

四月二九日のマスコミ、山岳関係者を前にした公開実験を裏打ちするような七月二八日の研究者たちを対象にした実験によって、われわれ岩稜会に対するいわれのない批判、非難が、より不当に強められる結果となりました。

岩稜会の会員が、アイゼンでザイルを踏むという登山をする者にはあってはならない基本的ミスを犯し、それによってザイルが切れたことを隠そうとしたのだ、ということまで書かれたんですから、私たち岩稜会は卑怯な人間の集団という烙印を、いわれもなく押されたに等しい状況になったわけで

すよ。まさに無実の罪を着せられたのです。

私たちは厳冬期の前穂高での初登攀を計画していたんですよ。ビバーク中に、命綱をアイゼンで踏みつけるようなバカなことを、彼らほどの登山技術を持っている者がするわけがないじゃないですか。そんなことは絶対にしないように、ふだんから訓練で習慣化させて、身につけさせています。そして、ザイルがほどけるような結び方をさせるずさんな訓練などしていません。

私たちは、岩稜会の実験を自分たちの立場が有利になるようにデータを変えたとか、実験の方法を特別なやり方にしたなどということはありません。私たちは、白紙の状態で実験をして、その結果得られたデータを、さらに実験で再現して間違いないことを確認した上で、それらをもとに報告書を書き、発言しているんです。

だから、絶対に間違っていない、という確信は変わりませんでしたし、われわれに対して疑問があったら、問い合わせてもらえば、いつでも、データを差し上げ、説明することができたんですよ。実際に問い合わせてきた方はいたんですから。しかし、そういう人、研究者はまれだったですね。

重ねて言いますが、私が行なった実験結果のデータは、間違っていないと確信していました。なんといっても、篠田氏の研究室を公開実験前に訪ねた際、私たちのデータどおりにナイロンザイルは切れる、公開実験でもそうなる、と篠田氏自身が言っていたんですから。

❋ 空虚な「論」続出

岩稜会が実験し、その結果から得たデータに基づいて主張してきたことが、四月二九日の公開実験で否定されてしまったんです。しかし、私たちがしてきたことを、客観的に見てくれていた人はいたんです。まもなく、公開実験で何が行なわれたか、水がもれてくるように私たちに伝わり始めたんです。

要は、実際に篠田氏が指導して行なった公開実験で使われた岩石の角には、私が予想したとおり丸み（アール）がつけてあったんです。これでは、九〇度に見える岩角でも、角が丸い状態になるわけです。ナイロンザイルはそういうポイントでは滑るため切れないんです。切れるはずがありません。なによりも、実際の岩登りで危険な場所、つまりノコギリの刃のようにギザギザで鋭くなっている岩角というのは、いわば、当たり前なんですから。

篠田氏は、私たちに前穂高岳東壁のような条件ではザイルは切れると明言し、「事故原因の究明は死因を明らかにするためと、今後の登山者の生命を守るため……」と言って行なった公開実験が、ご覧の通りの結果です。

この公開実験から、メーカー、篠田氏の「切れない」というデータを基に、多くの山岳関係者、学者がナイロンザイルについて、雑誌や著作で論じ始めたんですよ。

このような論議や記述は、篠田氏のマジックを見破った私たちにとっては、バカげた「論」ですし、基本のデータが篠田氏のものですから、どんなに立派に書けている論文、レポートでも、いわば砂上の楼閣ですね。とるに足らないわけですが、日本山岳会関西支部長、国立大学の教授という「権威」が、故意であろうとたまたまであろうと、まさか間違ったことはしないだろう、といった意識が世間にはあるんでしょうね。

とにかく、私たち、岩稜会に反ばくする意見、見解というものは、その拠って立つデータの客観性を意識しているのか、いないのかは別にして、まさにクロをシロと言いくるめる類のものでした。

ここで明らかになったのは、権威やメーカーの与えるデータをただありがたくもらうだけという学者や学識経験者の多さとその態度です。

権威のデータに対立する実験をし、偏らないデータを持ち、それを明らかにしている立場にあるものに目も向けず、耳も貸さないという姿勢には、ただ、ただあきれ、失望しましたね。

また、その種の論評や記述に対して、私たちがデータを示して反論しても、反応してもらえなかったですね。いわば、てんから無視、という状況でした。

❋ 遺体発見！

七月三一日、五朗の遺体が見つかりました。その約二週間前の七月一五日、第二テラスでピッケルが赤さびた状態で東雲山渓会員によって発見され、東雲山渓会の奥又白池わきのテントに保管してあったんです。一七日に石原君が五朗のものであることを確認して受け取りました。私は「これな

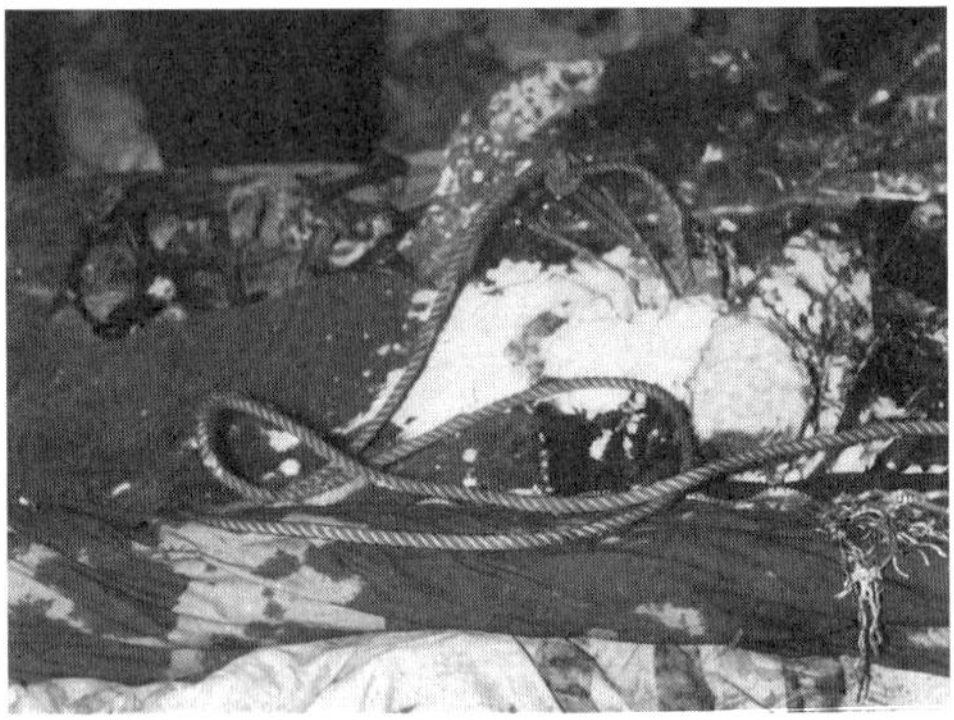

■五朗の体に結ばれていた8ミリ強力ナイロンザイルの切断部とアイゼン

ら、もうすぐ五朗が姿を現してくれる」と、思っていましたが、それから二週間かかりました。

五朗の遺体発見場所は、B沢の上部でした。

五朗の胸には、しっかりザイルが結ばれていましたよ。当然のことです。このザイルは、のちに長野県大町市の山岳博物館にお願いして、展示してもらっています。

遺体発見の知らせと遺体にザイルがついていたことを聞いてホッとしたみんなも、現実に足もとに横たわる遺体に結ばれたザイルを見たときは、誰もが息のとまるようなショックを受けたんです。弟は、たとえ滑るようなことがあったとしても、その優秀なナイロンザイルで決して危険はないと確信しつつ、しっかりとザイルをわが身に結んだに違いないのです。しかも今はそのザイルをつけたまま、空しく変りはてた姿で横たわっているんですから……。

八月三日、長野県警の検視がありますし、奥又白谷で火葬をするために五朗の遺体を下まで降ろさなければならないんですが、私はなるべく登山者や観光客の目にふれさせたくなかったので、岩稜会員らに苦労をかけさせてしまいました。

検視は午後九時すぎにおこなわれましたが、死因は、墜落による頭蓋骨折、頚椎骨折、ということでした。

五朗の遺骨を拾い、骨壺に収めたあとに、細かく砕けて粉状になった遺灰が荼毘《だび》の跡地に白く散らばって、ぽっかりと広場状になったので、

「ここで遺体が火葬されたことを知らないでテントを張る人がいるかも知れない」

「このままにしておいたら、将来、テント場になる可能性もある」

「そうなったら、知らないでいる登山者に気の毒だ」

といった意見などが出まして、荼毘にふした場所にケルンをつくったらいい、ということになり岩稜会のメンバーたちが沢から石を運んで、底辺の直径約二メートル、高さ一メートルほどに積んだんです。翌年、私は「若山五朗君」と刻んだ銅製の銘板をケルンに埋めこんだ、というわけです。

■今井喜久郎記「夏期捜索行　捜索遺体発見から収容まで」（三重大学山岳部会報）

七月一五日
名古屋発二二時四〇分長野行準急にて南川・澤田・常保・今井出発する。
七月一六日（晴）
松本よりバスにて上高地に向う。大正池の畔のカーブを曲った途端、あまりにも残雪の少いのに一同先ず驚かされる。石原國利が北穂小屋から迎えに降りて来てくれていた。この分なら案外早く発見できるのではないか……と早々にホテルにて荷物をまとめ、養魚場を経て出合着が一六時頃、直ぐにテントを設営する。途中、澤田の足が痛むらしく心配であったが、やや遅れて追って来た滝川と石原國利に任せて南

川・常保・今井の三名、先に吹飛ばす。夜に入り相談の結果、澤田は直ぐに池へという意見であったが、一日置けば足の方も何とかなるだろうし、本谷から探して行くのが順当であると考えられたので、とにかく見込みのつくまで出合のテントから本谷の捜索を行ことに決定した。

七月一七日（晴）

南川・石原國・滝川・常保・今井にて本谷を下からつめてみることにし出発する。素晴しくよい天気で、雪解けの水のしたたるクレバスの下をもぐってパッと外からの陽光を浴びた時など、まさに目のくらむ思いである。クレバス又クレバス、滝又滝をジグザグに上って、全然手懸りさえも見られなかったが、最後の滝を越えて昼食後、本谷上部の雪渓をつめた所五峯下部付近で毛糸手袋、更にその側でビヴァークの際使用せる、ビニール袋入りマッチ（石原確認）を発見した。帰途、奥又白池に立寄ったところ、池に幕営中の東雲山渓会の方々のテントの側に赤錆になった門田製のピッケルが立てかけてあり、五朗ちゃんのピッケルらしく、石原も確実だと主張したので同会大高氏（石原國は既によく知っていた）等の帰着を持つことにした。やがて大高氏等が帰られ、一五日に第二テラスを通過された際に拾われたとの事及ピッケル発見箇所にケルンを積んで来られた等お話をうかがい、前記のピッケルを受取る。出合への帰途、中畠新道で毛利・高原と会い、一緒に出合テント迄下る。

■ピッケル（○印内）が発見された第二テラス

夜に入り再び相談の結果、本谷の様子・池の残雪の少い事からも、テントを池に移し、池をベースとして本谷上部及B沢に捜索を集中すべきである事に意見一致し、明日全員にてテントを池に上げる事にする。

七月一八日（晴）

昨日に劣らず絶好の快晴である。朝食後、直ちにテントを撤収し、かなり重い荷物になったが、石原國・今井の両キャメラマン？のモデルをも兼ねながら、中畠新道を上って正午少し前池に到着する。テント設営後、昼食をとり午後はキャメラを出すもの・昼寝をするもの、と自由行動とする。

七月一九日（曇時々小雨）

四峯正面ルートに毛利・南川、明大ルートに高原・滝川の各パーティ出発する。石原國はC沢の捜索を兼ねて、インゼルより明大ルートパーティに指示を与える。新村ルートパーティは、本谷ガレ場からの澤田の懸命の指示も空しく引返す。常保・今井は五峯の側峯に四・五の雪渓から取付き、カメラを回す。石原國はC沢を経てインゼルに出、B沢上部を観察するも空しく、明大ルートを登った高原・滝川と四峯頂上で落合い、四・五の雪渓を下る。

天候も崩れかけて来たので、アタックは無理と考えられる。明日はA沢を経て第二テラスへ登ってみることになり、シュラフザックに入る。

七月二〇日

毛利・高原・南川・石原國・今井はA沢を経て第二テラスに向う。V字状雪渓より石原國・南川は第一テラスを通って、毛利・高原・今井は雪渓をつめて第二テラスに出る。第二テラスにて五朗ちゃんの黒サージ手袋（下山後確認）と、ビヴァークの際使用せるローソクの残り（石原確認）を発見する。ピッケル残置地点をカメラに納め、手袋の発見地点にもケルンを積み、その中にローソクを残してくる。Aフェイスを登ってみる予定であったが、カメラを回し終った途端、すごい夕立に痛めつけられ、がっくりして帰途につく。第二尾根にてB沢の捜索を空しく終えて登って来た滝川・常保に会い、クラストしたA沢を危っかしいグリセードで下る。今日の捜索により第二テラス及その下部の岩場には発見の見込みは殆んどなく、B沢の雪解けを待って、気長に探すより方法がないのではないかとの結論に達した。この雨が少しでも多くの雪を流してくれるように、一日も早く発見できるようにと、心に念じながらも、後髪を引かれる思いにて、毛利・南川・今井下山する。中畠新道にて小坂に会う。雨の中をずぶぬれになって急ぎ下る。雨にぬれた道を滑り滑りかけ下りながら見る本谷の雪も、肩の荷を気にしながら池に上った時に比べて、見る影もない程に少くなっている。一日も早く再びこの道を登る日の早からん事を願い、終バスの時間を気にしながらも、振返り振返り、前穂の辺りを眺めるのであった。

二一日〜三〇日　本谷・B沢の捜索続けるも空し。

七月三一日（晴）（岩稜会記）

夏期の捜索のため池にテントを張ってから、早くも半月の日々が過ぎて行った。一体いつまで……いつまで経ったら発見できるのであろうか。学業の都合もあり、家業の都合もあってテントの住人も入替り立替りで、幾度そのメンバーに変動があったろうか……今日で七月も終りである。明日になれば最後のピッチを上げるべく多数のメンバーが到着する筈である。クレバスにもぐり、滝を上って今日まで続けて来た我々の報いは、日焼けした顔と伸び放題に伸びた髪の毛だけなのであろうか……。しかしながら、今日も捜索は続けられて行く。池に前穂がその影を落し、テントに朝の光がさしこむと同時に二度目いや三度目かの本谷捜索に向う。石原兄弟は今日下山することになっている黒田・長谷川と共に中畠新道を下り、本谷下部からもう一度探す。最初の滝から黒田・長谷川、下山する。石原兄弟はB沢の滝まで行くが、何も得られず帰る。池への帰途、本谷上部の雪渓にて休憩中の雪稜山岳会の山川・本田両氏にB沢上部での注意をお願いする。やがて一五時頃、先記の両氏より、若山の遺体をB沢上部にて発見した、との報せをうけ、石岡は直ちに連絡のため、上高地に急行する。石原兄弟は早速、現場まで登り雪を掘って遺体を埋め、滑落を防ぐためにハーケンを打ち、ビレーした後、一応池まで帰る。発見はされたものの、現在の人員では如何することもならず、下からの人数到着を待って収容作業に当ることに決定せざるを得ない。

（神戸にて伊藤記）室と二人で明日出発する予定であったが、明日の昼汽車で行く位なら、今夜の夜行にしよう、大分天気も続いているから、ひょっとしたら今日あたり……と、二二時四〇分名古屋発の長野行準急を約して別れた。一九時三〇分頃、出かけようとして靴をはいた時、電話のベルが鳴った。直感的に上高地から？と受話器をとれば、果して上高地よりの石岡からで、今日、B沢上部で発見されたから、塩三升とプロピルアルコール三本程を持って、直ぐ来てくれ、との事。我々の予感と偶然に一致したこの報らせに一種名状しがたい感にうたれた。塩は間に合ったが、アルコールの方がどうしても手に入らぬまま、後の諸連絡は澤田兄〔寿々太郎〕に依頼して、室と共に家を出た。

遂に発見されたという安堵と共に、遺体の様子が心配になり、どうして降すかが又気になってくる。近鉄諏訪駅で、下山した太田と車窓越しに会う。名古屋駅にて上高地に行かれる谷本さんとお会いし、車中同席する。発車間際になって、三重大の中河先生・南川続いて澤田兄が、やっと間に合い、皆一緒になった。谷本さんより、いろいろ遺体処置の御指示を受ける。

八月一日（晴）

朝五時、石原國は昨日の状況連絡のため、上高地に急行する。上高地には既に、昨夜連絡をうけて、神戸から伊藤・室・澤田兄、津から中河・南川、松本にて遺体発見を知って、直ぐに戻って来た黒田・長谷川等が待機していた。直ちに伊藤・室・南川・石原國は池に向け出発する。途中、新村橋のやや上流で、若山英太氏と梓ちゃんに会い、話している時、若山富夫氏も来られ、遺体搬出方法を協議する。テントに

■若山五朗　昭和29年4月前穂高岳頂上にて

居る石原兄の意見をもって連絡に下りた、石原國の報告（涸沢へ下すのが一番安全、かつ遺体に傷がつかず、涸沢小屋をベースにしては？）も聞き、石岡の意見（静かな又白、松高ルンゼを経て、奥又白出合へ下して欲しい）も聞いたが、仲々まとまらず、石岡は、とにかく一任するから石原兄ともよく協議して決めてくれ、とのことで、石岡・若山兄弟はテントへは上らず、一先ずホテルまで引返すことになる。先記四名が池へ上ることになり、一五時頃、池テントに到着する。遅れて澤田兄が上って来た。

石原兄より遺体の位置を聞かされ、遥かB沢上部を望んで全員黙祷を捧げた後、搬出方法の協議を行う。夕刻一八時に到って、ようやくB沢を下降し搬出することに決し、直ちに南川が、その旨連絡に下る。

（神戸にて今井記）昨夜、伊藤他が出発した後、今日の昼汽車で後を追う予定であったが、昨夜中に連絡が完了せず、夜行で行くことにする。個人装備だけ持ち、新井・岩佐と3人で出発した。近鉄若松駅で北川・常保と会い、更に名古屋で松田・高井も間に合って、合計七名、それに宇佐美氏をはじめ、親せきの方々、津島高の方々とも、同じ汽車であった。

八月二日（晴）

八時朝食後、石原兄弟・室は遺体の収容をより迅速に安全に行わんがため、室・石原國はB沢を登り、下降の通路を選定し、確保に必要なハーケンを打ちフィックスをしつつ現場まで行き、石原兄はB沢よりよければC沢にするため、C沢の偵察をしながら現場まで行く。伊藤・澤田兄は本谷よりB沢のスケッチ及落石の監視と、その経路の確認に当る。一〇時頃、南川・長谷川の両名、テントに来る。出合に意外な程、人数の少いのに驚くと共に、後発隊との連絡如何と、心配になってくる。一四時頃、フィックス完了し先記三名、池に帰って来る。一七時過ぎ、〝アラヨッ〟の声と共に松田がスノーボートを背負い、高井・新井・今井・黒田・常保等が上ってきた。人員はそろった。これでよし、非常に心強い。直ぐに協議を行い、明日早朝から遺体の搬出にかかり、B沢、松高ルンゼを経て、できるだけ早く下すことに決定する。今井・黒田連絡のため、出合に下る。一方、上高地の石岡・中河・鈴木・北川・岩佐及び親せきの方々は、出合まで上り、明日の火葬の準備を行う。なお、上高地帝国ホテルのクレさん他二名の方々及び営林署の方も、火葬に用いる材木等の伐採のため、出合付近まで上って来て下さる。夕方より風強くなり、曇ってくる。

八月三日（曇一時夕立後晴）

ややガスがかかっているが、別段、作業に差支えることはなく、却って、落石を防ぐためには好都合の天候である。六時、石原兄弟・松田・室・高井・新井・南川・常保・長谷川の九名は遺体を運ぶためのスノーボートを背に、池を出発する。同時刻、出合より、石岡・中河・岩佐・黒田・今井の五名は池に向け出発する。上記五名が池に到着した頃、先記九名は既にインゼル上部に達しており、昨日打ったハーケンを頼りに、確実な足どりで登って行くのが見られた。池に泊った伊藤は本谷上部のガレ場にて、搬出作業の記録と状況の撮影に当る。

丁度B沢が上部岩場からの落石の通路になっているため、作業は非常に危険な状態の下で行われているわけである。正午少し前、上高地にテントを張っておられた名古屋大学山岳部の方が三名、応援のために上って来られた。やや遅れて滝川が上って来た。実習先からかけつけたそうである。作業は、B沢下部の二つの滝によって、非常に難行したが、リーダー石原兄の指揮の下に着実に進行し、無事に二つの滝を降下して、一三時過ぎ、本谷上部のガレ場に達した。其処で昼食を済ませて、池にいた残りのメンバーも加わり、本谷を松高ルンゼ降り口に向って一直線にトラバースしながら下降を続ける。折悪く猛烈な夕立におそわれ、全員ビショヌレになりながら、懸命にザイルにしがみついていく。松高ルンゼ降り口に達した頃には雨も止み、上部からのピトンあるいは立木によるビレーに、急斜面ということも手伝ってか、下降の速度は急激に早ま

■落石の通路B沢をスノーボートに乗せ遺体を降ろす

る。三〇若くは四〇メートルのザイルが一杯になるまで急降下させ、幾ピッチ続けたであろうか……、全員疲れのためか、スピードも下へ行く程なくなり、松高ルンゼ取付へ着いたのは二一時過ぎであった。取付にて検視を行うとのこと、全員あまりの空腹のため食事をとり、再び本谷を下降する。真昼のような月の光と、ラテルネの光を頼りに、何の事故もなく、難場を通り抜けたのである。火葬場所に到着したのが二二時を少し過ぎていた。既にあつらえられた祭壇の前に全員集合し、しめやかな読経の声と共に、再び悲しみも新たに、今はなき五朗ちゃんの霊安かれと祈りながら、永遠の別れを告げる。木の間からもれる月の光が、異様なまでに明るく、立並ぶ人々にその影を落し、白い河原の上に立つ、前穂高の峯々も、もう安らかなる眠りに入ったのであろうか……。ただ黒っぽいスカイラインを、クッキリと夜空になげかけていた。

八月四日（晴）

夕刻、家族の方々の胸に抱かれて、五朗ちゃんの遺骨、山を下る。

《荼毘を前に営林署の許可を受けて、根本の直径が二、三〇センチほどの樅の木七本が切り倒されて、火葬のための大量の薪がつくられたそうだ。荼毘の火を徹夜で守ったのは、石岡さんと実弟の若山富夫さん、英太さんの兄弟三人だった。遺体を焼きながら三人は「五朗ちゃん、ご免なあ」「ご免なあ」と語りかけていた、と当時小学

■「若山五朗君」と刻まれたケルン

五年生で夏の捜索に同行してテント・キーパーをつとめた石岡さんの長女梓さんが、その日の記憶を語ってくれた。

昭和五〇年（一九七五）一一月一一日、そしてその三〇年後の平成一七年（二〇〇五）六月二六日、石岡さんが岩稜会の人たちと共にケルンを訪れた時の二度、筆者は同行した。

前回の墓参では、上流から岩石、小砂利がケルンに迫っているのを見て、「この状況だと、近いうちにケルンは岩石流に埋まってしまうかもしれないなぁ」と、石岡さんはじめ岩稜会のメンバーらは心配していた。しかし、平成一七年の墓参では逆に樹木が岩石流の上に生い茂り、ケルンは深い緑に守られた状態になっていた。まさに若山五朗さんのケルンが後世にナイロンザイル事件を伝える意志を示しているかのようだった》

❄ 判っていた「弱さ」

運命といいますか、五朗の無念さがそうさせてくれたのか、荼毘にふしたのが八月三日、その翌四日の朝、遺骨を拾う前に、蒲郡の公開実験の真相、カラクリがわかったんですよ。

四日の朝、まだ骨が熱くて拾うまで時間があったもんですから、私は荼毘の場所になった奥又白から徳沢小屋にいったん戻って、用事を済ませて、また上がってくることになりましてね、一人で徳沢に向かって歩いていたら、途中、梓川の新村橋《しんむらばし》で、梓川沿いを下流から上って来た三重県山岳連盟理事の加藤富雄さんに、ばったり出会ったんですよ。

加藤理事は、四月二九日の蒲郡公開実験に三重県山岳連盟から出席、見学した方です。私は、五朗の友人である加藤さんに、五朗の遺体発見と荼毘の件をまず報告しました。

そして、二人で新村橋のたもとに腰を下ろして、加藤さんの話を聞かされました。

きわめて重大な内容だったんです。

加藤さんは石原君らが木村小屋に運ばれてきた時、三重県山岳連盟の理事として上高地に駆けつけてくれていました。

その加藤さんの報告は、こうだったんです――

つまり、四月二九日の公開実験後の帰り、東海道線の列車で四人がけの座席に公開実験を見にきた東洋レーヨンの社員二人と座って、名古屋まで一緒だったというんですね。しかもその二人が篠田氏の実験を手伝っていたんです。二人は、

「今日の公開実験でザイルは切れるに違いなかったのに、切れなかったので驚いた。じつは私たちは、篠田氏の実験（三角ヤスリの実験）を手伝ったが、ナイロンザイルが麻ザイルに比べて、極めて弱かった。今ここに、その報告書を持っているので、お見せしましょう」

と、三角ヤスリの実験の詳細を見せてくれたんだそうです。

そのデータは、八ミリナイロンザイルは一二ミリの麻ザイルの二〇分の一の強さしかないというものので、加藤さんは、データ、実験方法などを詳細に書き写させてもらった、と言うんです。

これは、すごいことですよ。

私はそれまで、これからの闘いには、蒲郡の公開実験のごまかしと、ザイルメーカーと篠田氏が公

開実験前に済ませた実験、これは石原君の報告した条件で、ナイロンザイルが簡単に切断してしまうという実験ですが、この二つの実験の方法、データを明白にすることが、厚い壁になって立ちふさがるだろう、と考えていました。

どうやってこの二つの問題を解き明かしたらいいかなど、今後の取組みについて思いをめぐらせながら、徳沢に向かってトボトボと、歩いていたんです。ですから、

「うわーっ、これは、すごい！　加藤さん、ありがとう！」

と、思わず彼の手を握って感謝しました。神仏はわれわれを見捨てていなかった、と心の中で手を合わせました。

加藤さんは、新村橋で私に会ってこの三角ヤスリの話をする前に、篠田氏の三角ヤスリのデータをどうしたと思いますか？

彼は、かりに他人の実験データであっても、このデータを知りながら発表しないでいたら、万一、新たにザイル切断事故が発生した時には、自分自身、犯罪を犯すことになるのではないかと考えたんです。彼が東海道線の列車内で知ったデータと蒲郡の公開実験のデータを並べ、彼の判断として、『蒲郡実験でナイロンザイルが岩角に強かったのは、岩角が丸かったからだ』と書いて、勤めている四日市市にある暁学園のガリ版刷りの『暁学園鈴峯会記録』第二号に掲載したんです。

「帰ったら、その会報を送ります」

と言ってくれ、一週間ほど経ったら加藤さんから自宅に届きました。

■加藤富雄「岩登りに於けるザイルの破断とその対策について」
（『暁学園鈴峯会記録』第二号、昭和三〇年七月二〇日発行）

従来、マニラ麻ザイルの切断に依る遭難は時折り発生した。そしてそれがザイル使用上の明白な誤りによる結果でないときには『実に意外な切断だ』とか『運命的な事故だ』と云った諦らめの言葉で見送られて来た。今私達は、このことを再び検討しなければならない。

戦後、ナイロン・ザイルの普及が著しく、国産の同ザイルも、店頭に現れて、その抗張力の優秀なこと、軽量であり、ザイルさばきのなめらかなことなどから、昨年頃より、多くの冬山登攀者に利用されるようになったが、果然、ここに深刻な事故が頻発した。

云うまでもなく、今冬ひきつづいて惹起したナイロン・ザイルの切断による遭難である。

私達の身近な岳友も、全く解明に苦しむほどの、あっけない切断のため、永久に姿を消してしまった（『山と渓谷』一八九号「二つの遭難とナイロン・ザイル」石岡繁雄氏）。同工異曲の事故が明神東壁でも（東雲山渓会）、前穂北尾根三峯でも（大阪市大）発生した。

ここに於いて、当然ナイロン・ザイルの性能に対する再検討が岳界の緊急な課題となった。

即ち、ナイロン・ザイルは登山綱として使用し得るものであるかどうか？

マニラ麻ザイルとナイロン・ザイルの、すべての場合に於ける抗力の相違はどの程度のものか？

又一般にザイルは、どの程度の落下を喰い止め得るか？

と云った疑問の解明がたんなる憶測などからでなく、科学的実験資料に基づく研究から、至急なされなければならない事態となったのである。

……（中略）……

ザイル切断に関して考えるとき、次の三つの問題がその検討の中心となる。
①マニラ・ザイル、ナイロン・ザイルの各種抗力及び湿度、温度、その他の影響は、どの程度か。――ザイルの一般的性能の検討――
②切断されたザイルに、固有の欠陥があったかどうか。――粗悪製品の問題――
③如何なる状況で又如何なる方法でザイルが使用されたか。――ザイル使用技術の問題――

……（中略）……

①の事柄を明白にするための、きわめて興味深いテストが、本年四月二九日、東京製綱蒲郡工場で行われた。
言うまでもなく東京製綱株式会社は、我が国に於いて最高の技術と内容を持つ製綱会社であり、又、今冬の事故をひきおこした問題のナイロン・ザイルは、この工場で製造されたものである。

同工場に於いては、相当な経費を投じて大規模且恒久的なザイル破断装置を建設し、阪大篠田教授を中心としてテスト。尚このテストには、ナイロン原糸メーカーである東洋レーヨン株式会社よりも技術部員がオブザーバーとして参加した。

以下に、その内容と結果を記すが、これによって①の問題は或る程度明白になると思うし、又③の問題を研究する基礎になると考えられる。

登山綱破断テスト

［試験装置及び方法］
全高約一〇メートルのブリッヂ中央に、プラット・フォームを作り、ここに九〇度、四五度のエッヂを有する岩塊を置く（蒲郡実験の装置写真参照）。この岩塊上よりザイルを垂下し、末端に結んだ五五キロ

の錘を落下させて、その衝撃によるザイルの破断状況を調べる。
……（中略）……
＊Aのテスト（下図右）
ザイル末端を固定し岩角（エッヂ）を支点として錘を落下させる。尚ザイル固定点までのザイルの長さは二〇〇センチ、重量はすべて五五キロである。
L　エッヂより錘までのザイルの長さ
H　垂直落下距離
E　落下後に於けるエッヂ〜錘間のザイルの伸び
＊Bのテスト　カラビナを支点としたもの　……（略）……
＊Cのテスト
末端を固定し、エッヂを支点として振り子運動をさせる場合
①マニラ一二ミリ、長さ五メートル（固定点よりエッヂまで二メートル。エッジより錘まで三メートル）を使用し、十数回エッジ上を擦過させたが切断されなかった。伸びは二六センチ。
②前穂東壁で使用せるナイロン八ミリザイルを用い、東壁と同一状況（エッジより錘まで二メートル長、横方向一・五メートル、高さ方向一メートル）で振らせたが切断されなかった。伸びは六一センチ。〔この前穂東壁と同一条件で振

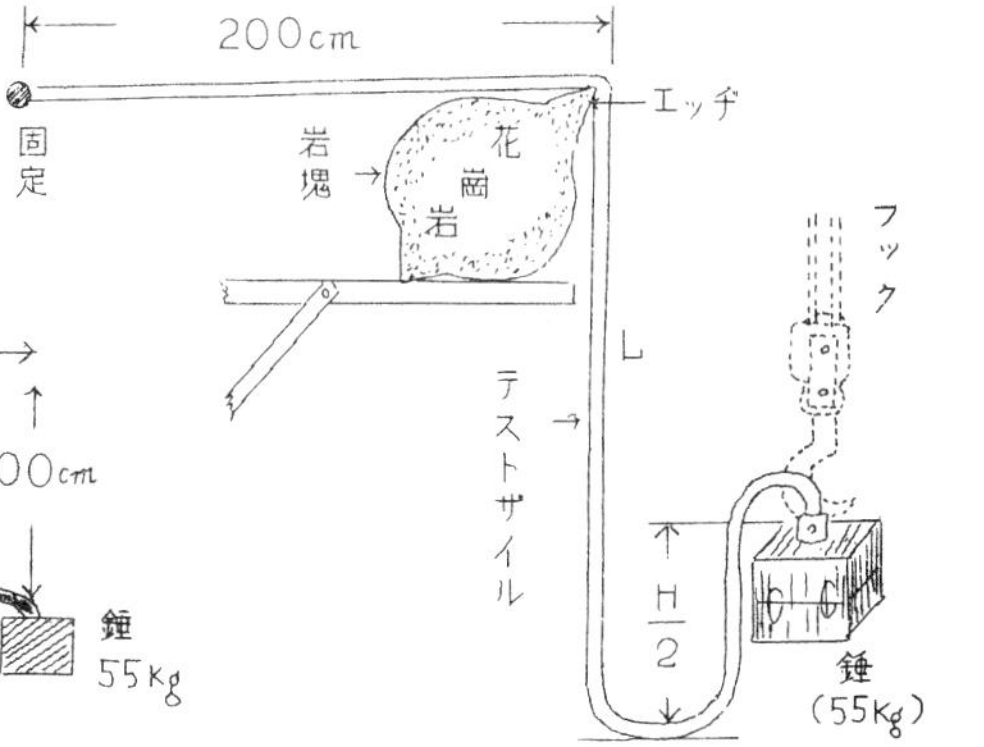

右＝Aのテスト
下＝C②のテスト
〔注記を参照〕

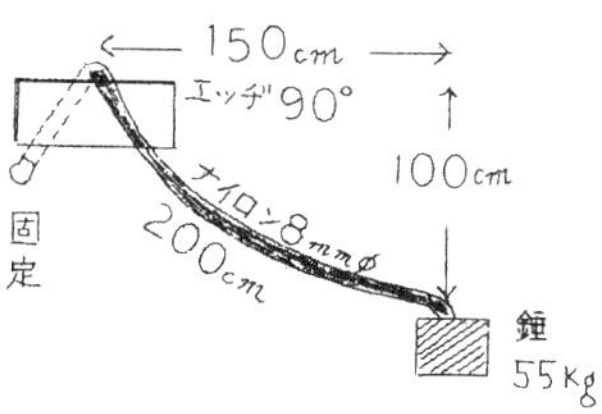

■蒲郡公開実験の図解

■ Aのテストの結果

ザイル φmm	L cm	H cm	エッジ	切断状況	E cm	ザイル破損状況	備考
マニラ 12	200	100	90°	切断	—	3本のストランド（str.）が同時にあっけなく切断	
ナイロン 11	200	100	90°	不断	34	1 str. の約 1/3 程度に損傷	エッヂと固定点間の伸び 8.5 cm
ナイロン 11	200	200	90°	不断	32	殆んど損傷なし	
ナイロン 8	200	200	90°	切断	—	切断部はやや溶けた様子	普通糸、湿潤させたもの
ナイロン 8	200	100	90°	不断	—	直径の 1/10 程度の損傷	結節部表面やや熔結？
ナイロン 8（強力系）	**300**	**300**	**45°**	**不断**	**85**	**損傷殆んどなし**	**熱延加工糸（強力糸）を原料としたもの。前穂東壁で使用されたザイルと同一品**
マニラ 12	100	50	45°	不断	—	1 str. の 1/3 程度の損傷	エッヂ上のズレ約 10 cm
マニラ 12	200	100	45°	切断	—	あっけなく切れる	切口は引きちぎった感じ。プツンと切れている
マニラ 24	400	550	90°	不断	37	1 str. 完全に切断	抗張力 4.5 トンの製品
マニラ 24	400	600	90°	不断	38	1 str. 切断、1 str. 大損傷	エッヂ上のズレ 11.5 cm
ナイロン 11	350	350	45°	不断	90	やや損傷（1 str. の 1/4）	
ナイロン 11	350	450	45°	切断	—	切断部 5 cm ホグレる	濡湿せるもの
ナイロン 11	350	450	45°	不断	80	1 str. の 1/2 損傷	

らせたという実験は、岩角支点に対して錘を横方向に一・五メートルずらしており現場とは条件が違っている。しかしながら、そのことが蒲郡公開実験で貴重な横滑り実験の結果を残すことになろうとは、神のみぞ知ることであった。今西錦司氏への書簡、二二七頁参照。〕

＊Dのテスト　斜面上を滑落させた場合の抗力　……（略）……

＊Eその他のテスト　抗張力比較　……（略）……

以上が蒲郡工場において実施されたテストの結果であって、これより見ると、ナイロン・ザイルはマニラ・ザイルより落下衝撃に対して、絶対的に優秀な性能を持っていることになる。

しかし、ここに今一つの重要な意味を持つ実験資料がある。それは某レーヨンKK研究室の人々によって行われたテストである。以下にその一部を記すことにする。

〔某レーヨン研究室のテスト〕

1．内容　各種ザイルに対して、直角に、ヤスリをかけ、これに対する抗力を比較した。

2．テスト装置（図参照）

一端を固定したザイルを、三角ヤスリの刃上に張り、他端はベアリングを経て錘を吊るす。

三角ヤスリは、モーターに接続され、ストローク5センチの往復運動をする。

次表はこのテスト結果である。

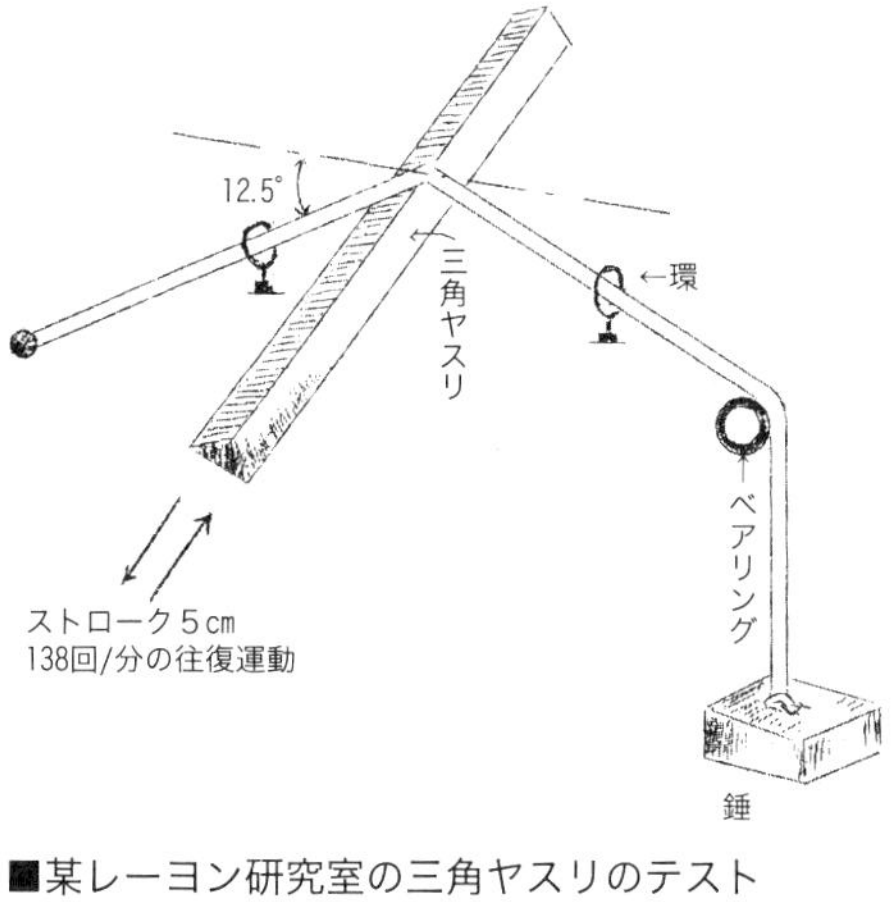

■某レーヨン研究室の三角ヤスリのテスト

■各種ザイルのヤスリの擦過に対する抵抗力
(破断されるまでのヤスリ往復回数)

ザイル荷重W	ザイル処理	マニラ麻 12mm	ナイロン 11mm	事故ザイル ナイロン 11mm	ナイロン 8mm
10 kg	通常	240〜330回	30〜34回	30〜40回	12〜14回
20 kg	通常	110〜200	10	10〜14	5〜6
20 kg	冷却	100	10	—	5
40 kg	通常	48〜70	6〜7	6〜8	2〜3
40 kg	冷却	110	9〜10	—	6
40 kg	凍冷	290	34	—	11

Wは、錘の重量、表中の数字は、ザイルが切断されるまでのヤスリの往復回数を示す。尚〃冷却〃とは、ヤスリ及びザイルを、ドライアイス中に約三〇分間放置し、充分冷却したこと。凍結〃とは、濡らして、同様に冷却したことを示す。又ザイルは、すべて東京製綱の製品であり、〃事故ザイル〃とは、今冬切断された前記大阪市大使用の同上一一ミリナイロンザイルである。

尚、ヤスリとザイルのなす角度の変化は、データに余り大きい影響を与えなかった。

このテストは、今冬のナイロン・ザイル切断事故の原因を考える上に、無視できない意味を持つものであると思う。

……(中略)……

東京製綱のテストのときに使用した岩石支点は、そのエッジが比較的滑らかで、丸みがあり、私達が人気の少ない岩場で手にふれるような、鋭い刃状ではなかった。

もし、このときのエッジが、穂高などの岩に見られるような、ナイフ状のシャープな、しかも鋸状のギザギザがある岩片であったならば、東京製綱のテストの結果は相当変わったものになったのではないかと思われる。

このことは、某レーヨンのテスト結果がその裏づけをしてくれる。

即ち、ヤスリの擦過に対して緊張したナイロン・ザイルは、マニラ・

ザイルの1／8～1／10程度の抗力しかなく、殊に八ミリナイロン・ザイルに至っては、僅か二、三回の擦過（一〇センチ程度の擦過）によって切れている。

ナイロンザイルはヤスリ状の岩角の擦過に対しては異常に弱い。この点に今冬の東雲山渓会（トラバース中の切断）や岩稜会の事故原因が潜んでいるように思われる。

※ 登山家の良心

加藤富雄さんの書いた文を読んで、私はこの世の中には公平さを装って見学者の目を偽る公開実験をする人たちがいる半面、やはり良心を持つ人がいるんだ、ということを身にしみて感じましたよ。

さらに、これは約二〇年後、私たちの公開実験が鈴鹿高専で行なわれた二年ほどあとのことですが、こんなことも明らかになりました――

昭和五〇年（一九七五）の秋、三重県で国体が開かれ、山岳競技が大台山系であったんですが、この時、加藤さんと宿舎で一緒になって、蒲郡の公開実験の話になりましてね、

「あの時には、石原報告の位置関係という落下衝撃実験が特別に行なわれていますが、その実験を要請したのは加藤さん、あなたですか？」

と、私が聞きました。

すると、加藤さんは、

「その通りです」

と答えました。

石原報告の条件の実験を要請したいきさつは、こういうことでした――

前穂高岳東壁での岩稜会の「遭難」を聞いて、五朗の友人でもあった加藤さんは、三重県から上高地にかけつけてくれたんですね。そして、木村小屋で待機していて、救助されて到着した石原君がザイルが切断した時の位置関係を詳しく報告したのを聞いて、手帳にメモしておいたそうです。

そういうことだったものだから、蒲郡の公開実験では、

「前穂高岳東壁の位置関係で実験してほしい」

と要望した、と言います。篠田氏らは、これを入れて、八ミリザイルを使って錘を斜め上からエッジに滑らせて落とす実験をしました。まともな実験なら、ザイルはひとたまりもなく切れてしまいますが、なにしろエッジにアールがつけてあるんですから、切れませんよね。ザイルには見た目にはほとんど傷もつかなかった、といいます。

加藤さんは実験塔に上がってエッジを指先でなぞったそうです。すると、角が石原君から聞いていたように鋭くなっていないことが分ったものの、岩角が削ってあるなんてことは疑うこともなかったそうです。実験の結果、ザイルは切れなかったので、

「不思議なことがあるなあ」

と、思ったそうです。

この実験が終わったあとです。東京製綱は篠田氏はじめ、参加者を蒲郡市内の料亭に案内して芸者をはべらせた派手な宴会をもったこと、東京製綱の責任者が席上、

「皆さん、今日の実験でナイロンザイルは切れなかったことがおわかりでしょう」

と、言ったことも加藤さんは明らかにしてくれたんです。

私は、公開実験の結果を知らされた時から、実験の前後には、社会の倫理に反することが行なわれていることは、間違いないと確信していました。この話を聞いて、

「さもありなん！」

と、思いました。企業の姿勢、それと力を合わせて社会を欺く権威の実像を目の前に見せつけられた気がしましたよ。

それと、なぜ東海道線の帰りの列車の中で、加藤さんが東洋レーヨンの社員と一緒になって話をしたのか、なぜ東洋レーヨンの社員が篠田氏の三角ヤスリの実験の存在とその結果のデータを教えてくれたのかを私なりに理解できたんですよ。

※ 詳細に現場調査

私は、加藤さんから聞いた東海道線の列車内での話を、お骨を拾いに奥又白に戻って、岩稜会のみんなに伝えました。岩稜会の会員の怒りは、改めて言うまでもないものでした。五朗の荼毘が終わって、骨を拾った私たち近親者はお骨を抱いて奥又白をあとにして、愛知県海部郡佐織町の実家に帰りましたが、伊藤さんたちはザイル切断現場の調査をするために残留しました。

八月六日、石原兄弟と澤田栄介君、長谷川光雄君、毛塚一男君、伊藤経男さんら六人の現場調査班

は、前穂の頂上に登って、國利君の報告したザイルを回した岩を捜し当てました。

その岩の角には、ザイルの繊維束が三つ付着していました。付着していた繊維の長さは一定で、三センチでした。その状態を写真で記録して、繊維片を採取、岩角は石膏で形を取りました〔詳細な説明は資料「前穂高東壁事件について」参照〕。この時の岩角や繊維片などは、今でも大町市立山岳博物館に保存されています。

また、事故発生時の若山五朗、石原國利両君の位置関係、五朗が最後に足を置いた場所まで確認して詳細に調べ、計測したんです。


《岩稜会が現場調査と木製架台による実験等の結果をまとめた「ザイルに関する見解」によると、当日は曇り一時夕立、湿度三八％、温度二一・五度。奥又白のテントを八時半に出発、一〇時に現場到着。すぐ準備を始め、一〇時半から二時間で測量を完了。次いでテグスを使って、岩角上のザイル切断点を確認する試験をした。

現場調査によって、ザイルが切断した岩角は、当初予想していた墜落側（『岳人』掲載図）ではなく向かって左の確保側の角（資料「前穂高東壁事件について」掲載図）であることが判明した。

ナイロンザイルの切断個所の岩角にはザイル切片（長さ約三センチ）が付着していたためピンポイントで切断場所が特定できた。その岩角を石膏で型取った。作業が終了したのは午後二時一〇分だった。現場調査を見ていた登山者は信州大学山岳部員二人、南山大学山岳部員二人（一人はのちに日本山岳会東海支部長となった中瀬古隆司氏）、北稜会員一人。いわば、この五人によって岩稜会の現場調査は、立会人つきのものとなった》

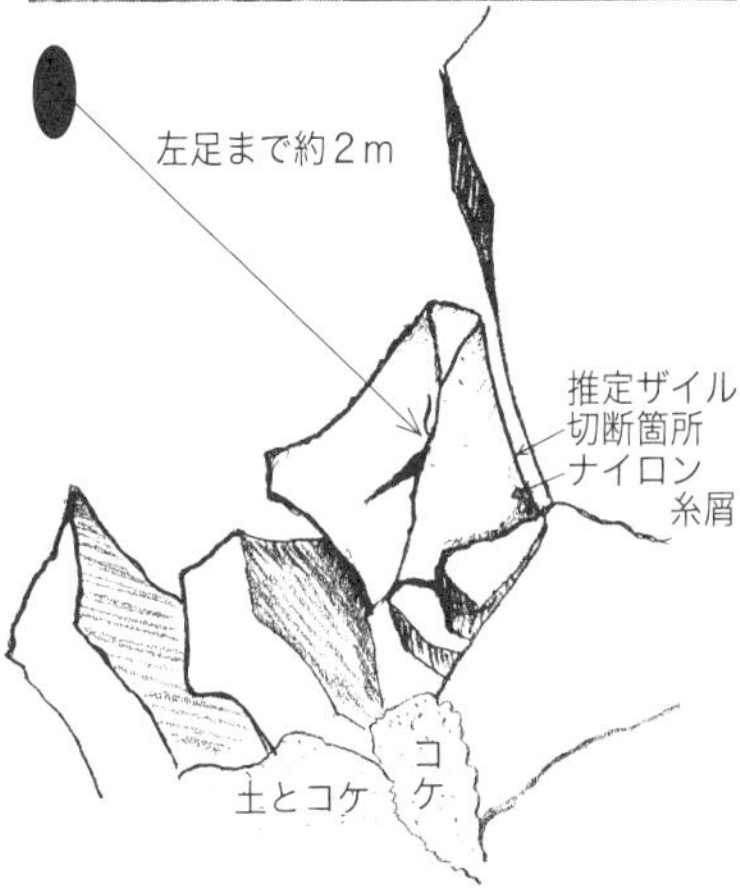

直上（登攀終了点）約８ｍからのスケッチ

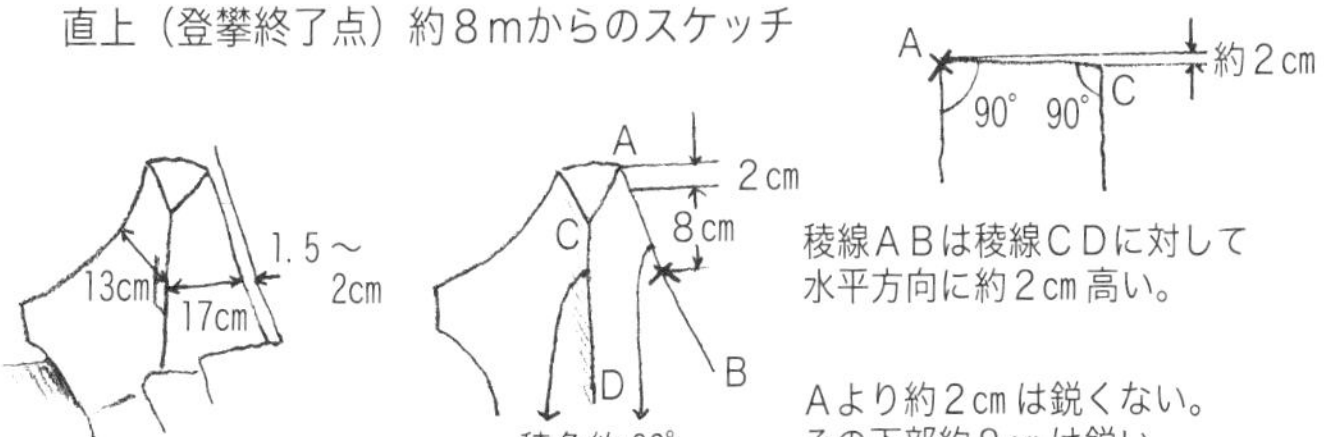
稜角約90°
その下部約８㎝は鋭い

■ザイルをかけた岩角の真上8メートルからのスケッチとザイル切断現場の関係を示す写真＝右上（○印は最後の足場、＋印はザイルをかけた岩角の位置、△印はビバークした岩棚）および岩角にザイルをかけるところ＝左上。スケッチは写真をもとに石岡さんが描いたもの。

※ 裏付け実験

鈴鹿に帰った私たちは、さっそく、現場の状況を再現する実験の準備を始めました。

実験をしたのは、九月一日のことでした。以前に使用した松の巨木の枝に、石膏をもとにして選んだ岩角の同じような石を固定し、石原君の報告と同じ条件になるようにして、八ミリザイルに六〇キロの砂袋の錘をつけて落下させるというものです。

六〇キロというのは、昭和二九年五月の五朗の最後になった、春の定期身体検査表に記録されていた体重六四キロを下回る重さです。落下距離は、五〇センチ。それぞれ垂直落下と振子のように砂袋を少し斜めに振る実験をしました。

実際に墜落した

■ザイルが切断した東壁の岩角を石膏にとり類似の岩角を探す（上）
石膏型と類似の岩角を松の枝に固定して位置関係を再現した実験（下）

時の状態をなるべく再現しようと考えたからです。

麻ザイルも実験しました。ナイロンザイルはその条件であっけなく切断しましたが、麻ザイルは、落下距離一メートルでも三つ撚りの一本が切れただけでした。この実験は、いわば、警察が行なう現場検証のようにして、裏付けられた条件で実施したものです。ですから、これ以上正確で実証的な実験はありません。実験は八ミリカメラで撮影、報告書「ザイルに関する見解」を作成しました〔実験データは「ナイロン・ザイルの強度　下」本書二八九頁を参照〕。

※ そろった「反証」材料

私たちは、鈴鹿での実験を終えて、篠田氏指導の蒲郡公開実験の虚偽、カラクリを裏付ける材料を全て手に入れることができたわけです。

それは、
①三重県山岳連盟理事の加藤富雄さんが四月二九日の公開実験の帰途、東海道線の列車内で伝えられた「石原報告の条件で、ナイロンザイルが簡単に切れた」というデータ。
②若山五朗の遺体に結ばれたままだった切れたザイルの回収。
③ザイル切断が起きた岩角が確認されたこと。
④このザイルの切断面が刃物によるものでなく、岩角で切断したことの確認。
⑤④の岩角と同じ角度の岩角で、石原報告の条件で新製品の八ミリナイロンザイルが切れ、従来の

一二ミリ麻ザイルは切れないこと。

この五点が解明されないと、篠田氏と東京製綱を追及するのは、かなり難しいと考えていました。また、これらの解明には長い時間がかかるだろうと、覚悟をしていました。

遺体の発見が七月三一日、その四日後に一番困難だろうと予想していた件が解決しましたね。それが思いもかけないところからもたらされたのが幸運でした。それから一月足らずで、「事件」追及のための壁を全てクリアできたんですよ。

事件を追及するための私たちの準備が進む中、蒲郡実験のデータに基づいて、雑誌や山の同人誌などにナイロンザイルは岩角で切れなかったということが書かれているのを見つけて、私たちは、

「いや、そうじゃないですよ。公開実験では、こういうことがされていたから、切れなかったんですよ。私たちが体験した条件とはまったく違う条件で実施されたものですよ」

という内容のことを書いた手紙なり、それまでの岩稜会が積み重ねた実験資料を送っても、反応はなかったですね。

私としてはせめて、

「篠田氏のデータを見て、ああいう文章を書いた。岩稜会の実験データが送られてきたのでよく読んでみたが、篠田氏の公開実験と、なぜこんなに結果が違うのか。登山者の安全に関わることなのだから、両者にもう一度公開実験してもらい、はっきりさせるべきだ」

というような第二報といいますか、続報を掲載してもらいたかったんですが、ほとんど私たちの実験データは無視されました。そんな状態がしばらく続きました。

篠田氏のデータに基づいた意見、著述を公にした人たちは、それが意図的でなかったとしても、当然私たちの主張を山の雑誌などで目にしているでしょうから、私たちにとっては加害者だった、と言えるんじゃないでしょうか。

私事で言えば、実父は私を強く非難しました。それはそうかもしれませんね、長男である私が、実家を継がずに、末っ子の五朗を山に連れ出したあげく、私が買って使わせたナイロンザイルの切断によって山で死なせてしまったんですから。悲しみのどん底に突き落とされたんです。そのうえ、死んだ原因を私がナイロンザイルのせいにした、と言わんばかりのことが新聞、雑誌に報じられて、律儀な生活をしていた父親としては、

「世間に、申し訳が立たない」

という心境だったんでしょうね。

私は、自分が実験してきた経験といいますか、カンのようなものから蒲郡での公開実験では、岩角に丸みをつけて行なわれたのじゃないかと思った、と前にも言いましたよね。

後になってそれが当たっていたことがわかりましたが、公開実験直後はこれからの闘いは屏風岩を上回る高くて険しい壁を克服することになるだろう、と思わざるを得ませんでした。

難題は克服できましたが、その後の闘いは、予測したとおりの長くて険しいものになってしまいました。

《登山家としての石岡さんにとっては当然の行動であったかも知れないが、ナイロンザイルが岩角で衝撃

■「オネストジョン」の実験を手伝う岩稜会員と石岡家の下宿生たち（昭和32年7月15日、鈴鹿・御在所岳兎の耳にて）

を受けると異常に弱いことを木製架台実験で確かめた石岡さんは、ナイロンザイルのその弱点を明確にすべきだという主張を始めるとともに、岩角でのナイロンザイルの弱点を補う技術の開発に乗り出している。これは驚嘆すべきことだ。

　昭和三〇年四月二九日の東京製綱蒲郡工場での公開実験から一三日後の五月一二日付けで、早くも「登山綱切断防止装置」の特許出願がされている。この装置は、滑落時にザイルに瞬間的にかかる大きな衝撃力を、エネルギー分散をさせて消費しザイルが切断しないようにするというもので、のちに自動制動確保器（ＭＳＡ―Mountaineering Automatic Shock Absorber）と命名され開発が進められた（巻末資料「登山用緩衝装置の研究」参照）。この切断防止装置の実験は御在所岳兎の耳や玄海灘の岩場を舞台に行なわれ、実験を手伝った岩稜会員たちから「オネストジョン」というニックネームで呼ばれていた。

　石岡さんは、三三年、三五年と続けて計三件、同種の装置の特許出願をし、最終的に特許を得た（特許番号二四六七七六号）。また、同じようにピッケルでも「自動支持力増強効果を有するピッケル」で昭和六一年一〇月に特許を取得している。これは、冬の富士山のような凍った固い急斜面で、ザイルパートナーが滑落した時、腕力、体力に頼らずにピッケルを斜面に突き刺すことによって、滑落者が引っ張る力でピッケルが深く刺さり楽に停止させることが可能というものだ。

これらの装置の開発、特許出願は、たんにナイロンザイルの引っ張りに対する強度を表示するだけでなく岩角での弱さを認めて明らかにすることで、その弱点を補う技術、対策が生まれるのだという石岡さんの主張を裏付ける事実である（本書四一六頁、資料「登山用緩衝装置の研究」を参照）》

❋ 再び偽る

その年の一〇月一七日でした。名古屋大学で「昭和三〇年秋季応用物理学連合講演会」が開かれました。篠田軍治阪大教授は蒲郡での公開実験のスライドを使ってザイルに関する講演をしたのです。壇上には一流の学者がズラリと並んでいて、私は一般席でこの講演を聞いていました。しかし、講演ではザイルの縦の切断実験にはふれていませんでした。蒲郡の公開実験では切断しないようになっていたので切れませんでしたから、ふれていない。いや、ふれられなかったんです。私は、公開実験のことについて質問したくとも、残念でしたが、とてもじゃないですが一般席からは質問ができるような雰囲気では無かったです。

この講演予稿集は短いものですから全文を読みながら分析しましょう。前から段落ごとに①から⑤まで番号をふって解説しましょう。

■篠田軍治・梶原信男・川辺秀昭（大阪大学工学部）「ナイロン・ロープの動的特性」
（昭和三〇年秋季応用物理学連合講演会講演予稿集Ⅰ　一一〜一二頁、一〇月一七日に名古屋大学で発表）

①　ナイロン・ロープは直径一一ミリのもので引張強度一五〇〇キロ、伸び八〇％に達し一二ミリのマニラよりも強度で数割、伸びで数倍も大きい。そして衝撃に対して安全であるとされていたが、昨年末から本年初頃にかけて穂高岳で、僅かなスリップでこれが切断するという事故が相次いで三つ起った。これ等の事故を起したロープのX線回折図形は良好な繊維度を示し、繊維の機械的性質も良好で、ドライアイスの温度でも著しい脆性を示さず、強度は増加している。従って材質的欠陥は全くないと考えられる。

②　ロープを岩角にかけて衝撃落下試験を行うと、衝撃力は高さH、ロープの長さLの比H／Lの関数となり、五五キロの錘を使うとマニラの一二ミリはH／L＝〇・三で切断するに反し、ナイロンは一・三まで保ち、マニラの二四ミリのものに近い強度を示した。ナイロンがこのように衝撃に耐えるのは伸びが大きく、引っ張りの弾性係数が小さいためで切断時の衝撃力はナイロンでもマニラでも五〇〇〜六〇〇キロである。

③　ナイロンは静的引張試験の際に二四度程度の温度上昇を示し、繊維の圧着現象が見られた。衝撃時の温度上昇は四度をあまり越えないので、切断時の衝撃荷重は五〇〇キロを少し上回った温度である。この値は上の値と一致する。

④　実物および模型実験の際、高速映画をとり、模型実験では落下高さの1／5程度まで跳上り、落ち込みの部分は正弦曲線、跳上りは放物線になり、数回の上下運動の後正弦曲線になって止まること等を知った。マニラではこのような著しい跳上り現象は見られない。

⑤　このような強力なナイロン・ロープが僅かなスリップで切断したのは岩角の切削作用、すなわち切削に起因する摩擦熱が主原因であると思われる。ナイロンは融点が低いために岩角やヤスリの摩擦で容易に溶融切断し、切り口には融着現象が認められる。

逐条的に取り上げていきましょう。まず①ですが、「穂高岳で、僅かなスリップでこれが切断するという事故が相次いで三つ起った」という表現に注意して下さい。のちに問題になる、蒲郡実験の動機に関わることですから。

次の②ですが、衝撃力はナイロン・ロープも麻も錘の一〇倍程度（五～六〇〇キロ）であるのに「ナイロンがこのように衝撃に耐えるのは伸びが大きく、引っ張りの弾性係数が小さいため」とされています。これは明らかに引っ張りに対する強さが比較の決定要素になっているということを示しています。言いかえれば、ロープには鋭いエッジで生じるはずのナイフ効果（楔効果）が作用していない、つまりエッジの最先端の岩角に丸み（アール）があった、ということを意味しています。この点への疑問は誰も出しませんでした

③はナイロンの熱的性能についてですが、⑤段落の手品への架け橋が用意されます。④は具体的・客観的な描写ですね。

⑤が専門家の手品の奥義を示すところですよ。④で高速映画を撮り科学的な装いをこらした観察を披歴した後で、「このような強力なナイロン・ロープが僅かなスリップで切断したのは……摩擦熱が主原因であると思われる。ナイロンは融点が低いために岩角やヤスリの摩擦で容易に溶融切断し、切

り口には融着現象が認められる」と直前までの説明を飛び越えて、熱による切断を客観描写風に断定しています。誰もが「そうか、ナイロンは熱に弱いからなあ」となんとなく納得してしまいますね。当時のナイロンロープの弱点について代表的なもののひとつは「熱」でしたから、鋭い注意力を持った観衆がかりに岩角に丸みが付けてあることを指摘しても、その丸味はナイロンの弱さを隠すためだとは言わずに済むわけですよ。⑤の段落は篠田教授が巧妙に用意した蒲郡実験の丸みをもった岩角隠蔽と「アリバイ」のための発言なんです。アリバイとは、ここで自分はザイルが岩角の切削作用に弱いと言っているではないか、ということです。

そしてこの発言は「実験をしなくても判り切っている」という言い方でしょう。手品のタネ隠しはこんなところにあるんですよ。「このような強力なナイロン・ロープ」という印象を刷り込んでから、判りやすい弱点（摩擦熱）を示しつつエッジ効果という決定的欠陥を隠す、という手口です。篠田教授が切削熱を予想していたのなら、なぜそうした条件で実験してナイロンザイルの弱点を明らかにし、対策につながるような報告がなされなかったのでしょうかね。それが専門家として当然の「倫理」ではないですか。じつは、ナイロンザイルが岩角で切れるのは、岩角の切削作用に起因する摩擦熱が主原因ではないんです。たしかに摩擦熱には弱いのですが、それよりもエッジの楔効果に弱く、衝撃落下による岩角の切削作用で切断するのです。

問題なのは、岩角を丸くしたことを示さないで「ロープを岩角にかけて衝撃落下試験を行う」とだけ言っていることなんです。その後篠田教授は、岩稜会から追及されたりマスコミから質問されるたびに、「自分は鋭い岩角でナイロンザイルは弱いと何度も指摘している」という発言を繰り返しています。表面的に受けとればその通りなわけですから、皆さんは何となく納得してしまい、私たちの追及が的をはずしているように受れ取られたことでしょうね。しかし氏の発言はいつも「鋭い岩角で横に滑ると極端に弱い」と横に逃げていることに、注意してもらいたいですね。今日でもときに見られる専門家の言いのがれとは、こういうものなんですよ。〔資料「登山綱の動的特性と安全装置の研究」『鈴鹿高専紀要』一九七二年、参照〕

話を戻しましょう。加藤富雄さんが打ち明けてくれた話と『暁学園鈴峯会記録』第二号のレポートで、篠田氏が公開実験をナイロンザイルを切らないようにする意図を持って行なったことが判明し、その行為の裏付けになる事実、データが全部、私たちの手に入ったわけですから、私たちは直接、篠田氏に会うことにしました。篠田氏に公開実験の訂正発表を約束してもらうことが目的でした。

一一月一八日、私と岩稜会の伊藤副会長、澤田栄介君のお父さんの三人で、大阪大学に篠田氏を訪ねました。この訪問には、篠田氏の教え子で以前にも篠田氏との会合を取り持ってくれた人が同席していました。

席上、私たちは、次の物を篠田氏に示しました。

①若山五朗の遺体に結ばれていた八ミリナイロンザイル。
②ザイルが切断した岩角に付着していた三種類の繊維束。
③ザイル切断個所の岩角の石膏。
④切断現場の写真。

⑤松の巨木を使い九月一日に行った岩稜会の実験報告書「ザイルに関する見解」。
⑥三重県山岳連盟の加藤富雄理事が、公開実験の帰途、東海道線の列車内で東洋レーヨン社員から入手した篠田氏の実験データ（『鈴峯会記録』のコピー）。
⑦五月一日付けの「公開実験」の結果を報じた中部日本新聞記事。
⑧『化学』七月号の関根吉郎・早大山岳部監督（早大助教授）の執筆になる記事。
⑨雑誌『山と渓谷』七月号の熊沢氏執筆の記事。

私たちは①から④については、篠田氏が回答する問題ではない、と了承していましたが、⑤から⑨の五点については、篠田氏は学者として答えなければ面目が立たないだろうと、考えていました。

篠田氏は、答えました。
⑤の松の巨木の実験報告書は正しい。
⑥の実験データは自分が行なった実験のものである。
⑦、⑧、⑨の記事は誤りであること。
私たちが予測した通り五点について、篠田氏は、はっきりと認めたんです。

私たちは、そこで篠田氏に、

「蒲郡の公開実験によって登山者に危険な状態が発生していること、若山の遺族と石原の家族は、無実の批難を受けて苦しんでいるので、これを解消するには、篠田氏からナイロンザイルは岩角で弱く石原報告の条件で切断する。つまり、蒲郡公開実験について一般社会に向けて発表していただかなくてはならない」

と、口頭と文書で要望したんです。これに対して、篠田氏は了承してくれました。

昭和三〇年の暮、一二月二〇日、篠田氏から私宛てに手紙が来ました。その中で石原報告の条件で切断することを社会に発表する、ということについては何もふれていないんですね。結局、「訂正発表」は無し、です。

■篠田軍治氏から石岡に届いた手紙（昭和三〇年一二月一九日付）

拝啓
　先週上京の節、東京製綱に参り御依頼の件種々懇談いたしました。貴台の御意見の、今後ザイルを売る際に使用者が使用法を誤らないよう十分な対策を立てることはメーカーとしても認めておりますが、貴台の御尊父の御意見中にありました、陳謝の件は小生の予想していた以上の問題で、御期待に副うことができませんでした。陳謝ということは、個人間の問題でありますとたとえ被害者に非があった場合でも関係者は――例えば、ピッケルを貸して、借りた人がシャフトを折って事故を起したような場合には、何等かの形で陳謝とまでは行かなくても、一応済まなかったという意味の意志表示なり行動なりをするのが普通でしょうが、法人の場合には事は簡単でありません。陳謝をするためには必ず法的な理由がなければならない訳でしょう。これは陳謝に伴って必ず犠牲者（複数）を出すことになりますから、団体の秩序を保つ上に止むをえないことであると思います。小生としては当初から、これはナイロンザイルである以上、如何なるもの、どこの製品をもって来ても、あの場合事故は避けられなかった、従って製品として欠陥はなかったと考えられる以上、この問題を製品の質の問題を足懸りとして解決することはできない、とすれば

「理由はどうあろうと現実に犠牲者を出したのだから」という人情論で解決する以外に方法はないと考えていたのですが、法人とかメーカーとかいうものにも、亦それぞれの立場はあるものということを認めざるを得ないことを知りました。

要するに貴台の御立場、犠牲者の肉親という立場と、メーカーとしての立場にはあまり大きな開きがあり過ぎて、両者の歩み寄りは残念ながら非常に困難だと申上るより外仕方ありません。御役に立たなくて申訳ありません。

先は右御返事まで　草々

一九日　篠田軍治

石岡様〔傍点は引用者〕

《前後の事情を知らない人がこの手紙を読んだら、第三者が石岡という人物に頼まれて、なにか交渉でもしているのか、と思うに違いない。

つまり、石岡さんの父親がナイロンザイルをつくった会社にあやまってほしいと言っているのを伝えたが、会社という法人は立場があるということを認めざるをえなかった。ナイロンザイルはどこの会社のものでも事故は避けられないので、製品に欠陥はなかった。であるから、両者の歩みよりは残念だが非常に困難で、役に立たずに申し訳ありません、という内容――だ。

しかし、ナイロンザイル問題を追求する立場の石岡さん、交渉をしている人物は交渉の原因そのものを偽りの公開実験によってつくった篠田氏本人であることを理解している今日の読者は、篠田氏のこの手紙の内容に違和感をいだくだろう。その違和感は、篠田氏が第三者の立場を装っていることと、製造物責任という考え方がまったくなかったことにある。

科学者は常に公正で、社会的責任を自覚していなければならない。それなくしては科学技術を基盤として成立している現代社会は存続できないだろう。しかし、篠田氏の手紙は、指導者としてかかわった東京製綱蒲郡工場での公開実験で、自らが東京製綱と一体になって果たした役割を棚上げして自分を「当事者」の外に置き、社会的責任を回避しているものである》

この篠田氏の書簡が届いた四日後、一二月二四日です。岩稜会は急きょ臨時総会を開いて、もはや、ナイロンザイルの岩角欠陥を明らかにするためと石原國利君の名誉回復をはかるためには、篠田氏と訴訟含みで交渉をしなければならない状況に立ち至った、という結論で一致しました。同時に、死亡した五朗の実兄である私が岩稜会会長をしていて訴訟になった場合、社会に誤解を招く可能性、つまり身内の事故だから補償がらみでやっている、と見られることがないように、私は岩稜会を退会することにしました。会の代表には、会員の賛成で伊藤経男さんが決まりました。退会届を翌三一年の二月に受理してもらいました。そのあとの代表には伊藤経男さんがなりました。

ただし、それまでの経過があることですから、退会しても私は実験や実験データ、資料収集など実際の仕事はやるということに決まったんですよ。ただ、私がやった仕事が肉親としての私情が含まれる可能性があるか、ないかは、私を入れないで検討するということも決まったんですよ。これで、岩稜会が権威という壁に立ち向かう態勢が整った、そう思いました。

❋ 困難な道を選ぶ

私たち岩稜会は、篠田氏が行なった蒲郡の公開実験によって、ご存知のように自分たちのミスをナイロンザイルのせいにした、と雑誌などに書かれた結果、卑怯者の集団というレッテルをはられたのと同じ状況になったわけです。

蒲郡の公開実験は真実を曲げて、登山者の生命を犠牲にして、事故の責任を使用者に負わせるためのものだったということを一層確信しましたね。篠田氏とザイルメーカーとの間にいまわしい何らかの取引がなかったら、篠田氏は一一月一八日の了解事項を違えることは無いはずですよね。

臨時総会には、リーダーの石原一郎君、國利君、澤田君も当然、おりました。

一二月二四日を前にして、私はこれ以上、蒲郡実験の訂正を篠田氏に求めて話し合いをしても問題は解決しないし、訂正してくれることはまずないだろうし、このままでは結局、権威と結託した企業優先の基本姿勢、庶民の人権無視の社会の趨勢では勝ち目はないだろう、と思いました。しかし、だからと言って何もしないでそのままでいるということは、人間としてどう考えてもできることではないじゃないですか。正しいことを私たちは主張しているんですから、たとえ私たちが敗れることがあっても闘うことは男子の本懐ですよ。そう考えましてね、名大の教官や多くの法律家に意見を聞かせてもらい、研究しました。

その結果、私と伊藤さんが「蒲郡実験によって醸成された登山者の生命の危険と、私たちにかけられている無実の不名誉とを解消するためには今や訴訟もやむをえぬ情勢となった。したがって今後、蒲郡実験訂正の交渉は訴訟含みのものとし、それが受け入れられないときは訴訟する」という提案をして、委員会の形式で夜明けまで討論されました。そして、岩稜会が一丸となって、蒲郡の公開実験の真相を社会に明らかにすることを会の目的とすることが決まったんですよ。

《この臨時総会は、岩稜会の厳しくて長い困難を選ぶ集まりとなった。

当時、石原一郎さんは、岩稜会で活動するために、愛知県立津島商業高校で教鞭をとり、石岡さんの実家に、また弟の國利さんは名古屋市千種区の名古屋大学近くにある石岡さんの自宅に下宿していた。

その総会で、石岡さんはもとより、石原兄弟、澤田さん、一郎さんに次ぐ年長者の会員らが意見を出しあった。石岡さんらの意見は、先鋭的登山、海外遠征を目標にしていた岩稜会員には、岩稜会が山に挑む機会を少なくするのでは、という危惧を生じさせた。ザイル切断に至るまでの詳細な点検・検証が必要ではなかったか、という思いを持った会員もいた。

しかし、石岡さんは、それらのことよりもメーカーが保証し、使用者が切れるはずはないと信じたナイロンザイルが岩角で考えられない弱さで切断したことの重大性、登山者にとっての命綱が切断したことの危険性こそ第一義的に追及されるべきである、と主張した。

この日の重い結論は、神戸中学の生徒や山岳部員、岩稜会会員たちに培われてきた石岡さんへの信頼が導き出した。

ここに至るまで、生還した二人、初めて現場で指導することになった石原一郎さん、もとより、実弟を失った石岡さん、末息子の若山五朗さんを奪われた若山家の両親は、それぞれにとって言葉に表すことができない悲痛、苦痛、苦悩にさいなまれたことだろう。

凍傷で右足の指のすべてを失った澤田さんは訴訟には加わらなかったが、メーカーに対する補償要求などはしなかった。石原さんとは、その後、お互いに仕事、勤務地の関係などもあり、山行を共にできなくなったが、交流は続いた。澤田さんは「私は山に登りたかった。しかし、バッカスの考えは納得できたし、その後の岩稜会の活動に異存はなかった」と、話している。

一郎さんは、平成六年（一九九四）に、七一歳で亡くなった。國利さんは、

「兄も私も、石岡さんの方針、岩稜会の決定に異議はなかった。八ミリのナイロンザイルを見た時は、それまで使っていた麻ザイルが一二ミリでしたから、それに比べたら、ずいぶん細いので大丈夫かな、と思ったですね。それでも一トン以上の重さに耐えるというメーカーの保証付ですから、めったなことでは切れることはないんだと、不安なんか持ちませんでした。それに麻ザイルは凍るし、かさばるし、それに比べたら、ナイロンザイルは扱いやすい上に持ち運びも比較にならないほど楽でした」

と、切れたナイロンザイルに全幅の信頼を置いて東壁にアタックしたことを話してくれた。

また、國利さんが山に魅せられたきっかけは、一郎さんに連れられて九州の山を歩いたことだった。中央大学（経済学部）に進学したが当時の大学山岳部の先輩、後輩の不合理ともいえる上下の秩序、シゴキとしか見えないようなサディスティックな訓練があることを知っていたので、それを嫌った。昭和二七年（一九五二）の夏から岩稜会員と山に行くようになり、翌年の大学入学後に、一郎さんの勧めもあって岩稜会の会員になった。

「岩稜会は、上下関係より、経験を積んだ先輩会員が理性的に登攀技術を教えてくれたし、そのための体力づくりの必要性も山の現場で説明してくれたんですよ。その雰囲気は、厳しくても和やかなものでした。上下関係ではなく、横の関係が基本でした。私は岩稜会の中で山を経験するのが楽しかったですよ。

岩場での経験は大学に入る前からありましたが、鈴鹿の山で岩稜会のメンバーの岩登りの技術を見て、びっくりしました。私なんて比較にならない上級レベルでした」

澤田さんによると、登攀技術は石原一郎さんに教えてもらい、石原國利さんとは岩稜会の合宿が終わった後もあちこちの岩場を登りに出かけた。

國利さんは「澤田さんが見せる岩登りの技術を見て、教えてもらった」と、語る。

東壁アタック隊の三人のうち、石原國利さんは一番年上だということで、一応パーティのリーダーとされていたが、「三人は上下の関係ではなく、横の関係でした」と、語っている。そんな三人が午後三時ごろに、Aフェースに到着。初登攀という魅力、あるいは魔力が若い体力を支えたのか、その場でビバークして、翌朝に残された高度を稼ぐことにした。

この意味で、ナイロンザイルが切断するまで、彼らはたんなる登山家であったかもしれない。ザイル仲間を失った直接的原因が、一トン余まで耐えるとメーカーが保証した科学が生んだ新鋭ザイルの切断であり、その切断が、従来の麻ザイルでは考えられないわずか数十センチの滑落で、もろくも起きたという事実によって、いわば、下界（一般社会）との関りに目覚めさせられる結果になった。

石原さん兄弟は、石岡さんとともに岩稜会と一体となって、ナイロンザイル事件を歩んだ。

澤田さんは、大学卒業後、国立公園管理員（レンジャー）として、立山、上高地はじめ各地の国立公園で自然保護のために活動し、長く鈴鹿を離れていた。涸沢、上高地に放置されたゴミの撤去などの美化運動では、献身的な活動が語り伝えられている。現在、鈴鹿市に在住する澤田さんは頻繁に各地の山に出かけている》

ここで、さきに話した昭和三〇年一一月に篠田氏を大阪大学の研究室に訪ねた時のエピソードは、ぜひ明らかにしておかなくてはならないことです。

篠田氏は机の引出しから、小さなナイフとザイルを出しましてね、二つ折りにするようにしたザイルの折り目にナイフを入れて、ザイルを切るように動かして、

「切れませんね」

と、言うんです。私がすかさず、

「そのナイフの刃は丸くて駄目ですね」

と、言うと、篠田氏は黙ってナイフとザイルを机に収めました。

この一件で、篠田氏はナイロンザイル問題で話を聞こうとして、研究室を訪れた人、たとえば、取材にきた記者とか、山岳会関係者たちに机の引出しの中からナイフとザイルを取り出して、私に見せたと同じようなことをしていたのだな、と思いました。

丸みをつけるということについて説明しましょう。

ナイフでも、岩角でも角を落として丸みがついた状態をアールをつけると言うんですが、このアールがつけてあれば、ナイロンザイルは非常に強くなり切断しないんです。私は実験でこのことを知っていましたが、初めて篠田氏のすることを目にした人なら、まさか、ナイフの刃が落としてあるとは、まず、見破ることはできないはずです。刃を落としたナイフで物を切るなどとは誰も疑わないでしょう。

「なるほど、ナイロンザイルは、ナイフでも切れないぐらい強いものなんだ。公開実験の結果は正しいんだ」

と、なったでしょうね。

まさに、人間の常識、ナイフの刃は切れる状態になっているのだ、ということを逆手にとったマジックのようなものです。

＊ 名誉毀損で告訴

ここにきて、私たちは、篠田氏が私たちには個人的に自分の「誤り」を認めながら、公開実験という「公」の場での真実をゆがめてまで、登山者の安全を犠牲にする理由、動機が存在するのだろう、と考えました。

篠田氏は、学者としてなにものにもとらわれずに、淡々と実験をし、その結果を誰に遠慮することなく、はばかることもなく発表することができたんです。

それなのに、なぜ登山者の命を犠牲にすることになる結果を歪めた実験をし、そのデータを発表しなければならないんでしょうか。自ら、日本山岳会関西支部長という登山者の安全確保を果たす義務を負う立場を放棄するという重大なしがらみが東京製綱との間に存在した、ということでしょう。いったい、それは何だったんでしょうか。篠田氏と東京製綱の間に社会の倫理に反する何かが存在したはずです。

岩稜会としては、会員に過失がないのに篠田氏の実験によって、あたかも過失があったかのようなことになったので、篠田氏を名誉毀損で告訴することに決めたんです。

結局、石原國利君が原告となって昭和三一年（一九五六）六月二三日、篠田氏を名誉毀損罪で名古屋地検に告訴しました。告訴にあたり、私たちは「スポーツ団体としての本来の立場を堅守して一切の私情私怨を含まず、ひたすら社会、登山界の貢献に徹することを誓う」と、見解を発表しました。結果から、申しますと、この訴訟は、私たちの知らないうちに名古屋地検の亀井検事担当から大阪地検（担当は斎藤検事）に回されて、翌三二年の七月二二日、われわれには非常に不満なことですが、不起訴になりました。

しかし、原告である石原君はもとより、私たちは一度も検事から呼び出しを受けなかったし、事情聴取もなかったんです。

そういう状況で、突然、弁護士から不起訴になるだろう、という話を聞いたので、

「いったい、どういうことになってるんだろう」

と、昭和三二年四月二五日、大阪地検に担当の検事を訪ねたんです。

検事は、

「捜査担当から公判担当に異動が内定したので、この件だけは自分がやってしまうことになっている。篠田氏からは十分事情を聞いたから」

と、言うんですよ。

原告側からは事情をまったく聞かないで、なぜ不起訴なのか、不起訴の理由を聞かせてもらおうと、私はさまざまな質問をしましたが、検事はまったく納得の行く説明ができませんでした。と、言うよりも、終始黙って下を向いたままでした〔資料「斎藤検事からの不起訴理由の告知」参照〕。

❋　岩稜会への激励

岩稜会は事件の直後からこれまで、お話したように日本山岳会はじめ、民間の山岳会や山の関係者、友人知人、新聞、雑誌などマスコミ関係、もちろんすべてにというわけにはいきませんでしたが、事情を説明したり、報告したりしました。

東京製綱蒲郡工場での公開実験後、私たちが社会に対して沈黙したり、反論しなかったら、岩稜会側の実験やそのデータを踏まえた主張があたかも虚偽であり、石原國利君の報告がウソであるかのようになってしまう、と恐れました。

そうなれば、石原君たちパーティの三人、岩稜会、そして岩角で八ミリナイロンザイルが簡単に切断したという実験をした私自身に対する名誉毀損でもありますね。まさに、重大な人権の侵害だという結論に達したんです。

東京製綱と篠田氏の行為が追及されないままになったら、将来、重大な結果、悪影響を社会に及ぼしてしまうことは、これはもう明白です。

石原君が原告になって篠田氏を告訴したのに続いて、ここに至って、五朗の遺体が発見されてまもなく一年が経つという時期、岩稜会は、昭和三一年（一九五六年）七月一日付けで、『ナイロン・ザイル事件』のタイトルで私たちの主張を冊子にして、関係方面に郵送しました。

■『ナイロン・ザイル事件』310頁。ワラ半紙に謄写版印刷したもので、150部刷られ、石岡さんの知人や新聞社、雑誌社、日本山岳会、山岳関係者らに送られた。写真は石岡さんの手元に残っているもの。50年間使われてワラ半紙は劣化も加わりボロボロになってしまう状態。本書は『ナイロン・ザイル事件』の記述と図版に依っている。

《石岡さんは、友人の登山家で作家の安川茂雄氏に『ナイロン・ザイル事件』を送った。それが井上靖氏に渡り、「氷壁」を執筆するきっかけになった。「氷壁」は、厳冬の北アルプスを登攀中にザイル切断によって死んだ小坂の妹が魚津に抱く強い愛情、ナイロンザイルの実験をした原糸メーカー専務の若い妻と死んだ小坂の秘めた愛、小坂の死後、魚津が専務の妻に抱くようになった愛情をからめたストーリーで、連載した朝日新聞の読者を引きつけた。しかし、石岡さんにとっては、まどろっこしい展開であり、「もっとメーカー側の社会を欺く姿勢を追及するものにして欲しい」と、井上靖さんに手紙を書いたが、「あくまでも小説であり、勧善懲悪を目的とするものではないことを分って欲しい」という主旨の返事があった、という。

井上靖氏は、昭和五二年（一九五二）一月一四日の日本経済新聞「私の履歴書⑬」でナイロンザイル事件と「氷壁」について「ナイロンザイル欠陥説に立つ」の見出しで次のように書いている。資料『氷壁』をめぐって」を参照》

「私は登山家ではないので、雪の穂高で起った事件について、いかなる判断もくだすことはできなかった。小説に取り扱うにしても、第三者として事件を客観的に書く以外仕方ないと思った。

しかし、この私の考えを完全にくつがえしたのは、安川茂雄氏の紹介で、事件の渦中の人物である若い石原國利氏に会い、その人柄に打たれたことであった。

――でも、実際に切れたんですからね。

という短い言葉を繰り返しているだけの青年の眼には、いささかの濁りもなかった。私は氏の言うように、ザイルは切れたのに違いないと思った。作家としては、この眼を信ずる他はなかった。

下山事件で若い二人の新聞記者を信じたように、ナイロン・ザイル事件では石原國利氏を信じたのである。遭難者の兄である石岡繁雄氏もまた、この石原氏の眼を信じているのであろうと思った」

■『ナイロン・ザイル事件』の冒頭に掲げられた宣告の全文

宣　告

日本山岳会関西支部長・大阪大学教授・篠田軍治博士は、昭和三〇年四月二九日愛知県蒲郡市東京製綱株式会社内において、新聞記者、登山家等多数の面前で、昭和三〇年一月二日北アルプス前穂高岳で発生した登山者墜死事件の原因究明に関する公開発表をされたが、同発表において篠田教授は、

一、その立場上、登山者の危険防止を充分考えられなくてはならないのに、ナイロンザイルの重大な欠点を熟知しておられながら、その欠点が全くないという錯覚をおこさせる発表を行われた。

二、死因並びに遭難状況発表に関し、遭難報告者石原國利にかけられている重大な醜行容疑が無実であることを承知しておられながら、観衆に、その容疑が事実であると錯覚をおこさせるような発表を行われた。（石原の名誉毀損罪による告訴）

我々は右を確信する。かかる疑惑がそのまま放置されるときは、今後、生命尊重、人権擁護の精神が侵されることになると信ずるので疑惑解消の日まで追及する。

昭和三一年七月一日　三重県鈴鹿市　岩稜会

私たちがなぜ『ナイロン・ザイル事件』をつくる、という手段をとったかという理由があります。それは、前穂高岳東壁で起きたナイロンザイル切断以来、ご存知のように私たち岩稜会はマスコミに訴えてきましたね。その時は、記者の人たちから、さまざまな質問がされます。私たちは継続してこの問題を追及しているわけですから、経過もデータも整理されて蓄積されています。しかし、記者の人たちは、ナイロンザイル事件だけを追っているというわけにはいかない。担当も代わるでしょうし、私たちが考えているような具合には、そうそう事が運ばないいんですよ。

たとえば、何社かの記者さんに説明すると、それぞれが質問しますよね。はじめて私たちの説明の席に現れた人は、ナイロンザイルが切断した年月日、場所、誰と誰がパーティを組んでいたのかまで質問する時もありました。こちらは、理解してもらうために、はじめから説明しますが、そうすると、別の記者の方が、詳しいデータについて質問してくる、こちらもそういう場には慣れていないいんで、「どうも、これではうまくないぞ」ということが分かったんです。

つまるところ、口頭での説明を主にしていては、真実がなかなか理解してもらえない、というか「そうか、そうだったのか、これが真実なんだ」と、確信してもらうことが難しい、という経験を積んだからです。冊子になれば、新聞社、雑誌社では資料としても、長く使ってもらえるわけですからね。「ナイロン・ザイル事件」を送る際には、ハガキも同封して、私たちのナイロンザイル問題に対する今後の取組み、活動の指針にさせてもらおうと、意見なり、感想なりを書いて、送ってもらえるようにしました。

多くの励ましをもらえました。本に対する反応は、直接、登山界以外からも多く寄せられたので

す。

＊ 東京製綱の実態

これは、ナイロンザイル切断から二〇年経った時に分ったことです。昭和五〇年（一九七五）の七月上旬、私の家に知らない人から手紙が届きました。東京製綱の当時の社内の様子を知っている元地方公務員のYさんという人からでした。その内容は、東京製綱が何をやったのかということを告発するものでした。この手紙で、ナイロンザイル切断があったために社内で実験をしたんだそうですが、この結果、岩角で簡単に切断するという事実を確かめていたことが判ったんです。

手紙には、

「……この試験のときヤスリ作用に弱い事は解っていたのです。岩角等の試験も行われ、ヤスリ作用に対してはマニラロープの一三分の一位の結果が出たようで、従って小説『氷壁』の場合も当然起った〔切れた〕であろうと結論されたと思います。何故、この事を公表しなかったか、試験委員が公表と言ったら待ったがかかったのです。登山用に売ろうと作った、沢山の在庫はどうする。メーカーの損害を考え発表しない。この事を知って私はあ然としました」

と書かれていました。

その後、この方に会うことができたので、東京製綱の様子をかなり詳しく知ることができました。当時、この方は仕事の関係上、東京製綱蒲郡工場をひんぱんに訪れていたというんです。お会いした後、さらに手紙や電話で何度も連絡して、東京製綱の公開実験に至る対応、対策がかなり明らかになりました。

私は、東京製綱が篠田氏に働きかけて公開実験の際には岩角に丸みをつけるように持ちかけたことは、まず間違いないことだと確信していますが、手紙や直接この人に会っての話から、この確信が私だけの思いこみでないことがわかってもらえると、思います。

こういう社会の役に立つ、公益にかなう告発が早くされれば、よかったんですがねぇ。ナイロンザイル事件は岩稜会の主張の方が、「まともな見解だったんだ」と、世間に受け取られるようになったので、この手紙も私のところに届けられたんだ、と思います。

これは重要なことなんですが、この方は、篠田軍治監修『ザイル――強さと正しい使い方』（昭和三四年）の著者梶原信男氏が東京製綱の子会社でザイル販売会社「タイユー」の販売責任者だったこと、篠田氏の教え子であることも明かしてくれました。

III 波紋

❄ なぜ面取りを?

愛知県蒲郡市にある東京製綱蒲郡工場の公開実験では、メーカーサイドの見学者の中にも、実験結果について

「おかしい」

と、疑問を抱いた人たちがいたんですね。

公開実験を見学して帰る際に、蒲郡から名古屋までの東海道線の列車内で、三重県山岳連盟の加藤富雄理事と一緒の座席に座った東洋レーヨンの社員たちです。彼らは二月以降、篠田氏のザイル実験を手伝っていた人たちだった、ということです。

切れた東京製綱のナイロンザイルの原糸は、東洋レーヨンで製造されたものでしたから、実験は東

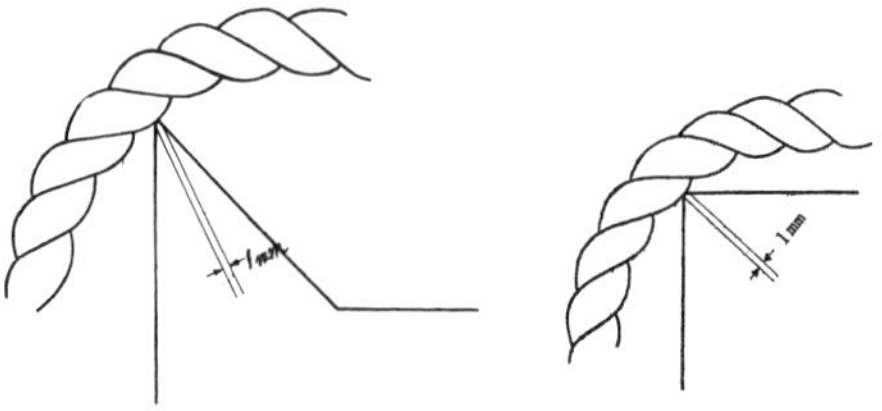

■『ザイル――強さと正しい使い方』22頁に記された蒲郡実験のエッジの面とり

洋レーヨンで行なわれ、社員が篠田氏の実験を手伝った、ということだったんでしょう。

その実験では、岩角が鋭くなった岩の代わりに三角ヤスリを使ったんだそうです。自分たちの会社でやった実験では簡単に切断してしまうザイルが、実験場所が違ったら、なぜ切れなくなったのか不思議だったでしょうね。

しかし、彼らが、自分たちが手伝った篠田氏の実験のデータや実験方法を詳しく明かしてくれたことで、篠田氏は公開実験前に、ザイルが引っ張り強度の一〇分の一、二〇分の一の数値で切れてしまうという詳しいデータを持っていたことが分かったんですから、これは、私たちにとって大変助かりました。

同時に、いったい篠田氏はどういう理由で、逆の結果を出す公開実験をやったのかという疑問が、当然起きますよね。

彼らは、別に隠し立てする様子もなく、ザイルが切れなかった理由を説明してくれたので、それによって、公開実験に使われた岩角には丸み（面取り）がつけてあったのだ、ということが分かったんですね。

その面取りの幅については、のちに篠田軍治監修・梶原信男著『ザイル――強さと正しい使い方』（昭和三四年、日本工業新聞社）の二二頁に、「試験用岩稜の構造は図の如くで、いずれも稜には一ミリの面をとってある。面をとらないものを作ると実験ごとにザイルの摩擦のために岩稜は小さく欠ける。これでは数百回の実験がことごとく違った稜に当たることになるので、実験の正確さの意味がなくなる。これを防ぐために稜には一ミリの面をとってある」と記してあります。丸みの数値があとで取りあげる検事調書の石材商の供述「四五度の方には約二ミリ、九〇度の方には約〇・五ミリ」と違っていて不審な点がありますが、いずれにせよこれでは、前穂高岳東壁の現場の岩角の状況とはまったく条件が異なるのです。

一ミリという、そんなに重大な幅だとは思えない数字でしょうが、これによって鋭角ではなくなります。このわずかな幅、面取りによってザイルは切断しなくなるのです〈本書四一九頁参照〉。前穂高岳東壁でナイロンザイルが切断した繊維片の付着した岩石の角は、まったく丸みはありません。丸みがなかったから、切断したのです。

最初から、岩角に丸みをつけた岩や石を支点にした公開実験は、ザイルが切れないことを見せるための見世物、マジックショーにすぎなかったんです。

❄『山日記』に問題

昭和三〇年（一九五五）の暮に、社団法人日本山岳会はこの時期に発行する『一九五六年版山日記』〈昭和三一年版とも表記〉に、篠田氏が執筆したナイロンザイルの強度に関する一文を掲載したんです。もちろん四月二九日の東京製綱蒲郡工場での公開実験のデータ〈岩角に丸みをつけてあるデータ）を基にして書かれたものです。

■『一九五六年版山日記』「山の装備」の篠田軍治執筆「登攀用具」中ザイルに関する記述

ザイルとロープはドイツ語と英語の違いで同じものである筈だが、日本のメーカーの中にはザイルというと登山用に作った特に丈夫なもの、ロープというと一般用のものとして区別しているところがある。メーカーでもこのように注意しているのであるから、好い加減なロープで代用するのは危険であり、その取扱も慎重を要し、傷んで強度が落ちたものは登山用として価値が無くなったものと見てよい。以前はマニラ麻で編んだ直径一二ミリのものにきまっていた感があったが、近頃はナイロン製の一一ミリのものが出ている。何れも静的引張強度は一トン以上で、物によっては二トンに達するものもある。従って懸垂などでは無理な使い方をしない限り絶対安全と見てよい。しかし、衝撃荷重、例えば墜落の時などはどうであろうか。従来からもマニラは衝撃に弱く技術者の側からは登山用としては少し弱すぎるのではないかといわれていたが、実際試験してみると九〇度の岩角にかけて一二ミリのマニラではH／L＝〇・三という小さな衝撃で切断するが、一一ミリのナイロンでは一・三までもつことがわかった。但しこれは五五キロの錘を落した時のことで、Hは錘を上げた高さ、Lはザイルの垂れ下った長さであって、ザイルに及ぼす衝撃力はH／Lが大きいほど大きい。マニラでは一〇メートル垂れ下ったザイルの一端に人が結ばれているとして、三メートルの高さから落せば切れる怖れがあるが、ナイロンでは一三メートルまではもつということである。もっともこれは自由落下の場合で、急斜面のスリップでは摩擦その他で落下速度は余程少なくなるのでこの数字よりは遥かに安全なものになる。このようにマニラのザイルは衝撃には弱いが、これ以上強いものでは人体の方が衝撃に耐えないので太くしてもあまり意味はない。

> ……ナイロンが衝撃に対して大きな強度をもつことは弾性係数が小さくよく伸びて、いわばゴムに近いような性質があるからである。ナイロンは天然繊維と違って単繊維であるからやすりのようなもので横にこするか、鋭い刃物にかけて荷重をかけるとマニラよりも容易に切断し、しかも融点が低いので切断個所が溶ける怖れがある。この点は鋭い岩角の多い山で使う時には注意すべきことである。もっとも岩角が相当鋭くてもザイルが長さの方向に辷ってくれさえすれば安全で、間違っても岩角が鋸のような作用をしないように注意しなければならない。マニラの保存は一般の衣類などと同じような注意をしたらよい。ナイロンは虫が付かないし、紫外線には決して強くないので天日にあてて、虫干しすることは禁物である。〔傍点は引用者〕

■1956年版山日記

いまはどうなのか事情はわかりませんが、『山日記』は、当時は登山者の安全を指導する立場にある日本山岳会が、登山者のために出版する出版物ですから、これは絶対に無視できません。

たまたま私の実弟だった岩稜会員が、命を失い、彼に代わる形で私たちはナイロンザイルの岩角切断を裏付ける科学的な証明をしたうえで、ナイロンザイルの岩角での危険性を指摘しました。登山者の安全を守ることが必要と考えたからこそ、私たちは日本山岳会に蒲郡の公開実験の問題点を指摘し、岩稜会の実験結果からナイロンザイルが単純な引っ張りに対しては強度を持つものの、岩角では非常に弱いことを説明、安全確保のために日本山岳会として措置をとるべきである、と資料を送って報告していたのです。

それにも関わらず、私たちの主張を無視して、日本山岳会は偽りの公開実験の結果を基礎にした「ナイロンザイル安全論」を認めていることを社会に知らせたわけですね。

公開実験直後の新聞、雑誌では、ナイロンザイルが岩角でも切断しなかったということを結果的に、だまされた形で報道しました。そういう状況の中で、あえて篠田氏の書いた「ナイロンザイル安全論」を『山日記』に載せたんですね。『山日記』の引用の中で傍点を付した「岩角が相当鋭くても……」の部分はザイルの「縦滑り」をさしているのですが、これはエッジが鋭くては現実には起こらないことなのだということが、一般登山者にわかるでしょうかね。

とにかく、最初から民間の山岳会の言うことに耳を貸さず、「権威」の言うことは無分別、無条件に受け入れる、ということだったのではないでしょうか。

事は個々の山岳会会員の命に関わる登山用具の問題です。健全な登山、安全な登山スポーツの普及をめざす日本山岳会は、登山者の安全に関わる問題に対して、常に敏感であるべきなんです。

《当時の『山日記』は登山者の安全のために出版されたものであるが、山の初心者、高校生をも対象にしたものであったことなどが、「まえがき」で明確にされている。

「最近の登山界の隆盛は山日記の使命をこれまで以上に大きなものにしている。先ずこれから山に登ろうとする若い人々に適切な指針を与えることにある。それには山日記はせまい愛好者の好みからはなれて、広い社会にのり出していかなければならない。

一九五六年版はこのような意図のもとに、全面的に内容を刷新して作られた。はじめての人にもわかるように平易な表現を用いて、山登りの奥伝を余すところなく語り尽くしている。それぞれの権威者の語る言葉の中には、高校生にとって味わうべきものが満ち満ちていよう。

それは山のもつ豊富な内容によるが、山日記の記事は盛沢山である。山登りの鉄則からはじまって、いかに山をたのしみ、深く味わうか、また調査記事・概念図・一覧表などに至るまで、ポケットにはちきれんばかりの量と重みがある。願わくばこの山日記が若い人々の手引きとなり、また山登りを豊かなものにし、楽しいものにするよう祈ってやまない」

この「まえがき」を一読することにより『山日記』が当時の登山者にとってどのような存在であったのか、あるいは、どのような存在であろうとしていたのかを知ることができる。その「まえがき」を掲げた『山日記』に蒲郡公開実験を基にした、ナイロンザイルが岩角で麻ザイルよりはるかに強いという記述が掲載されたのである》

❄ 出されない反論

日本山岳会は、自ら調べ、考え、判断するという努力を放棄してしまい、権威、あるいは企業は本来的に正しいのだ、という安易な立場に身を置いている、と言われても仕方ない姿勢です。『一九五六年版山日記』もその延長線上に、必然的に現われた結果、と考えられます。

とにかく、この年の『山日記』は、私たちにとっては、自分たちの実験、それに基づく主張が間違っていないんですから、訂正してもらうか、改めて公開実験がザイルを切断しないように仕組まれたものだったということを日本山岳会に公表してもらわなくてはならない状態になったのです。この『山日記』の内容では、私たちが嘘を言っていることになるわけですから。

昭和三一年（一九五六）の春がすぎるころだったと思いますが、大阪大学工学部の英文論文集の中に篠田氏らのザイルに関する論文が発表されているのを知りました〔資料「登山用ナイロンロープの力学的性能」参照〕。

篠田氏は、この論文によって、ナイロンザイルの岩角性能を示し公表した、という言い方をしていますが、私はこの発言には同意できませんね。

その論文の中で蒲郡実験のデータは「マニラの約四倍の強度であることは事実である。にもかかわらず、ナイロンロープは非常に小さい衝撃負荷で破断している。この矛盾は、登山者にとって深刻な問題となるであろう」、つまり、前穂高岳の事故原因にとって重大な矛盾を持つものだ、という記述があったんですよ。これは篠田氏が、その矛盾を承知しながら、『山日記』に「ナイロンザイルが九〇度の岩角でマニラ麻ザイルより四倍強い」と書いたのだということを証明するものです。

ここに至るまで、新聞などが岩稜会の実験データを紹介してくれたおかげで、どうやら私たちの言い分を認めてもらえるような動きも出て来た、と思えるようになりました。

しかし、いつまで経っても篠田氏、東京製綱側は公開実験に関して、私たちのデータに反論しないんですね。これだけ反応がないのは「彼らが反論できないのだ」と私たちは判断したんです。私たちにとって裁判で争うことは決して本意ではなく、東京製綱、篠田氏側が自分たちの行為を反省し、これを公表してくれれば、何の問題もなかったことだったんですよ。

《公開実験であれだけマスコミや山岳関係者を偽りながら、大学の論文発表という限られた場所で、しかも英文で報告したことが、篠田氏の意図を示している。いわば、マイクとスピーカーを使って広範囲に伝えたそのあとに、ごく限られた人たちに、「じつは、ナイロンザイルは岩角であぶないんだよ」と英語で言ったから、公表したことになる、というわけである。

大学関係者、学者らに限られる研究論文集であることを考慮すれば、篠田氏は、いったい登山用ナイロンザイルを使う人の何人がこの英文論文の存在を知り、読む機会を持つことができるのかを考えなかったわけではないはずだ。大学の紀要、論文集には、この種の論文を社会に対する「エクスキューズ」（言い訳）として書いたりするケースが少なくない。英文によって表現することで、読む対象を限定するわけだ。しかし、これによって論文発表という学問的分野における実績は確保できる、と言うのだ。篠田氏の英文論文の件は、まさにこの例にあたる》

❄ これが検事の調書？

昭和三一年（一九五六）六月二三日に石原國利君が篠田氏を名誉毀損で名古屋地検に告訴しましたね。しかし、この告訴は、われわれが知らないうちに名古屋地検から大阪地検にまわされて、翌年七月に不起訴処分になった、ということもすでにお話しましたね。石原君に送付された調書で、大阪大学工学部の応用技術調査会員である梶原信男氏は公開実験を手伝ったことが知れますが、じつは東京製綱の子会社の株式会社大有（のちにタイユー）のザイル販売の責任者だったと元地方公務員Yさんが知らせてくれています。そんなことには検事調書はまったくふれていないんですが、その梶原氏が検事調書で、

「岩角の先端には多少の丸見を加えたが、その理由は之をカミソリの刃のように鋭くすると衝撃を与えた場合ロープが滑り摩擦熱により岩角が欠け実験を繰返すことができないから」

と言っています。

篠田氏は、

「ナイロンが鋭い刃物で切断されること、之を縦に引っ張ったら強いことは自明の理であったから、右の実験ではかかる場合の強度は調べず、両者の中間の色々な場合を実験したに過ぎない、……事故発生時の条件と同一条件の如く装いその実は切れない条件で実験したことはない。右実験場に中部日本新聞社記者が来ていたことは知らなかった」

と言っていることが分りました。

「不起訴理由の告知」の中に、角をつけた石を加工した石材商の調書があるんですが、石材商は、こう供述しているんですよ。ごく短い供述調書ですから読んでみましょう。

「自分は東京製綱株式会社からロープ試験用の石を作ってくれとたのまれ、四五度と九〇度の角度の角のある石を製作したことがあるが、会社側から右角部に丸味をつけることを依頼されたことはなく、自分の方から会社側に対し四五度の岩角には技術上多少の丸をつけないと製作できない旨話した

ら、会社側ではできなければ仕方がないが、成るべくとがらせて作ってくれと言った、結局四五度の方には約二ミリ、九〇度の方には約〇・五ミリの丸味を附けた、丸味を附けたわけは運搬の際角が欠けると思ったからである」

とあります。

篠田氏が言っていること、東京製綱の言い分、石材商の供述は明らかに違っています。それをはっきりさせなければ、真実を解明するという役割は果たせないでしょう。

また、篠田氏は新聞記者が来ていることには気がつかなかったと言っていますが、実験場で正面からの写真を撮影されていますし、中部日本新聞の記者は、篠田氏は自分たちが来ていることを知っていた、と言っているんですよ。

検事は、不起訴処分になる前に私が訪ねた時、「篠田氏から十分に話を聞いた」と私に言いましたが、原告の石原君、当初からナイロンザイルが岩角で簡単に切れてしまうということを実験で確認した私は、一度も検事から呼ばれたことはないんですよ。何も聴かれていないんです。

検事は、石材商の供述に対して疑問も何も感じなかったんでしょうかね。

こんな状態の検事の調べで、昭和三二年（一九五七）七月二三日に石原君の告訴が不起訴になりました。大阪地検からの不起訴通知を受けて、絶望的になりましたね。これが地裁判決でしたら高裁で争うこともできたでしょうが、不起訴ですからね。「不起訴」を検察審査会で審査してもらうということは考えませんでした。

❄ 公開質問状

岩稜会にとって、閉塞的な状況の中でできることと言えば、各地の山岳会や学者、新聞、雑誌に文章を書いている人たち、岩稜会あるいは岩稜会員とこれまでに何らかのお付合いがあった方々、知人、友人らに報告書を送付して、理解の輪を広げてもらう努力をすることだけでした。

そういう状態が続くなか、日本山岳会へは『山日記』の訂正を申し入れましたが、私たちが期待するような反応は、まったくありませんでした。

実際、私たちのやっていることは、むだなことなんじゃないかと思ったり、仲間同士でグチるようなこともあったようです。しかし、徐々に、私たちの報告をまじめに読んでくれた山岳会や個人からの激励の手紙などが増えてきました。これは、本当にうれしいことでしたねえ。

見知らぬ人や山岳会から「岩稜会のやっていることが正しいことだ。権威や日本山岳会という組織に負けないで頑張ってもらいたい」などと書いた手紙やカンパが寄せられると、

「ああ、これは中途半端に止めたらあかんなぁ」

と、励まされたものでした。

岩稜会として、東京製綱蒲郡工場での公開実験があってから篠田氏には、あらためて実験をやって、結果公表をしてもらいたいなどの申し入れをしましたが、無反応で、無視されました。

そのため、石原君の名誉毀損訴訟が不起訴になってからは、岩稜会として公開質問状を出して追及

することになりました。

その第一回目は昭和三三年（一九五八）二月二二日。この時の新聞、ラジオの反響は大きかったですね。告訴の時よりもです。その中で私たちは検察当局の非を皆さんに訴え、問題の大きさに気づいてもらおうとしたんです。

■岩稜会「第一回公開質問状」

私達は、井上靖氏の「氷壁」のモデルとなったナイロンザイル事件を引きおこした会であります。ナイロンザイル事件の主要な面を簡単に申上げれば、

「昭和三〇年一月二日、前穂高岳で発生した登山者墜死事件の死因にからみ、ナイロン製ザイルに致命的な欠点があるかないかが問題になっているときに、登山装備の権威である大学教授が公開実験前既に実験でその欠点を確信したにもかかわらず、公開実験では、問題の欠点がないとしか思われない実験だけを発表し、そのため新聞、雑誌等はそのザイルには欠点がないと報道した」というものであります。

もとより自ら実験装置を持たない一般登山者は、権威あるこの結果を信用して、そのザイルを欠点がないものとして実際に使用することは明らかであり、生命は随所に失われる危険にさらされます。（その後ザイル切断事件が二件あったと聞きます。）

例えば、乳幼児の死因として、ミルクに砒素が混入していたかどうかが問題になっているときに、予備的実験で砒素の混入を事前に確認した最高権威である学者の公開実験の結果として、一流新聞に、問題のミルクには砒素が入っていないと発表されたというのと同じであります。このことは大衆の生命を守る上に重大なことと考えます。しかもこの事態は、一般大衆の生命が失われる反面、メーカーには、その結果

として業務上過失致死罪による当局の追求とか、遺族による損害賠償の請求などから逃れられるという利益が生じるばかりでなく、信用確保の点で実に大きな利益がありますので、もしもこのことが、どこにも責任がないという状態で放置されたとしますと今後メーカーの過失による死が発生した場合、今回のことをよき口実としてメーカーと学者が協力して事故原因について、事実をまげ、その結果一般大衆まで生命の危険にさらされるようになるということが充分予想されます。又学者というものは国民の指導的地位にありますから、この行為の影響は大きく、生命尊重の高揚にとって大きな支障がおきると考えます。従って、私達はこれは放置出来ない性格の事件であると考え、且つ、社会がその悪影響からまぬがれるためにはそういうことが拙いことだということを客観的に確立しなくてはならないと考えたのであります。

そのためには、その学者に社会に対して釈明していただく以外にありませんので、その点をお願いすべく面会の機会を再度お願いしましたが、ともに拒否されました。従って、やむなく責任の追求を当局にお願いしたのであります。同時に資料を主とする『ナイロン・ザイル事件』三一〇頁を印刷し、社会に訴えたのであります。

同印刷物に示しましたように、私達が望んでおりました当局の決定は、必ずしもその学者の責任の追求が、今後当局によってなされること、つまり起訴されることではなく、むしろそういう行為は拙いということの最小限の客観性、つまり「その行為は間違っているが、その学者は反省しているから当局としては追求しない」ということでありました。即ち、私達はそういう結果でこの事件に終止符が打たれることが最も妥当だと考えていたのであります。しかし検察当局の見解が、昨年七月三一日関西・中部地方の朝日新聞に発表されましたが、それによれば、「事実はその通りだが、学者のそうした行為は良心的だ」というものであります。

この点をくり返して申上げれば、事実とは、私共の追求していた点、即ち次のことを指します。

（一）その学者は、前穂高岳の墜死事件によって、「ナイロンザイルは岩角で欠点をもつのではないか」という登山者の生命にとって重大な疑問が登山界に起きていたことを承知していた。
（二）その学者は、自分がその研究をすると発表した。
（三）その学者は、自分が指導するメーカー内での実験によって、「ナイロンザイルは岩角で重大な欠点をもつ」ことを発見した。
（四）その学者は、そのことを発表しなかった。
（五）多数の新聞記者、登山家の面前で、岩角を使って公開実験を行ない、ナイロンザイルは従来の麻ザイルより数倍強いという結果を発表した。つまりナイロンザイルは、優秀なザイルだという実験のみをみせて、欠点については何もいわなかった。（この結果、中部日本新聞（三〇年五月一日）、朝日新聞（三一年六月二四日）、山岳雑誌等に、ナイロンザイルは岩角でも欠点がないと発表された。）……即ち、上記学者の一連の行為は、ともに事実であるが、しかしその学者の行為は良心的だというのであります。これは正に意外な結果でありました。

同時に、この新聞報道の影響は誠に戦慄すべきものがあると考えました。大衆の生命が危険にさらされる行為が良心的であるとすれば、今後人間の生命は原則的に守られなくなるはずで、これで果して社会の秩序が保たれるでありましょうか。私達は、当局の決定がなされた後といえども、今後の影響を考えるとき、とうてい黙っていることは出来ないのであります。

さて、私達のなすべき第一のことは、なんといっても当局の決定が撤回されるように努力することでありますが、当局の決定には驚くべき軽率さがあると断言出来ますので（当局から送付された調査書による〔資料「斎藤検事からの不起訴理由の告知」を指す〕）、私達は目下そのための準備をととのえつつあります。しかし事態は、私達の微力をもってしては到底困難な段階にあり、結局強力な世論の御支援を得る以外にないと考えます。既に現在まで実に多くの人々の御支援をいただいておりますが、更に多くの人々の御協力を得たいと存ずる所以であります。

又同時に、社会の方々に一人でも多く、こういう恐るべきことが今や大手をふって発生する状態にあることをお知らせして、今後共充分警戒していただきたいと存ずるのであります。

今回はとりあえず誠に粗末な資料をお送り申し上げてかえって恐縮でありますが、貴殿におかせられましては、私達の見解とか行動に誤りとか行き過ぎがあると考えられましたならば、何とぞ率直に御叱正御指導を賜りたく、又もし御賛同いただきますれば、御声援をいただきますとともに、御友人にもこのことを説明していただいて、御協力を勧誘していただきますよう衷心からお願い申上げる次第であります。

なお、私達の今後の方針とするため、同封の葉書に何らかの御高見を賜りますれば望外と存ずるのであります。

昭和三三年二月二二日　　岩稜会

公開質問状に付けた葉書の返書の中には、弁護士の正木ひろし氏、作家の杉浦明平さんのものもありました。戦前から、多くの冤罪容疑事件の弁護を引き受けて活動していた正木ひろし弁護士からの岩稜会宛てハガキには、ご自身の弁護士活動に重ねて、不起訴処分の感想が、

「現代日本の検察、裁判、官憲は一般官僚機構と同じくダラクの極に達しています。彼らによって正義を求めることは木に依って魚を求むる如し。私は絶望しています」

と手きびしく書かれていました。

また愛知県渥美郡〔現田原市〕に住んでいた作家の杉浦明平さんからは、

「わたしは登山と無関係なので、お送りいただいた資料を見て、見当ちがいのようにおもいましたが、読んでいくうちに、だんだん重大な問題であることを感じました、井上靖の小説よりも、事実そのものの方が、力強く複雑で、日本社会の内部を照らしだしています。日本の学者が会社に飼われているさまも如実に出ています。石原氏が屈せずにがんばることを期待します。もし必要があれば、微力ですが援助を惜しまないつもりです」

と、ナイロンザイル事件のもつ社会的意義を正確に読み取ってもらい、とても励まされました。

さらに中部日本新聞で蒲郡実験のナイロンが強い結果の記事を書いた笠井亘記者からも「事件を大いに追及していただきたい」という書簡をもらいました。

私たちは蒲郡実験でゆがめられてしまった事実を正しく戻すためには、中部日本新聞が真実を報道してくれなければならない

岩場に弱いナイロン・ザイル

麻の二十分の一の強度

放出のザイルに要注意

穂高の滝谷でクラック尾根にアタックしていた神大の山岳部員二人が、ザイルが切れて転落死亡するという事故が最近起った。使用したザイルは駐留軍放出のナイロン製十一ミリのものだった。ナイロン・ザイルの切断事故はこれまでも数件あった。そして同ザイルの強弱が問題となって、その後国内の店頭から姿を消していた。ところが最近になって駐留軍の放出ものが出まわった。"クライミング・ロープ"と銘うった十一ミリのもので、紫外線除けにコゲ茶の着色がしてある。これを入手した登山家は相当数にのぼるようだ。ナイロン製は軽いうえに、使い方によっては非常に強い。だがその半面重大な欠点もある。この欠陥を知らないで使用すれば、今後も切断事故が相ついで起る危険性が多い。そこでナイロン・ロープの強い面、弱い面を紹介してみよう。

（当時三重大一年・愛知県海部郡佐織町）石原国利氏（二七、名大学生課勤務・当時中大生）らがアタックしていた。頂上直下でトップに立った若山君が、岩にザイルを掛け、岩壁を登ろうとしたがスリップし、五十センチばかりずり落ちた。そのときザイルはほとんどショックなしに切断、若山君は暗い吹雪の谷底に落ちて行った。小説「氷壁」のモデルとなった事件である。ザイルはメーカーが保証したナイロン製八ミリのものだった。同行した石原氏は「ナイロン・ザイルには重大な欠陥があり、それが原因で切れた」と発表、当時ナイロン・ザイルを信頼していた

いか、あるいは石原氏のいう重大な欠点があるのか、そんな社会の疑惑に答えるようなテストが東京製綱の蒲郡工場で行われた。卅年四月廿九日のことで阪大工学部の篠田軍治教授（当時日本山岳会関西支部長）が指導した。このテストではナイロン八ミリは十二ミリの麻より強いという結果が現われた。この方法は九十度と四十五度の角度を持つ花こう岩のエッジ（これはみがかれて鋭くなかった）およびカラビナを使用、五十五キロのおもりをザイルの先端にしばって落下させる衝撃試験だった。そして穂高の東壁と同じ条件というテストも行われた。最初"ナイロン・

それは麻への信頼性を失う強く、同時に穂高の氷壁でた切断事故への疑問がます深まるものだった。こうし下衝撃に対してナイロンの力は非常に強く、この点は信頼してもよいものだ。

○…しかしこのナイロン・ザにも重大な欠陥がある。三十月某レーヨン研究室で行なストの結果をみよう。一端をし、一端におもりをつるしルを、三角ヤスリの上に張るして三角ヤスリは五センチの往復をする。おもりが十キロの場合二ミリの麻ザイルは二百四十回二百三十回の往復で切れる。に対しナイロン十一ミリは三十ら三十四回、八ミリは十二回四回でいずれも切断した。

■中部日本新聞（昭和33年4月3日）のこの記事は不起訴後の流れを変えるものだった

と考えていましたから、四月二日に編集局長あてに「貴社が社会の公器としての使命を有せられる点を考え、この事件についての御態度を客観的に表明していただきたい」という申入れ書を持参しました。

そうしましたら、まったく偶然にも、「岩場に弱いナイロン・ザイル」という笠井記者の記事の校正ゲラが、そこにできていたんですよ。私たちはそれを見て「これを回答とします」と答えて帰りました。その記事は翌四月三日に掲載されたんですが、それは不起訴後の流れを大きく変える記念すべき出来事でしたね。

その後、昭和三三年（一九五八）に岩稜会が作成した第二回目の公開質問状〔巻末資料参照〕を発送した直後の一〇月二二日に、篠田氏の談話を新聞、ラジオが伝えました。

蒲郡での、あの公開実験はグライダーなどのえい航用ロープ、船舶の引き綱の実験だった、と言うんです。まったくもっておかしな話ですね。皆さんは、どう思われますか？

切断事故があった一か月あまりあとの昭和三〇年二月九日、朝日新聞大阪本社で持たれた会議があったことは、すでに話していますから、皆さん「ああ、あの会議のことだな」と思い出されるでしょう。

あの会議で明らかにされたとおり、蒲郡工場の公開実験は、最初から登山用ナイロンザイルが鋭くなっている岩角で切れるか、切れないのかを実験するものだったんです。

東京製鋼は、さきに社内事情を知る人からの手紙などで明らかなように、密かに社内での実験をこの時期には済ませていたと、私は思っています。公開実験を計画したのは、「岩角では切断しない」

ということを印象づけるためだったんだ、と考えた方がいいと思います。

そして、石原國利君の報告にもとづく位置関係という加藤富雄理事からの要望にも応えて、実際には条件が違っていましたが（このことは重要な誤解を生んだため後で問題にします）、若山五朗が墜落した際の切断テストをしました。それも結局、岩角に丸みをつけたものを使って切断しないように仕組んでいたので、「ナイロンザイルは東壁では切れなかった」という強い印象を観衆に与えたことは、皆さんも憶えておいででしょう。

登山用のナイロンザイルが岩角で切断するかしないかの公開実験、それも当初から岩角切断が起きないように仕組んでいたんですよ、なぜそれが時間がたったら、グライダーや船舶の曳航用ロープの公開実験になるんでしょう。まったく子どもだまし、その場しのぎの言い訳としか、理解できないことでした。

新聞に掲載された公開実験の際のデータも、後になって岩角への加工が問題になると、公開実験の時にはデータを新聞などには発表していなかった、などと語っています。

かりに篠田氏自身が発表していなかったとしても、新聞記者たちに対して公開実験の現場でデータを係が発表していたのです。篠田氏が責任者になっての実験ですから、当然、誰かがデータを説明しているのを承知していなければなりませんよ。それが公開実験というものでしょう。

《篠田氏は第二回目の岩稜会の公開質問状に関して、記者からの質問に対して答えているが、昭和三三年一〇月二二日夜一〇時のＮＨＫニュースでは次のような談話だ。

「私の実験は、飛行機や船舶に使うロープの実験の一つとして行なったもので、岩稜会の事故の原因をしらべる為に行なったものではないから、岩稜会の人々の非難は当らない。又、私の実験はナイロンザイルの強い点と弱い点を調べる為、三年半もかかってこの六月ようやく完成したもので岩稜会の人々は、この長い実験のごく一部をきいて勘違いしたものと思う。ナイロンザイルは既に岩角に弱い事は明らかであるが、その他の場合には強く、結局、麻もナイロンザイルも長所と短所を持っており長所をよく知って使えばナイロンザイルは登山には非常に適している」

これらのことが苦し紛れの言いわけであるのは、三〇年二月に朝日新聞大阪本社で開かれた日本山岳会関西支部主催のナイロンザイル切断事故検討会での発言や、同じ年に蒲郡実験の成果として書いた英文論文の表題「登山用ナイロンロープの力学的性能」とその内容〔資料参照〕からして明らかである。その本文中では東雲山渓会、岩稜会、大阪市大のザイル切断を実験の動機としてとりあげているのだから。

英文論文などでナイロンザイルが岩角で弱くなるという点にふれていることは確かであるが、それはまさに、小声で限られた人たちにアリバイ証明のために話したようなもので、その内容には多くの矛盾や事実誤認が含まれていることを資料中に指摘しておいた》

＊　無視された登山者の命

二回目、三回目の公開質問状を出した時も、全国紙はじめ、数社の新聞社が報道してくれました。篠田氏の一〇月二二日の発言がウソであることは、これは、もう万人が認めることですね。篠田氏自身が学会報告書で蒲郡の実験は前穂高の岩稜会の遭難原因究明のためのものであったと書いているんですからね。

ここで、私たちは次のように考えたんですよ――

つまり、篠田氏自身内心では反省しているだろうし、篠田氏が、私たちのたび重なる公開質問状に答えられないで、一〇月二二日の発言をしたことは、私が昭和三三年七月発行の『岩と雪』一号に書いた「篠田氏の蒲郡実験における不可解な行動は、篠田氏が企業に買収されたためであるという説明以外にない」ということが証明された、ということです。

名誉毀損の告訴は、その扱いに対して非常に不満ですが、不起訴処分になったことはご存知のとおりです。

しかし、私たちは、ここに至って篠田氏には実質的に勝利した、と判断しました。相手方が、はっきり謝罪して終わるのが一番良かったんでしょうが、なにしろ公開質問状には答えない。答えないんじゃなくて、本当のところは答えられないんですね。そこで、岩稜会としてはベストな形ではないけれども、最小限、私たちの目的を達することができたと思い、ナイロンザイル事件を終結させることにしたんです。

ただし、篠田氏が私たちに対して反論する場合には、どこまでも岩稜会としてナイロンザイル問題に対する従来の活動を続けるだろうことを明確に示しました。

岩稜会としては、日本山岳会、メーカーの東京製網、篠田軍治氏の三者が、いまだ岩稜会に対して合理的で納得の行く説明や行動をとってはいないけれども、このまま論争を続けていても意味がないのではないかという、雰囲気になりました。

そりゃそうですよね、四年経っても、まともな説明や行動を私たちに示せないんですから。つまり、最初から説明できないことをしていたということですよ。そこで、昭和三四年（一九五九）の八月三〇日に岩稜会は「ナイロンザイル事件に終止符をうつにさいしての声明」を発表して、私は岩稜会に復帰、会長に戻りました。

三重県山岳連盟も九月に入って、明快な論旨の「ナイロン・ザイル事件論争を終止するに当って」を発表しました。残念ながら一、二の点で誤認もありますが、情報が錯綜していたからでしょうね。

■三重県山岳連盟「ナイロン・ザイル事件論争を終止するに当って」（昭和三四年九月）

昭和三〇年一月二日の朝早く、前穂高東壁の頂上近くから、氷の壁に一条の傷痕を残して一人の若者が底知れぬ絶壁を墜落して行った。優秀、最新鋭の武器と信じたナイロン・ザイルは未知の欠陥を暴露し、確保する僚友にショックさえ伝えることなしに切断し去ったのである。かくして当時、三重大学一年であった前途有為の好青年は穂高の雪に埋もれて再び帰らなかった。

小説「氷壁」のモデルとなったナイロン・ザイル事件の発生である。

この尊い犠牲をむだにしないために、このパーティの所属した岩稜会は事故原因の追究に懸命の努力を尽した。その努力のあらわれとして、同年四月二九日、ザイル・メーカーである東京製綱KK蒲郡工場において、ナイロン・ザイルの強度試験を行う運びに漕ぎつけることができた。しかしながら、この蒲郡実験こそは前もって切断しないように工夫され、準備された実験であったので、一部の卑しい人々によって、おろかにも、事件をわざわざ迷路に追い込み、紛糾への道を開いたものであった。

その後、全日本山岳連盟の問題として取り上げられ、事件の真相は次第に正義を愛する人々に認識され、社会問題化し、遂に小説「氷壁」となって広く一般化するようになった。

この間、全日本山岳連盟その他有志の熱心なあっせんが続けられ、昭和三三年三月七日、遺族と東京製綱KKの間には円満了解が行われ、当時者間の問題としては此所に全く解決したのである。そしてこのことを同月下旬、北海道旭岳において行われた第二回全国登山大会の席上に報告することができたことは我々の大きな喜びであった〔次項で石岡さんが実状を明かしているが、これは結果として三重県山岳連盟の早とちりだった〕。

一方、岩角に対して切断しやすいという、今は常識化したナイロン・ザイルの欠陥を、卒直に認めたメーカーの誠意ある態度に反して、作為的実験によって、事件を不必要にもつれさせ、紛糾の原因をつくり、一時はクライマー側の不注意であるかの如き誤解さえ生じたことの直接の責任者、大阪大学工学部教授、篠田軍治氏は未だその非をみとめようとはせず、省みて他を言い、言を左右して強弁を続けられていることは我々の最も遺憾に堪えない所である。

蒲郡実験の目的を今更、航空用、船舶用ロープの試験であったなどと主張されるに至っては、当時立合った我国主要新聞社はじめ、報道、山岳関係者を愚弄するも甚だしいものである。如何に苦しい立場に追い込まれたとはいえ、いたづらをみつけられたわん白小僧の言逃れにも似て、その心情はむしろ哀れとさえ云わなければならない。しかし、とに角、氏が名誉ある大阪大学工学部教授の位置にあり、其の上、当時日本山岳会関西支部長でさえもあって、登山者の指導的立場にあった人だけに、子供扱いで済まし得ることではないのである。

職業の貴賤の別はないけれども、氏がくつみがきであったならば、この問題にかんして社会的反応は格別のこともなかったであろう。不幸にも氏は大学教授であった。真摯なるくつみがきと不信の烙印を負うべき大学教授と神はいづれに微笑み給うであろうか。

ナイロン・ザイル蒲郡実験の模様を知る人ならば、その目的が登山用ザイルの強度試験であって、グライダーや船舶用ロープのための実験ではなかったことは最初の原子爆弾が広島に投下されたことと同じにハッキリした事実である。グライダー曳航用ロープの試験に登山界や事件関係者を呼ぶ必要があるだろうか。また事故のザイルと同種のものであることを実験の際なぜわざわざ説明されたのであろうか。

蒲郡実験以来、篠田軍治氏の言説は二転三転して止まる所を知らない。これが大学教授かと耳をおおいたくなるものがある。

蒲郡実験にかんする篠田氏の主張は、設定された条件に対する力学的結論として見る限りそれは正しい。ある実験を行って、その結果を忠実に機械的に記録しただけのレポートに対し、これを打破することはできない。しかし問題は実験が如何なる条件の下で行われたかにある。しばしば指摘されて来たように、この実験は岩角の問題として行われ、岩角の鋭さ、隈角先端部の丸みのえいきょうをかげにおしやっていることに蒲郡実験の鍵がかくされていたのである。この実験は素人だましの芝居であったという外はない。

わかりやすいために身近の例について考えて見よう。同じ太さのナイロンと麻の糸を手に持って引張る時、ナイロンは麻にくらべてはるかに強い。しかしはさみかナイフで切って御覧なさい。ナイロンがどんなにかんたんに切断し、手応えがないか、実に明快にわかって頂ける筈である。

また同じナイフを使用する場合、とぎたての時と刃先をことさらに丸く潰した時ではどのような差があるか。考えるだけ馬鹿々々しい話である。しかしそれでもナイフの持つ角度として見れば同一なのである。正宗の名刀でも刃を丸めてしまっては人を斬るどころか、みみず腫れがせいぜいということである。

これを人目につかぬように、ことごとしく実験室の空気の中につつみ込んでごまかしたのである。さらに遺憾なことは、篠田軍治氏は公開実験に先立って予備実験を行っているのであって、その際、余りにもかんたんに切断するナイロン・ザイルに驚いて、隅角を丸め、鋭さを削って、たんなる角度の問題にスリ替えてしまった事実である。

以上が蒲郡実験の真相である。このように仕組まれた実験において、ナイロン・ザイルが麻より強いことは当然であって、「この通り岩角に対しても強い」というような説明を行ったことは、日本山岳会関西支部長として何という奇怪なことであっただろうか。また多忙な人々を集めてこのようなカラクリ実験を行ったこと自体が奇怪である。しかし、岩稜会の熱心な追究は、多くの困難を克服して、手品の種を白日の下にさらけ出してしまった。

篠田軍治氏がこの事実に対して目を伏せる限り、氏はどのような酷評をも甘受しなければならない。また氏に確信があるならばなぜ岩稜会の主張を反駁しないのであるか。

氏が社会的正義感を有し、人間的良心に目覚めておられたならば、今日の紛争ははじめから起らず、また後年の神戸大学山岳部の第二のナイロン・ザイル事件も未然に防止し得たものであった。

ずっと後日になって、篠田氏はナイロン・ザイルに欠陥があるのは自明だとか、岩角にかければ切れるのは当たり前だというようなことをいい出されている。それならばなぜ、予備実験でそのことを知りながら、実験の死命を制する重要条件である岩角の丸みを当初にハッキリ説明しなかったのであるか。角度という言葉でごま化し、さらに岩角でも、ナイロン・ザイルの方が強いのだということを報道、山岳関係者に説明したのであるか。今このような篠田氏の言葉を聞くとき、甚だ非礼ながら居直り強盗あるいは三百代言といった言葉を想起せずにはいられない。

篠田軍治氏よ、氏によって行われた不正実験によって、純真なるアルピニストの一人の霊に汚辱のぬれ衣をかぶせられようとした。第二の事件においては二名の死を追加した。篠田氏よやがて来るべき名月に一人対して、手を胸において沈思されたい。

ファウストは魂を売った。しかし彼の真実は愛と救済を得た。篠田軍治氏よ、あなたは良心を売って何を得たのであるか。出発点を誤った篠田軍治氏。あなたが出発点に帰ってその誤りを是正されるならば、萬人は歓呼してあなたの真実と偉大さを讃えるであろう。君子過ちを改めるに憚らないのである。

事件を正道に返し、萬人の納得行く解決を得るための最後の機会を今、我々は篠田氏に対して与えたい。我々は勧告する。

「篠田氏よ、行きがかりや面目にこだわらず、出発点に返り給え」と。

しかし従来の経緯から見て篠田氏の返答を期待することは困難と思われる。岩稜会の異常な努力も一方的声明合戦に終止し、公開討論を持つことができなかったからである。

今回の岩稜会の論争終結声明に対し、我々は未だ非常に不満である。それは水掛論に終止し、討論による解決についていささかの前進も持ち得ずに打切ったからである。

篠田氏の社会的立場を傷つけたくないとする岩稜会の態度には好感を持つものであるが、その声明に微温の感を拭うことはできない。当事者としては反って遠慮もあることかと推察するのみである。

ともあれ、メーカー自身が既にその製品の欠点を認め、改良に努めている今日、篠田軍治氏の立場と主張は日進月歩する社会の常識から、ひとり置き去りを食ったのである。

氏が保身に汲々として実験室の壁の中から出ようとしない以上、我々も亦如何んとも満足すべき解決の道を発見することに苦渋しなければならない。

我々は次の事項を再確認する。

① 蒲郡実験において「これは前穂高遭難の時に使用したザイルと同種のナイロン・ザイルである」と述べ、「この通りナイロン・ザイルを四五度の岩角にかけて、おおむね人間の体重に等しい錘を落した場合でも麻ザイルより強い」と篠田氏は説明されている。

② 現在の氏の主張においては、「ナイロン・ザイルに欠点があることは明らかである。蒲郡実験は船舶・飛行機にかんするもので、ザイルとは無関係である」と。

③ 最後に篠田氏は公開討論を行えという要求を徹底的に避けている。大阪大学工学部の教授会の席上という、自己のホームグランドの絶好の条件を提示されてさえ、応じようとはしない。

以上によって、今やさすがの篠田軍治氏もナイロン・ザイルの欠点を認めざるを得なくなっていること、蒲郡実験が登山用ザイルに無関係であると逃げなければならなくなったこと、従って同氏が公開討論会に応じられないのも無理はないことを社会一般の方々によく認識して頂きたいことを願って、我々の結論とし、議論の終点としよう。

鋭い岩角をもつ岩場ではナイロン・ザイルを使用してはならないことは今や常識である。ザイルの使用注意書にも明示されている。ヨーロッパにおいても、この種の事件が相次ぎ、エヴァンズ博士によってその使用について警告が発せられている、ナイロン・ザイルの欠陥は世界的に決定されたのであって、残るのはひとり篠田氏個人の良心と責任の問題だけである。

最後の一点に尚汚点を残すことをまことに遺憾とする。しかし是非いづれにあるかは、全く明らかであることを改めて指摘しておきたい。

今後、岩稜会が優れた技術とエネルギーのすべてを名立たる山岳に振向けて、再び山岳界のトップに立つべく、その方針を決定されたことに我々は賛意を表し、微力ながら岩稜会を援助して来た我々の論争も、これをもって終結とする。

惨事以来すでに五星霜、雲白く流れる中に、今日もまた穂高にはザイルが結ばれ、ハーケンはこだまを呼んでいることであろう。若人のあくなき前進はつづく。それは数々の犠牲の上に立つものである。

若山五朗よ。君は若くして死んだ。しかし君は山岳の歴史の中に永久に生きるであろう。君の死はむだではなかったのだ。
最後に、我々は改めて、困難であったこの事件の解決と問題点の明確化のために、莫大な努力をつくされた岩稜会に敬意を表し、また、事件解決に多大の御尽力を頂いた全日本山岳連盟に深甚の感謝を捧げるものである。

昭和三四年九月一二日

三重県山岳連盟

《岩稜会の「ナイロンザイル事件に終止符をうつにさいしての声明」の中に、昭和三三年（一九五八）四月、関西の著名大学の教授U氏が石岡さんに語った次のような話が紹介されている。

「私は篠田教授のご行為をべつに悪いとは思わない。じつは私にも四、五年前にそれによく似たことがありました。それは火災が起き、その原因について電気器具が不良であったか、それとも家族が不注意であったかということで問題になり、私が電気専門ですから、当局から私に鑑定を依頼されました。私はさっそく調べましたところ、火災の原因は、その電気器具が当然銅を使わなければいけないところを、鉄を使ってあったため普通の取扱いをしてもその部分が過熱して火災が起きたことがわかりました。ところがそれをそのまま発表しますとメーカーの信用が落ち、メーカーは非常に大きな損害をこうむることになるわけですが、そのメーカーは大メーカーですからこれは社会にとっても大きな損害ということになります。ところが「別に電気器具は悪くなかった」といえば、それは家人の失火となってその人には気の毒ですがその人一人だけの被害ですみます。国家的にみてどちらをとるべきかといえばもちろんメーカーを助けるべきです。私はこのように社会全体から判断して電気器具に異常はなかったと発表しました。私のとった方法は現在でも正しいと思っています。篠田教授のご行為はこれとよく似たケースで篠田教授がそうなされたのは正しいことだと思います」

製造物責任という考え方が普及していない五〇年前の話だが、学者の中にもこういう人物はいるということだ。耳を疑うような話である。

また朝日新聞発行の『アサヒグラフ』昭和三四年一〇月四日号に「ナイロンザイル論争果てて」という企画が掲載されている。井上靖氏、篠田軍治氏、梶原信男氏、岩稜会顧問の名古屋大学工学部教授、公開実験当時の東京製綱蒲郡工場長らにインタビューした記事だ。

ここで、篠田軍治氏はこう語っている。

「穂高事件には関心がありませんし岩稜会の態度もさっぱり理解できずじまいでした。あの実験は前からやっており、何も穂高事件のためにとくに実験したのではないのです。ナイロン・ザイルの強度については、現にヒマラヤでも各国の登山家が使っており、実用段階に入っているので問題視しませんでした。この事件は岩稜会が遭難に関する発表をおこたり、外部から原因究明に立ち入ってさわいだような感じですね。岩稜会は例えば機関誌上をかりてでも、計画自体にむりがなかったかどうかなど検討すべきでした。生き残ったものは大へん幸運であるにもかかわらず、その後の出方はまるで自分の幸運を意識していないようですね。もう少し感謝の気持があったらこんな騒ぎにはならなかったでしょう」

この談話は、今日でも専門家の中にときに見受けられる権威主義的態度の典型である。また、ナイロンザイル事件のようないくつかの専門的領域にわたる論争というものが、いかに一般市民の眼をあざむく隠れ蓑に満ちているかを痛感させる。

さらに共同実験者の梶原信男氏は同じ企画の中で、前にも記したように東京製綱の子会社であるタイユー株式会社の販売責任者であったにもかかわらず「メーカーとは何の関係もない」と公言している》

❄ 続く「ザイル切断」

　昭和三三年（一九五八）六月の全日本山岳連盟機関誌「全岳連」の第五号に、東京製綱が岩稜会に対して新製品のテリレンザイルを送って一切のことに対して深甚なる陳謝の意を表した、と書かれていますが、これについて誤解があるかも知れないので説明しておきましょう。

　この件は、全日本山岳連盟の副会長が三重県山岳連盟の依頼で、東京製綱の会長と面談した結果、東京製綱側が「ザイルについては一層の研究を重ねて、売り出すときには、その使用についての注意書きを添付する」と約束し、近くナイロンザイルの欠陥を改良したテリレンザイルを売り出すので、その第一号を若山五朗の霊前に供えたい、と言ったそうです。

　しかし、テリレンは欠陥が改良されてないうえ、「売り出す時には使用についての注意書きを添付する」という約束も守られなかったんですよ。添付したのは、引っ張り強さ二・四トンなど長所を強調するカードだけでした。

　これでは、約束違反だし、事故防止にはなりませんよね。ですから、岩稜会としては、東京製綱の深甚なる陳謝の意というものは存在していない、という判断なんです。

　そうこうしているうちに、八ミリナイロンザイルは、登攀用には危険で使えない、ということが、昭和三五年（一九六〇）ごろまでには徐々に知れ渡ってきたようなんですね。

　ナイロンザイルは、そのころには、一一ミリが主流になっていますが、岩稜会のナイロンザイル事件に関わる活動とは別に、かなりの早さで普及しました。しかし、毎年起こる山の事故のうち、新聞には、ザイルの切断で墜落したというニュースが載ると、事実だけを伝えている十行か十数行のごく短い記事でも、すぐ目にとまるんですね。

また、ザイル云々と、記事にはなくとも、山での転落とか、岩場での落下ということが書いてあると、その登山者が所属している山岳会の所在地、住所を調べては問い合わせて、ザイルの切断によるものでないか調べるということをしましたね。

昭和二九年（一九五四）から昭和五五年（一九八〇）の間に国内で、ザイル切断による死亡者は、二〇人にのぼるんです。

外国で日本人が死んだ例を加えると二一人です。そのうち、テトロン、テリレン、ナイロンなど麻以外の素材の死者が一三人、麻が二人、不明が六人です。不明のケースも時期から推察して、ナイロンなどであった可能性は高いと思いますよ。

私たち岩稜会が論争に終止符を打つという声明を出したあとも、ナイロンザイルなどの切断で死者が続いているんですよ。新聞や山関係の雑誌にそういう記事が出ると、スクラップをしたりしていましたが、当時は毎年のように切断事故はあったんですね。

八ミリザイルは、使わないという状況にはなってきたものの、切れるはずがないと登山者に思いこまれているナイロンザイルが切れているんです。これは、一一ミリ、あるいは一二ミリザイルではないかと推定されますが、製品に使用法が書いてないんで、切断するような使われ方があったのかもしれません。

たとえそういう使い方をしたとしても使用した人の責任ではなくて、鋭角の岩角で極端に性能が落ちるということを明示して、誤った使い方をしないようにザイルに具体的に書いて添付しないメーカーの責任です。

　これは、岩稜会が当初から主張していることですが、メーカーが受け入れないまま時間が経ち、尊い多くの登山者の命が無残に失われてしまったということです。

■ザイルの切断事故（一九八〇年までの調査、＊は項目内容が不明であることを示す。出所＝石岡繁雄・中川和道・久保利永子「ナイロンザイル切断事件から半世紀」『岳人』二〇〇三年三月号）

番号	事故発生年月日	状況	場所	事故者所属先	ロープ素材	出所
1	1954(S 29) 12.29	重傷	穂高岳	東雲山渓会	ナイロン	(JACでの報告)
2	1955(S 30) 1.2	死亡	穂高岳	岩稜会	ナイロン	(報告書)
3	1955(S 30) 1.3	軽傷	穂高岳	大阪市大山岳部	ナイロン	(JACでの報告)
4	1958(S 33) 3.28	死亡2	穂高岳	神戸大山岳部	ナイロン	(報告書)
5	1959(S 34) 7.21	死亡	剱岳	名古屋大山岳部	麻	(報告書)
6	1961(S 36) 10.3	死亡	穂高岳	泉州山岳会	ナイロン	(中部日本新聞)
7	1962(S 37) 6.24	重傷	鷹取山	東京北稜山岳会	＊	(会報稜友 No. 50)
8	1962(S 37) 8.	死亡	槍岳	D山岳会	＊	(通産省資料)

9	1963(S 38) 7.15	死亡	鈴鹿	名古屋山岳会	麻	(毎日新聞)
10	1963(S 38) 7.16	死亡2	剱岳	法政大山岳部	ナイロン	(朝日新聞)
11	1966(S 41) 6.	死亡	奥多摩	某大山岳部	テリレン	(「岩と雪」29号)
12	1966(S 41) 7.21	死亡	谷川岳烏帽子岩	東京北稜山岳会	テトロン	(報告書)
13	1967(S 42) 10.9	死亡	前穂高岳	信州大山岳部	*	(報告書)
14	1968(S 43) 8.	死亡	穂高岳	*	*	(通産省資料)
15	1968(S 43) 9.21	死亡2	北岳	東京YCC	*	(会報 YCC No. 96)
16	1970(S 45) 6.14	死亡	巻機山	東京電力山の会	ナイロン	(毎日新聞)
17	1970(S 45) 6.14	死亡	奥多摩	雲表倶楽部	ナイロン	(毎日新聞)
18	1970(S 45) 7.	死亡	奥多摩	*	*	(通産省資料)
19	1972(S 47) 11.1	死亡	槍ケ岳	*	ナイロン	(朝日新聞)
20	1978(S 53) *	死亡	ハチンダールキッシュ	S登高会	ポリプロピレン	(報告書)
21	1980(S 55) 9.21	死亡	北岳	愛知大山岳部	ナイロン	(報告書)

Ⅳ 決着

❄ 一日に二件の切断事故

昭和四五年（一九七〇）春のことです。『山と渓谷』が四月号で「ザイルの特性」という特別レポートを掲載し、一五年前の東京製綱蒲郡工場の公開実験に使われた装置の写真をつけて、ナイロンザイルの衝撃実験データを掲載したんです。

ところが、これが岩角に丸みをつけた実験結果のデータであることはまったく書かれていないんです。これは読む人に、あたかもナイロンザイルは一五年の間に改良が進んで、九〇度の岩角では切断しなくなったかのように受け取られかねないものですね。

これは『一九五六年版山日記』のいわば焼き直し、模写と言ってもいいものです。私たち岩稜会の主張を科学的な実験に基づいたデータで裏付けしてたびたび報告書を送っていても、日本山岳会は無視し続けて『山日記』に篠田氏が書いたことを訂正していないんですから、当然と言えば、当然のなりゆきなのかもしれません。

東京製綱も、東京製綱です。昭和三〇年四月二九日のマスコミや山岳関係者をだました、あの公開実験を反省していないばかりか、一般の登山者を死の危険にさらして、ナイロンザイルの強度だけを示す偽りのデータを出し続けていることがはっきりしました。

これは、明らかに企業犯罪です。昭和三〇年の公開実験でナイロンザイルがあたかも岩角では切れないような実験を篠田氏が行なった、そのデータを使い続けているんですから。これは企業の意思がなければ、できないことです。

私は、日本山岳会が『山日記』を訂正しないかぎり、ザイルメーカーは責任を自覚して、自発的にナイロンザイルの岩角での弱さ、危険性を明らかにし、販売するザイルすべてにその旨を表示するということはしないだろう、と思いました。

日本山岳会の姿勢に絶望的になりましたね。あらためて日本山岳会の社会的役割、存在意義を考えさせられました。登山者の安全を守るためにある組織であり、それも、公共的な役割を持ち、公的な認可を受けた社団法人ですからね。こういう組織が登山をする者を死の危険にさらすことに対して、その会員である者が意見を具申しているのに、返事も回答もしないんですから、

「こういう組織なら、もうなくともいいんじゃないか」

と、考えるほどでした。

雑誌への執筆や投稿、集会に招かれての講演、発言などの活動から、ナイロンザイルのうち八ミリ

ナイロンザイルを岩登り用に使うのは危険だ、ということが少しずつですが、知られるようになっていきました。

岩稜会とは別に、ナイロンザイルの切断で仲間が転落事故にあった山岳会所属の登山者がいたわけですから、その関係者も岩稜会が訴え、主張するナイロンザイルの問題点を周囲の人たちに教えたり、伝えてくれたんでしょうかね。八ミリナイロンザイルは危険だ、と使われなくなったんです。代わって、一一ミリ、一二ミリザイルが使われるようになってきました。

それでもですね、昭和四六年（一九七一）一一月に発行された、岩登りの技術書で「八ミリナイロンザイルを二重で使うのが最良である」というようなことが書かれているんですから、蒲郡の公開実験と『一九五六年版山日記』がセットになった影響が、いかに強いものであったかが、よく理解されると思いますよ。

しかし、ザイルが太くなったからといって、ナイロンザイルの岩角欠陥が改良された、克服できた、ということではまったくないんです。八ミリザイルと本質的に同じ問題を抱えたまま製造、販売されていました。

しかも、先ほど言ったように、雑誌にあたかもナイロンザイルが改良されて岩角にも強くなった、と受け取られるデータや記事が掲載される状況が、現実にあったんですよ。

ところが、昭和四五年（一九七〇）の六月一四日に東京・奥多摩と新潟県で二件の一一ミリナイロンザイル、抗張力が二七〇〇キロというザイルの切断事故が発生したんです。この雑誌が出てから、約二か月後ですよ。

この二つの事故は、当時雑誌にも紹介されたのですが、使われていたのは十一ミリの編みザイルといわれるものです。

一件はトップが岩場を登っている際、滑落して四、五メートル墜落したら、ほぼ九〇度の岩角にかけたザイルが切断して、そのまま数十メートル落下したという痛ましい事故でした。ザイルが切れたポイントの岩角には岩稜会の切断事故の時と同じように、ザイルの繊維が付着していたことが分かりました。

ナイロンザイルの改良は進んでいる、と一般的には考えられていただけに、一部の新聞はかなりの紙面をさいてこの切断、墜落事故の追跡をしています。

❄ 一五年前と変わらぬ弱さ

事故のザイルは、スポーツ用品メーカーの東京トップが製造、販売したものでした。遺族の要請があったこともあり、事故の一か月半後の八月一日に、公開実験がされています。もちろん、事故に近い条件下ですね。

この公開実験では、東京製綱の蒲郡実験のように参観者を偽るようなことが行なわれずに、忠実に現場の状況を再現する公正な実験が行なわれたんです。それだけ、メーカーに岩稜会の時よりも厳しい目が向けられていたということでしょうし、同時に企業の体質も東京製綱とは違っていた、と言えるんじゃないでしょうか。

結論から言えば、ナイロンザイルの岩角での弱さは、ザイルが太くなったといっても、一五年前とあまり変わっていなかった、ということです。

東京トップの実験ではっきりしたことは、静的な引っ張りには二・六ないし二・八トンまで耐える強さを持つ一一ミリのザイルに六〇キロの錘をつけて、九〇度の岩角を支点として落下させる衝撃テストで、落下距離一・五メートルで簡単に切断する、ということです。さらに、六〇度の岩角では人間一人がぶらさがっただけで切断することがはっきりしました。

ナイロンザイル

やはり弱か

鋭角でブッツリ

メーカー実験　使い方に警告

ナイロンザイルは鋭角の岩場に、やはり弱かった—さる六月、小丹波（奥多摩）岩茸山（新潟）の岩場で相次いで起きたナイロンザイル切断による遭難事故をきっかけとした、ナイロンザイルの衝撃、摩擦実験が一日午後、メーカー側の東京都足立区江北二の二八の二一、東京トップ足立工場で行なわれた。先月十一

なわれた引張強度実験に次ぐもので、三時間、十回に及ぶ衝撃実験の結果、ナイロンザイルが鋭角での衝撃に対し、非常にもろい事実があらためて明らかになった。その柔軟性、不凍性、軽さなどから、日本の登山者のほとんどがナイロン製ザイルを使用している折り、この実験結果は、クライマーの"命の綱"とされるザイルの使

この日の実験は午後一時から、遭難者を出した蒼表倶楽部の斎田要生代表、東京電力山の会小沢顕一代表ら関係者二十人の立ち会いではじめられた。実験はメーカー側の担当者村井葵氏（早大ローツェ・シャール登山隊員）の指揮。まず刃物のように片側を六十度の鋭角に削った鉄材を四十五度の傾斜にたてかけ、立ち会い人の一人

ザイルでぶら下がった。は、たちまち切断。切り ッパリとナイフで切られ なり、鋭角に対するナイ ルのもろさが立証された 次に、V字状の鋭い岩 せて作った鉄製の"岩かど に六十キロの砂袋を、高所 とす実験。はじめは落差 みたが、赤い真新しい

■メーカーの公開実験でも岩角弱点を示したナイロンザイル（讀賣新聞　昭和45年8月2日）

岩稜会のケースでは、八ミリザイルでしたね。東京トップの公開実験ではザイルが三ミリ太くなっていますね、岩角での性能は、一五年も経っているんだから、当然改良されていて、岩角でもそう簡単に切断するなんてことはないんじゃないか、と考えていた人は多かったかもしれませんね。ところがです。岩稜会の前穂高岳東壁八ミリザイル切断の時と、そう変わるものではないことがこのデータで理解してもらえたんじゃないでしょうか。

大学山岳部、一般の山岳会などでは、

先輩から後輩に「切断の危険がある」と伝えられ、岩角にザイルを掛けたりしないように指導されているところもあったようです。それでも、現実には岩角で、いとも簡単に切断してしまう事故が起きているんですよ。

『山と渓谷』は山と渓谷社が発行する雑誌ですが、同時に山に関する評論を中心にした『岩と雪』も発刊していました。この一二月発行の『岩と雪』で、『一九五六年版山日記』の篠田氏の記述の危険性を第三者として初めて指摘したんです。

『岩と雪』に「ザイル切断死亡事故に関する座談会」という記事が掲載されまして、見出しは「絶対に切れないザイルはないはずである。しかし、それがクライマーの安全限界と考えている範囲内で切れてしまったらどうなる」という表現だったんですね。

この安全限界内の事故の原因は『山日記』の記述にあるんですね。つまり、

「九〇度の岩角にかけて……マニラでは一〇メートル垂れ下ったザイルの一端に人が結ばれているとして、三メートルの高さから落せば切れる怖れがあるが、ナイロンでは一三メートルまではもつ」

ということです。まさに、東京トップの公開実験は、安全限界内で起きた切断なんです。

そして、このことはたいへん大きなことなんです。つまり、私たちが一五年前から指摘していた危険極まりないことが、初めて第三者によって指摘された、ということです。非常に大きな動きでした。

❄ ザイルの限界をなぜ示さない

登山用のザイルというものは、言うまでもなく、万一の際に生命を失うことから使用者を守る用具、命綱です。しかし、一般使用者は自分が使うザイルの性能を試すことはできません。

そうである以上、メーカー、販売者の側が、「ザイルの引っ張り強度と同時に岩角などの鋭角部分を経ての衝撃落下で簡単に切断する」ということも同時に明らかにし、誤った使い方をしないための使用法を明示するということが欠かせませんね。

その上で使用者は適正な使い方を守る、ということが事故を無くす必要最小限度の要件になるわけですよ。

岩稜会のナイロンザイル事件以来、こういう事故を防ぐには、販売する製品に対して、用具の性能、使用限界を明記するようメーカー、販売業者に義務付けるべきだ、と私たちは考え、主張してきました。

メーカー、販売業者に「明記」を義務付けないと、使用者側は自分たちがケガをしたり、生命を犠牲にしてしか、その用具なり製品なりの欠陥を少しずつ明らかにする以外、方法はないわけですよ。

長期間にわたっての多くの犠牲を対価にしてしか、その製品の欠陥を明らかにすることができないなどと言うことは、とんでもない話です。さらに、数多くの尊い犠牲によって、欠陥がようやく明らかにされたころには、もう次の新製品が出て来ます。

岩稜会の八ミリナイロンザイル切断、岩稜会事故の五日前の明神五峰の八ミリナイロンザイル切断、そして、岩稜会の事故翌日の大阪市立大の前穂高岳での一一ミリザイル切断がありましたね。

再三言っていますが、この三件のナイロンザイル切断などから一五年経っているのに、メーカー、販売業者がなんらの措置もとらないでいて起きた同じようなザイル切断事故ですよ。

その間、多くの切断事故でナイロンザイルの岩角欠陥が明らかになったものの、メーカー、販売業者はまったく、私たちが主張してきたことを無視してきました。こんなことが許されるとメーカーも販売業者側も考えていたんですかね。結果的には、登山用具をつくるメーカーは、登山者の命がどうなってもかまわない、製品、この場合ザイルですね、これが売れればいい、と企業利益だけを考えていた、と言われても仕方ないですね。

当時、メーカーや販売業者がザイルを販売する時にとっていた措置というのは、ザイルの静的な引っ張り強さとその時のザイルの伸びを印刷したカードを購入者に渡すというだけでした。

このカードの内容と言えば、ナイロンザイルは使用中、切断しない、という印象を与えるようなものでした。たとえ静的な引っ張り強さが二・七トンと書いてあったとしてもですよ、これが実際に使う際には意味がなくなるんです。この数値から、ナイロンザイルが岩角では非常に弱くなるという欠陥を知ることは不可能です。

ザイルを使うような登山をしたことがない人にも、これは知ってもらいたいことです。つまり、こういうことです――

登攀にザイルを使う場合、自分の体にザイルを回して結ぶなど、必ず結び目をつくらなくてはならないんですね。結び目をつくらなければ、ザイルは、その役目を果たせません。この結び目では、ザイルが引っ張り強さを下回る数値で切断するんです。

さらに岩場では、ごく普通にあるギザギザしたような岩角で、引っ張り強さとして示されている数値の一割以下の力が加わるだけで切断してしまうこともあるんです。ですから、引っ張り強度とその時のザイルの伸びだけを表示しても意味がない、ということです。この説明で分かってもらえたのではないでしょうか。

ザイルメーカー、販売者が自らの製品、商品に対して性能や使用方法を明記しないで、切断事故で死者が出ても知らぬ顔をしている以上、使用者を犠牲にしないために、法律によって「明記すること」を義務付けるほかなくなる、というわけですね。

❄ 追及再開

東京製綱は時間が経てば、騒ぎが収まると考えていたのかもしれません。さらに、自らザイルの岩角欠陥を認めたら、損害賠償訴訟を起こされたり、自社製品に対する信用が失墜して売上げも落ちて営業上損害をこうむると考えたんだろう、と想像することができます。

そこにナイロンザイルの切断事故があり、『岩と雪』の「ザイル切断死亡事故に関する座談会」で『一九五六年版山日記』の篠田氏の記述の危険性が指摘された。これによって、日本山岳会、東京製綱はある程度、それまでの姿勢が揺らいだんではないでしょうか。私は、そう思いますね。

岩稜会は、昭和三三年（一九五八）一一月七日に篠田氏に対する三回目の公開質問状を出し、翌年八月三〇日に「ナイロンザイル事件に終止符を打つにさいしての声明」を出して、一応ナイロンザイル事件を終結させることにしました。

終結はしましたが、その後もナイロンザイル切断での犠牲者は続いていました。ザイル業者は相変わらず、ザイルの販売時に添付する説明書に岩角での弱点を示さないで、切断することはありえない、と思わせるような表現をしていましたしね。

しかし、東京トップの公開実験によって、私たちが主張、訴えてきたナイロンザイルの岩角欠陥、つまり安全限界内の切断を明らかにしないで抗張力だけを掲げた蒲郡実験（昭和三〇年四月二九日）のデータを基にした『一九五六年版山日記』の記事の欺瞞が、第三者によって初めて明確に指摘されたわけです。

この時点で、私たちは昭和三四年八月三〇日に終止符を打ったナイロンザイル事件の追及を再開することにしたんです。

岩稜会としては、ナイロンザイルの販売の際には、性能を引っ張り強さだけでなく、岩角で切れやすいことと、正しい使用法を具体的、かつ明白に記載したカードや説明書をメーカー、販売業者は添付すべきであるという主張をしてゆく、ということです。つまり

①ザイル業者に、ザイルの欠点を表示させる。

これと並行して、

②日本山岳会に、『山日記』の訂正をさせる。

この二項を主要な目的に活動を再開することにしました。

『山日記』の訂正がなければ、ナイロンザイル切断による事故の防止対策をいくら叫んでも空虚なものになってしまう、と私は考えたんですよ。

❄ 三重県岳連、再度の取組み

昭和四六年（一九七一）、私は鈴鹿高専に勤務しており物理を教えていましたので、ザイルの実験装置を作りました。高さ五メートル、最新の電子装置を備えたものです。

この装置によってザイルの落下衝撃時にザイルに作用する張力の数値測定、その際の張力の変化波形も描くことができるというものでした。そのころまで見られなかったこの新鋭装置で、エッジを鉄、さまざまな自然石など角度の異なるものに換え、ナイロン、テトロン、麻というように、市販ザイルを実験することが可能になりました。

この最新式の実験装置から得られた結果は、私が昭和三〇年に行なった城跡の松の大木での予備的な実験、それに続いた木製架台の実験の結果と本質的、基本的に同じものでした。

当初から主張してきたナイロンザイルの岩角での切断に関するデータは科学的なもので、正しいものだったことが最新装置でも裏付けられた、ということです〔資料「登山綱の動的特性と安全装置の研究」『鈴鹿高専紀要』昭和四七年、参照〕。

また、昭和四六年、この時代の市販ザイルを購入して行なった実験ですから、一六年間、ナイロンザイルの岩角での欠陥は改善されていないことも明白になったわけです。

鈴鹿高専の実験装置の件とこの装置から得られたデータを三重県山岳連盟の理事会で紹介して、昭和三〇年の木製架台の実験と最新式の実験装置から得られたデータが本質的に同じデータであったことを説明したら、翌年の一月、昭和四七年（一九七二）三重県山岳連盟理事会が、鈴鹿高専の実験装置を使ったザイルの実験を見学することになったんですよ。

当日は理事の皆さん、ザイルが切断する状態を間近に目にして、息を飲むような驚きようでした。

この見学があって、三重県山岳連盟は岩稜会の目的を県山岳連盟の目的とすると決め、「ナイロンザイル問題小委員会」を発足させました。

この年の六月、早くも「昭和四五年六月一四日に発生したナイロンザイル切断による死亡事故の責任と、今後同種の事故を防止するために必要な措置についての見解」を発表したんです。「必要な措置」は、事故防止のために、
①ザイルメーカーは販売する時に、ザイル一本ごとに命に関わる弱点を記したパンフレットを添付する。
②日本山岳会は『一九五六年版山日記』中の「ナイロンザイルは九〇度の岩角で一三メートルまで切れない」という記事と「新製品（ザイル）が出た時には、長所のみが強調されるので万能と思いがちである」の記事を訂正する。
――などでした。

この見解を報じた昭和四七年（一九七二）九月一二日の朝日新聞には、日本山岳協会の小島六郎副

会長の話として「メーカーはザイルが岩で切れるというデータを持っているようだ。ザイルは切れるということをはっきり表示すべきで、そこから使用者側にも自衛手段が生れる。三重県の連盟が指摘するとおりであり、ザイル問題を早急に取り上げるよう、スポーツ用品安全管理委に意見書も出した」とあり、私たちにとっては、心強い反応でした。

日本山岳協会は、この四か月後の一〇月に発行した機関誌に、そして同じ月に発行された『岩と雪』でも、「三重県山岳連盟の見解の概要」を掲載してくれました。

反対の立場からの反応は、当然ありました。日本山岳会の常務理事であり、日本山岳協会の常務理事でもある金坂一郎氏は「『見解』の主張するような調査研究の必要なことはいうまでもない。しかしそれを商品たるロウプにつけることには多少の疑問がある……。ロウプ切断の予防上最も大切なことは、初めに詳しく論じたように、直接確保をつとめて避けることである」と、一二月発行の『岩と雪』で反論しました。

これに対しての三重県山岳連盟の反論は「われわれが問題にしている事故防止は、業者に課せられた万全の注意義務が強調されるところから始める以外にない、と確信しています。……一岳連の提起にとどまらず全国の登山者の指導機関である日本山岳協会の課題としても検討していただく問題ではないか、と思います」でした。翌四八年二月発行の『岩と雪』に掲載されましたが、意外にも状況は急展開をみせたんですよ。

日本山岳協会が、昭和四七年（一九七二）一一月二六日の理事会で、われわれ三重県山岳連盟見解の支持決定をしたんです。驚きました。これまでと百八十度の方向転換ですね。

さらに、先に『岩と雪』で反論した金坂氏が中心になって努力してくれて、翌四八年二月二八日、内外のザイル業者を集めて、事故防止のためにザイルの弱点を表示するよう要望したというんです。業者側もこれを了承したんです。

金坂氏は『岩と雪』での反論の立場から、われわれの意見、主張を認め、納得したので、一転して事故防止のために努力してくれたんだと思います。

❄ ナイロンザイルの普及

私は、登山家の端くれですから、つい、ナイロンザイル問題は山岳関係者だけの問題と考えがちだったんです。

ところが、ザイルは、消防のレスキュー隊、自衛隊のレンジャー、さらには建築工事などの高所作業にも使われている、そういう時代になっていたのです。八ミリザイルに代わって使用されるようになった一一ミリや一二ミリザイルが、実際に山で切断事故を起こしているんですから、メーカーが使い方をしっかり記しておかないと、山以外でも切断事故が起きる可能性がある、ということです。

そこで私は、ナイロンザイルがじつに簡単に切断されてしまうんだ、ということをザイルを使う人たちに、目で実際に確認してもらうことで、さらに多くの人たちや組織、団体にナイロンザイルの問題を理解してもらえる、社会的にも利益になるんじゃないかということを遅まきではあるんですが、気づかされたんです。

そこで、岩稜会の仲間たちに話して、三重県山岳連盟に相談しましたら、県岳連が積極的に乗り出してくれたんですよ。

今度は、われわれの公開実験です。

「切断」を目撃してもらって、その上で万一、切断してしまうような条件下に置かれても、切れないようにする方法なり、対策を考えてもらういい機会だと考えたんですよ。「百聞は一見にしかず」、ですね。

岩稜会員は、もちろん、ザイル切断で会員若山五朗を失っているうえ、私がする実験を手伝ったり、見たりしているから、ナイロンザイルが岩角であっけなく切れてしまうことは目で確認し、そのデータも整理されて頭に刻み込まれています。

だから、私はデータを公表していれば、皆さん分かってくれるとばかり思っていたんですね。

しかし、実際に切断される状態なり、状況を目撃してもらえば、県岳連の理事もそうだったように、データの理解という点では、はるかに効果があるわけですよ。そういうことで、実験は大変だけれども公開でする、ということになりました。

同時に、「切断」に対する対策も見てもらうことにしたんです。

私の基本的な考え方の具体化、事故防止策を見てもらうことにもなることですから、公開実験で実施することにしたんです。

❄ 本当の公開実験

翌昭和四八年（一九七三）三月一一日、鈴鹿高専での私の研究テーマでもあったので、学校の施設を借用したいということをお願いしましたら、校長の許可も得られました。そこで、私が指導することにして三重県山岳連盟の主催で公開実験をすることになりました。各方面には三重県山岳連盟が案内状を出しました。

各新聞が事前に、三重県山岳連盟が岩稜会の会長である石岡の指導で初めてナイロンザイルが岩角で簡単に切断してしまう公開実験をする、と報道してくれました。おかげで当日は、通知を出した以外の組織や山岳会も参加しました。

日本山岳協会はじめ民間の山岳会、自衛隊、消防の各関係者、テレビ、新聞など報道関係者を合わせると、関東、関西からの見学者もあって、一三〇人が集まってくれました。これだけ多くの人が集まったということは、ナイロンザイルが岩角で簡単に切断してしまうということが、一般には知られていなかったということです。切断するということが一般的に知れわたっていたら、わざわざ遠くから見学に来る人は、いなかったはずですからね。

日本山岳協会は、超高速度カメラでザイル切断の瞬間を撮影するなど、その反応の大きさに私自身、驚きました。もちろん、三重県山岳連盟の役員、岩稜会の会員たちも同様でした。正直なところ「ナイロンザイル問題は、登山界だけの問題でとどまっていたんではないんだ」という時代の変化に、感慨を持たされたことを思い出します。

テレビではナイロンザイルが岩角で、まばたきする間もなく切れてしまう様子を放送しましたから、ニュースを見た人はあらためてナイロンザイル事件やこの問題を素材にして書かれた「氷壁」に

ナイロンザイル

もろくもプッツリ

息をのむ関係者

三重山岳連が公開実験

ナイロンザイルには強度ばかりでなく〝弱さ〟も示すべきだと主張している三重県山岳連盟（速水勉会長）が十一日、鈴鹿市の鈴鹿高専でナイロンザイルが鋭角の岩角やエッジに簡単に切れてしまうのを証明する公開実験をした。ザイルメーカー三社のほか日本山岳協会はじめ各地の山岳会関係者、名古屋市消防局、自衛隊レンジャー関係者ら約百三十人が出席、ザイルが瞬間的に切断する模様を見学した。この日の実験は日本山岳協会もフィルムに記録したが、引張りには強いナイロンザイルがカミソリで切ったように切断するありさまに出席者たちは息をのんだ。

模型を使ってザイルの切断公開実験（11日午後、鈴鹿市の鈴鹿高専で）

この日の公開実験は同連盟岩稜会員で三十一年ナイロンザイル切断によって死亡、小説「氷壁」のモデルになったクライマーの実兄、鈴鹿高専教授石岡繁雄さん（鈴鹿市神戸河町）が中心になって、現在一般的に使われている一一ミリザイル五種、一二ミリ一種を中心にした実験をした。

この結果、六五キロの砂袋（クライマーの平均的体重）を鉄エッジ、岩角（いずれも直角）にそって垂直に一・五メートル落下させると、一一ミリザイルは全部が落下の瞬間にぷっつり切断した。

また高さ一二・八メートルの三階建校舎屋上から九ミリのテトロンザイルを使って六五キロのダミー（実験用人体模型）を落下させる実験では、合繊ザイルが岩角に弱い欠点を補うため、石岡教授が工夫した落下時のショックを吸収する緩衝器（試作中）が披露された。

緩衝器を使わない場合、屋上から落ちたダミーはザイルが切れてそのまま地上にたたきつけられた。しかし、緩衝器を使ったときには、落下直後からズルズルとショックが吸収され、地上五メートル付近でダミーは止り、見学の人たちから「ワーッ」と歓声があがった。

実験を見学した、あるクライマーは「切断することは知識として持っているが、実験を見て改めて驚いた。すべての事故がこの日の実験と同じケースで起きるとは限らないが、弱点をメーカーが明らかに表示したうえで、試作中の緩衝器が完成して使えるようになれば、万一切断しても死につながる危険率は低くなる」と感想を話していた。

簡単に切れたザイルの切断部を示す石岡繁雄教授（11日午後、鈴鹿市の鈴鹿高専で）

■三重県山岳連盟主催の公開実験（朝日新聞　昭和48年3月12日）　山岳関係者だけでなく防災関係者、メーカーなど130人ほどが見学、長年にわたる疑問を解明したばかりか、ザイルの弱点防止器具の実験も行なわれた。

興味を引かれたんではないでしょうか。

このころには、登山界で主流になっていた一一ミリ五種と一二ミリ一種のナイロンザイルは、編みザイルと言われるものです。これらのザイルを中心に実験しました。

実験の方法は、高さ五メートルのやぐらの上で、ザイルの片方の端をカラビナに結んでやぐらの床の固定器具にかけ、他の一方の端もカラビナを介して登山者の体重に相当する六五キロの重さの砂袋をザイルの先端に結びました。これを高さ約五メートルのヤグラの上から九〇度の岩角あるいは、鉄材を支点として垂直落下させました。

想定は、ハーケンを打ちこんだ岩壁にカラビナを介してザイルでクライマーが自己確保して、登攀中に足を滑らせたために、ザイルが九〇度ほどの岩角にかかった状態で落下、滑落するというものです。

まず、岩、さらに鉄でも同じように落下実験をしました。

すると、砂袋がザイルを引きずって台の上から垂直に落下した瞬間に、ザイルは音もなく切れました。

全てのザイルが、約五〇センチの落下で切断してしまいました。まるで、落とした直後、ザイルがつながれていないんじゃないかと錯覚するような感じで、ドサッと砂袋がコンクリート床にある、という状態です。

「ザイルが切れた」ということは分かりますが、どんな状態で切断が進行するのかなんて、とても目では確認できません。それほど、切断は瞬間的です。たとえれば、マサカリか何かでたたき切ったようにスパッと切れるんですね。

私は、何十回、何百回の切断実験をしていますから、そういう場面を見て、改めて感慨なんてものはありませんが、見学者から「おーっ」という声が上がりましたね。

一トン以上の重さに耐える、と言われているだけでなく、手にし、見た目にも「そうだろうな」と、うなずかせるだけの実感、存在感がある一一ミリ、一二ミリのナイロンザイルが目にもとまらずに切れてしまうんですから、はじめて見る人は、

「まさか!」

と、思ったかもしれません。頭の中が混乱してしまったんじゃないでしょうかね。

❄ 命を守る技術

このあとに、九〇度の岩角、鉄材に幅一ミリのアールをつけたらザイルが切断しなくなる、という実験をしました。

見学者には「面取り」、つまりアールをつけた岩角、鉄材を目と手で確かめてもらいました。一メートルも離れれば、面取りしてあることはわかりませんが、近くによって見たら分かりますし、指先で触ってみたら、すぐに面取りしてあることは確認できます。

そのうえで先ほどと同じように、垂直落下の実験をしました。もちろん切断はしません。改めて言いますが、これは、ナイロンザイルが丸い角を滑るため引っ張り強さだけが際立つ実験です。これま

でも言っていますように、この実験は岩場の登攀などの実際の使用には、まったく意味のないテストです。

この二種類の実験で、見学者には、一二ミリのザイルも岩石や鉄材の九〇度の「角」にかかって落下した時には、簡単に切断することが確認してもらえたと、感じました。

同時に、ザイルが「一トン以上の重さに耐える」という性能は、岩や鉄材の鋭い角ではなく「面取り」（丸み）をした角を擦って落下した時、つまり、引っ張っただけの状態での強度であることをしっかり認識してもらえた、と思いました。

最後に、万一落下した時、落下の加速度で転落の際ザイルに発生するショックを吸収することにより切断を防ぐことができるショックアブソーバーの効果を見てもらったんです。トヨタ自動車から、衝突実験に使われていて不用になったダミー（体重六五キロ相当の人形）を譲ってもらいましてね、古くなったシャツ、登山用のニッカーボッカー、登山靴、と登山者の姿をさせて人間代わりになってもらいました。ショックアブソーバーはもちろん携帯用です。

ナイロンザイルを登山時と同じやり方で体に結んで、このザイルと体につけたショックアブソーバーを繋ぎましてね、校舎の三階屋上から九〇度のエッジのついた岩にかかって落下させる、というものでした。

三階の屋上ですから、高さは約一三メートルあります。ダミーは屋上から転落しても、地面の四、五メートルの空間にスルスルという感じで停止しました。最初に切断実験を見学しているだけに、皆さん、驚いた様子が、ありありでした。

結果は大成功でした。最初から岩稜会が公開実験をしていれば、よかったのかもしれないなあ、と反省もさせられましたね。

ショックアブソーバーの基本について話しましょう〔詳細は、資料「登山用緩衝装置の研究」を参照〕――

転落あるいは落下した人間は、加速度がつくので、重量が増した状態になります。その体に結ばれたザイルが、ピンと張って岩角にあたると、加速度で実際の体重の数倍の力で引っ張ることになります。

そのザイルを鋭い岩角で切れないようにすることは、物理的に可能なんです。つまり、徐々に摩擦を加えることで、落下のショックが一時にドーンと来ないように、和らげてやるんですね。

わかりやすく言えば、A、B二人が綱引きをしている場面を想像してください。Aは、ザイルを後ろに長く垂らした状態で、ザイルを両手で軽く握り締め、ピンと張ったザイルの一方をBが引っ張ると同時に、Aが二〜三秒内に、徐々にザイルを強く握り締めてゆきます。そうすればAの力がBの力を上回った時、Bはショックなしに停まりますね。

もし、Aが瞬間的に両手に力をこめてザイルを握り締めると、双方にショックがあります。このショックが発生しないように衣服などの摩擦を利用することで、ザイルに瞬時に大きな力がかからないようにして切断を防ぐことができるんです。このような確保の方法を制動確保というんですが、登山の現場では次のような問題があります。

制動確保はトップで登っている登山者の落下をセカンドが確保することが中心となります。ところがトップとセカンドの間に岩角や岩溝があって、墜落のせいでザイルがかかってしまった場合には、ナイロンザイルが岩角で滑らずに、セカンドは制動しようがなくなるわけです。『一九五六年版山日記』に記された篠田軍治氏の表現によれば「岩角が相当鋭くてもザイルが長さの方向にすべってくれさえすれば安全」なのですが、ナイロンザイルは鋭い岩角にかかってしまうとエッジのナイフ同様の切削作用を受けやすいんです。

ところが、携帯用のこの緩衝《かんしょう》装置（MSAと呼んでいます）が完成すると、転落し万一鋭い岩角にザイルがかかってしまっても、岩角と自分とのあいだに緩衝装置がある場合には、落下即切断、という最悪の事態は避けられるわけです〔資料「登山用緩衝装置の研究」『鈴鹿高専紀要』昭和五二年、参照〕。

これまでの実験では、転落した六〇キロの砂袋はズルズルと落ちて途中で停止するんです。完成していたわけではありませんが、ザイルの実験を続ける中でそういう器具を考案したんです。

これは、ナイロンザイルが岩角で切断するという事実を認めることが基本です。それじゃあ、切断しないようにするにはどういう使い方をしたらいいのか。また気をつけていても、人間は必ずミスをしますから、その時に備えた対策、工夫がなされることで、科学、技術の真の進歩があるんだというわけですね。くどいようですが、これが私の基本的な考えです。

この公開実験の結果は、大成功でした。各新聞、テレビ、ラジオが報道してくれました。ナイロンザイルが岩角で簡単に切断してしまう映像をテレビニュースで見た人たちは、「ナイロンザイル事件」をどう感じただろうと、思ったものでした。

❄ 東京製綱の反応

わずか三か月後の昭和四八年（一九七三）六月六日、消費生活用製品安全法が制定されて、登山用ロープがこの法律の対象となりました。通産大臣はザイルについての基準を作成することが義務付けられました。

加えて、日本山岳協会が鈴鹿高専での公開実験に先立つ二月二八日に内外のザイル業者を集めて、事故防止のために「ザイルの弱点を表示すること」を要望し、それが了承されました。この「了承」が東京製綱と東京トップによって、実行に移されたんです。ザイル一本ごとに「岩角で切れやすい」という具体的な表現で明記した説明書、パンフレットを添付して販売されることになった、ということです。

四六年秋の段階で発行されている岩登

試　験　成　績　表

製造元	発売元
東京製綱株式会社	タイユー株式会社

製造番号　1305

品名　**ルビー編ザイル**

直径	11	mm	静かな引張り強さ	2170	kg
長さ	40	m	破断時に於ける伸び	43	%

【ご注意】

1. ※印のザイル，すなわち8mm以下の細いものは岩登りの登攀時と下降時などを問わず，ダブル以上でも人体の確保用として，一切用いてはなりません。
   耐衝撃力や耐剪断力が弱いので，非常に危険です。
2. 9mmザイルは，必ずダブルで用い，かつ必ずカラビナを通して使用することを前提として設計製造されています。1本で岩登りの確保用として用いることは，強さが不足していますから危険です。岩へのヂカ掛けは絶対にしないで下さい。非常に危険です。

■ナイロンザイルの添付カード　以前は18年間にわたって、2170kgまで耐えるなどの表示（上）はあったが、弱点の記載はない。これでは、登山者が岩場で使用している際に、滑落して岩角でザイルが切断する可能性が高いことはわからないので、新たに具体的な注意書が加わった（下）。

りの技術書には「ナイロンの八ミリをドッペル、つまり二重にして、使うのが最良だ」ということが書いてあるんですよ。書いた人に手紙で確認したら、その記述は篠田氏の実験に基礎を置いたんだ、ということでした。これが、四八年七月からは東京製綱のザイルに添付されるパンフレットには、「八ミリ以下の細いものは岩登りの登攀時と下降時などを問わず、ダブル以上でも人体の確保用として、一切用いてはなりません」と、記載されました。

前穂高東壁の岩稜会の八ミリナイロンザイル切断以来、一八年ぶりの東京製綱の突然の「表示」です。これが、何で岩稜会の切断事故のあと、すぐに対応できなかったんですかねえ。そうすれば、多くの登山者が死ななくてすんだんですよ。東京製綱が公開実験で偽ったりして、何がなんでもという態度で非を認めなかったのは、経営トップの「矢でも鉄砲でも持って来いっ！」という性格の問題だと、指摘してくれた人もいましたよ。

こうなると、他人の意見に耳を傾けるとか、公平な判断に立って会社の経営をするということでなく、個人の性癖で企業の社会性が決定されてしまうことになりますね。これは、非常に不幸なことです。

このたびの事態の進展は、岩稜会のナイロンザイル切断をはじめ、二〇件を超える切断が続いたこと、日本山岳協会の昭和四七年（一九七二）一一月二六日の三重県山岳連盟を支持するという理事会決定、そして私たちの公開実験のあと、岩稜会の主張してきたことが正しかったんだ、という急速に膨れ上がった世論のバックアップ、企業倫理に対して厳しくなった社会の目というさまざまな要因があったと、思います。

その意味で、私たち岩稜会としては、早い時期に公開実験をやっていたら、事態はもっともっと早く、今回のような展開をしていたかもしれなかったなあ、という思いもあるところですね。

❄ 世界初　ザイルに基準

さきほどお話したように、昭和四七〜四八年（一九七二〜七三）は、ナイロンザイル事件で苦闘してきた岩稜会、三重県山岳連盟にとって、これまでにない朗報が続いたんですよ。いくらボールを投げても、相手から返って来ない状態が長年続いていたのにですね。

この二年間で一番大きなことは、昭和四八年（一九七三）六月六日、消費生活用製品安全法が制定されたことです。二年後の昭和五〇年六月五日、法律に基づいた登山用ロープの安全基準が官報で公布されました。これによって、基準に合格しないザイルは日本では販売できなくなったことになります。もちろん輸入品も含まれます。

設けられた基準は、岩角での強度が一五〇キロです。一五〇キロという数字は、ザイルとして必要な強度の八分の一しかないことが明らかにされました。詳しくは資料「ザイルの選び方と使い方」を読んでいただくといいんですが、現実的に必要な岩角での強度一二〇〇キロは現在のナイロンではできません。「岩角での一五〇キロ」という強度は、現在でも可能な数字であり制動確保などを有効に実践することでザイルの切断を止められる最低の基準なんです。これは、ナイロンザイルの岩角欠陥が国の安全基準によって公になった、明確に指摘された、ということでもあります。

生かされた「氷壁の死」

ザイルに安全基準　来月発効

兄、20年の〝告発〟　自力で実験　役所動かす

ザイルの切断による登山者の死〟事故が続いているため、通産省はこれまで野放しだった登山用ザイルを規制する安全基準をつ
た。来月から発効する。零下四〇度の極寒のなかで鋭い岩角にあてて切れるかどうかをみるテストなど、きびしい各種のテストに
したザイルでないと売ってはならない、という世界でも初めての〝ザイルの法律〟。登山者にはうれしい規制だが、井上靖氏の
「氷壁」のモデルになったナイロン・ザイル事件関係者の、二十年におよぶ粘り強い欠陥ザイル追放キャンペーンがあった。

切断テストしたザイルの切れ端を、妻の敏子さんとながめる石岡繁雄さん（三重県鈴鹿市の石岡さん宅で）

この人は三重県の国立
教授で、地元の登山グル
会の会長をしている石岡
（五七）。石岡さんは三十年
アルプス前穂高岳で起き
ン・ザイル事件で、実弟の
さん（当時一九）を失っ
さんは「麻よりも三倍も
保証付きの新品ナイロン
でトップを登っていたが
ずり落ちただけで岩角に
たザイルがプツンと切れ
転落して死亡した。

小説「氷壁」で、ザイ
故で死ぬ小坂は五朗さん
にしたものとされている
兄にあたる石岡さんは、
麻のザイルで穂高岳屏風
はんした山のベテラン。
のザイルを下で確保して
国利さんから「なんのシ
なく切れた」との報告を
イロン・ザイルに重大な

■ザイルの安全基準発効（朝日新聞　昭和50年4月10日夕刊）と実験で切断されたザイルの山（右）

安全基準ができたということは、ザイルを造るメーカーとザイルの使用者、つまり登山をする側の双方が安全に向かって努力するということですね。メーカーは岩角に強いザイルの開発に向けて、登山界は岩角で弱いザイルを安全に使う技術の開発、その技術を身につける訓練と、それぞれが将来に向けてより良いものをつくり出すために切磋琢磨する、という共通基盤が築かれ、それが公になった、ということです。つまりこれが「自己責任」ということです〔資料「ザイルの選び方と使い方――安全基準に関連して」参照〕。

これで、昭和三〇年の一月二日、前穂高岳東壁でナイロンザイルの切断で死んだ弟、岩稜会員の若山五朗の死をむだにせずにすんだし、非常に長い時間がかかったんですが、石原國利君らの名誉も守られることになりましたね。

《消費生活用製品安全法の制定にともなって、当時の通産省は登山用ロープ安全基準調査研究委員会を発足させた。石岡さんは委員会のメンバー二十数人の一人に選ばれた。

委員会のメンバーはメーカー、業界団体、ザイルを扱う輸入商社、アメリカとドイツの在日商工会議所、工業技術院地質調査所、同繊維高分子材料研究所、さらに日本山岳協会など広範囲にわたる分野からの人たち。当時、ザイル問題に関して権威者とされていた篠田軍治氏は委員会の委員には入っていない。

登山家で制動確保論の専門家である金坂一郎氏（のちにザイル委員会の委員長）が昭和五四年（一九七九）夏に石岡さんに明かした話を、石岡さんは文部省登山研修所『登山研修』第五号（平成二年三月）で紹介している。

「ザイルの委員会の結成当時、篠田氏から私に、その委員会に加わらないようにとの電話があった。もちろん私は断ったが、国が行なう登山者の安全のための努力を、弱体化させようということは、けしからんことです」。

篠田氏は、委員会の結論が出た時に、「登山家であり、ザイル問題の権威である学識経験者を抜きにした委員会の結論は問題あり」と言うつもりであったのかもしれない。

委員会は約二年に及ぶ検討を続け、昭和五〇年（一九七五）三月になって委員会案を決定した。この間、世界中の登山用ザイルが集められて、鈴鹿高専の実験施設で同省の係官が高専教授の石岡さんと共に基準作成のために実験を重ね、さまざまな実験データが委員会に上げられ、検討され、基準作成の基礎となった。そして、ついに六月五日に官報で登山用ロープ（ザイル）の安全基準が公布されたのだ。

専門委員会の会合は、二か月に一回、時には二回と、ひんぱんに開かれた。その度に石岡さんは、痛めているヒザを抱えつつ、資料で膨らんだ重い黒カバンを持って、会議の場である霞ケ関に鈴鹿から上京した。

石岡さんは、「安全基準ができれば、日本は世界の登山界に誇れる国になりますよ。それだけじゃなく、科学技術、科学に伴うモラルも見なおされる国になれますよ」と、これまでの苦労、苦闘を忘れたようにビールのグラスを干し、「まだまだ、やらなくてはならん事が、たくさんありますわ」。「貧乏ヒマなしで、いつまで経っても次々にやらないかんことが出てきて、ゆっくりはしとられんですよ」と、山で培われたファイトと衰えることない精神の強さを見せてくれた》

❄「見守ってくれ」

登山用ロープの安全基準が六月五日に官報で公布されたあとの一一月一〇日、私は、すでに中年の域に入った岩稜会の会員たちと問題解決の報告のため、五朗の荼毘の地に一泊二日で出かけました。岐阜県の名神高速道・大垣インターから小牧ジャンクションを経て中央高速道を車を連ねて走る快適なドライブでした。

かつて、岩稜会のメンバーたちが十代、二十代のころは、名古屋から国鉄中央線の夜行列車に乗って行ったものでした。列車の床に新聞紙を広げ、そこに横になって、手足を伸ばして松本まで寝て行ったこともしばしばありました。
穂高での夏合宿の貴重な動物タンパク源として、生きたニワトリを篭に入れて積み上げたザックの上に置き夜行列車に乗ったものの、見張り役がうたた寝した間に、当時ガラスの入っていなかった列車の窓からニワトリは篭ごと列車外へ転げ落ちてしまい、「動物たんぱく質に逃げられた」と、大騒ぎになった話など思い出話で大笑いする愉快な時間でした。

「お前の死は生かされたよ」

「氷壁」モデルの山男の母 "決着"報告へ出発

「おまえの死は、むだにはならなかったよ」。井上靖氏の小説「氷壁」のモデルとなった二十年前のナイロンザイル事件の遭難者の母親が、そのひとことの報告のために、息子のダビの地、穂高山ろくの奥又白谷へ向かって、十日朝、愛知県海部郡の自宅を出発した。七十八歳のこの母に同行するのは、事故以来、ナイロンザイルの安全基準づくりに執念を燃やし続け、やっと実現させた遭難者の実兄と、遭難当時のザイルパートナーら。車の乗り入れが禁止されている上高地。山男たちは「おばあさんを自分たちの背で運び上げても、必ず、ダビの谷にたどりつく」といっていた。

岩稜会の仲間と、北ア穂高岳の奥又白谷へ"ザイル事件"の報告に向かう若山照尾さん。左は長男の石岡繁雄さん（10日午前8時55分、大垣市の名神高速道路大垣インタ入り口で）

「母」は、海部郡佐織町見越の若山照尾さん。五男の五朗さん（当時一九）は、三十年一月二日、前穂高東稜を登はん中、ナイロンザイルが切れて転落死した。今までのザイルに比べ数倍強いとのふれこみで登場したばかりの新品のナイロンザイルが、岩角でプッツリと切れた。映画化もされ、登山界に論争をまき起こした"ナイロンザイル事件"の発端であった。

強いはずのナイロンザイルが簡単に切断したため、パートナーだった石原国利さん(四三)＝福岡県直方市殿町＝が故意に切断したのではないか、とまで疑われるほどだった。

五朗さんも所属していた三重県の山のグループ、「岩稜会」の会長で五朗さんの実兄、石岡繁雄さん(五七)＝現鈴鹿高専教授、鈴鹿市神戸河町＝は、ナイロンザイルの強度に疑問を持ち、仲間たちと独自にザイルの性能を調べた結果、五朗さんの遺体とともに収容されたザイル（直径八ミリ）は引っ張りには一トン余りまで耐えるが、九〇度の岩角では十五キロ余の重量がかかるだけで切れてしまう、とわかった。岩稜会は「強いはずのナイロンザイルが滑落して鋭い岩かどでこすられると、簡単に切断される。メーカーは強度ばかりでなく、性能の限界も示すべきだ」と、メーカーの責任を追及し続けた。

三十四年夏、ザイルメーカーも公開実験をしたが、故意に岩角にまる味をつけていたため、ザイルは切断しなかった。当時、この事実はメーカー側など一部の人しか知らず、岩稜会の主張は無視される形となった。このため訴訟にまでなったが、この年、メーカー側が「もろさ」も表示することを約束したため、論争は一時中断。だが、四十五年にはナイロンザイルの切断事故が続発。石岡さんや三重県山岳連盟の実験と山岳誌などへの訴えもまた続く。四十八年には鈴鹿高専で、ナイロンザイルが岩かどで切断する公開実験も行われた。

岩稜会、同連盟、そして仲間たちのねばり強い主張に、通産省もことし六月ついに「来年九月からナイロンザイルに安全基準を適用する」と決定。石岡さんや岩稜会の主張は二十年ぶりに認められ

■母・若山照尾もザイル事件決着報告の地へ
（朝日新聞　昭和50年11月10日夕刊）

七八歳になった私の実家の母も、
「五朗の荼毘の地まで、絶対に行く」
と、同行しました。
この報告山行には、石原國利君も福岡から参加しました。上高地は、旅館が山を下りる支度で忙しいシーズン最終日で、観光客、登山者の姿はわれわれ以外にはまったくありませんでした。
岩稜会の会員は年をとりまし

たが、長い間の心のしこりが去ったんですから、周囲の静かな雰囲気もなにも、まるで昔にタイムスリップしたかのような、なんとも晴れやかな気持でした。

宿泊したのは、岩稜会が昔からお世話になっていた宿、西糸屋さんでした。先代からのお付き合いでしてね、アルピニストのご主人も『山日記』のナイロンザイル問題解決を大変喜んでくれました。

翌朝、梓川沿いの金色に紅葉したカラマツはみごとな霧氷で覆われて、すばらしかったですね。空は、これこそ上高地、穂高の晩秋といえる、抜けるような青天井でした。

総勢二〇人を越す一行は、その日の秋晴れのような気分でした。

母は、孫から借りた軽い運動グツ、ズボン姿で張り切っていました。環境庁の上高地管理事務所のはからいで許可をもらえたので、足が弱っていた私の母も、車で奥又白のケルンのすぐ近くまで行くことができました。そして、坂道は、孫娘や私たちの手を借り、杖にすがってケルンを積んだ末っ子の茶毘の地を訪れることができたのです。

かつて、うっそうとした樹林だった場所は、二〇年を越す歳月の間に、雪崩や大雨で流出した土砂で、森林帯が後退して、ガレ場がケルンのすぐ近くまで迫っていました。

私は、ケルンの前で、亡き五朗にナイロンザイル事件の終結を報告し、私自身の気持を伝えました。

「五朗の霊よ、私はお前の兄として又岩稜会の責任者として弱いザイルを買い与えてお前を死にいたらしめたことを心から詫びる。しかしながらその後二〇年間の努力によってお前の死は登山者の安全にとって大きな貢献をなすことになった。また人命尊重という点で社会全体に大きなプラスをもたらした。

五朗の霊よ、この兄をゆるして今安らかな眠りについてくれ、そして登山者の安全を、永遠にこの地から見守ってくれ」

そして、ナイロンザイルの安全基準を公布した官報を供え、お前の死はこれからも決してむだにしない、と誓ったのです。

❄

岩稜会員に支えられた闘い

余談になりますが、この報告山行には、私と昭和二二年（一九四七）七月に穂高の屏風岩中央カンテを登った二人のうちの松田武雄君、通称マッちゃんと五朗と気の合った同年の友人、豊田耕雄君が参加してくれました。

マッちゃんは、南極探検隊の越冬隊員として四次と八次の二度、鳥居鉄也越冬隊長の下で南極に行ったんですよ。現代のように設備が整った状態でなかった時代の南極の越冬隊ですから、何が起きるか分からない、というのが実情だったんですね。

人間関係もそうですね。雪に閉ざされた世界で、極限状態に陥るかもしれない。そういう想定の中で、もめごとが起きた時の調整役、あるいは越冬隊員同士のクッション役も務めてくれる人間が必要だ、と八高時代からの友人、鳥居君が第四次越冬隊長に内定した時、名古屋で激励会をしまして、厳しい冬山での経験十分なマッちゃんを推薦したんです。その結果、マッちゃんは鳥居君のお眼鏡にかなって、料理、営繕担当の一人に選ばれたんですよ。

しかも二度です。マッちゃんは、第四次越冬隊員に内定した時は、中部電力の社員で新婚直後でしたが、料理を習うために単身で東京に滞在して、有名な中華料理店、ホテルなどの厨房で特訓を受けたんですよ。二度目の時は、東京の会社に勤めていましたが、鳥居隊長が再び第八次越冬隊を率いることになってマッちゃんに声がかかったんです。料理担当などとして、足掛け四年、南極に行ったんですよ。

人柄ですね。誰からも愛された男でした。岩稜会の中でも、ザイル問題で意見の食い違いが出たこともありますが、マッちゃんは調整役、まとめ役を務めてくれた貴重な存在でした。そのマッちゃんも、惜しまれながら亡くなってしまいました。生前に戒名を自分で書いていました。

《松田さんは、昭和二九年暮からの冬山合宿に当初から参加する計画だったが、当時勤務していた中部電力の直属の上司は松田さんが山に出かけることをよく思わなかったためか、有給休暇を認めてくれず、松田さんは一行より遅れて最終組として元日に他の四人と一緒に出発せざるを得なかった。

南極観測の第四次越冬隊として内定した時、松田さんは結婚直後だった。

留守番の新婚間もない奥さんと暗号電報を約束していた。それは、「最初の子は男の子がいいな。名前は穂高」にしよう。受胎がはっきりした時には『ホタカセイコウ』の電報をくれるようにな」だったが、洋上の「宗谷」で南極に向う松田さんに届いた電報は残念ながら「ホタカ　シッパイ　サイカイヲキスイッパイアララレ」だった。後半の電文は「たくさん愛しています」だ。アラレは二人の好物、好きなものだったので、「愛」の暗号としたのだそうだ。

これは、松田さんが越冬隊長の鳥居さんらに披露した愉快な打ち明け話だ。

そんな松田さんが、奥さんに、

「あの時、予定通り皆と一緒に暮に出発できていたらなぁ、五朗ちゃんはひょっとしたら、わしの身代わりになったのかもしれんな」と、話していたという。

また、新婚の妻を残して単身で東京に料理を習いに行く際には、

「雪に閉ざされた南極で、一番の楽しみは食事になるのに決まってる。南極で誰にも必要とされるのは、うまい食事をつくる人間や。バッカスもそう言っとったで」

と、奥さんに話していたそうだ。

松田さんは越冬隊のことを語る時、意気投合していた第四次越冬隊の福島隊員のことに話が及ぶと、いつも表情を曇らせた。福島さんは、激しいブリザードの中、ソリを引くカラフト犬たちにエサを与えに行ったまま行方不明になった。

現在、財団法人日本極地研究振興会（東京都千代田区）理事長の鳥居鉄也さんによると、福島隊員が発見されたのは、鳥居隊長ら第八次隊が第九次越冬隊に業務を引き継いで、南極観測船の「ふじ」で帰国の途についた直後。「ふじ」は、昭和基地から約三百キロ離れた海域を航行中のことだった。鳥居隊長、松田さんたちは、急きょヘリで昭和基地に戻った。福島さんは、昭和基地で荼毘にふされたが、その場に立ち会うことが、松田さんにとって福島隊員への最後の友情となった。

福島隊員の遺体と再会した時のことを松田さんは、奥さんに「福島さんは第四次の越冬隊の時に、わしと交換したベルトをしてたんや。わしらと一緒に日本へ帰ろうとしたんやろうなあ」と、話したそうだ。

松田さんは南極から帰って、三重県津市で食堂を経営、人柄を慕う人たちで忙しさに追われ、山へ足が向かうことは遠のき、昭和六三年（一九八八）八月、病を得て亡くなった。戒名は、一七歳の旧制中学時代に屏風岩を初登攀した記念に四〇歳すぎたころ自らつけた「岳岩院釈穂高屏風居士位」である》

ネチやんこと豊田君は、ロッククライミングで、抜群なバランス感覚の持ち主でした。「山を歩く時はな、岩や石を練るようにしなアカンぜ」と言うので、いつの間にかネチやんになった愉快な会員でした。東京の大学に進学して山には行っていましたが、病気で視力を失ってしまったんです。鍼灸マッサージ師の資格をとって、東京都内で営業していたんですよ。

その彼が、

「五朗ちゃんの今回の墓参りには、ぜひ行くぞ」

と、東京在住の岩稜会員の付き添いで、白い杖をついて参加してくれたんです。目が見えなくなってから初めての山だったそうで、久しぶりの山の雰囲気、仲間たちとの再会を楽しみました。ナイロンザイル事件に対する岩稜会の長い闘いは、時を経ても、時間を隔

■五朗のケルンに20年ぶりに事件解決の報告に集った岩稜会員たち。前列右より石原國利、長女梓、妻敏子、後に石岡、左一人おいて松田、前列で父繁二の遺影を抱く母照尾、左が豊田、後左に弟富夫（昭和50年11月11日）

ても一体になれる、こういう仲間、雰囲気があったからできたんだなあ、とつくづく思いました。

「ありがたいことだ」と、心の中で手を合わせましたね。


《西糸屋から五朗さんのケルンまで仲間が豊田さんに手を貸した。その時の取材で目にした場面を当時のメモから再現したい。

付き添っていた岩稜会員が、

「右足下に高さ二〇センチぐらいの岩」

「足を三〇センチ出すと、岩を越える」

などと助言すると、豊田さんは
「ホイきた」

と、目が見えないとは思えないぐらい足取りがスムーズだった。一行を「さすが、ネチやんやなあ」と、驚かせた。

晴天の北アルプス晩秋の澄んだ空気に豊田さんは、

「山はええなあ、本当にええなあ」

と、繰り返し、

「こっちの方角が前穂かな？　そうかぁ、空は真っ青、頂上はうっすら雪をかぶってるな、このあたりは紅葉真っ盛り。結構な三段染めやなあ」

ケルンの前で豊田さんは、

「五朗ちゃん、来たでえ。久しぶりやったなあ。来たくとも、来れへんかったんや、かんべんしてなあ」

と、ケルンに埋め込まれた銅板の五朗さんの名前を指先でなぞり、確かめながら語りかけた。そして、

「ザイル問題が解決してよかったなあ、五朗ちゃん」

と、かつての山仲間の霊を慰めた》

❄ 最後の険しい峰

ナイロンザイルに国の安全基準ができたので、最後に私たちに残された問題は『一九五六年版山日記』の訂正だけになりました。

昭和四九年（一九七四）の九月、前年六月に消費生活用製品安全法が制定されて登山用ロープ、つまりザイルがこの法律の対象になったので、私は日本山岳会の『山日記』担当理事に手紙を書きました。

主旨は、

「あとを絶たないザイル切断事故防止には、『一九五六年版山日記』の訂正が必要と考え、私たちは昭和三一年から四回指摘している。『岩と雪』、日本山岳協会の機関誌でも取りあげているが、日本山岳会からは何の返事もきていない。重ねて『一九五六年版山日記』を山岳遭難防止にとってマイナスになる恐れのないように訂正するよう申し入れる」

というものでした。

しかし、翌昭和五〇年六月五日に官報で登山用ロープの安全基準が公布されても回答は無しでし

た。

　そこで、私はじりじりしながら、七月まで待って、日本山岳会・今西錦司会長と新たに『山日記』の担当となった皆川完一理事に長文の申し入れを送りました。三重県山岳連盟も八月二一日に、今西会長に事故防止のためには『山日記』の訂正が必要である旨を力説する書簡を送りました。これにも、また音沙汰がないんです。

　のちに、私たちを支援してくれた人から聞かされたことですが、この方があとで問題になった件で日本山岳会に、

「なぜ日本山岳会は岩稜会や三重県山岳連盟の申し入れを無視しているのか」

　とたずねたところ、

「日本山岳会は自然体です」

　と、職員が答えたと言うんですね。話の前後から、

「この組織が自然体というのは、石岡さんや岩稜会、三重県山岳連盟からの訂正申し入れなんかは机の上に積んで置くだけということのようだ」

　と言うんです。私は、そのとおりではないか、私らが根負けして力尽き、あきらめて黙り込むのを待っているんだろう、と思いました。

　ついに、最後の手段をとることにしました。それは、亡父の遺言「ナイロンザイル事件をけっしてウヤムヤのまま終わらせるな」を具体化すること、つまり五朗の母による「名誉回復」のための訴訟を考えることになったんです。

母、照尾は七八歳になっていました。実家を継いでいる弟ら若山の家族と打ち合わせを十分にすませ、その年、昭和五〇年（一九七五）一二月一一日に母の名前で、今西会長と篠田氏に内容証明書簡を送りました。

「一二月二六日までに『山日記』の訂正がなされない時は、法的手続きをとる」

旨の内容でした。

皆川氏、篠田氏からこの内容証明書簡に、返事は届いたんですが、訂正に対しては具体的な言及はなかったですね。

ただ、皆川氏の一二月二二日付の書簡には「私見を以てお答えすることにいたします」とあって、「〔『山日記』の〕この記事は御指摘の通り、不備な実験方法にもとづくものであり、そのデータを『山日記』に記載したことは不適当であったと思います。……山岳遭難は登山界が一致協力してその防止に努めなければならぬ問題であり、『山日記』もその点でお役に立たなければならぬと考えております」

という趣旨が書かれていました。

私の弟で若山の家を継いでいる若山富夫も蒲郡実験、『山日記』で亡父ともども家族が苦しめられた実情を何度も日本山岳会に訴えて、『山日記』の訂正をお願いしていたんです。私の実家は尾張の農村地帯にありましたから、長男が家を継がずに弟を山で死なせてしまい、その原因を他人のせいにして国立大学の偉い先生や大会社にタテついとる、と白い目で見られる中で暮らしていたんですよ。

私としては、個人的にこういう事情もありますから、「正しいことをしている以上、なんとかして死んだ弟、私自身、家族のために濡れ衣を晴らさなければならん」という意識というか、意地を持ち続けられたのも、二〇年以上ザイル問題に取り組み続けられた一つの要因かもしれません。

若山富夫も篠田氏に『山日記』の訂正を求めて手紙を出しています。ところが、その返事はこういうものだったんですよ。

■篠田軍治氏から若山富夫への返信

拝復

昭和五〇年一二月一一日付御書面拝見いたしました。

貴要望によりますと、「九〇度の岩角で、稜線がギザギザしていたり、シャープなときには、ナイロンザイルは切れやすい」というように、山日記の訂正をせよということでありますが、

「ナイロンロープは、麻に代る新ザイルとしてマナスル、アンナプルナ遠征をはじめ、南氷洋捕鯨にも使われ、X線による原糸検討では分子構造も完全で、また、衝撃、結節強度、抗張力、耐寒試験では、マニラ麻よりはるかに優秀で英国製バイキング・ナイロン・ザイルとくらべても劣らなかったが、鋭い岩角で横に摩擦し、衝撃を加えた場合、非常に切れやすいことが確認された」

との写真入り記事が、昭和三〇年六月二九日号毎日グラフ一三頁にあります。

又、小生監修　梶原信男著『ザイル――強さと正しい使い方』五九頁以下に「鋭い稜にザイルがかかっており、それに荷重が加わってザイルが第E―1図の如くザイルの縦方向に滑るときは十分その強さを発揮するが、第E―2図の如き横方向の滑りを生じるときはナイフで切るのと同じことで一たまりもなく切れる。この剪断力の大きさは荷重が大きければ加速度的に強くなる。

剪断力に耐える強さの順序はクレモナが弱くマニラは更に弱くテリレンは一層弱くナイロンが一番弱いという風に表現するのが良いと思う」と、記述されています。

山日記は、わたくしが自由に書き改められるものでありませんし、又ナイロンザイルが鋭い稜にかかって横方向の滑りを生じるときは、切れ易いことは右の著者の指摘するところでありますので御了承願います。

敬具

昭和五〇年一二月二四日　篠田軍治　印

若山富夫殿〔傍点は引用者〕

■篠田軍治監修『ザイル』（日本工業新聞社）より

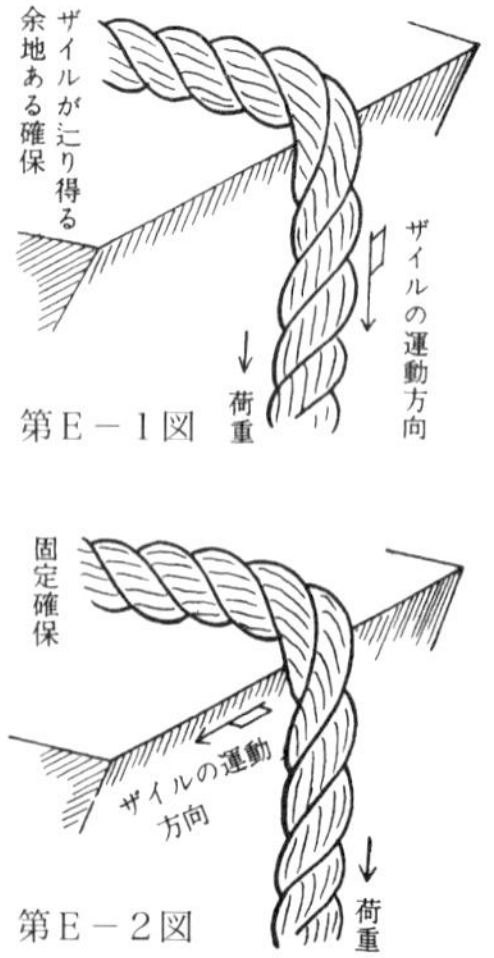

第E－1図　第E－2図

皆さんにはピンとこないかもしれませんが、『毎日グラフ』の引用中の「鋭い岩角で横に摩擦し、衝撃を加えた場合、非常に切れやすいことが確認された」という部分は、公開実験では切れていないから見られないはずの実験なんですよ。このことは後でもう一度取り上げます。

三重県岳連の加藤富雄理事が記録してくれた蒲郡公開実験〔一一三頁参照〕では、岩稜会の前穂東壁での事故状況を再現するよう依頼して行なわれたものが「非常に切れやすいことが確認」されるはずの条件ですが、それでも切れていません。ちなみに、この時の実験はザイルが岩角に並行してE―2図のように振り子運動をする設定で、横に滑るものです。

じつは岩稜会員が遭難した東壁では、ほぼE—1図のように岩角を縦滑りする振り子でした。ザイル切断部分の調査からすると横へはほとんど滑っていないはずです。加藤理事も、私たちの現場検証以前で正確に振れ方を把握できなかったのか、あるいはあまりにナイロンが強い結果ばかり出るので、ひょっとして横に滑ったのではないか、と横に滑りやすい条件を示されたのかも知れませんね。結局のところ、「ひとたまりもなく」切れたのは非公開で行なわれたヤスリによる横滑りの実験結果だけなんです。それが公開されたように、どうして書けたんでしょうかね。

　しかも篠田氏監修の『ザイル』でも必ず「横方向の滑り」となっていて、「縦方向に滑るときは十分その強さを発揮する」という表現を皆さん理解できますか。これは言葉遊びのようなごまかしです。「横に滑る」はナイフで切るように滑るから弱い、「縦に滑る」のは滑るんだから楔作用は働かず強いというわけですよ。詳しくは資料として掲載した英文論文の翻訳を読んでみて下さい。

　篠田氏から弟へきた手紙を読んで、私は今西錦司会長に直接お会いして話を聞いていただこうと、暮も押し迫った二七日、京都の今西会長の自宅にうかがったんです。

率直に、『一九五六年版山日記』の篠田氏の書いた文章について、「登山者のために訂正していただかなくてはなりません。私たちはこれまで日本山岳会に、昭和三一年八月以降七回にわたって訂正をお願いしてきましたが、なんの返事もいただいていません」と、話しました。

　訂正の理由として、「日本山岳会関西支部長である篠田氏が『九〇度の岩角にかけて……マニラでは一〇メートル垂れ下ったザイルの一端に人が結ばれているとして、三メートルの高さから落せば切れる怖れがあるが、ナイロンでは一三メートルまではもつ』と書いていますが、実際にはナイロンザイルは五〇センチで切断しますので、この記事は登山者の安全のために訂正していただかなくてはなりません」と、説明しました。

今西会長は、登山者が滑落して、ナイロンザイルが岩角にひっかかった場合、ザイルがエッジ上を横に滑ると、ナイフで切るようにひとたまりもなく切れる、と認識していましたが、「蒲郡の実験ではナイロンザイルが縦方向にすべる実験のみが行なわれ、横方向に滑る実験は行なわれなかった。だからナイロンザイルは強かった。従って『山日記』のデータも訂正しなくてもよいではないか」と言われたんですよ。

事実誤認をされていたんですね。訂正を渋っていたのは、この誤解があったからだったのかと、驚きましたよ。実験をしたのが日本山岳会の関西支部長だったからということではないことが、これではっきりしたんです。

「あ、先生、それはちょっと誤解されてますね」

と、その場で大ざっぱに説明しましてね、自宅に帰ってから、事実誤認されている点を指摘して詳しく説明を書き、日本山岳会は登山界のために正すべきものは正すという姿勢に出られたいと懇請して、三日後の三〇日に先生の自宅に郵送し、皆川理事にも同様に送りました。

この手紙での説明は、少し長いですが、皆さんが誤解しやすい点を説明していますので、ここに手紙をそのままご紹介しましょう。

「事実に反すると考えますのは、次の二点です。

(1)　篠田氏から若山富夫あてにいただいた一二月二九日付のお手紙には「鋭い稜にザイルがかかっており、それに荷重が加わってザイルが縦方向に滑るときは十分その強さを発揮するが、横方向の滑りを生じるときはナイフで切るのと同じことで一たまりもなく切れる」と記してあります。先日のお話でこのことがでました。しかし、これは誤りで、縦方向に滑り横方向に滑らないときでもザイルはひとたまりもなく切れます。またこのことを篠田氏は『一九五六年版山日記』掲載前からご承知になっておられるはずです。次にその点を記します（いずれも横すべりなしのとき）。

昭和三〇年一月三一日、私が名古屋大学工学部で行なった八ミリナイロンザイル（若山五朗が使用したものと同じもの）のエッジを介しての静的引っ張り強さは、稜角四七度で六九キロ、六六・五度で七五キロです（三〇年二月九日、日本山岳会関西支部で発表、『岳人』三一年一二月号「ナイロンザイルの強さ（下）」に掲載）。これに反し、『山日記』のデータが作られたときの三〇年四月二九日の実験の一つ、八ミリナイロンザイルの四五度のエッジでの切断荷重は四九〇キロ（H／L＝1、篠田軍治監修『ザイル――強さと正しい使い方』の二五～三〇頁に記載）です。また『山日記』のデータ一一ミリナイロンザイルの九〇度のエッジでの切断荷重は五九〇キロ（H／L＝1.3）です。なおこのザイルの静的引っ張り強さは一五五〇キロです。これに反し、昭和四九年九月二日通産省がザイルの安全基準作成の目的で実験した衝撃実験のデータは、一一ミリナイロンザイル、九〇度のエッジでの切断荷重は一〇回のテストでいずれも九五キロないし一二七キロの間で切断しています。なお、このザイルの静的引っ張り強さは山日記のデータのときの一一ミリナイロンザイルより改良されていて、二三〇〇キロです。またこのナイロンザイル一一ミリは、安全基準の基準値一五〇キロに達せず不合格となりました。（これと同様な結果を示す衝撃実験を岩稜会は三〇年九月一日に行ない、篠田氏はこれを正しいと認められています。左の写真はそのときに用いた自然石の写真〔本書一二二頁〕です。ザイルがエッジ上を横に滑るときの実験と滑らないときの実験を行ないました。前穂高の位置関係でナイロンザイル八ミリはあっけなく切れますが、マニラ麻一二ミリはほとんど傷つきません。この実験の状況と実験データは前記『岳人』一二月号に掲載〔資料「ナイロンザイルの強度　下」参照〕。

(2)　篠田氏は、一九五六年阪大工学部から発行された欧文による論文の中で、

「一九五四年から翌五五年の冬期に、ナイロンロープ切断による事故が三件連続して発生している。これらすべての事故は、わずかなスリップによる結果である。かくして、これらの事故原因の調査が日本国内で大きな問題となったのである。……（略）……実際のロープについてわれわれが行なった実験に関するかぎり、ナイロンはマニラ麻に対してはるかに強いことを示している。すなわち、マニラの約四倍の強度であることは事実である〔『山日記』のデータ〕。にもかかわらず、ナイロンロープは非常に小さい衝撃負荷で破断している。この矛盾は、登山者にとって深刻な問題となるであろう。……（略）……もしもエッジが刃物のように鋭ければ、ナイロンロープは極端に小さな負荷で切れるであろう。石岡は四七度の楔に対して六九キロ（八ミリ）という数字を得ている。岩角の鋭い割込作用（Wedging Action〔エッジの楔作用〕）に加えて、横方向のスリップが起きれば、危険な状態が生ずるであろう。東洋レーヨン株式会社の試験によれば、八ミリナイロンロープは、剱岳で採集した鋭い岩角で、四〇キログラムの張力によりわずか二五センチの横すべりで破断した」

と記されています（本書二五三頁）。つまり、横滑りしないときでも、八ミリナイロンザイルは四七度の鋭いエッジで六九キロで、一一ミリナイロンザイルは九〇度のエッジで一二七キロ以下で切れます。これらのデータは登山者にとって全く危険です。過去に発生したザイルの切断は、このためとみなされます。このような強度では、確保者が制動確保をやろうとしても、まず不可能です。これに反し、〝十分その強さを発揮する〟というのは、篠田氏の蒲郡の実験で、八ミリナイロンザイル四五度で四九〇キロ、一一ミリで五九〇キロのときです。これなら登山者にとって相当以上に安全であり、少なくとも弟の滑落でザイルは切れなかったでしょう。この両者の間の大きな差は、蒲郡の実験では、岩角に面とりがしてあり（前記『ザイル』、本書一五〇頁参照）私の実験や通産省の実験では、面とりがしてありません。面とりした岩角というものは、自然の岩場にはほとんどなく、登山者の安全にとっても事故原因の究明にとってもほとんど意味のないものです。篠田氏は、八ミリナイロンザイルは四七度のエッジで六九キロで切断することを承知せられながら公開実験では四五度のエッジで四九〇キロに堪える実験をだまって観衆に示されました。また、『山日記』には、面とりしたことを記すことなく、一見きわめて安全と見えるデータを記載されました。

(3)　先日お目にかかりましたとき先生は、三〇年四月二九日の公開実験では、ザイルが横方向に滑る実験をしなかったと言われたように思いますが、公開実験でそういう実験がなされております。（この実験は、前穂高の事故と同一位置関係という説明でなされました（本書一一三頁参照））。この横方向に滑る実験で八ミリナイロンザイルは切断しておりません。切断しない理由は、岩角に面とりがなされていたからです。面とりがなされなければ、東洋レーヨンの剱岳の岩での実験のように、ひとたまりもなく切れます。篠田氏は、ひとたまりもなく切れる実験を承知せられながら、面とりのことに言及されずに切れない実験を黙って観衆に見せられました。死因に疑惑が発生したのは当然です。

篠田氏からいただいたお手紙の中には、『毎日グラフ』のことが記してあります。この記事は、三〇年四月二九日の蒲郡の公開実験を取材したものです。しかしこの実験では、ザイルがエッジを縦に滑る場合でも横に滑る場合でも、ナイロンザイルはマニラ麻に比して強いという実験のみで、『毎日グラフ』にあるような〔「鋭い岩角で横に摩擦し、衝撃を加えた場合、非常に切れやすいことが確認された」〕弱い実験は全く行なわれておりません。三角ヤスリの実験もありません。『毎日グラフ』の記者が強い実験のみをみて弱いと記した理由がわかりません。当時『毎日グラフ』にこの理由を尋ねましたが返事はありませんでした。……いずれにしても〝弱い〟という『毎日グラフ』の発表は篠田氏ご自身によるものでなく、これに反し〝強い〟という『山日記』は篠田氏の発表です」

今西錦司会長は、自宅で先生の誤解されている点を私が概略説明したのを率直に聞いてくれ、さらに詳しく説明した私の手紙が届いたので資料をあわせ読んで、誤解を解消されたことと思います。

話を戻しましょう――。

三重県山岳連盟は、年が明けた昭和五一年（一九七六）早々に、皆川理事に「前年八月二一日付けの今西会長宛ての要望書に対する回答をいただきたい」と催促する手紙を出していますよね。この手紙が届いたころから、私が推測するに、二月ごろまでに開いた日本山岳会の理事会で、どうやら『一九五六年版山日記』の訂正をすることが決まったんじゃないでしょうか。

訂正には、篠田氏が執筆者ですから、その了解が必要になりますよね。そこで、皆川理事から篠田氏に、訂正を了解、同意してもらうために書簡が出されたようです。なぜかと言うと、私たちのところに篠田氏が皆川理事に宛てられた書面のコピーがあるんですよ。

日付は昭和五一年四月二九日です。このコピーで、篠田氏がナイロンザイルは岩角で弱いという石原君の報告が正しいことがわかることを恐れて、石原報告が正しくないと判断される実験、つまり、石原報告があたかもウソであるかのように見せるための仕掛けをした実験をしたことを証明することになりました。全文を紹介しましょう。

■篠田軍治氏から日本山岳会『山日記』担当理事への手紙

拝復

山日記三一年版〔一九五六年版〕小生執筆の部分訂正の件ですがナイロンロープの項は左記論文を要約したものです。この論文はナイロンとマニラの動特性を比較したもので、ロープの被削性の試験ではありません。従って破断は起こるが切断はおこり難い条件でなされたもので、理論計算を実験によって裏付けたものです。

G. Shinoda, N. Kajiwara and H. Kawabe, 'Dynamical Behaviour of a Nylon Climbing Rope,' *Technology Reports of the Osaka University*, 6 (1956), pp. 43–52.〔資料二五一頁参照〕

山日記にはほんの一部のデータしか出していませんが、マニラは落下エネルギーを吸収する能力が至って少ないことを指摘しております。またロープが岩角に弱いことは昔から周知のことですが、ナイロンは特に弱いのでその原因をしらべ、それが摩擦—発熱—溶融という天然繊維では経験されないことにあることを指摘しておきました〔この原因説明は、実験をしていない者にとってじつに巧妙な逃げ道である〕。ヨーロッパ大陸の関係者が動特性の重要性に気付いたのは近頃のことですが、現在ではＵＩＡＡでもロープの評価に動特性を利用していることは御承知のことと存じます。

右様の次第で直ちに貴意に沿うことはできませんが、何卒悪しからず御諒承下さるよう。なお小生の文中に明らかな誤りがあるとのことですがどの点か御教示頂ければ幸甚に存じます。

匆々

四月二九日　篠田軍治

皆川　様〔傍点は引用者〕

若山富夫宛の手紙とはうって変って、こちらは専門的表現を凝らしてあります。そして、ここで初めて「破断は起こるが切断はおこり難い条件でなされたもの」と記されています。おそらく、蒲郡公開実験でエッジを丸めたことを公衆に隠し続けてきた篠田氏の、専門家としてのぎりぎりの言い逃れだっただろうと思います。

篠田氏の皆川理事への回答のコピーを入手した時点で、私はザイル切断が起きた年の一一月一八日の件をすぐに指摘することができました。

それは、大阪大学に伊藤岩稜会代表と三人のパーティの一人、澤田君の父上と三人、さらに篠田氏の教え子のＮ氏と共に、篠田氏を訪ねて九項目について示した時のことですね。

その時、私たちが「蒲郡の公開実験によって登山者に危険な状態が発生していること、若山の遺族と石原の家族は、無実の批難を受けて苦しんでいるので、これを解消するには、篠田氏からナイロンザイルは岩角で弱く石原報告の条件で切断する。つまり、蒲郡公開実験について一般社会に向けて発表していただかなくてはならない」と口頭と文書で要望したことにたいし、篠田氏は了承したうえに、一二月二〇日に「ナイロンザイルは石原報告の条件で切断する」という内容の手紙（本書一三三頁）をくれましたね。

しかし、結局「訂正発表」はなし。そのまま、『一九五六年版山日記』となったわけです。われわれは、こちらに正義があると信じて無視されて、約束から二一年が経過してしまったんですね――。

なぜ篠田氏は約束を果たさなかったのかを問い合わせてもらいたい、と皆川理事にお願いしてボールを投げ返す形になりました。

日本山岳会側は、「いやぁ、こういう事情だったのか」と、ちょっと自分たちの不明を感じたんじゃないですか。最初から私たち岩稜会が、なぜ「権威」に物を申しているのかを調べる、というより、登山者の安全、命にかかわることなんですからね、しかも新聞、山関係の雑誌で報じられていることなのだから、山岳に係わる報道があったら、当然チェックしておかなければならないわけです。私たちが送った資料をきちっと見ていれば、こんなことにはならなかった、と思うんですがね。そういう意味で、当時の日本山岳会は、社会から隔絶した世界にあったと言っても過言じゃないですね。

とにかく、私たちが投げ返したボールを日本山岳会は受けとめたようです。これによって、『山日記』に篠田氏の原稿を掲載したことは自分たちのミスであった、と認識して、「篠田氏の了承なしでも……」と、日本山岳会は腹を決めたんだと思います。

❄ 訂正に向かって急加速

ご存知のように、すでに安全基準が前年、昭和五〇年（一九七五）の六月に制定されています。ザイルメーカーは、岩角での弱さを表示した説明書をザイルにつけて販売しはじめた、という状況もありました。そういう時代背景を踏まえたんでしょう。日本山岳会は、今西会長の方針を進め、『山日記』の訂正に向かって具体的に作業を始めたことが伝わってきました。

まもなく、私は日本山岳会からの連絡を受けて東京まで出かけ、長時間かけて皆川理事らと話し合いをしました。結果は、全面的に私たちの主張が認められました。そのあと、『山日記』問題は解決に向かって急加速しましたね。

私たちは、『山日記』の訂正、お詫びの文章は日本山岳会に通知していたんですが、日本山岳会の代表から、内容はこれまで周知されていることなので、表現を抽象的にして欲しいという要望がありまして、『一九七七年版山日記』に掲載されたものに落ちついたんです。

■岩稜会が日本山岳会に通知したお詫び案の全文

「当時、日本山岳会関西支部長であった篠田軍治氏は、昭和三〇年一月、前穂高で遭難した岩稜会員若山五朗氏の死因に関する同行者の報告すなわち『九〇度の岩角にかけたナイロンザイルがわずか五〇センチの滑落で切断した』という報告は、正しいとみなされることを承知していたが、同年四月二九日、愛知県蒲郡市のザイルメーカー東京製綱株式会社内で、面とりした実験用岩稜を使用し、ナイロンザイルは岩角でも強い実験、さらに若山五朗氏の死因はナイロンザイルの切断ではないとみなされる実験を特別に公開した。またその時の実験データの一つを日本山岳会の機関誌『山日記』三一年版に発表した。このため若山五朗氏の死因に誤解が生じ、家族を初めとする関係者に重大な迷惑が発生した。同時に、登山界にザイルの過信にもとづく危険状態が発生した。

また、日本山岳会は、三重県山岳連盟、岩稜会等から、事故防止のため、前記『山日記』の記事は訂正されなくてはならないと、三一年以降、幾度も指摘されながら、それを全く無視してきた。これらのことは、その後に発生したザイルの切断に関連する登山者の遭難の、一因となったものとみなされる。直接生命に係わる品物に関する性能の過信という事態は、遭難防止の観点から絶対にあってはならないものである。それにもかかわらず日本山岳会の支部長はその事態を故意に作り、また日本山岳会はそれを指摘されながら、訂正への努力をしなかった。これらのことは、遭難防止に関して社会的責任を有する日本山岳会として、きわめて遺憾であった。日本山岳会は、今回の事件を深く反省し、このような不祥事を再発させないことを誓うとともに、直接迷惑をおかけした方々はもとより、社会、登山界に対し深くお詫び申し上げる」

■『一九七七年版山日記』に掲載されたお詫びの全文

「登山用具にかかわる事故の防止は、製造・販売にたずさわる業者、登山の指導者および使用者がそれぞれ細心の注意をすることが必要である。昭和五〇年、関係者の尽力により、消費生活用品安全法のなかに登山用ロープがとりあげられ、その安全規準が確立され、事故防止に役立つことになった。昭和三一年度版『山日記』では、登山用ロープについて編集上不行届があった。そのため迷惑をうけた方々に対し、深く遺憾の意を表する。

『山日記』編集委員会」

覚え書は日本山岳会の意を汲んで、抽象的になって、理解できない人がいるだろうと思いましたが、今西錦司氏と話し合いを持ち、日本山岳会会長としての心情を知っていましたから、岩稜会と若山五朗の遺族は「これで了解した」として、日本山岳会に対して持っていたわだかまりは、水に流すことにしたのです。

覚え書について、具体的な説明が必要だと思います。取り決めはないんですが、私たちは交渉の過程で、次のように受け止めました。

この文章は三項からなっていますので、それぞれバラして、考えてみたんです。その結果、

①登山用具にかかわる事故の防止は、製造・販売にたずさわる業者、登山の指導者および使用者がそれぞれ細心の注意をすることが必要である——は、業者の注意義務が公になり、事故が発生した際には業者、指導者、使用者が、それぞれの責任区分に応じた責任を追及されることになる。

②昭和五〇年、関係者の尽力により、消費生活用品安全法のなかに登山用ロープがとりあげられ、その安全規準が確立され、事故防止に役立つことになった——では、『山日記』の実験データでは、九〇度の岩角で一一ミリナイロンザイルは五六〇キログラムに耐えていますが、これは岩角が丸い時のデータであることを安全基準は示していますね。蒲郡の公開実験では、前穂高岳東壁で切れた八ミリナイロンザイルは、四五度の岩角で一二ミリのマニラ麻ザイルの三倍以上の強さを示しましたが、

安全基準では八ミリのものはザイルではない、ということになりましたね。この項目は、日本山岳会関西支部長の篠田氏が行なった蒲郡実験と『山日記』の実験データは登山者にとって危険なものだった、と言っている。

ナイロンザイル事件 21年目に決着

「山日記」にお詫び

日本山岳会 〃編集に不行き届き〃

遭難関係者の真実追及実る

井上靖氏の小説『氷壁』のモデルになったナイロンザイル事件が二十一年目に結末を迎えた――九日発売の日本山岳会編五十二年版『山日記』が三十一年版の登山用ロープ(ナイロンザイル)に関する記事について取り消しともとれる異例の〃お詫(わ)び〃を掲載した。一見、見のがしそうなこの数行の「お詫び」は、遭難者の関係者が真実を追い続けた苦闘の結果であり、その主張が〃権威ある学者〃の論を打ち破った結末でもある。

登山用具にかかわる事故の防止は、製造・販売にたずさわる業者、登山の指導者および使用者がそれぞれ細心の注意をすることが必要である。昭和50年、関係者の尽力により、消費生活用品安全法のなかに登山用ロープがとりあげられ、その安全規準が確立され、事故防止に役立つことになった。

昭和31年度版『山日記』では、登山用ロープについて編集上不行届があった。そのため迷惑をうけた方々に対し、深く遺憾の意を表する。

『山日記』編集委員会

関係者に「遺憾の意」を示した〃訂正文〃=「山日記」から

山日記が今回のお詫びのもとになった記事を掲載したのは三十一年版。記事のきっかけは三十年一月に北アルプス前穂高東壁で起きた遭難事故。当時、麻ロープに代わって出回りはじめた新製品のナイロンザイルを使って鈴鹿市の「岩稜会」会員が登はん中ザイルが切断、若山五朗さん(当時一九)が遭難死したことで岩稜会が「麻ロープより強いといわれるナイロンザイルは滑落で鋭い岩角でこすれると簡単に切れてしまう」ことをつきとめた。このため、同会はメーカーがザイルの性能の限界を示さない責任を追及した。

しかし、メーカー側がこれを否定する態度だったためザイル論争が巻き起こった。このような中で山日記はメーカー側が故意に岩角に丸みを持たせて行った実験を根拠にして「ナイロンザイルは安全だ」とする記事(執筆者は日本山岳会関西支部長の篠田軍治大阪大学教授=当時)を掲載した。

この記事によって〃ナイロンザイルは強い〃という誤ったイメージが登山者に植えつけられ、岩稜会や遭難者の実兄で岩稜会会長の石岡繁雄さん(五〇)=鈴鹿市神戸河町、現在鈴鹿高専教授=らは、登山技術の未熟さをザイルに転嫁させたなどのいわれのない批判にさらされた。

しかし、石岡教授や同会のメンバー、さらに三重県山岳連盟も遭難現場から持ち帰ったナイロンザイルの〃切断跡〃のあった岩角を復元した岩などで実験を重ね、切れた直径八ミリのザイルは引っ張り

21年ぶりに〃訂正〃を出した山日記

■『山日記』不備認める(朝日新聞　昭和51年12月9日夕刊)

③昭和三一年度版『山日記』では、登山用ロープについて編集上不行届があった。そのため迷惑をうけた方々に対し、深く遺憾の意を表する――は、編集上の不行届きは、昭和三一年版『山日記』の編集担当者が篠田氏から受け取った原稿に、岩角を丸くした実験データが含まれていたことに気づかなかったことに対する点で、原稿のチェックが十分でなかったことが不行届きであった。迷惑を受けた方々、は正しい事故報告を

したにもかかわらず、故意にそれがウソだとされた石原君と澤田君、死因を疑われた若山五朗とその家族、そして、『山日記』の記事を信じ、ナイロンザイルは岩角でも強いと疑問を持たないで、わずかな滑落でザイルがあっけなく切れてしまって墜落、亡くなった多数の登山者ですね。『山日記』の訂正は、計十回ぐらい指摘されながら、二一年間無視してきたんですからこの③には、登山界、社会に対するお詫びも含まれている。

私たちは、こう考えて、最終的に日本山岳会『山日記』担当理事・皆川完一氏、常務理事・近藤信行氏、三重県山岳連盟会長、若山照尾の代理人としての私の四人が昭和五一年（一九七六）一〇月一六日に、東京赤坂のホテルで覚え書を交わして署名をしました。二一年にわたるナイロンザイル事件が解決、終止符が打たれたんです。円満解決ですよ。

署名が終わった時は、もう本当に、大げさじゃないですよ、高い山の頂上にたどり着いたという思いでした。肩の荷を下ろしてドタッと、ひっくり返って「わーっ、やったぞー」と大声をあげたいような気分でした。

日本山岳会の代表者は、解決のために立場上かなり苦労があっただろう、と思います。私たちも長年苦労してきただけに、解決に向けた作業を担当された日本山岳会の方々も、被害者ですよ。みんなで祝杯をあげました。じつにうまい、うれしい酒でした。夜明けまで、愉快に杯を交わしましたねえ。

もう、ナイロンザイル事件のようなことは、世の中に二度とあってはならんことです。

《日本山岳会と岩稜会の『山日記』のお詫びについての交渉が始まった昭和五一年（一九七六）の一月一一日、愛知県東海市の消防出初式で消防署員が、高さ四・四メートル、水平に張ったナイロンロープ（直径一二ミリ・東京製綱製）を伝って救助訓練のデモンストレーション中、突然ロープが切断した。

ナイロンロープ

鋭角でなくても切れる

東海市消防出初め式の事故
石岡鈴鹿高専教授が解明

何度もこすると縦傷
「ザイル事件」と全く同じ

前穂高東壁で登山者のナイロンザイルが切れて転落死した、いわゆる「ナイロンザイル事件」で、ナイロンロープは鋭い角には弱いことが常識になったが、丸い角でも何回かこすられて縦傷がつくと、簡単に切れることがある――。今年一月十一日、東海市の消防出初め式で、ロープを伝って消防署員が救助訓練中、突然ロープが切れて署員が転落する事故が起き「引っ張りには強いはずのナイロンロープがなぜ切れたか」と、全国の消防、警察、民間の救助関係者などに強い衝撃を与えた。鈴鹿市の登山グループ「岩稜会」の「ナイロンザイル事件」について、原因を究明した鈴鹿高専の石岡繁雄教授（五八）が、東海市消防署の依頼で今度の切断事故の原因を調べた結果、たとえ小さくても、一定以上深さの縦傷がつくと、ロープが一瞬に切れる場合があることがわかり、切れたロープのナゾが解明された。同教授は二十六日、同消防署を訪れ、実験結果をまとめた研究報告書を提出した。

切断事故は十六の端に建てた二つのやぐらに、四・四メートルの高さでロープを水平に張り、消防署員とロープをカラビナ（金属の輪）で結び、仰向けになって両手でロープをたぐって移動する訓練（チロリアンブリッジという）の最中だった。練習もあと二十一回目に渡ろうとしたとき、突然切れた。使っていたロープは、西部市の東京製綱系列ロープ会社製、ナイロン糸二十四本を束ねたもの三本をより合わせてあり、直径十二ミリ。メーカーの成績表では抗張力三・三二トン、そのときの伸び率は五二％となっている。

このロープは延べ三十五時間使用され、切れた部分は表面の凹凸（おうとつ）がすり減り、棒状になっていたが、石岡教授の実験では、新品の八五％、二・四トンの強度が残っていた。

事故のときロープにかかった張力は、つり下がった署員の体重と、やぐらから飛び出すときの勢力を加えたもので、百八十キロから四百五十キロ。残存強度二・四トンをはるかに下回るのに、ぷっつりと切れてしまったわけだ。

石岡教授は、切断の原因を①製品の欠陥②何かの薬品の影響③結び目④カラビナの摩擦による傷⑤足場のパネルにロープが接触、の五点を想定、検討したが①から③までは該当しないことがわかり、④のカラビナによる傷も原因とならないことが判明。結局、ロープと足場のパネルとの関係に調査はしぼられた。

ロープは署員がつり下がったとき、足場のパネルの角にすれて屈曲しながら伸縮する。同教授は、実験室に現場と同じ状況を再現、人間に見立てた砂袋を使って実験を繰り返した。結果、パネルの角は丸みがあるが、何回も繰り返すと、接触部分に長さ約三十センチの縦傷が生じた。三本よりのロープなので、縦傷は、三つの山にまたがり、深さがより合わされた三本のうちの一本の「しん」にまで達すると、ロープは一気に切れた。それほど深くなくても、縦傷の長さが大きくなると、ロープの山の部分が次々とこの傷ですり切れて、ロープは極端に弱くなり、衝撃に耐えられず突然切断する、とわかった。

切れたナイロンロープを調べた石岡繁雄教授

■縦傷効果の危険（朝日新聞　昭和51年5月26日）

ロープの張り方がゆるかったのと、署員の体重、装備などの重さでザイルが伸びていたので落下した際の高さは、地上二メートルほどだったため、署員に大きなけがはなかった。

東海市消防本部から切断原因の調査を依頼された石岡さんは、伸び率が五二％、引っ張りには三・三二トンまで切断しないナイロンロープが、鋭角の支点でなくとも、一定以上の深さの傷がつくと、一瞬で切断することとを解明した。

切れたロープの延べ使用時間は三五時間。それまでの訓練時には、アルミ板パネルの足場からロープに取りつくため、パネルの角にロール（丸み）がつけてあったものの、繰り返しこのパネルの角にロープがこすられるうちに、ロープに縦傷が付き、衝撃に耐えられなくなって突然の切断となったことが判明した〔縦傷効果については資料「前穂高東壁事件について」参照〕。

実験から、切断時にロープにかかった荷重は二八〇キロから四五〇キロで、「引っ張り強度三・三二トン」の八・四％から一三・六％の荷重で切断したことが分った。

このほか、昭和五七年（一九八二）一一月、神戸港で二〇万トンタンカーが直径一二〇ミリ（引っ張り強度一三〇〜一五〇トン）の係留ロープが切れて漂流、原油揚げ荷パイプが破損する事故があった。この切断の原因鑑定を保険会社から依頼された石岡さんは、東海市消防本部と基本的に同じメカニズムでロープに縦傷が入り切断したことを解明した。いずれの件もナイロンロープが切断するメカニズムの研究を続けた成果であり、ナイロンザイルの問題が登山界だけに留まらないという実例であった》

❄ 最後の『事件報告書』

昭和五一年（一九七六）の一二月初旬、翌年用の『一九七七年版山日記』が発行されました。それを手にした時には、厚さが一センチほどで、二一年前と同じような濃い赤色の文庫本サイズぐらいの日記帳ですが、私にとっては、まことに大きくて、重く感じられましたねえ。

私は、『山日記』問題の解決が、日本山岳会としては一番早くできることだろうと考えていたんですよ。それだけに、なぜこんなに長期間かかったのか、納得いかないことでしたが、若山五朗の遺族としても、日本山岳会の今西会長にここまで努力していただいたという感謝の気持でした。

父親は、悲嘆、悲憤の中で、ナイロンザイル切断で末っ子の五朗を失った約一年後の一二月に病気でなくなりましたが、

「ナイロンザイル事件をけっしてウヤムヤのまま終わらせるな」

と、遺言していました。

生きていたら、岩稜会、息子たちが言ってきたこと、やってきたことが正しかったんだ、末っ子がナイロンザイルの隠された欠陥を命と引き換えに訴えたことが、ようやく報われた、と怒りが多少は収まったのではないか、と想像して、私自身感慨無量でした。

本当に長い間、肩にのしかかっていた重たい、じつに重たい荷が下りたようでした。岩稜会の会員たち、家族にも苦労をかけっぱなしだったので、心の底からホッとしました。それが偽らざる心境でした。

『山日記』の問題が解決したので、昭和五二年（一九七七）七月「これでナイロンザイル事件で岩稜会が問題にしたことが最低限達成できた、われわれが登山界のためにやるべきことはなし終えたとして、岩稜会は『ナイロンザイル事件報告書』を作成しました。

二二年に及んだ岩稜会の孤立した闘いを支えてくれた友人、知人、各地の山の仲間や三重県山岳連盟に、「解決」を報告させてもらうのと、同時に、ナイロンザイル事件を知らない人たちが報告書を読んでも、岩稜会が東京製綱と大阪大学教授で日本山岳会関西支部長の篠田軍治氏に対し、山の会と

して、登山者の命を守るために当然の事を主張して来たんだ、ということが分かってもらえるはずだ、と考えたからです。

ナイロンザイル事件は、「岩稜会の主張が正しかったんだ」と、世間に受け取られるようになったせいでしょうか、仕事の関係でよく東京製綱蒲郡工場に出入りしていた、という方から手紙をいただいたことを前に話しましたね。この地方公務員の方には感謝していますが、この方も当時はかなり悩んだことだと思います。真実を社会にごく自然に公表できる社会、公共の利益になることを社会に知らせることができる社会だったら、ザイルの切断で多数の若い命が、あたら失われずにすんでいたんですよ。

私は昭和五八年（一九八三）に鈴鹿高専を定年一年前に退職しました。体力、気力がまだ残っているうちに、やらなくてはならないことをやり残さないように、しっかりやっておこうと思いましてね。退職して、これで一日一日が、二十四時間全部自分の時間ですから。「やれ、うれしや、うれしや」、ですね。

これを期に、長年考えていた高所安全研究所の実現にかかりましてね、ようやく昭和五九年（一九八四）二月に、自宅敷地内に完成させることが出来ました。高さ十六・五メートルの鉄塔を建て、一階の全部と二階の半分が作業所兼倉庫、半分が事務所です。鉄塔は、もちろん高い場所からの落下テストなどをするためには、なくてはならないものです。

退職してもザイル問題からスタートした安全対策のための器具づくり、高所脱出装置づくり、福祉用介助器具の開発改良、執筆などを心おきなくやれる準備を整え、第二の人生に漕ぎ出しました。

現役時代と違って、何から何まで自分でやらなくてはならないわけで、妻の手をそれまで以上にわずらわすことも多く、充実したというか、現役時代よりも忙しいような日常に追われていました。そのうち、篠田氏を日本山岳会名誉会員に推薦するという動きがあることを知りました。どういうことなのかと不審に思っていたら、関西支部から評議会に出された推薦案が一部の評議員の反対で見送られたというんです。しかし、平成二年（一九九〇）一月に結局、名誉会員に決まりました。岩稜会にとっては、この動きは理解できないことですし、納得できない問題です。

■石岡高所安全研究所

私は、八高山岳部、名古屋大学山岳部、旧制神戸中学山岳部、岩稜会の会員はもとより、多くの人たちと山で知り合い、現在に至っています。この多くの人たちからの励ましや助力、協力で、権威や企業に対して安易な妥協や屈辱的に膝を屈することなくナイロンザイル事件の解決まで長いたたかいを続けられました。言葉では尽くせないことで、感謝の気持でいっぱいです。

これまで、私の人生で知りえた大きなことは、人間の弱さというものでした。どうしても、私たちは生きるために、誰にもあることですが、たとえば、分かれ道に立った時、険しい道と楽に進めそうな道があれば、楽に行けそうな道に足が向くのは当然です。しかし、目標が定まっていて、この目標が社会の広い視点で観察した時、目標として選択することが正しいものであり、険しいコースをたどらなければ目標に到達したことにならないという時、その道筋が険しいものであっても知恵をしぼり、工夫をこらして、越えて行かなくてはならないわけです。

私たちは昭和二二年夏、登攀不可能といわれた穂高屏風岩中央カンテを初登攀しましたが、三人パーティのうち二九歳の私以外は、旧制神戸中学の生徒だった松田武雄君と大学を目指して浪人中だった本田善郎君でした。この時、投げ縄を使って登攀路を確保し、若い二人は完登しましたが、私は頂上直下で登れなくなり、助けられました。しかし、屏風岩中央カンテの初登攀は、若くて柔軟な肉体を持つ二名によって成し遂げられたのです。

この時は、少年とのパーティを組んだこと、投げ縄の使用ということが一部から批判されました。しかし、当時は、岩登りの技術を革新的に変化させた現在のような登山器具がなかったんですから、前人未踏の屏風岩中央カンテを登るには、私たちが選んだ突飛とも思える方法しか考えられる手段がなかったんです。

パーティの編成、投げ縄の使用は私が考えたものですが、やがて私のとった手段は理解され、批判の声は消え、正当な評価を得ることができました。それは、私たちのパーティが屏風岩中央カンテの初登攀に対して、「中央カンテ」の範囲、「初登攀」であると認められるコースという登山界の規範を守った結果だったからです。登攀を計画し、登攀コースを検討している時、また登攀中にも、楽そうに見えるコースに進みたくなったものですが、そちらに進むと屏風岩中央カンテを征服したと誰からも認められなくなるわけですから、困難なコースをたどらなければならないのです。見ている人、気づく人がいないからといって、登ったルートを偽ったり、ごまかしたりすることは純粋性を追求するアルピニストには絶対にあってはならないことなのです。

■岩小舎下流の河原から見た穂高屏風岩

この経験から私は、独善に陥ることなく広い視野で客観的に見て、ついには社会に正しいと認められるような問題に向き合わざるをえなくなったとき、これを解決するためにはどうしても避けられない正しい道というものが存在するのだ、ということを強く自覚させられたんです。

ナイロンザイル事件がまさに、そうですね。そして、困難な道を選ぶことになったとき、周囲には、下支えとなってくれている多くの人がいるのだということを私はあらためて教えられました。このことは、終生、忘れてはならないことだとしみじみ思います。屏風岩中央カンテの挑戦では、初登攀という大目的は達することはできましたが、私自身は助けられたんですから、よけいにそのことを身にしみて強く感じましたね。

「よくこれだけ長期にわたったナイロンザイル事件をあきらめずにやりましたね」と言われるのですが、「私は人間としてやらなくてはならないことだと、考えてやってきただけなんです。やるしかなかったんですよ」と答えるしかないんですね。

ナイロンザイルは岩角で極端に弱い、という科学的に実証された真実を認めることによって、人命が危険にさらされる状況が避けられるということが、科学的、客観的に正しいことである以上、そのことを社会に受け入れてもらえるように行動することは、当然のことじゃないでしょうか。

私はこれまでの人生から、社会が気づかないままでいたり、あるいは自分たちの利益を確保するために気づかないふりをしたり、面倒なことを避けてしまうことがあるように感じています。そのために、世の中にはナイロンザイル事件と同じような問題が社会的に大きな声にならないまま、ごく限られた関係者以外に知られないまま、いわば、秘密状態で存在していて、当事者が、本来負うべきでない理不尽な重荷を背負わされて日々歩まされているのではないか、と思えてならないですね。最近の新聞やテレビのニュース、出来事を見るたびに、ナイロンザイル問題で無念の思いをし続けた私たちと同じ状況に置かれている人たちが、ニュースの陰にいるのではないかという思いがぬぐえないのです。

このことは、マスコミに従事する人たちにはぜひ理解してもらいたい、と思っています。これは、私の体験から声を大にして訴えたいことです。

《岩稜会は、昭和五三年（一九七八）、当時の文部省から地域スポーツの健全な普及発展に貢献し、地方体育の振興に顕著な効果をあげたとして、地域体育優良団体表彰を受けた。戦後の荒廃した時代、旧制神戸中学の山岳部から続く三〇年以上にわたる地道な活動歴を持つ岩稜会が、ナイロンザイル問題でも、科学的、客観的な主張、活動をしてきたあかしである。もし、岩稜会が、ナイロンザイル事件を闘わないで、山での活動のみに集中していたら、どこにでもある平凡な山の会として終わったかもしれない。

ナイロンザイル事件は、岩稜会が問題提起しなければ、たんに不幸、不運なザイル切断による遭難として終わっていたかもしれない。岩稜会の切断の五日前に明神五峰で起きた八ミリナイロンザイルの切断で約三〇メートル転落し、九死に一生を得た東雲山渓会の大高俊直さん（当時、慶応大学の理工科系の大学院生、現在七五歳）は、

「ナイロンザイル事件の追求は岩稜会のようなしっかりした山岳会だからやり通せたんですよ。私たちは岩稜会がやってくれているから、といわば追求を任せていたようなものでした。岩稜会は大したものだ、すごい熱意だ、と仲間と話していましたよ」

と語っている。岩稜会がなければ、ナイロンザイル事件はなかったし、ナイロンザイル事件は、岩稜会があったから事件になった。それはとりもなおさず、石岡さんの個性に負うところが大きいということである。

石岡さんは人の話をよく聞く人であると同時に、一徹な面が強い。それを評して、自ら「しがみついた

ら離れない性格ですね」と、言っている。その一面は、石岡さんの旧制愛知県立津島中学時代、八高時代にも見ることができる。

石岡さんは、山と同時に天文に強くひかれていた。八高に進んで天文学をやろうとしたが、父親に言われて文科に入学した。しかし、どうしても理系に方向転換したくて、翌年、入学試験を受けなおして八高（理科）に二度目の合格、入学を果たした。

津島中学時代から、石岡さんは天体観測をするために口径一五センチの反射望遠鏡と、それを据えつけるための観測小屋を弟三人を指揮してすべて自分たちだけでつくり始めた。この作業には、末弟の五朗さんは幼かったので参加できなかった。レンズは、材料になるレンズ用ガラスを買って、すぐ下の弟である國男さんに磨かせた。小屋づくり、コンクリートで小屋の土台づくりをするために、石岡さんは自宅近辺の左官職、大工職を訪ねて弟たちの短期弟子入りを頼み込み、弟たちには学校の帰りに基本を教わってくるように指示している。自身は、八高入学後、望遠鏡を地球の自転に合わせて動かすためのモーターの動力を伝える歯車づくりを小さな工場を見つけて、経営者があきれるほどの熱意とねばりで頼み込んだ。みごと承知してもらい、歯車が手元に届くと望遠鏡の精密な調整を辛抱強く行なっている。

石岡さんの叱咤激励により、五年がかりで反射望遠鏡はようやく完成した。このことを石岡さんは『屏風岩登攀記』の「雲海上の日食（昭和三八年）」の中に、

「友人は、何年たってもできない望遠鏡を〝バッカスの望遠鏡は無用の長物の代名詞〟とからかった。しかし、望遠鏡は完成し、宇宙のはるかかなたの微光をはなつ天体を長時間露出によってつぎからつぎへと撮影した。その写真を京都の花山天文台に送ったところ、望遠鏡自作の紹介とともに『素人の天体写真としては驚異のほかない』という記事が専門誌に発表された」

と、書いている。

このあと石岡さんが海軍士官となって四日市第二海軍燃料廠に所属していた昭和一九年、望遠鏡で弟たちが、伊勢湾口付近を飛ぶ「国籍不明機」を撮影、米軍の爆撃機B24であると確認されたことが、新聞に書かれた。これによって、「敵機の早期発見、空襲警報発令のために」と、反射望遠鏡は警察に借り上げられてしまった。

素人離れした完成度となった望遠鏡のレンズ磨きに精力を傾けたすぐ下の弟國男さんは、兄に続き八高に入学したが、胸を病み二〇歳で亡くなった。その死を石岡さんは「あんなに泣いたことはなかったですね。弟は野球をしていて胸にボールを受け、その後、体が弱っていたのに、私が望遠鏡を早く完成させたいために、レンズ磨きを急がせた。それが彼の病気を悪化させたんだと、思います。申しわけないことをしたんです」と、話している。

鈴鹿高専退職後に石岡高所安全研究所をつくるに際しては、「おばあちゃん（敏子夫人の母）が大反対だったんです」と打ち明けた。結局、研究所での実験では敏子夫人の手助けが必要となることが多くなった。

一人娘で、それまで実験を手伝うなどの経験も少なく、ただでさえ幅広い石岡さんの交友関係と岩稜会の人間関係に心をくだいていた敏子さんは、精神的にも肉体的にも重荷だったようだ。母の心配が的中するように、敏子夫人は実験を手伝っている時、落下するロープに左手小指を巻き込まれ、小指の先を切断する事故にあっている。

敏子夫人が、

「バッカスがこれまでやってきたことについて、神様はこれだけで許してくれたんですわ」

と事故からしばらく経って述懐してくれたことがある。

石岡さんのナイロンザイル事件追及のエネルギーを支えたのは「真実への一途さ」であるが、その一途さは、夫人の犠牲的ともいえる長きにわたる細やかな気づかい、岩稜会員たちの無言の協力があって支えられ、助けられた。見えない部分の支え、協力を知るからこそ、石岡さん自身、ナイロンザイル事件という問題を中途半端に終らせるわけにはいかなかったに違いない》

石岡繁雄が語る 氷壁・ナイロンザイル事件の真実

資料編

登山用ナイロンロープの力学的性能（本文八〇、一五六、二二三、二二九頁参照）

G. Shinoda, N. Kajiwara and H. Kawabe（篠田軍治・梶原信男・川辺秀昭）: 'Dynamical Behaviour of a Nylon Climbing Rope,' *Technology Reports of the Osaka University*, Vol. 6, No. 192, March 1956. (Received Jan. 27, 1956) より邦訳。『大阪大学工学報告』第六巻に収録されたものの抜粋で、原文は英文である。掲載部分は、「概要」「序論」、そして結論にあたる「登山用ロープとしてのナイロン」である。訳者は、当時名古屋大学理学部大学院生の江口昇次、熊崎昭一郎、同工学部大学院生の伊藤孝次郎の三氏で、翻訳は昭和三二年に行われたと石岡メモにある。掲載にあたり、文意を損なわない範囲で読みやすくした。

この論文は、篠田軍治氏が指導した蒲郡実験（非公開を含む）のデータをもとに研究した成果であり、『一九五六年版山日記』もこれに依拠して執筆されている。ここからは、実験の動機が登山用ロープのあいつぐ切断にあったこと、公開実験以外にヤスリ角上や剱岳の岩角上の横滑り実験でナイロンが極端に弱かったこと、さらに、真に鋭い岩角を支点とした時のナイロンザイルの弱点を岩角に丸みをつけて隠した結果、切断メカニズムの解釈に横滑りと摩擦熱への偏向を持ち込まざるをえなかった徴候が読みとれる。

昭和四六年以来、鈴鹿高専で石岡さんとともにナイロンザイルの岩角欠陥克服のために緩衝装置の研究を続けてきた笠井幸郎名誉教授（二〇〇六年九月二日に逝去）は、「鋭いエッジではナイロンザイルはナイフが切れ込むように切れ、切断部分の摩擦熱は取るに足りない」と説明しており、石岡さんも、「鋭いエッジでのナイフ効果（楔効果 wedge effect）が働く場合には伸びた繊維がナイフで切るように次々と切断され、荷重側のザイル切断部の形状によりエッジの鋭さが推定できる」と述べている。さらに、太田博名古屋大学名誉教授は、「ナイロンはエッジとの相対速度の発生により、急激に摩擦力が低下するという特徴があり、切削作用に弱い」と指摘している。なお、下記の文中で〔 〕内及び傍点は編者による。

概要

登山用ナイロンロープの力学的性能を研究した。落下する五五キログラムの荷重に、一一ミリのナイロンは $\sqrt{H/L}=1.3$ まで切れないが、一二ミリマニラ麻は $\sqrt{H/L}=0.3$ で破断する。ここで H は錘が落下する高さ、L はロープの長さである。これらは、両ロープに対してほぼ六〇〇キログラムの衝撃荷重に相当する。衝撃試験を通して熱量的研究を行ない、それをまた静的引張り試験中の温度上昇の測定結果と比較した。その結果、ほぼ上述の数値に相当する六〇〇キログラムが得られた。ナイロンロープは衝撃荷重に対し優れた性能を示すが、鋭い岩角の横方向にすり切る作用によって容易に破断する。これはナイロ

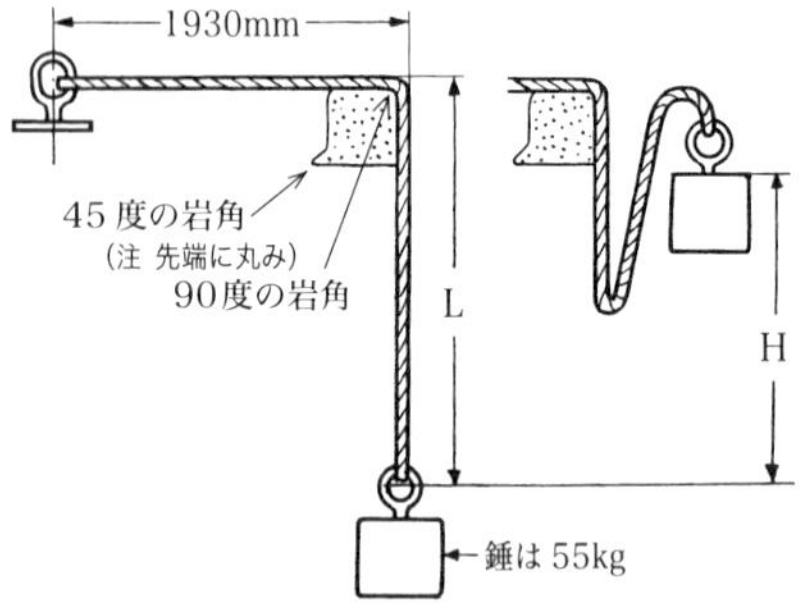

蒲郡実験概念図（篠田軍治監修『ザイル―強さと正しい使い方』日本工業新聞社より）

ンの融点が低いためであり、そしてその破断部には繊維の溶融が常に認められる。〔鋭い岩角では縦方向でも切断する。しかも「横方向にすり切る作用」に弱いのは、融点の低さというよりも、岩角の楔《くさび》効果をナイロン繊維が受けやすいからである。〕

＊編注　$\sqrt{H/L}=0.3$ は $H/L=0.3$、$\sqrt{H/L}=1.3$ は $H/L=1.3$ のそれぞれ誤記である。

序論

ナイロンロープはマニラ麻や他の植物繊維をしのぐ多くの長所をもっているので、その登攀用としての用途は、一九四六年の英国東カラコルム探検隊以後普及することとなった。日本においては、一九五二年の早春に、大阪大学登山部員によって積雪期における不帰岳での使用が試みられた。東京製綱株式会社のナイロンロープは日本山岳会の一九五三、五四年のマナスル遠征隊によって使われた。日本におけるナイロンは、西欧諸国とはまったく別に東洋レーヨン株式会社により開発されたもので、ナイロン6に分類され、優れた性質をもっている。

一九五四年から翌五五年の冬期に、ナイロンロープ破断による事故が三件連続して発生している。

①　一二月二八日　明神岳東壁　一一ミリ〔実際は八ミリ〕　東雲山渓会会員一名負傷

②　一月三日〔二日の誤記〕　前穂高岳東壁　八ミリ　岩稜会会員一名死亡

③　一月三日　前穂高岳北尾根第三・四峰間　一一ミリ　大阪市立大学山岳部員一名負傷

これらすべての事故は、わずかなスリップによる結果である。かくして、これらの事故原因の調査が日本国内で大きな問題となったのである〔実験目的が事故原因の解明であることを示す〕。

……（「破断ザイルの繊維」「力学的性能に関する理論的考察」「衝撃テストの結果」「熱量的研究」「力学的試験後の落下体の運動」の項、略）……

登山用ロープとしてのナイロン

登山用ナイロンロープは、相当大きな抗張力と伸長性を有しており、衝撃負荷にも耐える。また、濡れたり部分的に凍結していても柔軟で取り扱いやすい。しかも腐ったり黴《かび》による劣化の危険がない。これらの特性は登山者にとって最も大きな利点である。しかし、上述のような利点の中で、衝撃負荷に対して優れた抵抗力をもつという点には多少あいまいなものが含まれている。実際のロープについてわれわれが行った実験に関するかぎり、ナイロンはマニラ麻に対してはるかに強いことを示している。すなわち、マニラの約四倍の強度であることは事実である〔実験装置のエッジが丸くしてあったから出た数値〕。にもかかわらず、ナイロンロープは非常に小さい衝撃負荷で破断している。この矛盾は、登山者にとって深刻な問題となるであろう。

この問題を解くひとつの鍵は破断メカニズムの差異にある。突然の墜落によって切れたロープには、破断部分の短繊維の融解と融着以外に、縦方向の滑りによる磨滅は観察されない〔この一節の意味は、ザイルが縦方向に引っ張られて、エッジ上を滑らずに切断したということ。ゆえに熱現象は副次的なものにとどまる」。これに反して、実験に供され衝撃負荷に高い抵抗力を示したロープは、花崗岩のエッジ上で縦方向の滑りによる相当な表層の磨滅を示した〔エッジの丸みで滑ったというべきであろう〕。落下体（錘）のもつ運動エネルギーの相当部分は、この滑り摩擦により放出されるであろう。したがって、もしそのような縦方向の滑りが起これば、ロープは容易には破断されないことになる。他方、そのような滑りが出現しなければ、衝撃力は結び目、または固定点に集中し、危険な状態が発生するであろう。この固定点がカラビナであれば、ロープはかなりの引張り衝撃負荷に対して耐えるであろう。このことは、結び目においても言えることである。

　もしもエッジが刃物のように鋭ければ、ナイロンロープは極端に小さな負荷で切れるであろう。向山・木下（『東洋レーヨン技術レポート』No. 1021, 1955）は五三・二一度の鋼鉄楔に対して二一九キログラム、石岡（私信）は四七度の楔に対して六九キログラム（八ミリ）という数字を得ている。岩角の鋭い割込作用 wedge action に加えて、横方向のスリップが起きれば、横方向にロープを動かす作用がかなり大きくなるので、磨滅はロープの同じ部分で常に発生することになる。そのとき、岩の稜によるこの切削作用によって発生する熱は、相当な量に達して温度が上昇し、危険な状態が生ずるであろう。即ち、一部分の軟化である〔割込作用（＝エッジの楔効果）で切断することをぼかす表現〕。だから上述した事故におけるナイロンの破断は、岩角による融解作用や軟化作用のせいであるにちがいない。繊維の融解と融合が見られるであろう〔この推定は、ナイロンの材料性能の重要な弱点を、あえて熱問題に矮小化している〕。上で述べた第三の事故により破壊したロープの破断部分近くのナイロン繊維の結晶構造は、向山と木下によりX線法で研究され、田中（私信）により偏光顕微鏡法で研究された。

前者は融解による繊維性度の劣化を示し、後者は破断部に近い繊維の結晶軸方向の散乱が観察された。これらはすべて、熱放出による融解や軟化を示している。東洋レーヨン株式会社の試験によれば、八ミリナイロンロープは、剱岳で採集した鋭い岩角で、四〇キログラムの張力によりわずか二五センチの横すべりで破断した。だから、もしそのような横方向のすべりが鋭角の割込作用に加えて発生するならば、ロープは非常に危険な状態になる。摩擦係数を〇・五とし、全エネルギーが熱に変換されるとすれば、放出された熱量は約一二カロリーとなる。この熱量は二ミリの長さのロープを融かすのに十分である。このように容易な融解や軟化はナイロンの低い融点のせいである。

伸張破断したナイロン繊維を偏光顕微鏡で調べたところ、われわれは、ヤスリにより切断した供試体の表面に近い結晶の流動と歪みを発見した。鋭利なナイフで繊維を切った時には、破断面のごく近くでも、結晶体の変形はまったく見られなかった。

かくして、繊維を切断する仕事のほとんどが熱に変えられ、繊維の温度を上昇させる。

他方、マニラ麻ロープは、そのような短い横滑りでは破断しない。しかし、衝撃負荷に対する抗力は非常に小さい。

ロープに関する上記の実験は東京製綱株式会社蒲郡工場で行われた。著者らは、(故)岡、高柳、是木の各氏と東京製綱の皆さんに感謝の意を表する。同時に、美津濃スポーツ技術研究室の皆さんのご協力にも感謝申し上げる。

前穂高東壁事件について（本文一四三頁ほか随所に関わる）

この資料は、昭和三一年（一九五六）七月一日に刊行されたB５判三一〇頁の謄写版刷り『ナイロン・ザイル事件』（岩稜会刊、一五〇部発行）の中心部分「四、前穂高東壁事件について」（四二〜七四頁）である。今日でも、事件の核心となる点については、東壁での遭難から一年半ほどの間に調査や資料収集が行われたこの文献に優る記録はない。なかでも、困難な現場調査を岩稜会を挙げて敢行し、文字通り「糸くず」をも見のがさぬ観察・仮説・実験を繰り返してまとめられたこの章は、実弟を失った石岡さんの無念と企業の社会的無責任への怒りが昇華されている、一点の分析もゆるがせにしない気迫のこもった報告である。自分たち自身の「社会的責任」をきっぱりと引き受けて、まさに絶壁を登攀するがごとくに東壁で起こった事実を探究してゆく。本文中にもあるが、井上靖氏に『氷壁』の筆をとらせた書であることがいかにもうなずける。本書『石岡繁雄が語る氷壁・ナイロンザイル事件の真実』は、たえずこの『ナイロン・ザイル事件』にたちもどることを通して最終的に刊行可能となった。文字通りの基本文献である。

昭和三〇年一月二日北アルプス前穂高岳で発生した本会員若山五朗墜死に関して、次の二つの見解を発表する。

本印刷物製作の目的の項で述べたように、本印刷物の目的は、社会的疑惑の解消であるので、こういう所へ、この種の報告を入れることは拙いが、危険防止への努力はいつでも行われてよいと我田引水に考えていれることにした。

イ　ザイル切断状況並にザイル技術に関する見解

前穂高東壁での、ナイロンザイル切断原因を、明らかにすることは、我々事故を起した当事者の責務と考え、三〇年一月以来ささやかな調査と実験を行ってきた。三〇年一一月以降、毎日新聞、雑誌「岳人」、スポーツ日本に部分的に掲載されたが、その後の研究等を含めここにこれ等をまとめて記す。実験研究はすべて未完成であり汗顔に堪えないが、もしもザイル技術の向上と危険防止に、いささかなりとも貢献出来れば望外である。何卒御高評御叱正たまわらんことをお願い申上げる次第である。

(I)　ザイル切断状況に関する見解

まず現地調査等によってザイル切断状況を正しく知ることに努力した。次に、実験、考察によってその調査して得られた状況が矛盾をもつものではないか、何を意味するかなどと調べた。

以下順を追って説明する。

A、調査事項

1　墜落直前における推定位置　1図（資料60・前穂高東壁事件の現場調査、本書一二一頁）

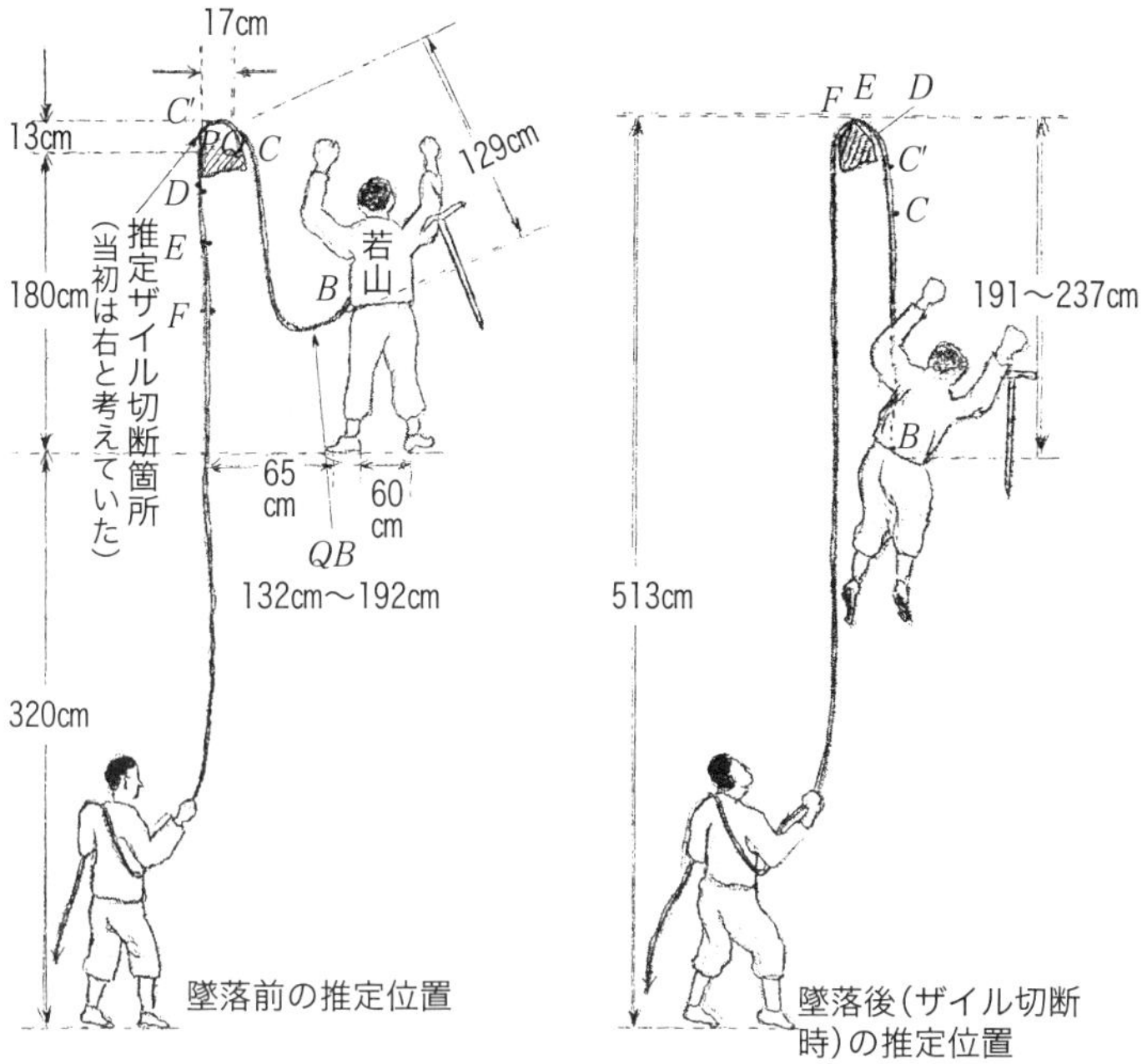

墜死者若山の身長170cm　体重64kg（昭和29年5月の身体検査による）

切断ザイルの全長＝388cm

FE＝13.5cm……切断状態

ED＝15.5cm……エグレ

DC＝106cm……ケバ(確保者がザイルを動かしたためのケバを含む模様)

DC′＝15cmないし30cm……転落によって出来たケバの長さ
胴にまいていた部分＝135cm〜180cm
（結び目の余分を更に一回結んでいた）
｝と仮定する

1図　墜落前後の若山と岩角支点との位置関係

2図　岩角を石膏で復原したものを横からみたスケッチ

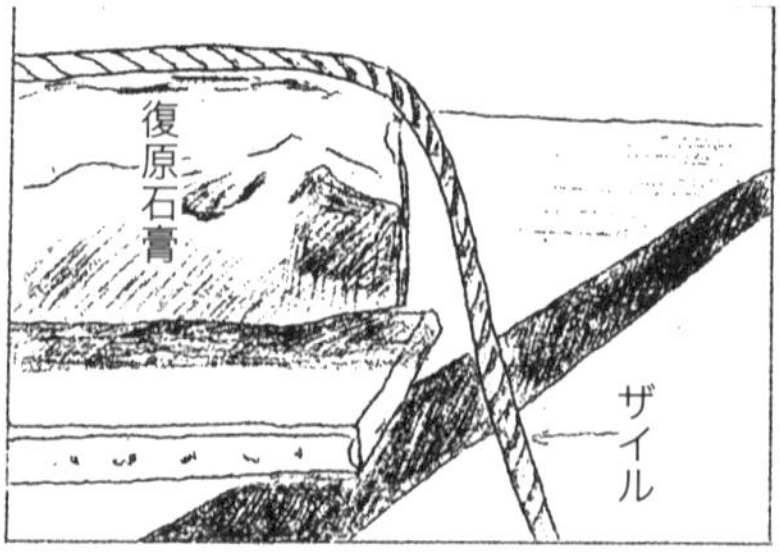

ザイルを問題の岩角にかけている所

3図　切断ザイルの１本の小綱（ストランド）

4図

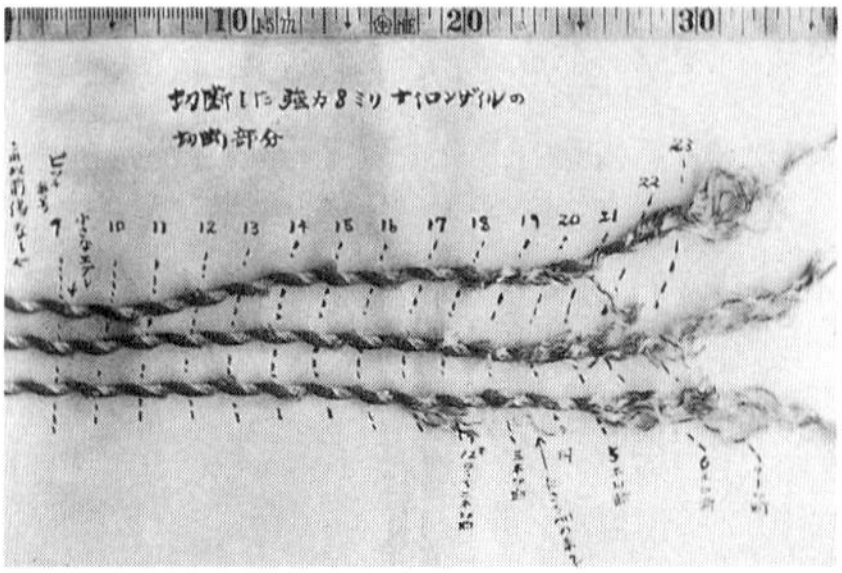

切断した強力８ミリナイロンザイルの切断部分

2　ザイル切断の際支点となったと思われる、岩角の状況　2図（資料60）
3　切断したザイルの模様　3図（資料57・遺体に結ばれていたザイルの模様、本書九八頁）
4　現場調査の際発見された糸屑　4図（資料60）

B、解決を要する事項

1　1図の状態を現地で事故発生当時と同じ条件のもとで再現してみて、ザイルが切断するかどうか、切断した場合ザイルの切断部が、3図のようになるか、4図のようなナイロンの糸屑が岩角に残るか、及び確保していた石原はショックを殆んど感じなかったというがそれは事実か。

2　出来れば次の疑問が解決されることが望ましい。

a　ザイルの切れ口が、中心部が長く周辺が短いのは何故か。
b　支点になったと思われる岩角に付着していた、ナイロン繊維束及びザイルの切断部についている糸屑の長さが一定であるのは何故か。4図(c)のナイロン屑はどうして出来たのか
c　ザイルが岩角で切れたものとしても、ザイルが岩角を横にずれたがために切れたか、横にずれなくても切れるものか。

C、考察並に実験

1　事故の再現は事故原因解明のためには、是非必要であるが、実際には不可能であるので、次善の策として、出来るだけそれに近い状態で実験してみようと思った。（登山界のためには必ずしも再現に近いことを必要とせず、ザイルにどういう性質があるか、ザイルをどのように扱えばよいかという点が明らかになればよい）

現地における厳冬期の実験は、我々の状態では勿論不可能と思われたので、出来れば春か夏にそれがしてみたかった。このために具体的な方法を考えたこともあったが、遺体が発見されていないことでもあり、気分的にもそのような大仕掛の実験を準備する気持にもなれなかったので、結局現場の岩角を石膏でとってきて、下界でそれに近い岩石をさがし、それで実験をしてみるという方法を選ぶことになった。併しながらそれに該当する九月一日の実験（資料65・岩稜会が行った巨木による実験〔本書一一二頁〕）でも、関係位置等必ずしも満足なものとはいえなかった。併し、資料30・岩稜会が行った木製架台による実験〔本書七一頁〕を中心とする各種基礎実験によって、九月一日の実験の結論、即ち、東壁の条件で、事故をおこしたナイロンザイルは切れるが、麻ザイルならば切れなかっただろうとの結論を正しいものと確信した。

2　ザイルの縦に長くついた傷についての考察

墜落状況と遺体に結ばれていたザイルの傷とから判断して、ザイルに傷が出来た理由を常識的に判

6図

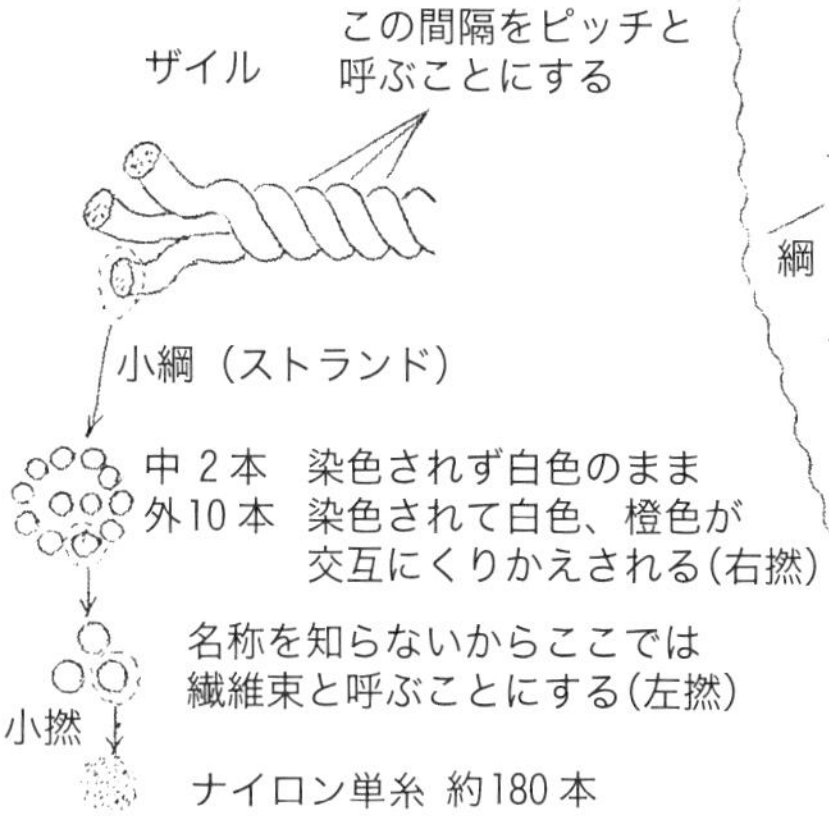

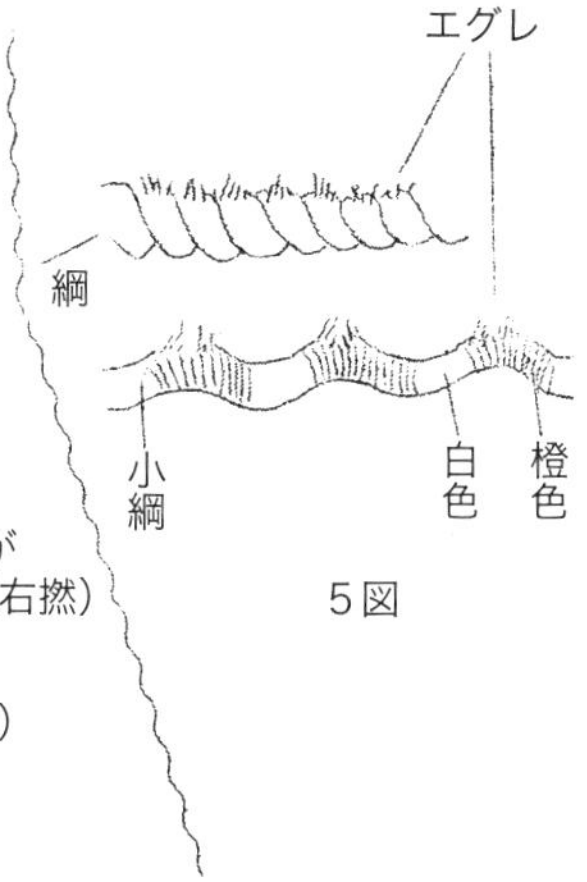

5図

つまり綱の組立は、３×12×３×180 となっているようである
(小綱)(小撚)(繊維束)(単糸)

断すれば、次のようになると思う。まず墜落によってザイルが緊張する。ザイルは支点の岩を滑って確保者側から墜落者側へと動く。このとき、支点の岩角が、この程度に鋭い場合は、ザイルの表面のナイロン単糸が切れてケバが出来る。（これはナイロンザイルが墜落によらなくてもよくケバ立つことから考えて、了解出来ると思う。）

　さて、ザイルの張力は墜落者落下とともに急激に増大し、ケバは深くなり、明らかにエグレた感じに移行する（５図）。それが更に深くなって、衝撃エネルギの大きさと、岩角の鋭さによっては、ザイルの切断にまでいたる。かくして、岩角を支点として墜落した場合は、ザイルにはザイルと平行な縦の傷（縦傷と称することにする）がつくことがわかる。もっとも墜落者の衣服等の緩衝作用が不規則に働くので、縦傷は必ずしも進行方向に比例して、大きくなる

7図

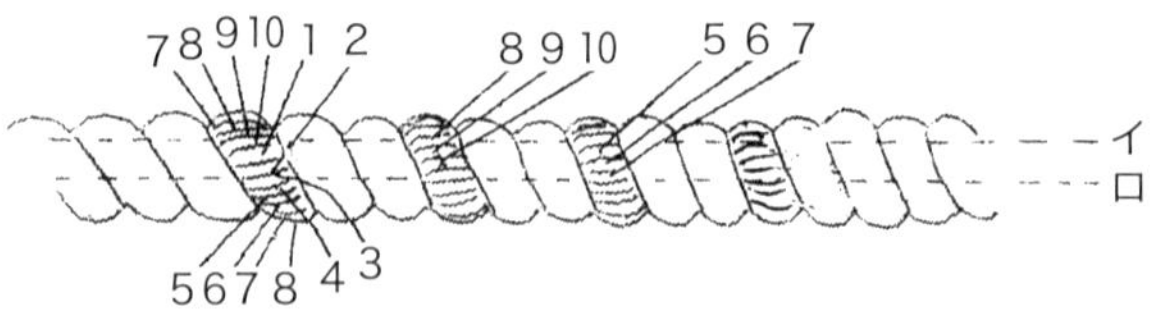

Ⅰ	Ⅱ	Ⅲ	Ⅳ	
7	4	1	8	
8	5	2	9	
9	6	3	10	
10	7	4	1	イ
1	8	5	2	
2	9	6	3	
3	10	7	4	ロ
4	1	8	5	
5	2	9	6	
6	3	10	7	
7	4	1	8	
8	5	2	9	

←2.2cm→

とは限らない。常識で考えればザイルが岩角を急速度で走るのと、次第に荷重が増加して、岩の刃のために切れてゆくのとで、ザイルの切断部は斜めになるように思われるが、併し実際には3図のように、中心ほどのび周辺が短くなっている。

従って、常識的な判断では解決がつかない。

次の考察をのべるに先立ってザイルの構成を示す必要があるので、資料57の図を6図に再録する。

さて、小綱〔ストランド〕を構成する小撚〔ヤーン〕12本のうち周辺の10本にかりに1、2、……10と番号をうったとする。これらが例えば7図のⅠのようにあらわれていたとする。この小綱は次にⅡ、Ⅲ、……とあらわれる。今この綱にザイルの長さの方向に平行に巾約3ミリ（小撚の巾約1ミリ）の傷イ、ロをつけたとする（ザイルに荷重がかかっていない場合）。

8図

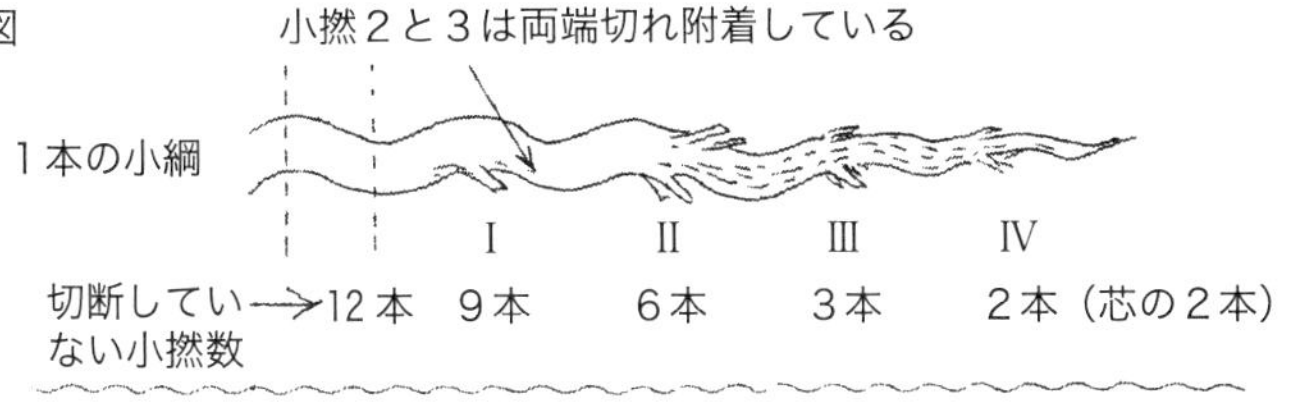

9図

	7	6	7	9	9	1
	8	7	8	10	10	2
	9	8	9	1	1	3
	10	9	10	2	2	4
	1	10	1	3	3	5
	2	1	2	4	4	6
	3	2	3	5	5	7
	4	3	4	6	6	8
	5	4	5	7	7	9
	6	5	6	8	8	10
	7	6	7	9	9	
	8	7	8			
ピッチ数	1	4	7	10	13	16

断

この傷はIでは図のように小撚1、2、3に傷をつけるが、IIでは小撚8、9、10を傷つけ、更にIIIでは5、6、7に、IVでは2、3、4に傷をつけていることがわかる。従ってもし傷の深さが約1ミリ、即ち、小撚を完全に切断する程度のものであったとし、且つイロの傷の長さがIからIVまでにわたっていたとすると、事実上外部の10本の小撚は尽く切断する。小撚2、3については二回切れていることになる。I II間の長さは約2.2cmであるので、結局長さ約9cm、巾約3mm、深さ約1mmの傷がこのようにつけば、ザイルは小綱の中心の2本計6本を除いて、他の30本は全部切断することになる。もしもその直後に中心の二本も切れて小撚全部が切断し且つ各小綱は撚りがほぐれてバラバラになったとすると、ザイルの切れ口は8図となり(図示のものは7図で番号をつけた小綱を示す)、2ケ所を切られた小撚（2と3）は切断部に付着状態で残るか又は離脱する。

即ち、各小綱は中心部がのび、周辺が短くなり、且一定の長さの繊維束が出来ることが分る。

併し実際には、傷は一直線につくかどうかわからないし、荷重がかかった場合には撚りの関係でザイルがねじれ、この関係はかわってくる（本項4の(i)で説明する）。墜落の場合は、荷重が刻々増大し、ザイルのねじれが増加し、傷は増々大きくなる。9図は東壁で切れたザイルについていろいろ調べ想像してかいたものである。ザイル切断後、小綱はバラバラにはなれ、3㎝のもの（I II間は2.2㎝であるがこれをのばすと約3㎝となる）、6㎝のもの、9㎝のものと、一定の長さの小撚繊維束が多数分離し、切断部にそのまま付着するか脱落することになる。もし上記の考察が正しければ、切断部（勿論墜落者側）の中心がのびることもわかる。又現場の岩角に残ったナイロン屑のうち、(a)、(b)についても了解出来且つザイル切断部に一定長さの繊維束がくっついていたことも理解出来る。

3　一定長さの繊維束が分離する条件

ザイルが同じ鋭さのエッジで切れる場合でも、他の条件如何によって、切断部の模様が二種出来る。一つは、中心が長くのび繊維束が分離するという切れ方で、他の一つは、斜めにスッパリ、ナイフで切ったようになる切れ方である。この理由について述べる。

10図は、東壁で切断したナイロンザイルと麻12ミリ（中古）の（荷重－伸び）特性曲線である。これは、三〇年三月八日（室温10・0℃）名大工学部のAKASHI MARUNOUCHI 1 Ton張力試験機で測定したものであって、ナイロンは、3回テストのうちの最大値を示し、麻は1回のみのテストの値

10図

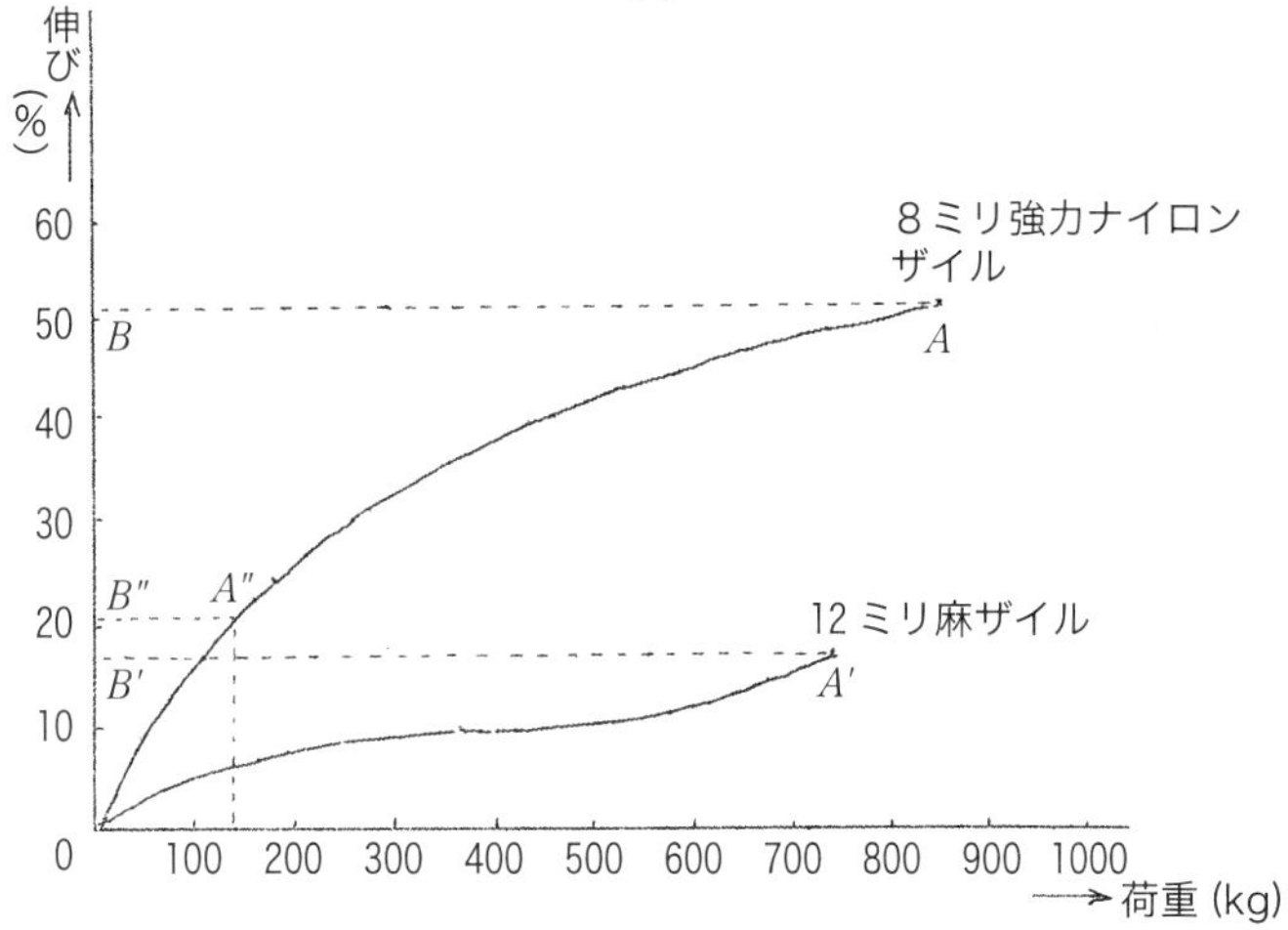

を示す。両端の保持方法は共にアイプライスである(資料28・金坂一郎氏から石岡宛の手紙)。

これでみてわかるように、衝撃をくいとめるに必要なザイルの吸収しうるエネルギは、麻に比しナイロンの方が遥かに大きい。即ちナイロンのエネルギ吸収量は図のOABの面積であらわされ、ザイル1mあたり、約137kgmとなる。これに反し麻は、図の$OA'B'$となりエネルギ吸収量は57.7kgmとなる。確かにナイロンの方が強い筈であるが、岩角支点の場合は、ナイロンの場合90度の岩角で切断荷重が、150kg位になるので、ザイルの吸収エネルギは$OA''B''$の面積となって問題にならなくなる。今8ミリナイロンザイルを例にとって説明する。

11図(a)において、O点で一端を固定されたザイルをエッジEにかけて下げ、F_1の張力でひっぱるものとする。OP間のザイルの張力をF_2とすれば、

$$F_2 = F_1 l^{-\mu\theta}$$

となる。ここでμはエッジの摩擦係数、θは、ザ

11図

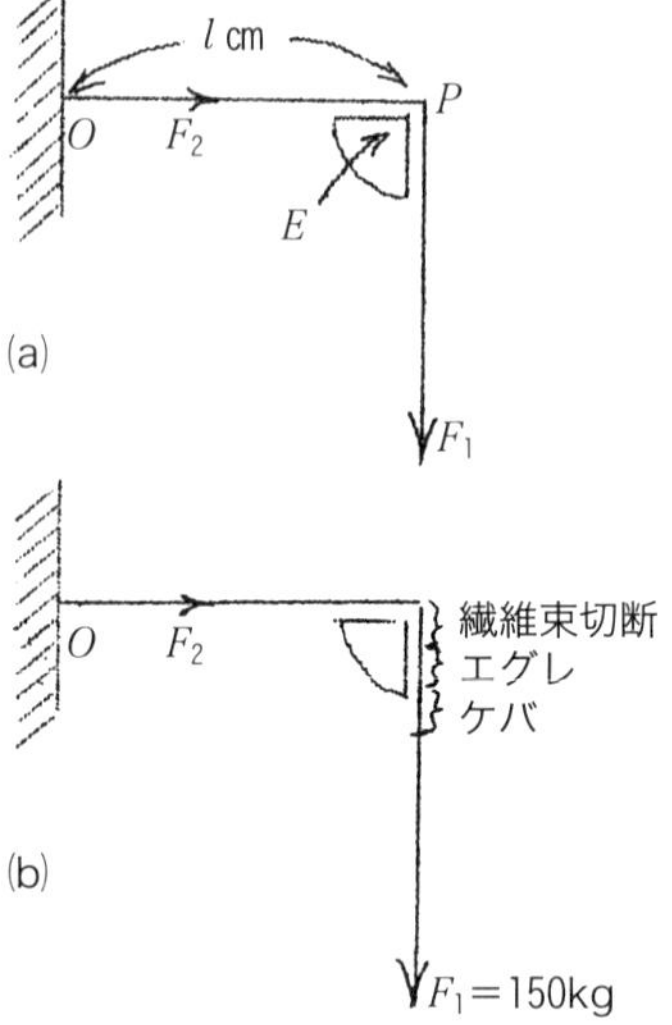

イルとエッジとの接触角である。例えばF_2＝$F_1/3$とし、ザイルは、F_1＝150kgで切断するものとすれば、切断するときのF_2は大よそ50kgとなる。（F_1とF_2との関係は一定ではなく、かなりの巾をもっている。即ちF_1を徐々に増加しても、ザイルはエッジ上を動かず、従ってF_2は増加せず、ある所で急に動いてF_2が増す。）

ザイルには前述の如く、縦傷が出来る関係から、切断直前の状態は11図(b)のようになる。

次にF_2＝50kgのとき即ち、ザイル切断直前のこの部分のザイルののびは10図のグラフから50kgの場合約9％であり、且つ、OEをl cmとすれば、0.09×l cmとなり、これだけが縦傷がついてエッジEを越して下に向きをかえることになる。

今この関係を資料30の木製架台の実験にあてはめてみればl＝24cmであるから、切断直前の状態では、ケバからエグレへ、エグレから切断へといたる長さは、24cm×0.09≒2.2cm（ザイルに荷重のかかっていない場合の長さ）即ちザイルの小綱の3ピッチ分の長さしか傷がついていないことになる。つまり1本の小綱としては、殆んど一ケ所傷がついただけでザイルは切断することになる。従って繊維束が出来ず、中心も長くならず、ナイフで斜めにスッパリと切ったような傷になる。これに反して資料65・巨木の実験では、l＝350 cm であるから 350 cm×0.09≒32 cm となり 32 cm／2.2 cm≒15となって各小綱は15回にわたって、ケバ、エグレをつけている。

従って前に述べた如く、３㎝、６㎝といった繊維束が切断部に残り、中心が長くなることになる。（実際の実験では傷の長さは15㎝位であり繊維束の分離もわずかである。）これはF_2がF_1の1/3よりも小さいか、ザイルがエッジ上を横に滑った影響と思われる（説明を略す）。（資料30の（３）４㎜テストも同様）

要するに、ザイルの切れ口の状態が、中心がのびるか、斜めに切れるかは、エッジの鋭さの度合、エッジから確保者までの距離、確保点が固定されているか（岩の突起にまかれているなど）、緩衝があるか（人体の肩確保）などによって定まるものと考える。つまり縦傷が殆んど出来ない前に、張力が切断荷重に等しくなれば、ザイルの切れ口は、ナイフで切ったようになってしまい、そうでなくて縦傷が出来れば、中心部が延びることになる。東壁の場合はl≒500cm でありしかも確保点が人体であるため、縦傷の長さが大きくなってあのように中心が長く、且つ一定長さの繊維束が数多く付着したものと考える。

ケバ、エグレ、切断にいたるザイルの長さは、34㎝～49㎝であるので、確保点が固定している場合は確保点に作用する張力は、10図のグラフから30㎏～50㎏となるが、確保者が人体で緩衝作用があるためそれより相当小さかったのではないかと思う。又、摩擦熱によるザイル強度劣化もかなり影響していたであろう。なお、ザイルの切れ口については面白いことは空間で切れたザイルの切れ口は南大路氏の資料２〔南大路謙一「岩登りの綱の強さについて」昭和七年〕にうかがわれるようにナイフで切ったようになる。(この理由は次のようであると思う。撚りの関係でザイルの弱点はその部分のみの繊維が次々と切れるので大部分がナイフで切ったようになり、最後に残った部分は撚りがもどってしまうため、バラバラになって切れる。)カラビナ、結び目の時もこれとよく似た切れ方を示す。これに反し鋭い岩角で切れた時には、ホウキの先のように、中心部がのびる場合があることになる。ザイルの切れ口をみて、切断の状況がかなりの程度に判断できると思う。

4　木製架台の実験(昭和三一年五月二七日)

目　的

本項2の縦傷についての考察　どの程度まで妥当性をもつか。

縦傷に関する考察が正しいものとすれば

(a)　傷の出来やすい度合(ナイロンと麻との比較)及びエッジ、荷重、傷の深さの関係

(b)　縦傷がザイルとしての性態を劣化させる度合(主としてザイル撚りによる相互摩擦の関係)

下図においてエッジは資料65(巨木の実験(本書七一頁))の

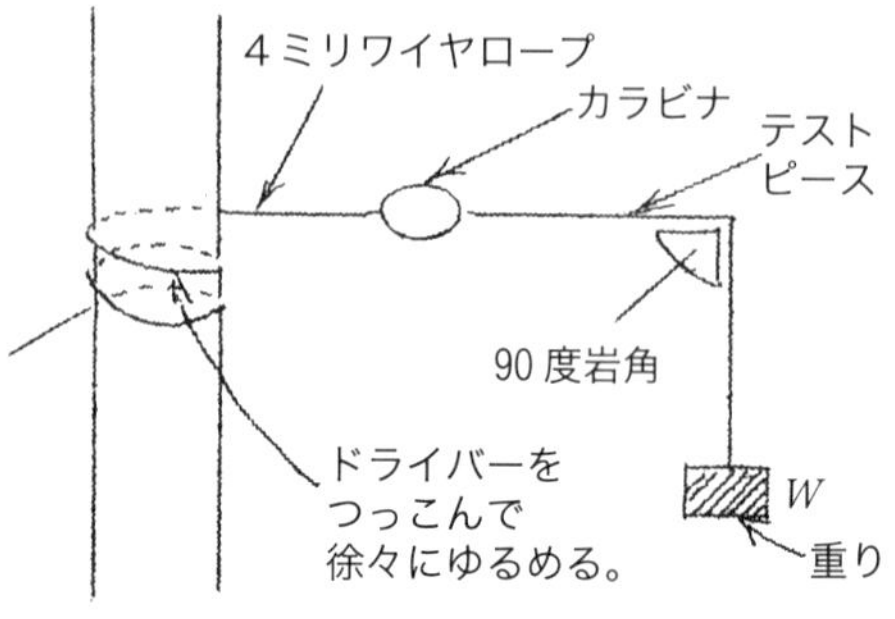

実験の要領

ものを使い、Wを20kg位から150kgまで数段階に変化させ、ザイルを徐々にエッジ上をすべらせザイルにつく傷の度合を観察した。

使用したザイルは事故をおこした8ミリナイロンと麻12ミリであった。

ナイロンの場合50kg〜65kgでいわゆるケバがエグレにかわり、120kgでは切断させないようにエッジ上を動かすことは困難で、一寸ザイルを余分にくり出せば忽ちザイルは切断する。切断させた場合切断部は、中心部が延び繊維束が分離していた。一方、麻12ミリでは150kgでも傷は単に圧迫された感じで、繊維の切断は殆んどみられなかった。（なお、この岩角5cmの間を、70kgの荷重をかけたザイルを横に往復運動させたが、ナイロン8ミリは1往復弱、麻ザイルは8往復で切断した。この場合、ザイルはエッジ上の抵抗が大きくて容易に動かず、アテ木をして横からたたいて動かしたので、このデータをみて往復運動における切断回数とすることは出来ない。）

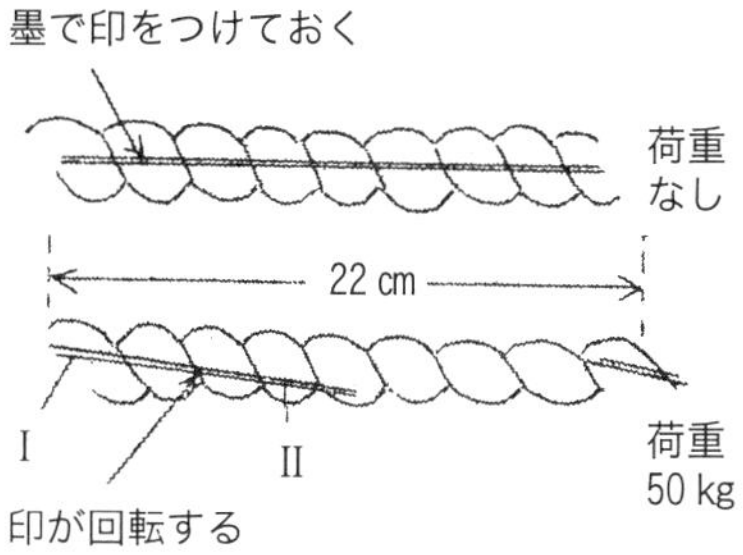

この実験から判明したことは

(i) 本項2の考察は概ね正しいと思われるが、ザイルに張力が加わると、撚りの関係で、上図のようにザイルが回転する。（一回転するには50kgのとき、ナイロン22cm、麻100cmであった。）

従ってもしザイルが、エッジを滑らずに、又ころがらずに動いている場合、上図のIで傷ついた小撚に対し、IIで傷ついた小撚がどの位置

にあるかをみてみれば、このザイルにかかった荷重の大きさがわかる。更にエグレの度合をみれば
エッジの鋭さがわかる。即ちエッジの種類を数多く用意しておいて、同じ荷重で同じようなエグレが
出来るエッジをひろいだせばよい。

調査考察の詳細を記することはやめるが、我々の判断では、温度の影響（荷重－回転の関係、ザイ
ルの柔軟度、伸びの関係）をのぞけば、東壁でのエッジは実験に使ったものと大凡同じかやや鋭いと
思われる。なお、東壁の場合、ザイルはエッジ上を横に滑ってもいないし、又ころがってもいないと
思われるが、これについては次にのべる。

(ii) 傷の出来る度合は、麻ザイルに比してナイロンは遥かに大きい、又その成生状況も全く異る。

(iii) 縦傷がザイルの強度を劣化させる度合は必ずしも大きいものではない。（詳細な説明をはぶくが
実験観察によれば状況によっては3割程度劣化させると思う。）これは撚りによる相互摩擦が大きい
ためと考えられる。

(iv) ナイロンザイルが鋭い岩角に弱いとはおかしいではないか。例えばナイロンの靴下は、靴底に鋭
いエッジをもった小石が入った場合でも強いではないか、という疑問について、我々の見解をのべて
おくことはある程度必要と思う。

ナイロン繊維が鋭いエッジで切断する場合、関係があると思われる要素には次のようなものがある
と思う。

左図において S……エッジの鋭さ、p_1……エッジとザイルの圧力、p_2……ザイルの張力、
v……エッジ上をザイルがエッジにそって滑る速さ、靴下の場合 $v=0$　$p_2=0$ として考えてみ

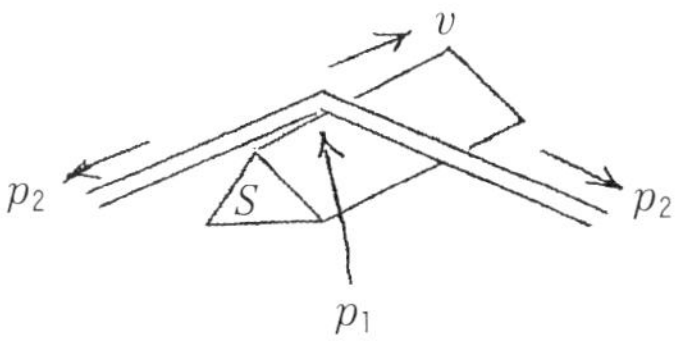

る。鋭さSを鈍いものから次第に鋭くし、夫々の場合についてナイロン繊維が丁度切断するという臨界状態のp_1の値をp_{1C}とすれば、Sとp_{1C}とは1対1の対応で存在するであろう。さて靴下の繊維は靴底に侵入した鋭さSの小石のエッジと人間の足裏との間ではさまれるのである圧力p_1をうけるが、このp_1がナイロン繊維を切断するに必要なp_{1C}より大きければ勿論靴下に穴があき、これより小さければ穴はあかない。併し考えてみるのに人間の足の裏は柔かく小石の侵入によって小石の部分だけ足の裏の肉が凹むので、p_1はそれほど大きくならず、p_{1C}には達しないのではあるまいか。

つまり靴下の場合は足裏の肉という自動緩衝装置があるため、p_1が切断条件に達しないと考えてよいと思う。そしてこういう場合にはナイロンは小石の摩擦に強いのであろう。

これに反し、ザイルが岩角にかかった場合はこの緩衝装置は勿論なく、忽ちp_1はp_{1C}を越えてザイルは切断するのではないかと思われる。

以上は勿論単なる想像にすぎないが。

5　4図の(c)について

4図の(c)が何故出来たか、これが何を物語っているかについては発見以来考えて来たが、五月二七日の前記実験によって左記を確信した。

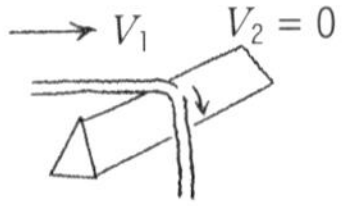

静圧刃効果
ザイルがエッジ上で横にずれる動きのない場合
$V_2 = 0$

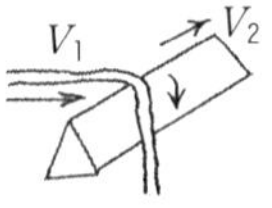

滑動刃効果
$V_2 > 0$

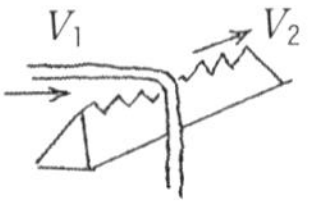

複合刃効果
$V_2 > 0$ 且つ V_1, V_2 が同一平面上にない場合

エッジ上でのザイルの動きを便宜上左記のように分類してみる。

(i) ナイロンザイルが静圧刃効果をうける場合、ザイルにかかる荷重が増加して、エグレが出来る状態になると、エッジ上にはエグレたためのナイロンの粉末状の屑が次々に重なる。それが滑動刃効果特に複合刃効果になるところが全く重なってこない。

(ii) 東壁の際にはザイルは墜落によって、エッジ上を高速度で静圧刃効果の状態で走ったために上記ナイロン屑は摩擦熱によって熔融し互に結合したものと思われる（ナイロンが切断にともない熔融が起きる現象はしばしばある。ナイロンは強圧下の摩擦によって容易に熔融する。例えばナイロンザイルに500 kg以上の荷重が加わって切れたような場合は綱相互間の熔融は甚しいものである。これはまず最初に切れた1本の小綱が撚融による圧迫の中を高速度で縮むための、小綱間の摩擦熱によるものとみられる。麻ではこういうことはみられない）。東壁でのエッジはやや凹凸があるが、もしも静圧刃効果によらず複合刃効果を行えば、ザイルも岩角も次々と新しい部分にかわるので、とても摩擦熱によって、ナイロン単糸がとけることにはなるまいと考える。

(iii) 実際に、岩角をかたむけて滑動刃効果の実験を行おうとしても困難である。墜落の直後即ちザイルにはいまだ切断するような荷重がかかっていないときに、ザイルは滑動刃効果を行ってエッジの一方によっていよいよ切断に直接影響するような切断直前の状態では岩角の一定の部分での静圧刃効果でザイルは切断してしまうことになると考える。

つまり丁度切断直前に滑動刃効果を行わせることは、実際にもむつかしいと思う。（併し、東雲山渓会の明神東壁の事故のように、エッジが縦に走っているという場合は、滑動刃効果が行われたのではなかろうか。この場合切断部は中心がのびず、斜めに切断していたのではないかと想像する。）

(iv) この状態でザイルが切断するためには、滑動又は複合の効果の必要はなく、静圧刃効果のみで充分である。切断荷重150kg程度ではどんなわずかな墜落でもザイルの張力はこれを越えるので、切断防止の方法はないと思われる。要するに4図の(c)は、ザイルは静圧刃効果によって切断したこと、ザイルの表面を熔融するに足るだけの摩擦熱が発生していたことを示すものと考える。

D、結　論

上述の調査、実験、考察から、東壁での切断を次のように考える。

1　事故の原因は1図の状態で新品同様とみられるザイルが稜角約90度の岩角で静圧刃効果によって切断したために発生したものである。即ちパーティのリーダー石原の事件直後の遭難報告は正しいとみなされる。

2　切断にともなう確保者へのショック（ショックとは単位時間あたりの荷重の変化と考えられる。例えば同じ50kgが人間の肩にかかる場合でも、10秒もかかって徐々にかかるときはショックと感ぜず、瞬間にかかれば大きなショックを感じて、はねとばされる）は張力30kg〜50kg以下、作用時間はスッパリ切れる場合に比して長く（時間的研究を行っていない）、いわゆるショックは小さかったのではないか。併しこの程度のショックが殆んどなかったという表現で妥当なのかどうかわからない。勿論パートナーを失うことの精神的ショックなどのため肉体へのショックについては記憶そのものも薄れていたのかもしれない。（肉体へのショックというのは感覚の問題で、必ずしも科学的データのみによって、どうあったかにちがいないということは出来ないと思う。併し、東雲山渓会、大阪市大、我々の三件ともショックがなかった（或いは知らなかった）ということは、上述の考察以外に、何か重要な要素を忘れているのかも知れない。）

3　もし事故ザイルが麻12ミリであったならば、切断しなかったとみなされる。

(II)　ザイル技術に関する見解

資料66・ザイルに関する見解をみられたい〔本書一二一頁以下〕。なお次の追加を行う。但しこれはいずれも稜角ほぼ90度（岩場でもっともよくみられる岩角）の稜線の鋭い岩角にザイルがかかった場合のことである。稜角が60、45度となれば、おそらく麻でも全くもろいと考える。

1　ザイルにエグレが出来るようになればザイルの切断はさけられないと考えてよい。エグレの出来やすい度合はナイロンは麻に比して遥かに大きい。資料27〔本書七六頁〕66.5°、東洋レーヨンヤスリ実験（資料63〔本書一一六頁〕）はエグレの出来やすい度合と関係のあるデータと思う。

2　肉体とか、身体の屈曲とかいうザイル以外の緩衝作用はザイルのそれに比して従来問題にされなかったが、上述のような岩角が支点となり、あまりひどくない墜落の場合は、それらの緩衝作用は麻には非常に有効に働き、ナイロンでは殆んど意味がないと考えられる。

3　ザイルが滑動刃効果、複合刃効果をともなう場合は、ナイロンザイルは麻ザイルに比して、静圧刃効果の場合よりも更に容易に切断するであろう。

4　麻ザイルでの制動確保は非常に有効と考えられるが、ナイロンザイルでは危険である。つまり麻ザイルは、小さな落下エネルギの場合は、制動確保をしなくても、人体等の緩衝が、うまく作用して切断をまぬがれる可能性が大きい。又大きな落下エネルギの場合は、制動確保によってエネルギを分散させて切断をまぬがれることが可能である。併しナイロンの場合は、岩角での傷つく度合が麻に比して甚だしく大きく且つ摩擦熱に弱いため、小さな落下エネルギの場合でも切断をまぬがれることは困難であり、従って大きなエネルギの場合殆んどなすすべがない。

5　編みザイルではエグレの生成機構が撚りザイルのそれに相当かわってくると思われる。又切断部が果して中心がのびるかどうか、撚りザイルの場合の繊維束の分離は編みザイルではどうなるのかなど興味深いが、我々は編みザイルの持ちあわせなく、これまで実験を行っていない。

ロ　事件の責任の所在等に関する見解

以下前穂高岳で発生した、墜死事件の原因、責任の所在等について、事故当事者たる我々の見解を述べるが、その目的は、この様な比較的複雑な事件を、少しでも明らかにしようと努力することが、今後一般社会の同様な事故の発生を未然に防止するのに、いささかでもお役に立つのではないかと思ったからに他ならない。これによってメーカーの責任を追及しようなどとは毛頭も考えていないことを、重ねて申しそえる。危険防止の見地から、大いに御批判、御叱正いただくことをお願いする。

1　登山綱

事故の原因を考えるには、登山綱なるものがどうして使われる様になったか、という点までさかのぼらねばならぬと思う。

今から百五十年以上の昔、欧州において登山がスポーツとして発展するようになり、登山者は足をすべらした場合に墜死するようなおそれのある場所（岩場、氷壁）をも登るようになった。一方登山者は墜死の危険にそなえるためロープの使用を考え出した。ロープはあまり太すぎては、登山の邪魔になって、登山そのものを不可能にする。それかといってあまり細くしては、転落の場合に切れてしまう。結局、11ミリ乃至13ミリの入念に製造されたマニラロープなどの麻ロープ、というものが適当だとされる様になり、やがてはこれを登山綱（日本では通常ザイルとよんでいる）と名付けるようになった。（例えば24ミリの麻ロープ、8ミリの麻ロープはザイルとは呼ばれなかった。）

2　ザイル技術

こうなると安全確保のためのザイル技術というものは、逆にザイルによって制限されてくる。つまり、墜落した場合にザイルが切れないような技術（確保法）が正しいザイル技術であり、切れるような確保法は正しくない技術となる。これがザイル技術における確保方法の正否を判断させる根本の基準であろう。

併し、そのための使用者に対する具体的な注意としては、岩登り技術書とか各種論文が示すように、実際使用してみての永年の経験から、次の三点に要約される。

㋑ ザイルの購入にあたっては信用あるメーカーから求め、使用に際しては、よく点検し、外傷、使い古し、内部の腐蝕などによく注意せねばならない。

㋺ ザイルが切れるおそれがあるから、あまりひどい墜落をしてはいけない。

㋩ 確保の支点として岩角を使うのはよいが、ザイルの性能を劣化させる恐れがあるから、あまり鋭い岩角にかけてはいけない。(ここにいう鋭い岩角とは、実際の岩場では岩角は稜角の如何にかかわらず、稜線は鋭いとみられるので稜角の小さい岩角という意味であった。)

さて右記のうちで重要なことは、最も具体的に示される必要のある部分があまりひどい墜落、あまり鋭い岩角というように、実にあいまいな表現しかされていないことである。

これらはカンの表現であって、安全確保のため当然必要な科学的な表現ではない。考えてみれば誠に危険な状態であるといえる。併しながら、科学的な数値がないから、確保の技術はでたらめだということはいいすぎであろう。

世の中には科学的でなくカンでもって、しかもうまく使われているというものは少くない。勿論これに科学的な裏付があるにこしたことはないが、現在ではそれらのものは、その段階まで至っていないわけである。ザイル技術の場合でも同様で、あまりひどい墜落、あまり鋭い岩角という表現を、実際現場で正しく判断するに必要なカンは、先輩から後輩へうけつがれ、自分の経験をも加味して養成され、いわゆる経験則として存在してきたとみられるのである。例えば、自分の経験では、これ位の鋭さの岩角では人が3人や4人ぶら下っても、ザイルに傷はつかないとか、こんな鋭い岩にはとてもザイルをかける気がしないとかいった具合である。しかし自分達のカンが正しいかどうかの究極の決定は、墜落した場合にザイルが切れるかどうかでなされる以外にない。

もしも墜落によってザイルが切れれば前記ⓘⓡⓗのカンのどこかで誤っていたことになるわけである。

3　ザイルに要求される性能

前述の如く11～13ミリ麻ロープが入念にさえつくられておれば、それでよいわけである。現行のザイル技術は、そのザイルに対応しているからである。但し、

(i)　入念とは客観性が必要で、一般には一流メーカーの品でなければ信用されない。従ってそうでないザイルを使って切断遭難しても、使用者の軽率となってしまうであろう。

(ii)　麻ザイルの他に絹ザイルがあるが、全然使われていないといってもよいし、これで事故があったことは聞かないので、ここで論議の対象としないことにする。

(iii)　引張りテストのデータは、ザイルの科学的表示といえるが、これはⓘⓡⓗのカンに対応するザイルの性能を科学的にあらわすということではなくて、単に入念さの度合を示すものとみてよいであろう。

故にザイルが切れて遭難したという場合、原因究明は、専ら使用者側にむけられる。例えば一流メーカーのザイルであったか、古くはなかったか、傷がついていたのではないか、どんな墜落をしたか、といった点が問題になるのである。つまりザイル側は非常に簡単であるのに反し、使用の実際面は非常に複雑で、客観的な説明など出来る筈はなく、どうしても焦点は使用者の方に向けられる。又一流メーカーの麻ロープに外観ではみわけのつかないようなかくれた欠点というものはある筈がないと考えられるので（特に天然繊維であるから）、そのことは当然のことであったと思われる。たとえザイル切断による遭難がおきても、いつもメーカーは局外に立っていたので、こういうことがメーカーを安易にさせ、注意義務に対して無意識のうちに散漫となっていたのではないかと考える。又こういう状態は麻ザイルのみを入念に作っている限り無論正しい状態と思われる。

併し、もしも一流メーカーのザイルに、外観では発見出来ないような欠点があったために、切断遭難したということが、他のザイルと比較テストの上証明された場合は、いうまでもなく責任の追及はメーカーに向けられるであろう。この事故を使用者側ではさける方法がなく、従って責任はないからである。

従ってザイルに要求される性能は

(i) 入念に製作された11～13ミリ麻ロープと全く同じものをつくる（要するに麻ロープを入念に作る）。それが同じかどうか不明の場合は

(ii) ⓘⓡⓗについて(i)のロープと比較テストして、すべてにわたってそれより性能が上ならばよく、そうでなければ欠点を明記する。

ことが是非とも必要である。何となればもしも事故がおきた場合、ⓘⓡⓗについては登山の文献をよめばすぐわかることであるので、当局から「ザイルを製作する以上何故そういう注意をしなかったか、生命に関するものを、万全の注意もせず、漫然と製造販売した」として追及される可能性があるからである。ザイルであるからにはⓘⓡⓗを無視されてよいはずは絶対にない。ザイルということは、ⓘⓡⓗで使われる品物だということであり、ⓘⓡⓗをのぞけば、ザイルとしての意味はなくなる。もし無視してもよいということならば、外観は実に立派につくられた紙製のロープを、新製品のザイルだといって販売し、忽ち切れて事故がおきても、メーカーに責任がないということになってしまう。ⓘⓡⓗ以外の点で欠点があったために、切断遭難したという場合には万全の注意をしたにもかかわらず発見出来なかった、ということになって不可抗力となる可能性が多いと考える。

4　ナイロンザイルとメーカーの注意義務

合成繊維ナイロンが発明され、その優秀な性質のため各方面に利用され、常識からしてもザイルとして利用される可能性が生じてきた。さてナイロンロープにザイルという名をつけた最初の人は外国のメーカーと思うが、その人がナイロンのロープにザイルという名をつけるにあたって、どのようなことに配慮し、且努力せねばならなかったかを考えてみよう。勿論日本とは国情がちがうので、例えば登山に関する技術書をみて果して容易にⓘⓡⓗを発見出来る状態であったかどうか、又日本のようにメーカーに「危険防止のためには万全の処置をなすべき業務上の注意義務」が課せられていたかどうかも研究不足のため知らないので、こういった推察は当らないかもしれないが、もし日本と同一事情にあったとすれば3に述べたことのようになると考える。即ち、ナイロン製ザイルの販売にあたって、但し書をつけずしかも優秀なザイルとの印象で販売したとすれば、ザイルを使う者は従来のカン、即ち麻ザイルのカンで使うことになるであろう。それ以外に使いようがないからである。ところがナイロン製ザイルにその使用に耐えられないような、勿論外観からは判断出来ないような欠陥があった場合には、使用者の注意にもかかわらず登山者は生命を失うであろう。従ってこの危険を防止するためには、ナイロンのロープに果して従来の技術に耐えられるかどうかの研究を充分に行う必要がある。テストの結果、もし耐えられない欠点があることがわかり、且登山界がそれに気づいていないことがわかったならば、その点を明記しなければならない。

さてもしも、メーカーがその努力をしたならば、以上のことは容易に発見出来たに違いないと考えられる（エッジテスト、東洋レーヨンのヤスリ実験等）。故にナイロンザイルの欠陥が発見されなかったのは、メーカーがそういった努力を充分に払わなかったのではないかと考える。かくしてナイロンザイルは甚だ危険な状態のままでメーカーによって大いに宣伝され、登山界も深く検討もせずして、これを讃美したのではないかと思う。特にヒマラヤで使われて事故がなかったということが、ナイロンザイルをますます信頼させ、遂に日本でも東洋レーヨン、東京製綱によってナイロンザイルは製造されることになった。併し、ナイロンザイルの製作にあたって、おそらく日本のメーカーは盲目的に外国の真似をしたものだと思われる（資料23・東洋レーヨン発行のパンフレット、併しそうでない点もある資料51・小竹無二雄監修『化学』〔本書九二頁参照〕）、メーカーが生命に関する品物を売り出すに際して、その面の専門家に意見を求めることはよいが、ここに責任の折半といった状態が起き、非常に危険なものが発生する。実際、メーカーはテスト装置をもたない学者に依頼し、依頼された方は軽率な見解をのべる。それが一般に通用する。メーカーは安心して製造するということである。ここでは詳しくはふれないことにする）。勿論、ナイロンと東洋レーヨンのアミラン〔ナイロン6の合成当時の名〕とは製造過程を異にする高分子化合物であるから、その両者の製品は完全に同じものとはいえないかもしれない。もし同一でなければアミランザイルはやはり新製品ザイルということになり、ⓘⓡⓗのテストをするという慎重さが望まれたわけである。又前述したように、果して外国の登山術が日本のそれと同様かどうかわからない点を考えれば、アミランロープにザイルの名を冠する場合には、前述の如く改めて、日本の登山者によってザイルがどの様に使われているか、それにアミランザイルは耐えるかどうかのテストを、万全の注意をもってしなければならなかった。少くとも緊張せる危険防止の意識があれば、そうしたテストは容易に行われ、その結果重大な欠陥が発見され、同時に登山界はそれに気づいていないことが発見され、その点が明記されることになったと考える。又前穂高東壁で切断したザイルは、熱延加工糸の8ミリナイロンロープで、明らかに新製品として出されているので、その細い点からいっても、それにザイルという名を冠するにあたって、果してザイルの役をするかどうか、ⓘⓡⓗについてテストされる必要があったと考える。

事件直後、東洋レーヨンの研究室で行われたと信ぜられるヤスリ実験において、ナイロンザイルは大きな欠点をもつということが判明したが、何故にこの容易な実験を事件発生前にやらなかったかという点を考えれば、メーカーがザイル製作にあたって、果して充分緊張せる態度でのぞんでいたかどうか疑わしいと一応いえると思う。但しナイロンは強いという外国文献、ナイロンザイルの評判の良さに幻惑されてつい大丈夫だろうと思いこんで、そういったつっこんだテストを怠ってしまったという、人間にありがちな過失とも考えられる。即ち、過信による錯覚とも考えられるので、重大な過失というわけではないかもしれない。勿論、過失ではなくて不可抗力だということはない。又勿論、責任は外国のメーカーにあって自分の所にないなどということはいえない。

例えば水難事件のようなものを例にとってみても、どこどこの水泳訓練でも充分の注意をしていなかったのに、別に水難はなかったといって、いくつかの例を挙げてみても、だからといって自分達が責任をまぬがれるということにはならない。そういう事故がおきたところが運が悪かったのであって、不注意であっても事故さえ起きなければ「法」にはふれないわけである。又このことは登山界又は使用者に責任があるかないかという論とは別個に論ぜられるべき問題である。

けだしこの種の事件で、究極的に事故防止するためには、メーカーが万全の注意を払うこと以外にないのであり、だからこそメーカーに注意義務が課せられているのだと思う。

5 登山界の状況

登山界は自分自身ザイルをテストする方法をもたないとしても、㋺㋩についてメーカーがナイロンロープをザイルとするに際して、麻ザイルとの比較をどのような方法で行ったかを注意すべきであった。もし麻に比して長所もあるが欠点もあるというのであれば、その点を明らかにして、ナイロンザイルに対する正しい使用法というものを、確立し明記すべきであった。即ち、麻ザイルの技術とナイロンの技術とをはっきり区別すべきであった。(ということがいえないこともないようである。

薬品メーカーと医者と患者のうち、登山界は医者の役目だといえないこともない。)

これは勿論メーカーが行うべきであるが、これに対して監視することも出来れば必要であった。併しおそらく、そうした努力が不充分のままナイロンロープをザイルとしてとりあげたのだと推察する。考えてみれば誠に危険な話であった。何十年にもわたって築きあげられた麻ザイルと、それに対する技術という〝対《ツィ》〟の中へ、登山界は厳重な検討もせずナイロンロープをメーカーの宣伝のままに唯々諾々と加入させ、麻ザイルの技術でもってこれに処したものである。(このことは如何に麻ザイルと技術との〝対〟が非科学的な誤差の多いものであったかを示すことになる。)こういう危険な状態に結果的にみて更に拍車をかける事実に次のものがあった。

この時代になってたまたま、ザイル技術のカンが本格的科学のメスを入れられることになってきたのである。終戦後続々発表されたウエクスラー氏(資料6〔『岳人』昭和二六年九月号に紹介〕)、金坂一郎氏(資料7〔『山岳』昭和二八年八月所収〕)の確保論がそれである。これによって、如何に従来のカンが誤っていたかが理論的実証的に指摘され、登山界は驚いたのである。(東壁の場合、我々は既に両氏の理論を完全に承知していたので、両氏のいわれる危険範囲には決して近づいていない。このことは事件直後の報告に示してある(資料14〔本書五八頁〕)。又これはトップの墜落でなく、後続者の場合に相当するものである。)勿論こういうことは誠に喜ばしいことであるが、併し今回の遭難にとって悲しむべきことは、この科学的のメスは㋺のあまりひどい墜落についてのみ加えられ㋩についてはは全くふれられず残されてしまったことである(カラビナが支点のとき強さが半分になるなど㋩を科学的に導き出す導火線があるにはあった)。しかも結果的にみて悪いことには、この㋺に関する科学的研究の結果は、新しく加入したナイロンザイルが麻ザイルに比して数倍も強いことを示したのである。もし逆に、科学的研究が㋩に向けられていたならば遭難はおきなかったと考えられる。

結局、ナイロンは強いという世界的な評判に加えるに、ザイルに対して初めて加えられた科学的な研究による複雑な数式の結論までもが、ナイロンをほめたたえたのだから、ナイロンザイルが高価であるということも手伝って、登山界は㋺で優秀なナイロンザイルは㋩でも優秀である、つまり「ナイロンザイルはザイル技術のすべての点で麻に勝っている」（資料8・西岡一雄他著『登山技術と用具』昭和二九年）と錯覚してしまったのである。併しこのことは資料25（本書七三頁）、資料51（前掲『化学』）にみられるように、ナイロンが鋭いエッジの作用に弱いとか、摩擦熱が影響するという考え方は、その仮説が提案された後においてさえも、且つ専門の科学者によってさえも直ちには是認されなかった点をみても、登山界がナイロンザイルをすべてに優秀だと錯覚してしまったことは、やむをえなかったことと考えるのである。勿論我々もそう錯覚していた訳である。

これらの点は今後大いに反省し注意する必要は充分にあると思うが、いうまでもなく、事故の責任（勿論道徳的）を登山界に求めることは根本的にも現実的にも無理であろう。登山界といっても結局資力のない個々の登山者の集合である。これと大資本を有するメーカーとをテスト能力において比較することは無意味であろう。つまり登山界は特殊の人（学者であり、登山家であり、しかもたまたまそういう設備をもつ人）を除いて、経済的にも能力的にも、ザイルのテストが出来る筈はないのである。しかもメーカーがザイルを販売しているということは、そのメーカーに既に絶対の信頼がおかれていることの証拠であり、一方、そういうメーカーが、日本での一流メーカーであってみれば、そのメーカーの提示するデータなり宣伝なりというものは、無条件に近い状態で信頼されずにはおれないわけである。又かりにそれに疑いを持つものがあったとしても、それが登山界に取り上げられる可能性は殆んどない。つまりたとえメーカーの錯覚があったとしても、それが登山界で発見されることは今回のような生命を失う事件以外には期待出来ないと、今回の事件を通じて一層痛感するのである。つまり危険防止は、メーカーが緊張した意識をもって自ら努力するか否かにすべてが掛っているといって過言ではないことになる。而してその点にこそ社会の幸、不幸の最大の鍵がかかっているのだと考える。

6　結　論

今回の事件の最大の原因は、メーカー（外国のメーカーも含め）に危険防止の注意意識が不足していたためと考えたい。併しながらこの度合は低いと考える。メーカーといえども人間であり、人間には錯覚というか、盲点ともいうべきものがある。今回の事故の原因は、要するにこの盲点であったと考えたい。

あらゆる職種を通じて、えてしてこうした盲点が災害の原因となり、厖大な犠牲と家族の悲しみをともなうことは衆知である。我々はこの事件を通じて、生命に関することがらに関係しておられるすべての人々に、現在していただいている盲点発見のための御努力の上に、更に一層の御力添えをしていただくよう誠に僭越ながら衷心よりお願い申上げる次第である。

ナイロンザイルの強度（下）（本文七一、七六、一二二頁参照）

『岳人』昭和三一年一〇月号から三回連載された石岡繁雄著「ナイロン・ザイルの強度　上・中・下」は、前穂高岳東壁のナイロンザイル切断から一年半の間、岩稜会が闘いの渦中で取り組んできたザイル強度実験と研究の成果をまとめて登山関係者に公開したものである。当然のことながら、三〇年四月二九日に実施された蒲郡公開実験により醸成された登山界の危機を打ち破る意図をもって書かれている。当時の厳しい周囲の条件の中で、岩稜会の現場再現に向けた想像力あふれる松の巨木による実験装置や、ザイル切断のメカニズムとしての縦傷効果を取り上げている連載最後の一二月号掲載分を紹介する。

実験の結果

私達の行った実験の結果を簡単に記してみる。

実験(1)（昭和三〇年一月三〇・三一日）

一トン用引張り試験機使用（名大工学部）ザイルの結び目はブーリン結びに一定。〔実験内容は本書七六頁に示してあるため省略〕

実験(2)（昭和三〇年五月以降）

木製架台（高さ156センチ）を事件直後つくって（装置写真は本書七一頁）以後、随時行っている。ここでは第7図の一例をあげるにとどめる。ザイルをエッジにかけて重さ15.5キロの錘を落下させる実験。(A)は90度のエッジ（鉄製で鋭さは指で押して痛い程度）ナイロン強力8ミリザイル（新品）の場合は$L=68$センチ、$h=60$センチないし66センチでエッジの部分で切断。マニラ麻12ミリザイル（新品）の場合は$L=78$センチ、$h=70$センチで切れず。但し約20パーセント傷つく。

なお、11ミリナイロン・ザイル、ナイロンの編ザイルを実験する必要があるが、資力不足で行っていない。

実験(3)（昭和三〇年九月一日）

試験装置および方法（第8図参照）松の枝（地上3.3メートル、周り28センチ）に約90度の角度のエッジ（写真参照）を有する岩塊を置き、ハーケンおよび縄で固定する。被試験ザイルをエッジにまたがらせ、一端を地面に固定し、他の端に錘をつけて落下させ、ザイ

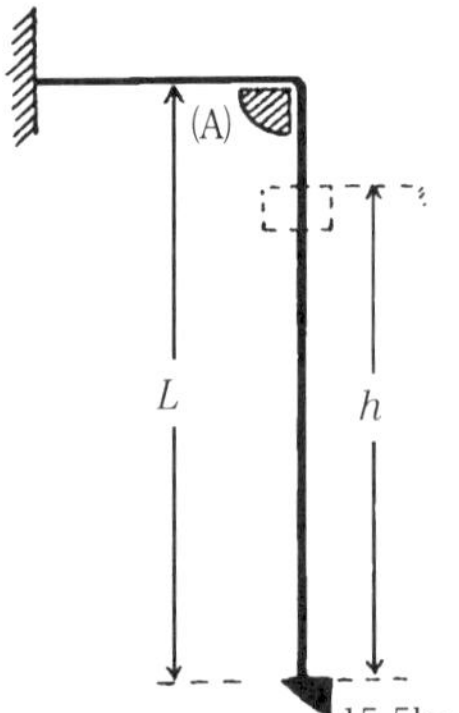

第7図

ザイル切断現場の岩に類似した実験用岩角

第8図

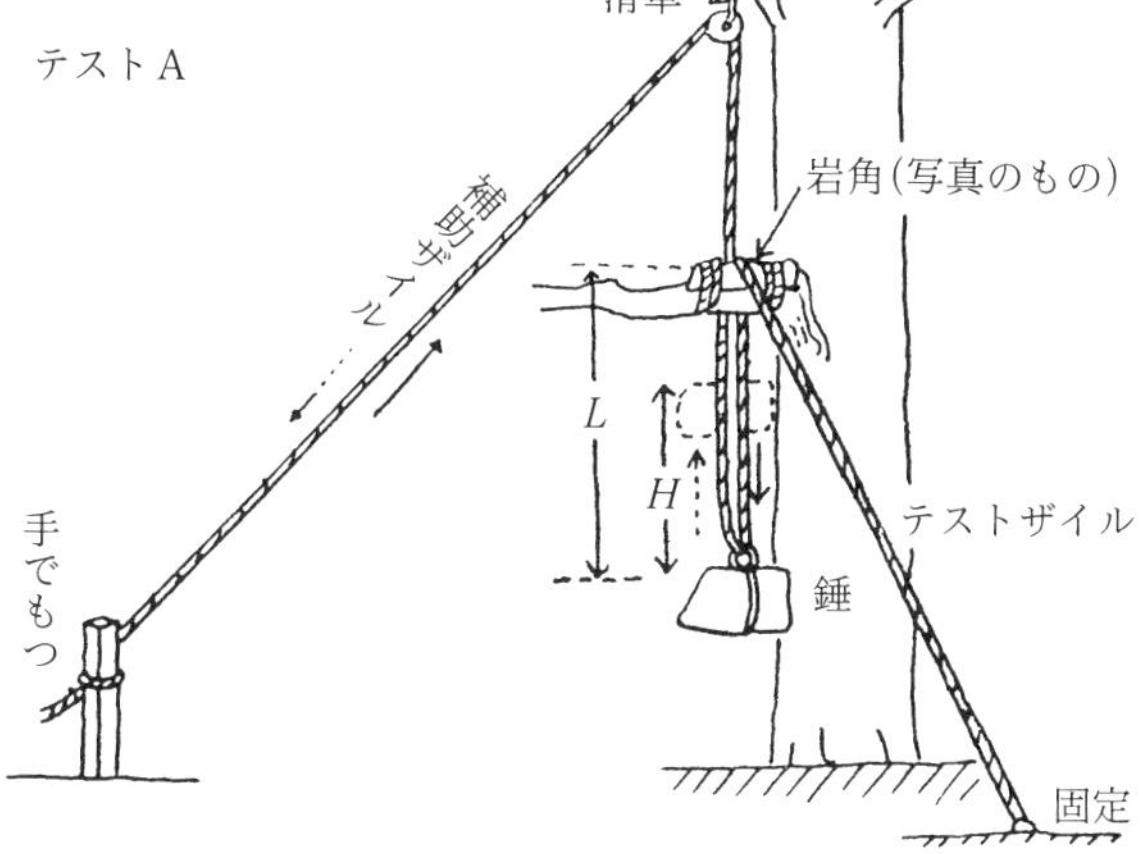

松の巨木による実験装置

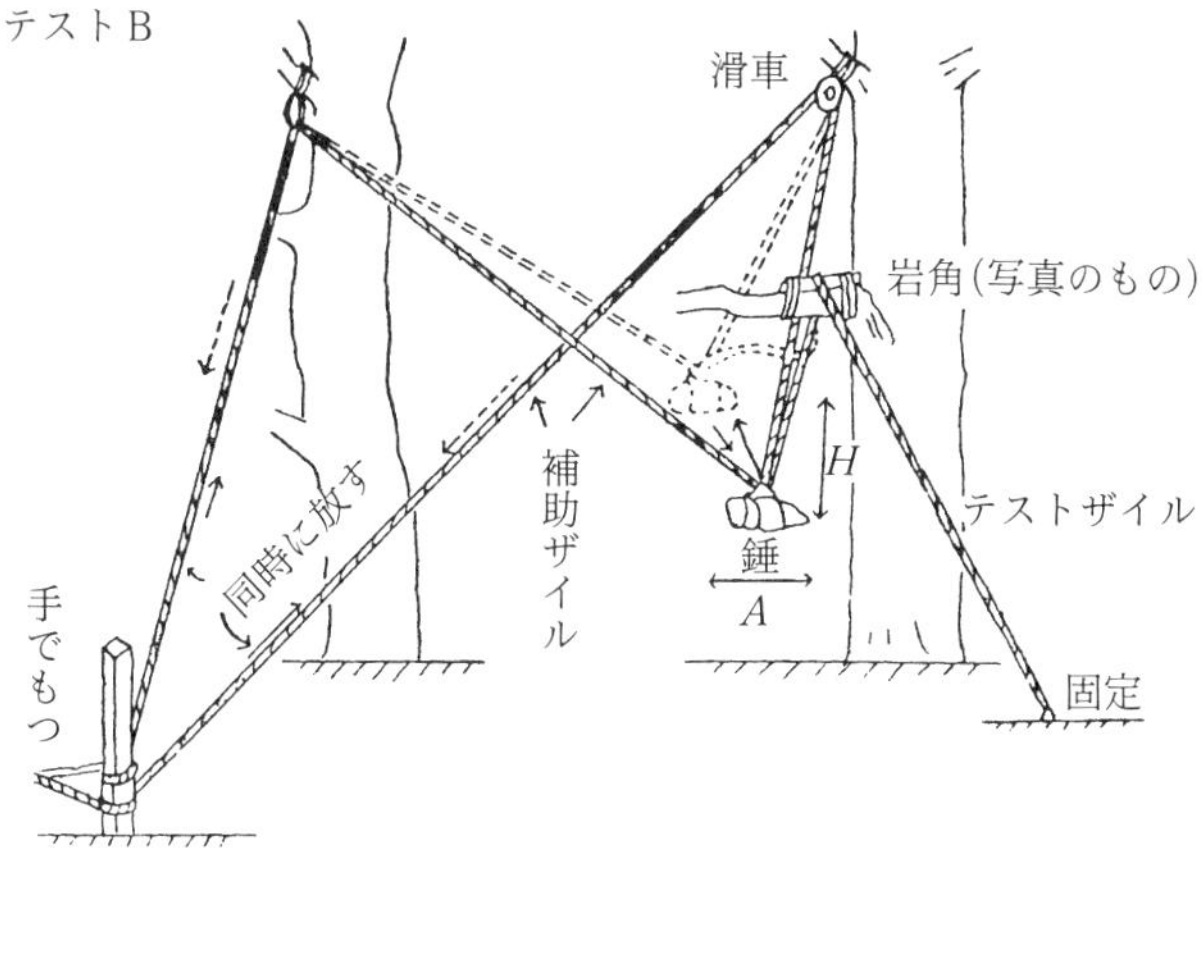

テストAの結果

ザイル(mm)	L (cm)	H (cm)	ザイル破損状況	備　考
ナイロン 8	200	50	全くあっけなく切断	鋭利な刃で断ち切った感じ
マニラ麻12	200	100	1ストランドの1本切断	同位置で数度行うも切断せず
マニラ麻12	200	200	完全に切断	切口は引き切った感じ

テストBの結果

ザイル(mm)	L (cm)	H (cm)	A (cm)	ザイル破損状況	備　考
ナイロン 8	200	60	70	あっけなく切断	錘の落下位置は垂直落下位置より30 cm手前、振子状態に移る前に切断（エッジ上のズレ約12 cm）
マニラ麻12	200	60	70	やや損傷	

ルの破断状況を調べる。錘を垂直に落下させる場合をAのテスト、錘を斜上方から落下させる場合をBのテストとする。なお、錘は重量18貫のものを使用する（東壁での墜落者の重量にほぼひとしい）。図中Lはエッジから錘までの長さ、Hは垂直落下距離、Aは錘の水平移動距離。エッジからザイルの固定点までのザイルの長さを3.5メートルと定む。エッジは約15度かたむき、ザイルはエッジ上を5センチないし15センチ移動した。テスト・ザイルには新品の東京製綱マニラ麻12ミリと、東京製綱8ミリ強力ナイロン・ザイルの二種類を使用した。

実験(4)（昭和三一年二月以降）

興味深くかつ実際に、最も起きやすいのは、ザイルにつく縦の傷である。つまり墜落者が岩角を支点にして、起る場合には、ザイルの岩角を圧しつつ走るのでザイルには縦の傷がつく。ザイルが全くアッケなく切れ、確保者にショックを与えない原因の大部分は、この縦の傷にあると考えるが、説明はかなり複雑であるために（紙数の都合で）次の機会にゆずり、ここでは簡単に結果のみを述べることとする。

例えば、第9図で丸棒に断面積の10パーセントの傷をどれだけの長さにわたってつけてみても、丸棒の強さは90パーセントを保つと考えてよいであろう。しかしザイルは多数の繊維が撚ってできているため趣が全く異なってくる。8ミリナイロン・ザイルに幅3ミリ、深さ1ミリの傷を一か所だけつけても、強さは90パーセント以上あるが、この傷を図のようにザイルの10センチの長さにわたって一様につけたとすれば、撚りの関係でつぎつぎに新しい繊維を切ることになり、事実上ザイルを構成する繊維の80パーセント以上が切断し、強さは20パーセント以下となってしまう公算が大きい。

従って、ザイルの場合、縦の傷ができやすいということは、ザイルとして致命的であるといえる。この縦傷はナイロン・ザイルではできやすく、麻ザイルではできにくい。また縦傷によって切れたザイルの切断部は、中心部が伸び、かつ一定の長さの繊維束が、ザイルから脱落することが、理論的にも実験的にも証明される（前穂高東壁の場合がそうなっている）〔本書二六二頁参照〕。

第9図

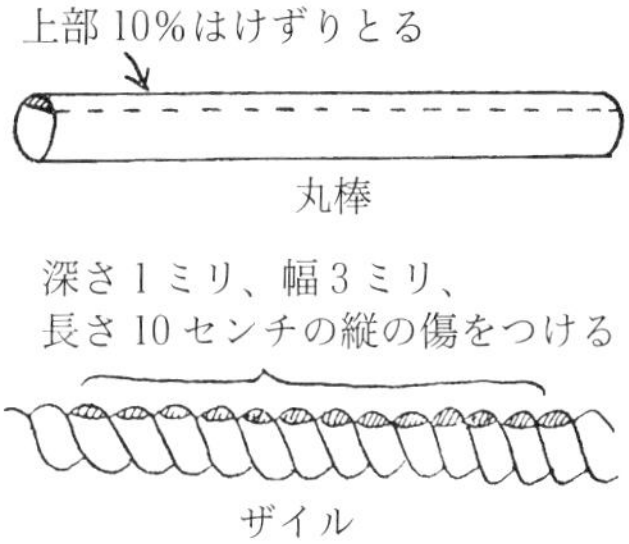

第10図

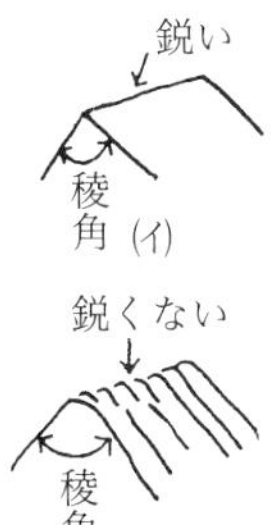

結論について

ザイルについての私達の結論は次のようになる。墜落によってザイルが切断する場合、ザイルの切断個所は、ザイルの支点（カラビナ、岩角等）と考えてよい。従ってザイルの性能を考える当っては、①ザイルの抗張力、②伸び、③支点での劣化度等の綜合されたものをもってなされなければならない。

麻ザイルとナイロン・ザイルを比較してみるのに、支点がカラビナのように丸くて滑らかな場合には、ナイロン・ザイルは麻ザイルより強い。これに反し、普通の岩場にみられる岩角のように、カドが鋭かったり（ここに鋭いというのは、稜角のことではない。指で押さえてみて痛いとか、丸味があるとかいう度合のことである。例えば第10図の(イ)と(ロ)は共に同じ稜角であるが、(イ)は(ロ)に比し鋭い）ヤスリ状に凸凹がある場合は、ナイロン・ザイルは麻ザイルよりも弱い。（強く引っぱられたザイルを、ヤスリでこすりつける実験が東洋レーヨンでなされたが、これによれば麻12ミリに比してナイロンは11ミリは約一〇分の一、ナイロン8ミリは約二〇分の一である。〈日本山岳会会報一八七号、金坂一郎氏〉の記事）

ザイルを岩場で使用する場合には、ザイルを岩角にかけないようにすることはできるとしても、墜落のときに、ザイルが岩角にひっかかることを避けることは難しいので、ナイロン・ザイルは麻ザイルに比してかなりの制限をうける。しかし勿論麻ザイルといえども、岩角が支点になる場合は、カラビナの場合に比して相当に弱くなるので、特に注意せねばならない。ナイロン・ザイルを固定綱として使用するとか、或いは全く岩角に接触するおそれのない場所で使用する場合は、ナイロン・ザイルは麻ザイルに較べて、従来知られているような多くの利点をもつものである。

以上述べたようなことは原則であるが、実際にあたっては既定観念に束縛されることなく、よく長所と短所を知って応用のきく技術を用いねばならない。例えば、制動確保が優れているからといって、直接確保でも大丈夫なようなわずかな墜落に制動確保を行って墜落者を岩盤にたたきつけてしまうのは愚かである。また、ザイルを岩角にかけてはいけないからといって、頭上に突き出した岩を無視し、もしもザイルをかけさえすれば吊りあげのようになって安全に登れるのに、ザイルをかけなかったために無理してスリップしてしまうということも愚かであろう。

要は、墜落したときにザイルが切れるか切れないかを科学的に判断し、登攀を行うという目的にそうよう、その時その時に応じた最も相応しい方法を選んでゆくべきである。この意味で鋭さ不明の岩角に投縄するのは、別のザイルで確保していない限り安全度の判断ができないから危険である。また例えば、鋭角のしかも角の鋭い岩が、あちこち突き出しているという場所で、しかも墜落のおそれのある困難な岩場では、ナイロンはもとより、たとえ麻の二重ザイルでも遠慮した方がよいということは常識であろう。落石のルートを敬遠するのと同様である。

また、オーバーハングの連続で吊り上げ技術が多く、ザイルの滑りが登攀の成否を左右するというような場所では、墜落してもザイルが岩角にふれる心配はないので、ナイロン・ザイルを使用してもよいであろう。私達は麻の11ミリ（セキルタスのような使いよいもの）とナイロンの9ミリの二重ザイルが互に長所を利用できてよいのではないかと考えている。

以上三回にわたって貴重な紙面を費させていただいたのであるが、要するに正しく豊富な科学的知識の基盤の上にきずかれた技術というものは、そうでない技術よりも優れていると考えるので、あらゆる機会に科学的知識を得られ、よく咀嚼し、自信のある岩登りを楽しまれんことを切望する次第である。

斎藤検事からの不起訴理由の告知

（本文一五七頁参照）

この資料は、昭和三十三年一月に大阪地方検察庁の斎藤正雄検事から石原國利さんに送られてきた、名誉毀損の告訴の不起訴理由を知らせる文書である。本文でもふれたように、昭和三一年六月二三日に名古屋地検に行なった名誉毀損に関する告訴は、知らぬ間に大阪地検扱いとなり、告訴人に対する事情調取を一切行なわずに不起訴となった。この文書からは当時の検察庁側がどのような「意思」をもって事情調取をしたかが読みとれ、言葉を合わせるように関係者が供述していることがよくわかるとともに、供述の微妙な不一致から事柄の真実が漏れてくる。文中の傍点は編者のものである。

大阪地方検察庁　日記第708号

不起訴理由の告知について

告訴人　石原　國利
被告訴人　篠田　軍治

本職が右被告訴人に対する名誉毀損被疑事件を昭和三十二年七月二十二日不起訴（嫌疑なし）処分に付した理由は左記の通りであるから告知する。

昭和三十三年一月二十九日

大阪地方検察庁

検事　斎藤正雄　㊞

告訴人　石原國利殿

記

本件告訴事実の要旨は

被告訴人は大阪大学工学部教授にして、傍ら日本山岳会関西支部長を兼ねているものであるが、告訴人石原がリーダーとなり昭和三十年一月二日北アルプス穂高岳においてナイロン製ザイルを岩に掛け同行者若山五朗が登攀を試みたところ、右のザイルが切断し若山が墜死する事故が起ったので、告訴人は右事故発生に関し、知人石岡繁雄を介し「右の事故当時使用したナイロンザイルは東京製綱株式会社の製品であるが、当時初使用のもので事故発生時外傷なく又凍結していなかった、このように脆い切断の原因はナイロンザイルが鋭い岩角に掛った場合には麻ザイルに比べて非常に弱いという従来知られなかった欠陥があるか、或いは事故ザイルのみが特別の欠点を持っていたためと思われる」旨の記事を同月十一日と十二日の中部日本新聞紙等に掲載したところ、被告訴人は東京製綱株式会社より特に依頼され、名をナイロンザイル及び麻ザイルの衝撃実験に籍り、同社製品のナイロンザイルの商品的信用を回復するため、同年四月二十九日愛知県蒲郡市所在同社蒲郡工場において新聞記者登山家等約二十名の参観者の面前にて、本件事故ザイルと同質のナイロンザイル等を岩角に掛けて引っ張る等の所謂衝撃実験をしたが、その際には特にナイロンザイルが切れない条件の下に恰も事故発生当時の条件を再現したものの如く装って実験をなし、ナイロンザイルが鋭い岩角に掛けられた場合にも（事故発生時と同一条件でも）切れないとの虚偽の結果を示し、前記参観者中の中部日本新聞記者をして同年五月一日の同紙上に「同年一月二日の前穂高で遭難した若山五朗君の遺体捜索隊が出発する日、蒲郡では大阪大学教授篠田氏指導の下に公開実験が行われた、従来ナイロンザイルが鋭い岩角に弱く遭難の原因もそこにあると想像されていたが、此の実験でナイロンザイルは鋭い岩角の場合でも麻ザイルの数倍強いことが判明した、従って東壁での事故（本件事故）もエッヂ上の衝撃という想像の原因は影が薄くなったようだ」なる旨の記事を掲載せしめ、又登山家関根吉郎をして雑誌「化学」同年七月号の誌上に「ナイロンザイルがそんなに弱い筈はない、おそらく一月一日の夜寒くて足をバタバタさせ、足にはいている鉄のカンジキでザイルを踏んでいためたのではないか、初心者にありがちな失敗である、第三者の見ていない所で起った失敗であるから当事者は出来るだけ罪をナイロンに帰せようとする気持もわかるが」と掲載せしめ、告訴人が自己の故意又は過失により前記事故を起した事実を隠蔽するため、原因をナイロンザイルの欠点に帰せしめた虚偽の風説を流布し、東京製綱株式会社の信用を毀損したかの如きことを前記実験の参観者及び新聞雑誌の読者等一般人に対し示し、以って公然事実を摘示し告訴人の名誉を毀損したものである。

とゆうにあるから、捜査したが左の理由により犯罪の嫌疑十分ならずと認め主文の通り才定《ママ》する。

被告訴人には名誉毀損の犯意が認められない。

㈠被告訴人は犯意を否認し「自分は告訴人とは知合関係はなく以下述べる経緯で本件実験をするに至ったものであり、告訴人の名誉を毀損する意志はなかった、即ち自分は同年一月知人の梶原信男から東京製綱株式会社が製造したナイロンロープをグライダーの曳航用に東京大学グライダー部に納めたが、大阪市大の登山事故や前穂高の事故（本件事故）等の際にナイロンザイルが使用されていたので、ナイロンロープの強度を実験により研究調査してもらいたい旨依頼されたし、自分としても専門の分野に属することであるし、今後ナイロンロープが諸種の面で使用される趨勢にあったから研究の必要を感じ、前記実験を行ったものであるが、ナイロンが鋭い刃物で切断されること、之を縦に引張ったら強いことは自明の理であったから、右の実験ではかかる場合の強度は調べず、両者の中間の色々な場合を実験したに過ぎない、直接本件事故原因を究明するつもりはなかったし、事故発生時の条件と同一条件の如く装いその実は切れない条件で実験したことはない、右実験場に中部日本新聞記者が来ていたことは知らなかったし、同記者に実験結果を発表したことはない、告訴人がさきに中部日本新聞紙上等にナイロンザイルの欠点等につき発表したことは知らなかった、同年四月二十四日、日本山岳会関西支部ルームにおいて石岡等に会ったが、その際は同人等から主として前記の若山五朗の遺族が東京製綱株式会社に対し同社製のナイロンザイルを使用して事故が起ったのだから誠意を示してくれと交渉したが、会社側が之に応じなかったので仲裁の労をとってもらいたいと依頼されたものであり、実験の話も出たが、自分は之により事故原因を究明すると言ったことはないし、事故の原因につき告訴人が疑われている旨聞いたことはない」旨弁疏し

㈡梶原信男は「自分と篠田教授等は阪大工学部の応用技術調査会員であり、同会は工学技術の応用実験を目的とするものであるが、自分はグライダーの曳航索の研究をしていたところ、同三十年一月頃東京製綱株式会社の高柳麻綱部長からナイロンロープのショックテストをやらぬかと云われ、自分としても前々からその方面に関心を持っていたので之を行うこととしたが、その際自分はやってもよいが物性の方は自分では不十分だから阪大の篠田教授を主任にしたらどうかと提案し、結局同人を主任として右テストを行った、このテストは自分や篠田教授としては前記応用技術調査会の仕事としてなしたもので、純研究目的によるものであったが、東京製綱側としては自社の綱索製造の資料とするためであったものと思う、若山五朗の墜死事故原因究明の目的はなかった、自分は右テスト当時若山の事故の際同社製のナイロンザイルが使用されたことを知らなかった、同年四月二十九日のテストに使用した花崗岩の岩角の角度は四十五度及び九十度とし、岩角の先端には多少の丸見を加えたが、その理由は之をカミソリの刃のように鋭くすると衝撃を与えた場合ロープが滑り摩擦熱により岩角が欠け実験を繰返すことができないからであった」旨供述し

㈢東京製綱株式会社蒲郡工場長是木義明は「若山五朗の遭難時に使用されたナイロンザイルは同社製品であり、同社が熊沢友三郎に販売し、同人から若山等の手に渡ったものであるが、右遭難を契機として自分は各種ロープの衝撃試験をする計画を樹てたところ、本社側から専門家の指導により試

験した方がよいとの指示を受けたので、篠田教授の指導により同三十年三月二十七日から同月二十九日までと同年四月二十九日に試験を行った、同日の試験は参考のため岳人にも見てもらったらよいと思い熊沢友三郎等に連絡し、参観をすすめた、同日の試験の際篠田教授が参観者に対し一々意見を述べた事実はなく特に発表したこともない、試験に使用した花崗岩の角部（四十五度と九十度）には一粍か二粍のアール（丸味）がついていたが、これは右岩角を製作した石屋には右以下のアールとすることができなかったためである、篠田教授が石原國利の名誉を毀損する発表をしたことはないし、会社側が篠田に対し会社側の有利になるよう実験してくれと依頼したことはない」旨供述し

(四)石材商吉見稔雄は「自分は東京製綱株式会社からロープ試験用の石を作ってくれとたのまれ、四十五度と九十度の角度の角のある石を製作したことがあるが、会社側から右角部に丸味をつけることを依頼されたことはなく、自分の方から会社側に対し四十五度の岩角には技術上多少の丸味をつけないと製作出来ない旨話したら、会社側では出来なければ仕方がないが、成るべくとがらせて作ってくれと言った、結局四十五度の方には約二粍、九十度の方には約〇・五粍の丸味を附けた、丸味を附けたわけは運搬の際角が欠けると思ったからである」旨供述し

(五)中部日本新聞記者笠井亘は「石岡繁雄から依頼されて同人の出した原稿により略々原稿通り同三十年一月十一日と十二日の同紙上に前記の如き記事を掲載したことはあるが、右原稿には東京製綱株式会社のことを指して『T製綱』と書いてあったが、これでは読者に東京製綱を指しているとの印象を与えると思い『一流メーカー』と直して掲載した、自分は同年四月二十九日の同社蒲郡工場に

おける実験を参観したが特に同社側から参観を求められたり実験結果等の掲載方を依頼されたことはない、実験前後に篠田教授が我々新聞記者に対し発表乃至発言したことはない、右実験の結果一応若山の事故時と同じ状況下で衝撃を与えられたナイロンザイルは切れなかったので、自分としては若山の事故となったザイル切断は単なる落下衝撃によるもの以外に何か他に条件が加わって起きたものではないかとの印象を受けたが、さりとて右事故が石原の故意又は過失によって起ったものであるとか、一月十一日と十二日の石岡の記事が事故原因をナイロンザイルの欠点に帰せしめる意図の下に原因が石原の故意又は過失によるものであることを隠蔽せんとする虚偽の発表であるとの感じは受けなかった。右実験に関し前記の如き記事を同年五月一日の同紙上に掲載したが、実験によりナイロンザイルは石岡の言うほど弱いものではなく一応強いと言う感じを受けたけれども、ナイロンザイルがあらゆる場合に強いとは言い切れないと思ったので、その旨をも右記事に附加した、要するに実験の結果石原の名誉が毀損されたとは思わない」旨供述し

被告訴人が会社側から特に信頼され、同社製品の信用恢復のため実験をなしたものと認むべき証拠は十分でなく、却って主として同人自身の研究のために（会社側の研究を含めて）なされたものと認められるし、其の他の関係人の供述を以ってするも犯意を認定することはできない、本件実験を行った被告訴人の犯意が認められず、学者として研究目的で実験を行ったものと認める以上、たとえ実験結果が告訴人の不利に帰するとしても告訴人の名誉を毀損したとなすことはできない。

（以上不起訴才定書の通り）

第二回公開質問状（本文一六六頁参照）

刑事告訴による蒲郡公開実験の社会的責任追及が実を結ばなかった状況を受けて、岩稜会は昭和三三年二月二二日に第一回の公開質問状を山岳関係者や各界の有識者などに送付している。その内容は本書一六一頁に掲載した。その結果として、弁護士の正木ひろし氏や作家の杉浦明平氏をはじめとする人々から、事件の社会的意義の指摘とともに激励が寄せられ、さらには中部日本新聞などマスコミが蒲郡実験の報道に再検討を加える契機ともなった。そんななか、岩稜会は一〇月一六日付で第二回の公開質問状を送付した。岩稜会の総力を注ぎ込んだ『ナイロン・ザイル事件』に続く三度の公開質問状は、ナイロンザイル事件の真実を社会に浸透させてゆく効果を発揮したのである。この質問状の効果は、篠田軍治氏がマスコミに対して、蒲郡公開実験の目的を「飛行機や船舶に使うロープの実験のひとつとして行なったもの」と言いのがれの発言をせざるをえなかったことに如実に示されている〔本書一六八頁〕。

冠省

突然お手紙さしあげますのは、昭和三十一年八月、貴殿に「ナイロンザイル事件」なる印刷物を以って申入れを行ったことに関連するものであります。即ち私達は、昭和三十年四月二十九日、愛知県蒲郡市にある東京製綱株式会社内での貴殿の御態度は、貴殿が日本山岳会関西支部長（当時）であり、学者であられるがゆえに、今後に悪影響を及す性質のものであり、社会がその影響からのがれるためには、貴殿がそれについて遺憾の意を表明されるか、又は、明快に釈明されることが必要であると確信し、その点をお願い申し上げたのでありますが、残念ながら現在まで実現されておりません。

とくに大阪大学学生部長森河敏夫氏の斡旋への御努力が不調に終りました現在としては、私達に残された手段は、民事訴訟による手段、即ち客観的な場所での論争による解決以外にありません。

貴殿にこのことをお伝えするとともに、訴訟手続を行うまえに今一度貴殿に私達の意図するところを左記により申上げ、貴殿の御翻意をお願いする次第であります。

これに対する御回答は十一月十日までにお願いしたく存じます。なお、この事件は社会的な問題であり、多くの人々の注目されるところでありますので本書状を公開とします。

記

生命に直接関係する品物の性能を発表する場合には、充分慎重になされるべきで、かりにも誤りが真実のように報じられてはなりません。誤りが発表された瞬間から他人の生命が失われる可能性が生ずるからであります。これを防止するために万全の注意義務が課せられ、かりに誤りが過失によっておきたために生命を失った者があった場合でも、ときとして過失致死罪が適用されます。又、人の名誉を傷つけるような誤報がなされてはいけない。これを防止するため刑法二三〇条（名誉毀損罪）とか民法七〇九条があります。

昭和三十年五月一日の中部日本新聞の六段ぬきの記事は、貴殿ご承知のように次の趣旨のことが記されてありました。即ち、「北アルプス前穂高岳でナイロンザイルが切れ、三重大学生が墜死したが、この事故に対処し、メーカーの東京製綱では工費百万円を投じてザイルの衝撃落下試験装置をつくったが、遺体捜索隊が穂高へ向かったという四月二十九日、篠田教授指導により多数の登山家、新聞記者列席のもとに大々的な実験が公開された。その装置は、一端を固定したザイルを四十五度、九十度の岩角にかけ、他端に結んだ身体の重さの錘をウィンチで持ち上げ、岩角の上の任意の位置から落とすというものである。この実験の結果、前穂高岳で切断したザイルと同種のザイルを四十五度の岩角にかけ、切断時と同一条件で落下させたがザイルは切れず、又落下距離をそれより数倍高くしてみても切れず、ザイルを岩角で横にこすりつける実験でも切れなかった。だから、前穂高岳での事故の原因がエッジ上の衝撃という想像は影がうすくなった。又、ナイロンザイルは、鋭い岩角にかかったときは、弱いのではないかといわれていたが、そういうときでも麻ザイルの数倍強いことがわかった」というものであります。又、山岳雑誌『山と渓谷』には「メーカーは事故をおこしたナイロンザイルを科学的テストによって保証した」と報道されております。

しかしながら、実際には、ナイロンザイルは、岩角では重大な欠点をもち、かつ遭難当時の条件でナイロンザイルは容易に切断するものであり、この記事は、貴殿もいわれるごとく、恐るべき誤報なのであります。この誤報のため、登山者の生命は危険にさらされ（昭和三十三年四月三日の中部日本新聞には六段ぬきで、ナイロンザイルは麻ザイルの二十分の一という見出しで「今回神戸大学生二名がナイロンザイルが切断して死亡するという事件がおきた。三年前の三十年四月二十九日の公開実験のとき、篠田教授はナイロンザイルが岩角にかかったときは、麻ザイルの二十分の一という登山者の生命にとって重大な結果を示す実験を既に行っておられながら、公開実験のときにはその点にはふれられず、専らナイロンザイルが岩角で欠点を示さない実験のみを行われたが、もしも篠田教授が公開実験のとき、ナイロンザイルの欠点を明らかにしておられたならば、遭難防止について適当な方策が進められ、今回の遭難も防止出来ていたかも知れない」ということが記されてあります。）又、私達は、死因について無実の疑いをうけ、大きな苦しみを受けたのであります。（遭難したパーティのリーダーであった本会石原國利による名誉毀損罪の告訴がありますす。これは不起訴処分になりましたが、その理由は万人のなっとく出来ないものであります。）

この誤報の責任はどこにあるのでしょうか。登山用具の最高権威であり、応用物理学専攻の阪大教授であられる貴殿の御指導による公開実験の結果として一流新聞にどうしてかくも恐ろしい誤りが報道されたのでありましょうか。

この問題は、この誤りによって生命の危険にさらされた一般登山者と犯罪容疑をうけるという死にまさる恥辱をうけた者がある半面、はかり知れない大きな利益をえた大メーカーがあることから、これを放任するときは、これが前例となって悪徳メーカーによって事故発生のたびにこのような虚報を伝えるべく計画がなされることは明らかであります。（たとえば乳幼児の死因に関し、ミルクに砒素が入っていたかどうかで社会が問題にしているとき、最高権威の学者の公開実験の結果として、ミルクには砒素が入っていなかったと一流新聞に報道されたとすれば、メーカーの受ける利益は、逆のことが報道された場合に比してどれくらい大きいかはかりしれません。)
この誤報により不当な恥辱をうけた当事者たる私達ならずとも、今後いつなんどき生命の危険にさらされないとも限らない一般社会人として、このような誤報が何故おきたかということは、とうてい黙過することの出来ない疑問だと考えるのであります。この問題を正しく解決するかどうかということは、今後の明朗な社会の建設にあたって、限りなく大きな影響を与えるものと考えます。(名古屋大学法学部長ほか二十氏から発表された要望書の主要点)
さて、この責任は、実験を指導された貴殿か、新聞記者か、もしくはその双方にあります。この報道の内容が誤りであることを実験指導者たる貴殿が、公開実験前既に承知せられていたことを考えれば、この責任がどこにもないということはありえません。次にその責任はどこにあるかという点でありますが結論を先に申上げれば、これまでくりかえし申上げているように、それはこの実験を報じた中日の記者でなく、全面的に貴殿にあると考えます。中日の記者は登山家を交えた三名が参観し、又、他の参観者の見解を聞くなどして、実験の状況を忠実に伝えており、過失があったとは考えられません。これに反して貴殿には次に記しますように多くの不可解な点があり、全責任は貴殿にあると考えざるをえないのであります。
即ち、まず貴殿は、多数の参観者を前にしてのザイルの実験にあたって、参観者がザイルの欠点について万一にも誤解をもつことのないよう充分注意されなくてはならないのであります。又、人権を正しく擁護する見地から、参観者が前穂高岳での遭難原因について誤解をもつことのないよう注意されなくてはならないのであります。

とくに、前穂高岳の遭難によってはからずも発生した問題即ち「ナイロンザイルが岩角にかかった場合、麻ザイルに比して欠点があるかどうか」ということが登山界で論議されていることを承知され、かつ貴殿がその解明に努力すると言明されている以上、ナイロンザイルの岩角でのテストを含む公開実験では、とりわけ慎重になされなくてはならないのであります。しかるに貴殿は、公開実験前にナイロンザイルが岩角で重大な欠点をもつことを承知せられながら、そのことには一言もふれられなかったばかりか、岩角の丸みが二ミリというナイロンザイルの欠点を全く示さない岩角を用いてナイロンザイルは麻ザイルの数倍強いという実験を行なわれました。

即ち貴殿は、公開実験の五日前の四月二十四日、私達が貴殿にお目にかかった折、貴殿は、三十年一月名大工学部須賀太郎教授指導のもとに行った私達の実験、即ち稜角六十六・五度及び四十七度の穂高で普通に見られるような鋭さのエッジにザイルをかけた場合、事故のおきたザイルと同種のザイルは約七十キログラムで切断するという実験を正しいと認められながら、公開実験では、事故のおきたザイルと同種のザイルを稜角四十五度で前記二ミリの丸みのある岩角にかけ約五百キログラム（学会報告）に堪える実験を行なわれました。

又、貴殿は、公開実験前、東洋レーヨンで行なわれた貴殿御指導になる実験で、事故をおこしたザイルと同種のザイルが、稜角六十度の三角ヤスリでこすられるとき、麻ザイルの二十分の一の強度しか示さないというナイロンザイルの驚くべき欠点を示し、かつ原因不明といわれた前穂高岳での遭難原因を直ちに解明しうる重要な実験を行なわれながら、公開実験ではギザギザのない四十五度の岩角を使って、ナイロンザイルをこすりつける実験を行なわれ非常に強いという結果をだまって示されました。

登山界の指導者であられる貴殿は、遭難防止について考えられないはずはありません。登山者の生命に直接かかわるザイルの欠点を発見されたならば、一刻も早く登山界に発表されなくてはならないのに、多数の登山者の前でそれを黙っておられるばかりでなく、ザイルのその欠点すらも、逆に強いと見誤る実験のみを平然と公開されたということは、私達には理解出来ないのであります。

参観者は、貴殿がもしもナイロンザイルの重大な欠点を既に承知していられたならば、その点を誤りなく発表されるものと信じきっております。従って貴殿が公開実験で、今問題になっている岩角とナイロンザイルを使用して、非常な強度を示す実験のみを行なわれれば、ナイロンザイルは岩角で欠点がないと考えるのは当然であり、それ以外の印象を持ちえるはずはありません。即ち、中日記者の報道には過失はないと考えます。

これに反して、貴殿は、ナイロンザイルの重大な欠点を既に承知しておられるのでありますから、岩角でも強いという結果を示しつつある実験をながめている参観者を、貴殿がごらんになって、又、実験場の雰囲気から、参観者が恐るべき誤解をもちつつあるということに直ちに気づかれたはずでありますとくに東京製綱の工場長が「事故をおこしたザイルと同種のザイルは、この通り岩角にも強い」といっておられますからなおさらであります。即ち、貴殿は、参観者が誤るのを承知の上でそのような実験を行なわれたという以外に考えられないのであります。

以上、この恐るべき誤報の責任が貴殿にあるという理由の一端を述べました。登山指導者であり、国民に奉仕すべき国家公務員たる貴殿は、従来のように「自分には責任がない。責任はすべて新聞報道にある」という御態度を改められて、卒直に遺憾の意を表さるべきと考えます。

もしそうでなくて「責任は貴殿にある」という中日記者並びに山と渓谷社との水掛論のままに、この問題が終ったとすれば、前にも申しましたように今後メーカーがこの大きな利益をうるために次々と計画し、学者もこの前例を幸としてこれを受けいれるということになり、結局生命は軽視され、人権侵害は後を絶たないことになります。

このためにこそ実に多くの人々が、この事件はあくまで追求すべきであると主張されているのであります。

又、この客観的(法的)な追求は、実際に迷惑を蒙った私達以外に出来ないという事情もおわかりになっていただけると存じます。

もとより私達の方にも多くの行き過ぎがあり、貴殿に御迷惑をおかけしているとは思いますが、私達もいろいろと苦悩の日を送ってきましたことでもありますので、その点の御寛容を願い、今やお互の感情をぬき去ってなおその後に残る問題、つまりこの事件をもって今後に悪影響を残さないようにするため、貴殿にはなにとぞ後高配いただきますよう伏して懇願申し上げる次第であります。

昭和三十三年十月十六日　　三重県鈴鹿市　岩稜会代表者　伊藤経男

篠田軍治　殿

第三回公開質問状（本文一六八頁参照）

一〇月一六日の第二回公開質問状による岩稜会の追及にたいして、篠田軍治氏は蒲郡公開実験の目的そのものを言い換えることで、自身をナイロンザイル問題の埒外に置こうとした。しかし、岩稜会の問題提起には、たんにザイルが岩角で切れたかどうかという事実論争をこえて、専門家の社会的責任を問う、という腰の入った追及の姿勢が見られる。一〇月二二日のＮＨＫニュースに間髪を入れないタイミングで一一月七日に出されたのがここに掲載する第三回公開質問状である。言葉による応酬があぶり出そうとしている問題の広さと深さが伝わってくる。

冠省

昭和三十三年十月十六日に御送付申上げました公開の質問に対しまして、直接にはお返事をいただいておりませんが、新聞、ラジオが貴殿の御見解を報道しておりますので、私達はそれを貴殿のお返事としてお受けします。又、たとえ今後貴殿からこれと内容を異にする書簡をいただいたとしましても、この事件の性質は、社会の福祉に関することであり、また質問が公開となっております関係上、実際に社会に伝えられた内容の方が大切であると考え、新聞ラジオの報道を貴殿のお返事とみなし、それに対する当方の見解とお願いを再び公開で申上げる次第であります。

私達が御多忙の貴殿にいろいろと申上げておりますのは前回も申上げましたように、もし、この事件にまつわる疑惑をウヤムヤに葬ってしまいますときは、今後、人命軽視、人権侵害が後をたたなくなるおそれがあり、且つそれを解消するためには貴殿の御努力が是非とも必要であると考えるからであります。

又、このように考えますのは単に私達だけでなく、名大法学部教授信夫清三郎博士ほか学識経験者二十氏の要望書をはじめ現在では実に多くの人々が同様に憂いておられるのであります。従って国民の指導的立場にあられる貴殿には何とぞ積極的にこの疑惑をといていただくように懇願申上げるのであります。

さて、私達は前回の公開質問を通じ貴殿が遺憾の意を表明されるかそれとも明快に釈明されることを要求申上げたのでありますが、今回発表されました御釈明は別記しますようにその内容が重要な点で事実に反し、且つ問題点からはずれていると考えますことから明快な御釈明であるとはうけとれません。従って先回申上げましたように民事訴訟によってでも解決を求めるという段階になるわけでありますが、しかし、ふりかえって考えてみますと貴殿は、真理をきわめ最高の教育を担当される大学教授であられますので、事実でない事を申されたり、筋の通らない事を申されるはずはないわけであり、従って貴殿の御釈明が正しくて、それを事実でないと申上げる私達の言分の方が誤っているかもしれず、それに、新聞、ラジオの報道も貴殿の真意を正しく伝えているかどうかも不明と考えられますので、こういう事情のもとで訴訟を起すという事は軽挙であると考えるのであります。

従って、今回貴殿の御回答に対する当方の不審な点を明らかにして、再び貴殿の御釈明をお願いする次第でありますが、これに対する御回答を今回の様な方法でいただくといった事はいたずらに解決を永びかせるのみではなかろうかと僭越ながら愚考します。これを早急に解決するにはお互の話し合いによるのが最良の策である事はいうまでもありません。考えてみますと公開質問で申上げた訴訟の意思表示も従来貴殿とのお話し合いが出来なかった事に最大の原因があるのであります。即ち、私達としましては、その実現のため、三十一年当初から面会の機会を与えていただきますよう再度申上げたのでありますが、いづれも公務御多忙という理由で実現せず、やむなく前回のような公開質問をさしあげる事になったのであります。しかし、今や事件も長びき社会的にも大きな問題となっていることでもあり、他方両者の話し合いが行われた場合の結果を予想しますのに、学者である貴殿が筋の通らぬことを申されるはずはなく、又私達の方も会の中に名大教授須賀太郎ほかの学識経験者を含めていることであり、又従来とても決して無理なことを申上げてはいないつもりでありますから、話し合いによって容易に解決がつくものと考えます。従って貴殿には何とぞ私達とのお話し合いに御賛成いただきますようお願い申上げる次第であります。なお、話し合いに御賛同いただきます場合、この事件の疑惑が正しく解決されるかどうかが今後の社会に大きな影響をもたらすものとして、社会から注目されておりますす関係上、話し合いは公開の場でなされるべきと考えますのでこの点の御了承をとくにお願い申上げる次第であります。

右失礼の数々を申上げましたが、御寛容のほどお願い申します。

記

三十三年十月二十二日NHK第一放送ニュースを通じて報道された貴殿の談に対する私達の見解

同ニュースは篠田氏の談として「私の実験は飛行機や船舶に使うロープの実験の一つとして行なったもので、岩稜会の事故の原因を調べるために行ったものではないから岩稜会の人々の非難はあたらない。又、私の実験は、ナイロンザイルの強い点と弱い点とを調べるため三年半もかかってこの六月ようやく完成したもので岩稜会の人々はこの長い実験のごく一部をきいて勘違いしたものと思う。ナイロンザイルは既に岩角に弱いことは明らかであるが、その他の場合には強く結局麻もナイロンも長所と短所を持っており、長所をよく知って使えば、ナイロンのザイルは登山には非常に適している」(CK放送記者提供)と放送しました。

私達は、貴殿のこの言葉にはなっとく出来ないと考えますが、その理由は次のようであります。まず先日差上げました公開質問の要旨を申上げます。

「昭和三十年一月二日前穂高岳で発生した登山者墜落事件の死因並びに他の二件のナイロンザイル切断事故に関連し、ナイロンザイルに従来知られなかった岩角での欠点があるかどうかという登山者の生命にとって重大な疑問がおきているときに、日本山岳会関西支部長であり、登山用具の権威であり、上記の事情はもとより、遭難者の遺族とも会合されて、メーカーと遺族との対立の事情などを熟知し、かつその疑問をとくための科学的な研究を行なうと発表しておられた貴殿が、東洋レーヨンで行なわれた実験でナイロンザイルは岩角で重大な欠点をもち岩稜会のいう「わずか五十糎のずれ落ち」で容易に切断することを確信せられたにもかかわらず、その点は発表されず、多数の登山者、新聞記者の参観する東京製綱蒲郡工場での公開実験では、ナイロンザイルが岩角で欠点を示さないという実験のみを行なわれました。そのため、中部日本新聞、山岳雑誌『山と渓谷』『岳人』は、「ナイロンザイルには欠点がない。又、岩稜会の事故原因は、ザイルがエッジで切れたのではなく別のところにあるようだ」と報道しました。この報道のため私達事故関係者は、社会、登山界から「自分達の失敗をかくすため虚偽を報道してメーカーの信用を傷つけ登山界を混乱させた。又死因についても疑いがある」という犯罪容疑者としての汚名をきせられ、他方一般登山者は、生命の危険にさらされたのであります。即ち自ら実験装置を持たない一般登山者は、権威あるこの結果を信用してそのザイルに欠点がないものとして実際に使用することは明らかであり、生命が随所で失われる危険にさらされたのであります。（先回の公開質問でも述べましたが、昭和三十三年四月三日の中部日本新聞には「ナイロンザイルには欠点がない」という公開実験の結果を報じたその同じK記者の筆で「今回神戸大学生二名がナイロンザイルが切断して死亡するという事件がおきた。三年前の三十年四月二十九日の公開実験のとき篠田教授はナイロンザイルが岩角にかかったときは麻ザイルの二十分の一という登山者の生命にとって重大な結果を示す実験を既に行なっておられながら、公開実験のときにはその点に触れられず、専らナイロンザイルが岩角で欠点を示さない実験のみを行なわれたが、もしも篠田教授が公開実験のときナイロンザイルの欠点を明らかにしておられたならば遭難防止について適当な方策が進められ今回の遭難も防止出来ていたかも知れない」ということが報道されました。）

公開実験のためにこうした恐るべき人権の不当侵害が発生した反面、ザイルメーカーには驚くべき大きな利益が与えられたのであります。即ちもしも公開実験の際、貴殿が「岩稜会員の死因は、保証付として販売されたザイルが事故直後のメーカーでのテストの結果、従来の麻ザイルの二十分の一の強さしかないことがわかった。つまり、ザイルとは呼べないものであったためである」と発表されたならば、メーカーは業務上過失致死罪で当局から追求されていたかもしれなかったのでありますが、貴殿がそれと逆の結果を示す公開実験を行われましたためそういう問題は発生せず、又、当時メーカーと遺族とが対立していて事情によっては損害賠償の訴訟が行なわれる可能性もないわけではなかったのですが、それを完全に不可能にしたという利益が生じたばかりでなく、信用確保の点で実に大きな利益が与えられたのであります。即ち、「メーカーはもともと良心的で欠点のあるザイルなどを売ってはいなかった、しかも事故原因の究明と登山者の安全のため権威のある学者に依頼し、加うるに百万円からの設備をつくって協力したとはまことに見上げた態度である」ということが広まり信用は旧に倍したのであります。従って、もしもこうした不当な利害関係をともなう誤報の責任はどこにもないという状態で放置されたとしますと今後メーカーの過失による死が発生した場合今回のことをよき口実としてメーカーは事故原因について事実を有利にまげるべく計画し、学者は今回の例を前例として安心して協力し、その結果、関係のない一般大衆まで生命を奪われるようになることが充分予想されます。又、学者というものは国民の指導的地位にありますから、この行為の影響は大きく、最近強調されている人権尊重の高揚にとっても大きな支障になると考えます。従って私達は、これは放置できない性格の事件であると考え、且つ公開実験のため大きな苦しみをうけた私達がその点を追求すべきであると考えました。又、社会が今後その悪影響から少しでものがれるためにはそういうことは拙いことだということを客観的に確立しなくてはならないと考えたのであります。即ち、国民の福祉を考えられるべき国家公務員であり、又、現在の社会でもっとも信頼を持たされている権威の学者であり同時に登山者の遭難防止を考えられるべき指導的登山家である貴殿が「ザイルの生命にかかわる欠点を事前に承知せられながらそれを発表せられずその欠点すらも長所と誤らざるを得ない実験のみを公開された」ということは拙いことだというように確立しておかなくてはならないと考えたのであります。そこで私達は、貴殿が社会に対し、それについて卒直に遺憾の意を表していただくか、それともそういうことはないというなっとく出来る釈明をしていただきたいと考え、三十一年当初以来お願いしてきたのでありますが、現在まで何ら回答がありませんので今回再び公開質問でこの点をお願いしたのであります。

公開質問の要旨の記述が長くなりましたが、次に貴殿の今回の御回答に対する当方の見解を申し述べます。以下記しますように貴殿の御反論が私達にとりまして全く意外でありますので、今や論点をはっきりさせるため卒直に申上げます。

さて、私達が公開質問で申上げておりますことはいづれも確固とした資料の裏付をもつ事実であり、又、この事件を知る人はいづれも貴殿が遺憾の意を表されるべき事件だといわれているのであります。又、判例をみましても明らかなことであります。

（たとえば、貴殿の不可解な実験の結果として私達はたえられぬ日々を送ることになったのでありますが、当然その責任は追求可能でなくてはなりません。それには名誉毀損罪（二三〇条）によるものがあり、それに関する判例には次のようなものがあります［一般登山者の生命を危険にさらすことになった罪はもとよりでありますがここでは省略します。］

(1) 演説の全趣旨及び当時の風説その他の事情によって一般聴衆をして何人がいかなる醜行をなしたかを推知せしめるに足る演説をしたときは名誉毀損罪が成立する（本件の場合演説を実験に、聴衆を観察におきかえればよい）。

(2) 名誉毀損罪の訴訟において、もし合理的な人がその発表を原告について名誉毀損的であると認めるならば、被告が原告を名誉毀損する意志がなかったことを示すことは抗弁にならない（本件の場合は、新聞記者は貴殿の行為を名誉毀損的であると認めている）。

(3) そのような事実摘示をすることがはたして公益上必要であったかどうかということが問題の核心である（本件の場合、登山綱の実験であるとすれば、岩場で普通にみられる岩角よりも丸い岩角での実験というものは公益上何人の役にも立たない）。

(4) 通常人として当然払うべき注意を怠るならば不法行為が成立する。

(5) 故意の責任は、……社会がその行為者に対しその行為に出でざりしことを期待し得べき場合であったに拘らずその行為を敢えてしたことを責むるを以ってその精神となす。

従って、私達は貴殿が学者であられる以上事実を知らないなどといわれたり、言を左右にされるということはなく卒直に遺憾の意を表明していただけるものと考えておりましたが、今回の御反論には全く驚き入った次第であります。

さて、御反論中私達が質問しております点、即ち貴殿が遺憾の意を表されるべきや否やという点に影響を与えるのは「実験は飛行機や船舶に使うロープの実験であって岩稜会の事故原因の究明ではない」という点のみであって、他の点たとえば岩稜会が「一部の実験をきいて感ちがいした」とか「ナイロンザイルは岩角に弱い」といった点ではありませんので、「実験は、飛行機や船舶の実験」という点のみについて以下申上げます。

実際私達にはこのお言葉は青天の霹靂でありました。登山関係者はもとよりそうでない人でも少しでもこの事件に関心をもたれている人には、この言葉は意外に感ぜられると思います。何故こういう言葉が今になって登山家の貴殿の口から出されたのでありましょうか。しかし考えてみますともし貴殿が事実の如何にかかわらず遺憾の意を表さないでおこうと考えられます場合には、貴殿としてこの新事実をつくりあげる以外に道はないように思われます。即ちもしあの実験が登山綱に関する実験ということであれば、あれはナイロンザイルと麻ザイルを岩角にかけて比較テストをするという、岩稜会の事故がおきてそこで初めて必要となった実験以外のなにものでもなくなります。しかも実験の内容は岩稜会の事故条件で切れないことを推知させるものでありますので、名誉毀損罪は成立してしまいます。又、当然登山界に生命にかかわる誤解を与えた責任を追求されることになります。結局この責任を回避するにはもとにもどって「あの実験はザイルの実験とは無関係である」としなくてはならないことになり、そのために飛行機や船舶の実験と云うことが必要になってきたと考えざるを得ないのであります。

しかしながら私達はあの実験は飛行機や船舶のロープの実験ではないと考えます。それについて次の点を申上げます。

まず実験の内容であります。飛行機や船舶に使うロープの実験に何故四十五度、九十度の岩角とか登山に使う金輪（カラビナ）が使われましたか。又、何故五十五キログラムの錘を「これは登山者の体重にほぼ等しい」といわれましたか。又、公開実験では岩稜会が発表した事故発生直前の墜落者の位置と同じ位置から錘を落すという実験をなされましたが、それと飛行機や船舶に使うロープの実験とどういう関係がありますか。あの内容の実験を登山者たる貴殿が「ザイルの実験でなく飛行機や船舶ロープの実験」といわれることは、馬をみせてこれは牛だといわれるのと同じではなかろうかと考えます。何故馬を牛といわねばならないか、馬を馬といわれたのでは犯罪が成立してしまうからだと考えざるをえないのであります。そして誤報の責任は新聞報道にある（三十二年七月三十一日の朝日新聞に篠田氏談として掲載）と主張されることは社会の公器新聞報道を愚弄し、ひいては社会大衆をあざむくことであり心外というほかありません。又、貴殿御自身でもあの実験は岩稜会の事故原因究明のための実験だといわれております。昭和三十一年大阪大学工学部から発行されている欧文による論文集には、貴殿のナイロンザイルに関する論文があり、その中に東京製綱での実験が岩稜会の一名死亡事故を含む三つの事故原因が不可解であったことに対処しての実験であることがはっきりと述べられております。その他これを示す事実はいくつもあります。

要するに貴殿がこの重大な疑惑に対する釈明をなされるのにこのわかりきった嘘をいわれなくてはならないということはどうしたことでありましょうか。それについて私達はかねて申上げていることをここに再び申上げずにはおれません。公開実験から半年以上を経た三十年十一月十八日私達が貴殿に「次々にあらわれる登山の文献がことごとくナイロンザイルには欠点がないと記しているが、これは大変危険なことだから先生には一日も早くザイルの欠点を登山界に明らかにしていただきたい」と文書と口頭でお願いしたのに対し、貴殿はその場ではそれに賛成されながら、十二月二十日にいただいた書筒では、「上京して東京製綱の社長と相談した結果、ナイロンザイルの欠点を、発表しないことにした」といわれました。又、貴殿がナイロンザイルの欠点を登山界に発表せざるをえなくなったとき、貴殿は三十一年度の日本山岳会発行の山日記に「合成繊維のザイル（当時ナイロンザイル以外にありません）のようなものは問題である。新製品が出たときには、優れた点だけが強調されるから注意しないと万能と誤りがちだ」と書かれましたが、これはメーカーが新製品のザイルを出すとき、そのザイルに生命にかかわる欠点があることを知ってもそれをいわずに、あたかも万能のザイルのごとき宣伝でもって販売することを貴殿はやむをえないとみておられ、事故がおきればそれは使用者の不注意であるといわれているとしか考えられませんが、これで危険防止が出来るでありましょうか。もとより使用者の注意も必要でありますが、危険防止のためにはまずメーカーがメーカーに課せられた「危険防止のための万全の注意義務」を履行して使用者が万一にも誤らないように欠点を示すことが第一と考えます。学者である貴殿のこのお言葉はこの義務をあいまいにし、業務上過失致死罪を空虚にするものとして、メーカーに好都合でありましても一般にはまことに恐るべきと考えます。同時に私達はこのお言葉は公開実験における貴殿の御行為を自ら説明されているものと考えざるをえません。

　私達は、私達の見解をそのまま歯に衣を着せずに申しましたが国民の指導者である学者の行為としてこういう既成事実が出来てしまうということは社会の福祉にとってまことに重大と考えておりますのでこの点御賢察いただくようお願い申します。

昭和三十三年十一月七日

岩稜会代表　伊藤経男

篠田軍治　殿

『氷壁』をめぐって（本文一四四頁参照）

徳沢園の庭から眺める前穂高岳は、いかにもそそり立つ絶壁である。そこに立って東壁を眺めると、作家が作品のもっとも重要な場所として徳沢を選んだことが納得できる。ここにあげるのは「氷壁の宿」としても有名な上高地・徳沢園の上條進氏が刊行された『楡の木は知っている』（昭和五八年六月一一日発行）に石岡さんが寄せた文章である。小説のモデルとなった事件と、事件を文学作品へと仕立てた井上靖氏の構想力とのあいだの緊張関係を、当事者である石岡さんが綴った興味あふれる文章である。遭難直後のパーティの報告を受け留めた石岡さんが、その後の実験へと向かった心の裡が率直に語られている。

徳沢園のご主人上條進さんが、徳沢園の歴史を書物にされる。これは私たち山男たちにとって有難いことである。徳沢を含む穂高岳一帯は、いうまでもなく山男にとって心の故郷《ふるさと》である。従って徳沢の歴史は私たち故郷の歴史であり、それをひもとくとき、楽しかった思い出と悲しかった思い出も、混然一つになって、私たちを忘我の境地にさそうにちがいない。

さて進さんから、その書物にみだしのものを含ませたいから、執筆してほしいという依頼があった。進さんのご意向は次のようである。「井上靖先生の代表作〝氷壁〟は登山の一大ブームを巻きおこし、おかげで徳沢園もその恩恵にあずかった。とくに〝氷壁〟のクライマックスともいうべき終りに近い場面、――主人公魚津は、妖艶な美女八代教之助夫人美那子への道ならぬ思慕をふり切って、かつてともに厳冬の前穂高岳（徳沢園と梓川をへだてて立ち並ぶ連峰の最高峰が、前穂高岳三〇九〇メートルである）東壁に挑み、ナイロンザイル切断で遭難死した親友小坂の妹で、魚津をひたすらに慕う清純なかおるとの結婚を決意する。また美那子への思いを断つため、穂高の飛騨側から、単身ことさら険路滝谷をルートに選び、穂高を越えて信州側へ下りるという計画を実行する。その魚津をかおるが徳沢園で待っているという、満天下の若い男女を興奮させた、世界の文学史上にも例を見ない山岳を舞台にした壮麗なロマン――そのクライマックスのシーンで徳沢園は晴れの舞台に選ばれた。そのため徳沢園は「氷壁の宿」とか「かおるの待つ宿」としていわば上高地以上に有名になった。

徳沢園の歴史からこの事実を切り離すことは出来ない。ところが、ある時期どんなに有名であっても二十年、五十年と歳月が流れれば、やがては忘れられてしまう。それを防ぐには文字として残すしかない」

そういう進さんの願いはもっともであるが、次はそれを誰が書くかということになる。井上先生が最適なことは言うまでもないが、ご多忙きわまる先生にはとてもお願いできない。結局〝氷壁〟のモデルとなったナイロンザイル事件、その事件を引き起した岩稜会ということになったようである。私もその点は分らないでもないので、結局ずるずるとお引きうけすることになってしまった。

さてその仕事にとりかかってみてわかったことだが、私が書くべき内容は、〝氷壁〟と徳沢園の関係以外にはない。考えてみるまでもなく、氷壁の宿、徳沢園は小説〝氷壁〟の中にどっぷりとつかっていて、そこにはナイロンザイル事件のかけらもみあたらない。徳沢園が〝氷壁〟の宿として有名になったのは、井上先生の〝氷壁〟がずばぬけた名作であったからにほかならない。また文学に盲目の私が、井上先生の〝氷壁〟について何が書けるというのだろうか。私はお引きうけしたことを大いに後悔した。それかといって今さらお断りすることも出来ない。やむなく、〝氷壁〟のモデルとなったナイロンザイル事件はこういうもの、それが作家井上靖氏の手にかかって出来た〝氷壁〟なる小説はこういうものというように、双方のあらすじだけを記し、次いでそれについての私の拙い感想を記した。そういうことで、お引き受けした最小限の責任を果させていただくことにした。

ナイロンザイル事件のあらすじ

これは実在の事件なので、本来ならば第三者に書いてもらった方がよいが、この事件は、この文の中でもほんのわき役であるので、私自身、記させていただく。ただ客観性を保つために、昭和五十七年七月十九日から二十一日まで、ＮＨＫ人生読本で放送した内容にもとづいて記した。

「前穂高岳の東側に、冬季未登の東壁という絶壁がある。岩陵会はそれを登るべく、昭和二十九年暮れから二千五百メートルの地点にテントを張り、私の弟を含む三名（リーダー石原國利、澤田栄介、実弟若山五朗）が、三十年の元旦早朝から東壁に向かった。私はこの年現役を引退し、新しいリーダーに引きつぎ、正月を久しぶりで鈴鹿の自宅でむかえた。

問題のザイルであるが、昔はザイルといえばすべて麻のザイルであった。昭和二十六年頃から、ナイロン製のザイルが現われた。山岳雑誌でも、ナイロンザイルは強くてしかも使いやすい。伸びがあるからとくにショックに強い。何から何まで麻ザイルに優る、と紹介された。私は四十メートルのナイロンザイルを二本購入し、そのうち一本が前穂高で使われたわけである。

東壁へ向かった三人は、元旦のうちにほぼ登ってしまったが、頂上直下三十メートルくらいで暗くなり、そこで仮眠した。翌日リーダー石原が登ろうとしたが、登れず、私の弟が代わってそこを登ることになった。頭の上に突き出した岩にザイルをかけ、その右側から登ろうとしたとき足を滑らせ、ちょうど振り子のようになった、こういうことは時にはあるが麻ザイルの場合には、ザイルに傷がつくようなことはない。ところがナイロンザイルはあっけなく切れて、弟は墜落、行方不明となってしまった。残った二人は、切れたザイルに、登攀意欲を失い、そのまま救援を待った。二人は翌三日救出されたが、弟の遺体は七月三十一日、約三百メートル下の雪渓で発見された。

問題は、一トン以上に耐えるナイロンザイルが、どうしてわずか五十センチぐらいの滑落で切断したかという点である。誰しも切れるはずはないと思う。わたしは連絡をうけて上高地へかけつけ、次々に集ってくる仲間とともに、どうしてザイルが切れたのか懸命に考えた。ところがこの一週間の間に、私たちのを含めナイロンザイルが三本も切れていたことがわかった。これには何か原因があるにちがいないと考え、簡単な実験をやった結果、ナイロンザイルは引っぱりには強いが、岩角にかかるときわめて弱いと確信した。角が机の角のように、滑らかで丸みがあれば強いが、岩角の多くは鋭くギザギザしている。そういう角で切れやすいと確信した。

私はナイロンザイルの切断の状況と、ナイロンザイルの岩角欠陥の仮説を、新聞に発表した。多くの登山者が、ナイロンザイルをもって登山しているので、その人たちへの警告である。

ところが、ナイロンザイルはヒマラヤでも南極でも使われている。弱いはずはない、ザイルの使い方を誤ったのではないのか、たとえばザイルの結び方を誤り、ザイルがほどけたのではないかと主張する人もあらわれた。ナイロンザイルに岩角欠陥があるのかないのか、ということは、弟の死因を明らかにするためにも、また登山者の生命を守るためにも早急に解決されなくてはならない問題である。登山用具の権威である国立大学の著名教授がその解明にとりかかると発表された。そしてその教授の研究が、始ったのである。

結論を言うと、教授は研究室での実験で、ナイロンザイルは岩角に弱く、五十センチの滑落で容易に切断することを確認された。生命尊重の点からすれば、一般登山者の安全のために、そのことを登山界に一刻も早く発表していただかなくてはならない。またそれが私の弟の死因なのだから、一般社会に対しても発表されなくてはならない。ところがその教授は、そのことは発表されず、それどころかザイルメーカーが作った高さ十メートルの立派な実験装置を使って、ザイルの実験を公開された。その結果が新聞や山岳雑誌に大きく報道されたが、それはナイロンザイルに岩角欠陥はなく、前穂高での事故死の原因は、ナイロンザイルの切断ではない、というものであった。

とくにその教授は、日本山岳会発行のもっとも権威ある『山日記』という本に、ナイロンザイルは岩角でも十三メートルの墜落で切れないと発表された。

研究室の実験では弱く、公開実験で強かったのは、公開実験に使われた岩角はザイルのあたる部分が、一ミリほど丸くけずってあったからである。ナイフでも一ミリの丸みをもたせれば全く切れない。教授はナイロンザイルに岩角欠陥があることを知っていて、参観者には岩角で強いという印象を与えた。このため、ザイルメーカーは良心的な品物を販売したと言うことで、評判がよくなったが、私たちはウソを言う仲間と言うことで、登山界からも一般社会からも、白い目でみられるようになった。それよりも一番問題なのは、一般登山者の生命が直接危険にさらされたことである。

私たちはその教授にお目にかかって、このままでは一般登山者にとって危険だから、真相を発表していただきたいとお願いしようとしたが、会ってもらえず、それかといって放っておけないので、訴訟に持ちこんだ。ところが訴訟は不起訴となった。これは公害の一種ともみられるが、当時、公害という言葉はなく、おそらくこういう訴訟は、すべて問題にされなかったのではなかろうか。

私たちは次の手を考えた。検察審査会に訴えるとか、抗告とか、民事訴訟に切りかえるとかが考えられたが、弁護士に相談しても成算はないということであった。結局、公開質問状で追求することにした。その教授は、公務員だから、ザイルという、公の問題に関する市民の質問に、ノーコメントとはいえなかろうという理由である。公開質問状を発送すると、ラジオ、新聞にいっせいに報道された。そしていわゆるナイロンザイル事件は、社会問題となった。

なお私たちはその教授を訴訟したが、そのとき、なぜ訴訟しなくてはならなくなったかといういきさつを、三百頁ほどのガリ版印刷にまとめ『ナイロン・ザイル事件』という名をつけ、報道関係者など各方面に配布した。私の友人に送ったのが井上靖先生に渡って、私たちは井上先生にお目にかかることになった。井上先生は、事件の重大性を認識され、これを小説にすることによって、側面から援助したいと言っていただいた。それで小説〝氷壁〟が生まれたわけである。

さて私たちは、その教授に、公開質問状を次々に発送した。その教授は、初めは無視されていたが、度重なる質問に、ついに「公開実験は登山とは無関係で、船舶・グライダーに関する実験であった」という談話を発表された。私たちはさらに、日本山岳会に対して「岩角でも十三メートルまで切れないという記事は、危険だから訂正していただきたい」と、何度も申し入れたが、ナシのツブテであった。打つ手はなく、次の犠牲者が出るのを待つのみという、悲しむべき事態となってしまった。

その後、当然のことながら、ナイロンザイルの切断は相つぎ、死亡者は十名を越した。とくに昭和四十五年六月十四日には、二・七トンに耐えると表示されたナイロンザイルが、同じ日に別々の場所で、二本いずれもあっけなく切れ二名が死亡した。

ここにおいてジャーナリズムは、ふたたびナイロンザイル事件を、問題としてとりあげ「ナイロンザイルは、岩角で強いのか弱いのか、公開実験ではっきりさせるべきだ」と報道し、私は昭和四十八年三月、鈴鹿高専で私が作った実験装置を用い、各種ザイル、自然石などを用いて公開実験した。関東、関西からも自衛隊、レインジャーなど百三十名が参観された。いうまでもなくナイロンザイルは九十度の岩角で五十センチの滑落で切断した。テレビ、新聞等に大きく報道された。

またこの公開実験にあわせるかのように、六月には消費生活製品安全法という法律が制定された。通産省ではその対象として早速ザイルをとりあげ、国は、ザイルの安全基準作成のため、三千万円を支出した。私が作った実験装置は大活躍し、世界中のザイルを集めて実験がくり返され、ついにザイルの安全基準が出来あがり五十年六月五日の官報で公布された。ナイロンザイルが岩角に弱いことを、国が認めたわけである。ザイルの国家規制は世界で初めてのことである。これによってザイルの弱点が数字でもって明らかにされ、ザイルの正しい扱い方が、科学的に解明されることになり、今後永久に登山者の安全に役立つことになった。これはナイロンザイル事件が生んだ最大の効果である。

また私はその後も、日本山岳会に対して、再三、『山日記』の訂正をせまった。その結果日本山岳会は、五十二年度の『山日記』で、三十一年度版山日記のザイルの記事について深く遺憾の意を表し、ここに「山日記問題」は解決した。またザイルメーカーも、すでに全日本山岳連盟の機関誌で、一切の件について、深甚なる陳謝の意を発表しており、ここにおいてナイロンザイル事件は、事件発生以来、二十一年目に解決した。

〝氷壁〟のあらすじ

〝氷壁〟の概要を書いたものはないかと、手もとの書物をさがしたがみつからない。ご承知のように、〝氷壁〟は三十三年一月、大映で映画化されている（脚本・新藤兼人氏）。スクラップブックをあちこちひっくり返しているうち、映画のプログラムがみつかったので、それを転記させていただくことにした。映画のプログラムを代用するということは、非常識のようにも思うし、原作者井上先生にたいへん失礼なようにも思うが、私自身の概要よりましかと思って、そうさせていただいた。お許しをいただきたい。また映画のプログラムだから、当然のことながら中途で切れている。それ以降は、私が映画〝氷壁〟のシナリオをみながら埋めさせていただいた。

物語（カッコ内は俳優の名、敬称を略させていただいた）。魚津恭太（菅原謙二）と小坂乙彦（川崎敬三）は、一月一日の明け方、前穂高の東壁にしがみついて吹雪と闘っていた。あと十メートル程で岩場がつきるというとき、猛然と谷間から雪が吹き上げ、二人を結びつけていたナイロンザイルが切れ、小坂の身体は転落していった。コ・サ・カ、魚津の絶叫は、虚しく煙りの海の中に消えた。

「どうしてザイルが切れたのか」新聞やテレビは一斉に、この事件を報道し、人々の注視を一身に集めた魚津は、深い孤独感に襲われた。

まもなくナイロンザイルの衝撃実験が、八代教之助(上原謙)の手によって行なわれた。教之助は皮肉にも死んだ小坂が命を賭けて慕い、そして過去に一度だけ関係のあった八代美那子(山本富士子)の夫である。実験の結果は魚津にとって最悪であった。ザイルは切れなかった。

問題となったナイロンザイルは、恭太が勤めている新東亜商事の兄弟会社の製品であったため、恭太の場合はさらに苦境へと追いこまれた。しかし小坂の死が、他殺か、自殺かと騒然たる世論の中で、終始魚津を理解しつづけたのは文社長の常盤大作(山茶花究)であった。

もちろん小坂の死後、魚津は美那子に会って、小坂のことは誰にも話すなと言い、彼女を無責任なスキャンダルの渦から救おうとしていたが、今では小坂と同じように、美那子を慕う自分を知った。美那子の方でも魚津と会っている時には、夫や小坂と一緒の時と違って、何か身体が上気するのを感じていた。ザイルの実験結果が判った日、ふたたび美那子にあった恭太は、

「小坂はあなたに冬山の岩壁をみせたいと言っていました。僕にも、いま見せたい人がいる。それは貴女です」という。この愛情告白の瞬間は、同時に魚津にとって、美那子とふたたび会うまいという決意のときでもあった。

一度断念された小坂の死体捜査が再開され、それには小坂の妹かおる(野添ひとみ)も加わった。死体はB沢で発見されたが、ザイルは彼の体にきちんと結ばれていた……。

プログラムは以上で終わっている。以下シナリオから拾ってゆく。

常盤大作はザイルの切れ口を解析すれば、切断の原因が判ると考え、教之助の所へ持ってゆくが、奇妙にも教之助はザイルの切れ口をみようとしない。同席した美那子は、そういう夫の態度を詰《なじ》る。

一方、小坂の妹かおるは、魚津にはげしい恋心をいだき、結婚してほしいと訴える。魚津も、親友小坂に応える道はそれしかないと考えるが、美那子への思慕を断ち切るため、穂高の困難なコース滝谷を登る決心をする。同時にかおるに、この登山から帰ったとき、別の人間となってあなたと結婚すると言う。

かおるは、魚津を乗せた列車が発車するベルが鳴りわたる中で「十三日に徳沢小屋で待っておりますわ。元気で降りていらしって！　その時はどんなに嬉しいでしょう」と叫ぶ。魚津は明るくうなずく。

かおるは徳沢小屋で待っている。ところが魚津は滝谷D登高中、落石をうけ出血多量で死亡する。自ら死んでゆく状況を記した魚津の手記が、徳沢小屋のかおるに届けられる。それを持ってきた山男の顔を見た瞬間、かおるは恐怖で顔がゆがみあとずさりする。……

思いつくままに

(一)　ナイロンザイル事件と〝氷壁〟とが重複する期間などについて

前穂高東壁での愚弟の墜死は、三十年一月二日。著名大学教授による岩角欠陥をかくした公開実験が四月二十九日、愚弟の遺体発見が七月三十一日、ナイロンザイルは岩角でも強いと掲載した『山日記』の発行は三十一年一月、その教授への訴訟は六月、印刷物『ナイロン・ザイル事件』の発行は七月、井上靖氏が同印刷物を入手され、私たちと会われたのが十月、小説〝氷壁〟が朝日新聞に連載され始めたのが十一月、当局による不起訴の決定は三十二年七月、〝氷壁〟の連載が終ったのが同年八月となっている。〝氷壁〟は終ったがナイロンザイル事件はその後も延々とつづき、解決は五十一年十二月であった。従ってナイロンザイル事件が〝氷壁〟のモデルとなったのは、当初のわずかの期間にすぎず、しかもその期間は、私たちにとってもっとも苦しい時であった。

いずれにしても井上先生が私たちに「ナイロンザイル事件が終了しているのならば書きやすいが、目下係争中であるので、私の小説がどちらの側も、不当に有利にしたり不利にしたりすることがあってはいけない、また現時点で、はっきり事実というものだけしか使えない」と言われたことはよくうなずける。また小説は終りに近づくが、事件はいっこうに解決しないので、井上先生の「魚津を殺すより方法がなくなった」というお話もなっとくできるのである。この世は何が幸するのかわからない。魚津が死ぬことになったおかげで徳沢園は氷壁の宿とか……かおるが待つ宿……となったのである。それにしても井上さん、超一級の殺し方を考えられたものである。さらに小説〝氷壁〟は、ザイルは切れたのか、切ったのかというこの小説の中で、もっとも重要な疑問に答えていないが、あの時点では止むをえなかったことになる。もっとも小説はフィクションである。疑問が解決されなくてはならないということはない。

さて井上先生は、ナイロンザイル事件が終了した翌月の五十二年一月四日の日本経済新聞「私の履歴書」で、〝毅然と若き登山家弁護・ナイロンザイル欠陥説に立つ〟という見出しで、〝氷壁〟とナイロンザイル事件との関係を詳しく記しておられる。

それにはたとえば、「私は下山事件で若い二人の新聞記者を信じたように、東壁登攀パーティの

昭和49年9月、石原國利君らと若山五朗のケルンを訪れた井上靖氏と生沢朗氏（右）

リーダー石原國利氏（魚津のモデル）を信じた」「私は、〝氷壁〟を、ナイロンザイル事件を正面に据えて、石原氏の立場から書いた」「小説〝氷壁〟とは別にナイロンザイル事件はその後幾多の曲折をくり返したが、ついに昨年、事件から二十一年目に、漸く石岡繁雄氏の主張が全面的に容れられることになった。ナイロンザイルに安全基準が設けられることになったのである。これは新聞各紙に報ぜられ、〝二十一年目の真実〟と題しているものもあった。〝氷壁〟はナイロンザイル事件の解決には多少の役割を果したのではないかと思う」「〝氷壁〟を書いたおかげで小説執筆中はもちろん、その後もたびたび穂高に登っている。前穂も北穂も奥穂も登っている。去年も一昨年も出かけている。大抵石原國利氏もいっしょである。先年氏に付添ってもらってヒマラヤ山地に入り四千メートルの地点までいったが、これも〝氷壁〟を書いたお陰である」と記されている。

ナイロンザイル事件が終ったから、もうなんでも言えるというご心境とみうけた。いずれにしてもナイロンザイル事件を名作〝氷壁〟のモデルにしていただいたことは、ナイロンザイル事件解決への思いがけぬ推進剤となった。感謝に耐えない。

さて井上さんの一行（上高地から徳沢への道のわきには、いくつかの池沢があり、五月初めにはかえるの賑やかな交尾風景が見られる。それを井上さんは氷壁の中で、「それに気付いた魚津がかおるの目からかくす」という場面を作って活用されている。又それにちなんで井上さん一行は、「かえる会」と名付けられた）が穂高へ登られるときの宿は、いつも徳沢園である。魚津を作った人と、魚津のモデルが、かおるの待っていた宿で一緒に泊まる。夢は果てしなくひろがるが、そこには小説〝氷壁〟のロマン――うら悲しい哀愁が漂う。

(二) 現実の事件と小説の差

前掲、「私の履歴書」で井上先生は「ザイルメーカーによる公開実験によって、大勢は若い登山家たちの方に不利であった。しかし事件の渦中の人物である若い石原國利氏に会い、その人柄に打たれた。〝でも実際に切れたんですから〟という短い言葉を繰り返しているだけの青年の眼にはいささかの濁りもなかった。私は氏の言うようにザイルは切れたにちがいないと思った。作家としてはこの眼を信ずる他なかった」と記されている。

私はこの文で、現実の事件と小説の差というものを感じた。ザイルが切れたか、それとも結び目がほどけたのを、石原が切ったかどうかといったことは、第三者がみていないので、客観的な判断の基準がない。井上氏はその基準を石原の眼においていられる。もちろん小説だからそれでよいものの現実はそうはゆかない。しかしながらこういうところが小説の面白味、醍醐味なのかなあと思う。八方破れだから小説になるのであって、現実のような積み重ねをやっていては、小説にはならないと思った。

さてそれとは別に、私は、どういう基準から石原の言葉を信じたかという点を、これには二点があると思う。まず石原と澤田は、ザイルの切断の状況を、そのときの位置関係を図に描きながら説明した。しかしながらその状況でのナイロンザイルの切断は、従来の判断からでは絶対にありえない。第三者は、石原たちがウソを言っているのではないかと思うのがむしろ当然だろう。ところが私たちの仲間ではそういうことはない。登山などという、利益に無関係でしかも生命がけの趣味の集りに、少しでもウソがあっては、もともと成り立たないのである。お互い実にザックバランの集りである。ウソが言えるような雰囲気は、それこそカケラもない。石原の眼を見るなどという必要はない。しかしながらこのことは私にとってどんなに正しくても、第三者に対抗できるものではない。

第二の点は、石原の言葉を信じる基準としてナイロンザイルが、石原発表の状況で切断することを示す客観的な裏付けつまりザイルの切れ口の解析、現場調査、可能な限り再現の実験、理論的解析等が必要となる。これがない限り、石原発表が正しいことを第三者に認めてもらえない。結局、私はそれを懸命に追求していった。私はそれらの結果を前記印刷物『ナイロン・ザイル事件』とか昭和三十三年六月、山と渓谷社発行の『岩と雪』「ナイロンザイル切断の真相」で発表した。これらの中で決定的な点は次のものである。

ザイルの切れ口は、きわめて複雑な階段状をなしており、また切れ口からは一定長さ(約三センチ)のナイロンの繊維束が数多く離脱したこと、弟の遺体を荼毘《だび》にした後、岩稜会伊藤経男、石原國利らは、切断現場に赴いたが、その岩角には東壁で切断したザイルの切れ口から離脱した繊維束と同じ長さの繊維束が付着していたこと、その岩角を石膏にとり、それにもとづいて切断した岩角に近い岩片をさがし、かつ現場調査で判明した滑落の位置関係で落下衝撃実験をしたところ、ナイロンザイルは容易に切断したが従来の麻ザイルはほとんど傷がつかなかったこと、実験によって切断した切れ口と類似の階段状の切れ口および一定長さの繊維束がえられたこと、これらの理論的説明が出来たこと等である。

またこれらのデータがもととなって、世界最初のザイルの安全基準が出来たのである。

(三) ある感慨

さて私は、氷壁の宿・徳沢園のことを考えていて一つの感慨をもつ。ナイロンザイル事件―氷壁―徳沢園とつぶやくとき、人の世の奇妙さに気づくのである。ナイロンザイル事件という実像が、〝氷壁〟という虚像を生み、その虚像が氷壁の宿・徳沢園という実像を生んだのである。

もちろんこれに近い例はほかにもある。金色夜叉によって貫一・お宮の松が出来たり、ローレライが人魚が座った岩を作ったりしている。しかしそれらは虚像から実像であるが、実像―虚像―実像という三段とびのものは、浅学にして知らない。いずれにしても人間は奇妙な社会を作っているとの思いを強くする。

さらに思うことは次の点である。人間はこの地球に巣ごもった生命であるが、その生命が地球に発生した条件は、実にギリギリだった。剣の刃を渡るようなきわどいバランスの中で生命は生れた。そのことは天文学の研究が進むにつれていっそう明らかになってきた。そういう生物発生の条件のきびしさを象徴するかのように、人間には栄光と失意とが、あざなえる縄のように襲ってくる。失意の最たるものは死であることを思えば、人間が見つけた登山という行為は、栄光と失意の振幅がもっとも大きいものの一つかもしれない。

さて大滝山に端を発し、梓川に流れこむ徳沢の清流がつくったデルタ地帯、徳沢の平原は、穂高をめぐる山麓の中で、見事なオアシスを形成している。平坦な草原に天を突くタンネの大木が密生し、

徳沢園から見た前穂高岳

夏にはその草原は、色とりどりの原色の花で充満する。山から下りてきて徳沢へ着くと心底ホッとする。その平原の中心、徳沢園には、都会から今着いたばかりというカラフルな若い男女がはしゃぎ、徳沢園は山と都会の接点の様相を展開している。一見、なんのかげりも見えないこのオアシスにも、生命誕生の厳しさが冷たくひそんでいる。そのオアシスは梓川の対岸に展開する穂高連峰で遭難死した人たち（愚弟も含まれる）にとって怨念の的であったかもしれない。彼らは、そのオアシスに必死の手をさしのべながら息を引きとったのかもしれない。そのオアシスから手が伸びてこないことを恨みつつ死んでいった人もあったかもしれない。また吹雪の中、徳沢園のすぐ近くまで来ながら、徳沢園が発見できず凍死した人もあったと聞く。徳沢園は、紙一重で明暗を分ける人生の厳しさを、この徳沢の地に建てられて以来ずっと見てきた。徳沢園自身、とまどいと身もだえの中に、立ちすくんでいるようにさえ見られる。

魚津とかおるのロマン、かおるが徳沢園で恋人の死を知らされるシーンの描写こそは、読者の胸に、人類創世期に起因する人間の世の厳しさ、はかなさが、井上靖のペンの形をかりて、鋭く突きささるのである。

ザイルの選び方と使い方——安全基準に関連して（本文二〇七頁参照）

登山用ザイルの安全基準の制定は、昭和三〇年四月の「蒲郡実験」に端を発するナイロンザイル事件の一つの終着点ともいうべき事柄であった。ザイル切断による登山事故を防ぐために、半生を賭けて取り組んだ石岡さんのナイロンザイル事件への総決算の気持が、昭和五〇年五月号の『山と渓谷』に掲載されたこの文章にはこめられている。「近く設定されようとしている基準の最大の特徴は、シャープエッジというザイルを切断させる最大の敵に対し、人類初めての科学的挑戦の足場を築いたものである。」この資料は、本文中では十分に記載できなかったザイルの強度についての力学的説明や、実際にザイルを使用する際に注意すべき点が、安全基準を解説する前提として、間口の広い深く掘り下げられた知識をかたむけて説明されており、登山家はもとより一般読者にとっても参考になる。また石岡さんによる登山の安全への追求が、いかに登山の現場に密着した具体性のあるものであるかを感じとることができる。

まえがき

一般消費者の生命または身体に対する危害の発生の防止を図るため、昭和四八年六月六日に消費生活用製品安全法(法律第三一号)が制定され、登山用ザイル(以下ザイルという)がそれに該当することになり、主務大臣はザイルについての基準を作成することが義務づけられ、二〇数名の委員(委員長金坂一郎氏)からなる登山用ザイル安全基準調査研究委員会が発足した。その委員会で実験を通じての検討と審議を続けた結果、本年三月五日に審議を終了し基準案を決定した(末尾に掲げた)。このあと三月末に予定されている審議会を通過すれば、正式に発令の運びとなるということである。また基準の実施に備えて、神戸市にある通産省神戸繊維製品検査所には、工費七九〇万円を費やして、基準案にもられているすべての項目を試験する装置が完成し、さる三月一三日に竣工式を行なった。

ザイルの安全基準設定の目的は、ザイルの切断による事故の発生を減少させることである。そのためには基準の内容が妥当であることと、関係者(ザイル業者、登山の指導者および一般登山者)がそれを正しく理解して実行することが必要である。

基準の内容の点は、発令後一年以内の実施猶予期間中に多くの人々によって検討されるであろう。もし誤りとかまずい点が発見され、また訂正のための具体案が示されれば、この基準はいつでも訂正可能ということであるので(JISの場合は三年ごとにチェックされる)、適当な機関によって訂正されるであろう。

次に関係者の理解という点は、基準案はザイル業者に対する義務づけであるので、その字句のままでは一般登山者にとって理解しにくい。したがって、それに基づくザイルの正しい選び方と扱い方を、わかりやすく記した説明書をザイル一本ごとに添付することが必要であろう。またその仕事は日山協とザイルメーカーが協力して猶予期間中に完成させなくてはならないであろう。

私は今回、本紙編集部から表題の原稿を依頼されたが、それは私が委員であることと、主として実験にたずさわってきたという理由からであろう。このことについて私は金坂委員長と通産省当局の了承を得たが、私としてはこのまずい文が、将来完成されるであろう取扱い説明書のたたき台になってくれれば望外の幸せと考えている。

基準設定の背景

(1)ザイル切断に伴う事故が後を絶たないこと。

ザイル切断に関連する事故は戦前にもときおり発生したが、昭和二九年末から三〇年始めにかけて三件発生し、その後も続発しており、私が知っているものだけでも二九年以降一五件、死亡者一六名となっている（なお、ザイル切断と死亡との因果関係は、ザイルパーティ全員死亡という場合もあるので明らかでないものがある）。

(2)ザイル、カラビナ、ハーケンおよび安全ベルトのうち、ザイルの基準だけが設定されていないこと。

ザイル、カラビナ、ハーケンおよび安全ベルトは一体として使用するものである。このうちカラビナ、ハーケンおよび安全ベルトの安全基準（この安全基準はザイル業者の自主的なもので、前記安全法に基づくものではない）は、四七年八月四日に設定されたが、ザイルだけは設定されなかった（『岳人』二一六号で上島氏は、また『岩と雪』二九号で同編集部は、ザイルの基準の早期設定を強く求めている）。

(3)日本山岳協会によるザイル業者への勧告は実施されていないこと。

日山協は四八年二月二八日、内外のザイル業者に対して、今後ザイルを販売する際には「ザイルは岩角で切れやすい」等を明記した説明書をザイル一本ごとに添付することを要望した。しかしながらその後も、大部分のザイルには（特に外国製のザイル）従来どおり、ザイルの長所のみを記した説明書が添付されている。

(4)登山界にはザイルに関する統一見解がないこと。

次にその例を示す。

(a)三二年六月発行、山崎安治、金坂一郎両氏共著『登山の基礎』一一五ページには「太さは一〇ないし一二㎜が普通でそれ以下のものは補助綱として携行されることがある」と記されている。

(b)四六年一一月発行、阿部和行氏著『新岩登り技術』には「ナイロンの八㎜をドッペルで使うのが最良ということになろう」と記されている。

(c)四七年八月一日発行『岩と雪』二六号、辻坂新二氏執筆「ザイル・その変遷と問題点」には「ザイルの強度を測定して太さを定めたのではない」とし、一一㎜から六㎜までの静的強さが表示してある。

(d)『岩と雪』二六号に市販ザイルの一覧表が掲げてあるが、それによれば七㎜以上がザイルで、六㎜以下は単にロープとなっている。

(e)東京製綱のザイルには、ザイル一本ごとに説明書が添付されているが、それによれば、九㎜ないし一二㎜はザイル、八㎜は補助ザイル、六㎜、四㎜にはザイルの呼称がない。また「八㎜以下の細いものは岩登りの登攀時と下降時などを問わず、ダブル以上でも人体の確保用として一切用いてはなり

ません」と記されている。(注1)

基準の設定にあたって考慮すべき点

(1)今回の基準でいうザイルとは、登山者が滑落（転落、墜落を含む）したとき、その登山者を確保するために用いるロープのことを指している。なおザイルとは、登山に用いられるあらゆるロープのうち、その切断が直接登山者の生命にかかわるもの、と定義することもできそうである。登山者の安全のためにはザイルの範囲をそこまで拡大することが望ましいかもしれない。たとえば、フィックスロープとかアブミに用いるロープの強度が、寒さや日光の照射によって低下する割合を規制することは、安全にとって必要である。しかし今回の基準でいうザイルは、従前からの一般的な概念にしたがっている。

(2)ザイル切断防止のためには、ザイルとして販売されるものは、登山中起こりうるあらゆる滑落で、かつ確保者の技術の優劣とは無関係に切断しないことが望ましい。また安全基準に合格したザイルといえば、そういう印象を与えかねない。しかしながら、現在そういうザイルはもちろん存在しない。

したがってザイルの切断防止は、登山者がザイルの性能（切断にかかわりを持つ各種の強度）を熟知し、その範囲内で使う以外にはない。ザイルの切断防止は原則として、ザイルの性能と登山者の技術との組合せから成り立っている。

結局、現状は次のようである。ある滑落では登山者の技術に関係なくザイルは切断しない。また別の種類の滑落では登山者が必要な技術を持つときのみザイルは切断しない。さらにほかの滑落では、技術のいかんにかかわらずザイルは切断する。

そのようなわけで、ザイル切断防止のためには、ザイル切断の条件をできるだけ正確に知らなくてはならない。そのための説明は力学的なものとならざるをえない。力学的な扱いは従来もしばしば発表されてきたが、肝心のザイルの強度表示がなかったので空虚な感が強かった（従来でもザイルの静的強さの表示はあったが、それはザイル切断防止にはほとんど貢献しない）。しかし今回の基準案では、必要な強度が数値で表示されることになっているので、基準が実施されたときには、それが現実的な意味を持ったものになろう。

次に初歩的な力学を用いてザイル切断の条件を考えてみたい。

(a)ザイルの切断防止に関与するザイルの性質には、破断強度 F kgとザイル係数 k kg（ザイルの伸び具合を示すもの）の二つがある。

さて、ザイルを引き伸ばせばザイルの張力は増加する。ザイルの伸びと張力とが比例するものとすれば、両者の関係は1図となる。ザイルを引っ張るとき、ザイルをシャープエッジで九〇度曲げて引っ張ったとすれば、F_S kgで切断する。シャープエッジの代りにカラビナを置いたとすればF_k kgで切れる。ザイルを曲げずに真直ぐのまま引っ張ったとすれば、ザイルは結び目で切断する。そのときの張力はカラビナのときのF_k kgに大体一致する（結び目の種類によってかなりの差がある）。結び目で切れないように特別に工夫して引っ張るとザイルは結び目のないところで切断する。これがF_m kgで静的強さとか抗張力と呼ばれるものである。したがって、ザイルの破断強度には、F_m、F_kおよびF_Sが

$k = 3860$ kg

$F_m = 2200$ kg

$F_k = 1320$ kg
（カラビナ支点）

$F_s = 250$ kg
（バラツキ多し）

$T_m = 1110$ kg

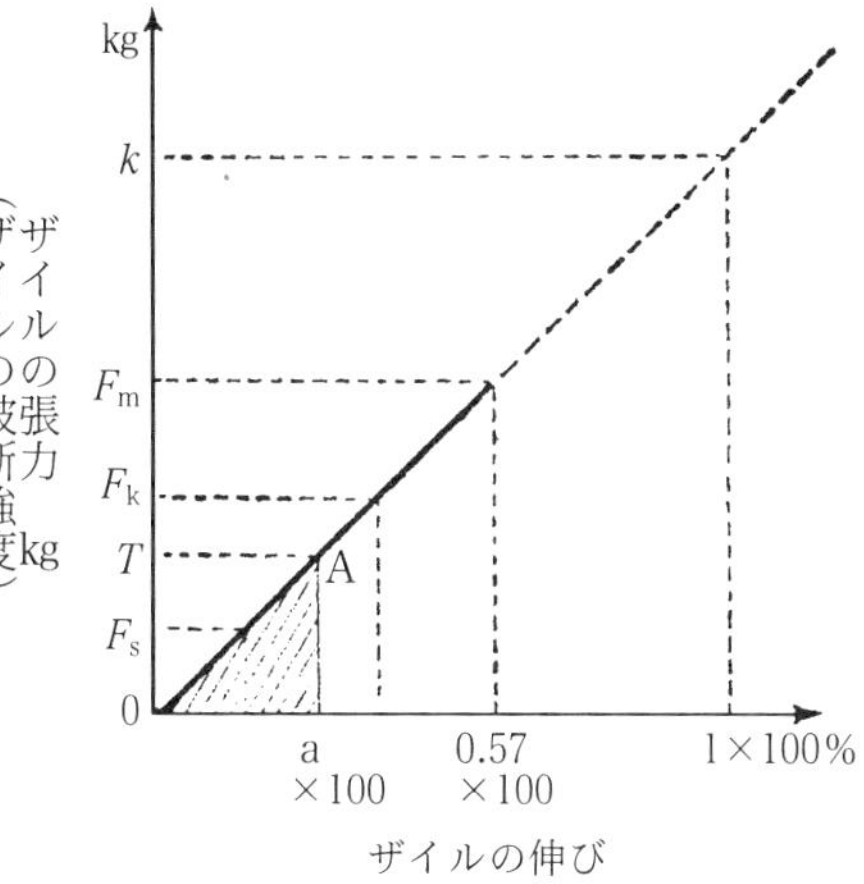

1図

あるが、F_mは関係がないので結局F_k（カラビナのとき）とF_Sの二つとなる（ザイルが人体、樹木、雪、氷などで屈曲する場合、カラビナのときと同じに扱ってよい）。

次にザイル係数k kgを説明する。いまあるナイロンザイルは五七％伸びたとき切れ、抗張力は二二〇〇kgであったとする（1図の例）。さて、もしもそのザイルが一〇〇％まで、つまりもとの長さの二倍まで切れずに伸びたと仮定すれば、そのときのザイルの張力は2200/0.57＝3860 kgとなる。このザイルのザイル係数は三八六〇kgである。つまりザイル係数kとは、ザイルを二倍の長さに引っ張ったと仮定したときのザイルの張力である。たとえば東京トップのカタログによれば、エラスガイド一一㎜のkは二七七〇kg（抗張力一八〇〇kg、そのときの伸び六五％）、ガイド一一㎜は七七二〇kg（二七〇〇kg、三五％）、ゴールドガイド九㎜は五六七〇kg（一七〇〇kg、三〇％）、ガイド九㎜は五〇〇〇kg（一五〇〇kg、三〇％）となっている。k はザイルの伸びにくさを示すもので、k が小さいほど伸びやすいザイルである。k はザイルの破断強度とは無関係である。

(b)ザイルが切断するかしないかは、次に述べる二つの力を比較すればよい。登山者が滑落したときザイルには衝撃力が作用するが、その力は滑落の状況によって大きいときもあり小さいときもある。この力を〃滑落によってザイルに作用すべき力〃T kgと呼べば、(a)で述べたザイルの破断強度F (F_kまたはF_S) が、T より大きければザイルは切れないし、小さければザイルは切れる。たとえばザイルのシャープエッジでの破断強度F_Sが二五〇kgしかないのに、ザイルに五〇〇kgの力が作用するような墜落をしたとすれば、ザイルは当然切断する。

さて、T は次のようになっている。

(i)登山者の技術とは無関係に定まるもの。

これには次の五つの要素が関与する。すなわち体重W kgと前記ザイル係数 k kg (この二つは、登山する以前から定まっている)、斜面の傾斜と、斜面と滑落する登山者との摩擦係数 (この二つは滑落する場所により定まる)、落下係数 f (落下距離 H m、滑落したとき、衝撃力が作用した部分のザイルの長さを L mとすれば $f = H/L$、f は滑落の状況によって定まる。また f は二より大きくなることはない) の五つである (T は、落下距離 H には直接関係しない事に留意すべきである)。

次にザイルを支点で固定し、かつ斜面の傾斜が垂直の場合の T は、

$$T = W\left(1 + \sqrt{1 + \frac{2kf}{W}}\right) \quad \cdots\cdots \text{(I)式}$$

となる。(注2)

なお $W = 80$kg、$f = 2$ としたときの T を T_m とすれば、ザイル係数 k と T_m の関係は、2図のグラフで示される。体重が八〇kgを超えない限り、登山中どのような状況の滑落をしても、ザイルには T_m 以上の力は作用しない。したがって、もしもザイルの破断強度 F が T_m より大きいときには、登山者の技術と無関係にザイルは絶対に切断

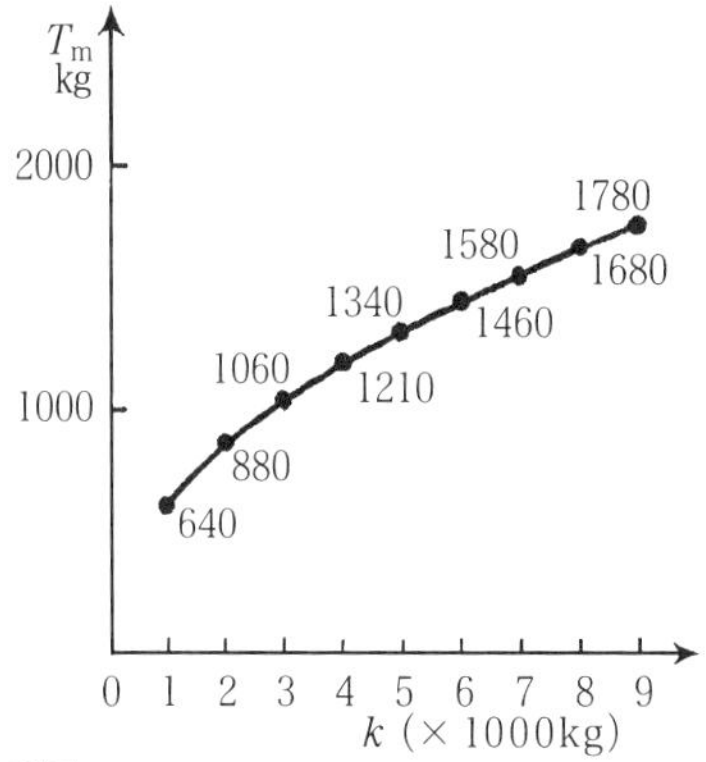

2図

しない。T_m はザイル切断防止を検討する際の重要な数値である。

次に斜面の傾斜が緩くなれば T は小さくなる。たとえば氷や硬雪の五〇度の斜面では約半分となる（摩擦係数を〇・四として）。

(ii) T を小さくする技術（制動確保）とその弱点(注3)

いまかりに(i)で計算した T は五〇〇kgであったとする。また滑落のときザイルがシャープエッジに掛かることが予想され、またその岩角でのザイルの F_S は二五〇kgであったとすれば、ザイルは切断する。この状況で T を二五〇kgより小さくしてザイルの切断を防止するには制動確保の技術しかない。

3図で錘の重さ W kg、最初に落下した距離 H m、制動確保によってザイルを滑らせた距離 h m、

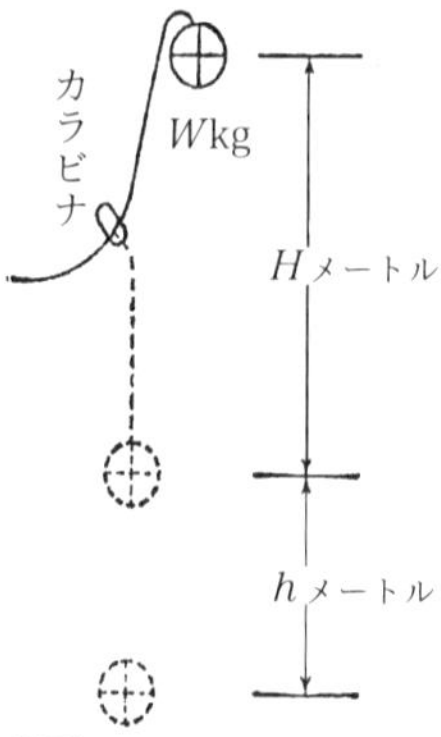

3図

そのときのザイルの張力（制動力）をT kgとすれば、落下のため登山者の位置エネルギーは$W(H+h)$kgm減少する。また制動確保によってザイルと支点との摩擦熱となったエネルギーは、$T \cdot h$ kgmであるので（ザイルの伸びを無視する）、

$T \cdot h = W(H+h)$ したがって $H/h = (T-W)/W$ ゆえに、

たとえば$h = H/2$ならば$T = 3W$となる。このようにしてTは、hを大きくしさえすれば、体重Wにまで小さくすることができる。したがってこの技術さえあればザイルの切断は防止できることになる。

しかしながら、この技術にも重大な弱点がある。第一は、制動確保は確保者が足場の悪い場所で、とっさに、しかも勘でやる技術であるので、適切なかつ変動の少ない制動力をうることが難しいことである。Tが大き過ぎるとハーケンが抜けたり、ザイルが岩角で切れたりする。そうかといって、Tが小さ過ぎるとhが大きくなり過ぎ、蓄えてあったザイルがなくなる。第二は、トップとセカンドの間のザイルが多くのカラビナで屈曲しているときとか、岩角で二回以上屈曲したときとか、ザイルが岩のすき間に食い込んだときには、ザイルは滑らず（ジャミングという）、制動確保は不可能となることである。

(iii)以上述べたことから、たとえば1図に例として示したナイロンザイルを用いた場合、滑落したときザイルの支点がカラビナであれば、F_kがT_mより大きいので、登山者の技術にかかわらず、またザイルがジャミングしようともザイルは切れることはない。これに反し、滑落したとき支点がシャープエッジであれば、F_Sは二五〇kgしかないので落下係数fがよほど小さいか、斜面の傾斜が緩くない限りザイルは切れる。この場合でも、確保者が制動確保を的確に行なえばザイルは切れない。しかし滑落したときザイルがジャミングすれば、制動確保の得意な人でもザイルは切断することになる。

(c)基準案の⑨衝撃応力およびせん断衝撃応力とザイル切断条件との関係。

ザイル切断条件は、その要素となっているもの、すなわちザイルの破断強度Fに関係するF_m、F_Sと、滑落によってザイルに作用すべき力Tに関係する体重Wkg、ザイル係数$k$kg、落下係数f、斜面の傾斜および斜面と登山者の間の摩擦係数が判明すれば決定される。

さて、F_mとF_Sは、もしそれらがT_mより大きいときには登山者はF_m、F_Sの値を知る必要はない。前記したように、登山者の技術に関係なく、ザイルは切れないからである。基準案の場合、衝撃応力とは、基準案④の試験で切れなかったときのザイルの張力であるのでT_mと一致する（実際はそれよりやや小さい）。したがって、そのザイルのF_mはT_mより大きいわけであり、F_mの表示は必要でない。せん断衝撃応力は基準案⑤の試験結果であるのでF_sに該当する。次にザイル係数$k$kgは、(I)式で、Tに前記衝撃応力T_m、Wに八〇kg、fに一・八（$H/L = 5/2.8 = 1.8$）を代入すれば求められる。2図のグラフからでもよい。次に、現場での実際の落下係数f、斜面の傾斜および摩擦係数は現場の状況から判明する。

(3)基準は、登山者の滑落をくい止めることのできるすべてのロープをカバーするものでなくてはならない。

戦前にはザイルといえば、マニラ麻一二㎜一種類しかなく、どのような登山にでも同一ザイルを使用していた。しかし最近ではザイルの種類が多く、それにザイルがシングルやダブルで使われ、目的とするコースの状況によってそれらを使い分ける人が多くなっている。たとえば目的とするコースがオーバーハングの連続で、滑落してもザイルはカラビナで屈曲するだけでシャープエッジには掛からないという場合には、ザイルはシャープエッジに弱いザイル（細いザイル）でよいことになる。要するにそういうザイルでも、制限された登山目的に対しては充分にザイルの役割を果している。この場合もしもザイルの基準を、シャープエッジに対して何kg以上の強度がなくてはならないと定めたとすれば、前記のロープはザイルでなくなってしまい、基準は、目的にかなうロープをカバーしなくる。要するに F の小さいザイル（弱いザイル）でも登山の目的（コースの状況）によっては安全なザイルとなり、F の大きいザイル（強いザイル）でもコース次第では危険なザイルとなる。安全なザイルが基準からはずされては困るわけである。

(4)登山者のなかには困難に挑戦するスポーツ的な登山を行なう人々がいる。そういう人たち（当然熟練者である）にとっては、安全は必要にして充分であることが要求される。したがって、基準がそういう人たちに過剰な安全を押しつけて、スポーツ的意欲を損なわせるようなことがあってはいけない。それどころか、そうすることはかえって別の危険を発生させることになる。たとえば熟知した雪の稜線を重荷を背負ってコンティニュアスで歩くとき、斜面の傾斜はそれほど急でなく、落下係数 f が二に近づくこともなく、また滑落してもザイルが岩角に引っ掛かる恐れはない。そういう場所では、ザイルは細く軽いもので充分である。しかるに基準が、f は二に耐え、かつシャープエッジでどれだけ以上の強度を持たなくてはならないと定め、したがって持参するザイルは相当に重くなるという場合には、登山者は余分の安全性のため、余分の重量を背負うことになり、疲労を増し、滑落の危険を増す。またザイルが太くなるのでザイルにかかる風圧が増し、バランスを失う原因となる。

ザイルの基準はどうあるべきか

基準は、二本立にする以外にはないように思われる。

(1)熟練者のための（または特殊目的のための）性能の表示。

ザイルの切断防止は、登山者がザイルの破断強度F（F_kとF_S）と、滑落したときザイルに作用すべき力Tとを正確に把握し、かつTをFより小さくする技術を持って登れば充分に果たされる。そのためにはF_k、F_Sおよびザイル係数k kg、さらにザイルが水につかったときの強度、低温での強度ならびに太陽光線に長時間曝露したときの劣化の状況を知らなくてはならない。そのためにはそれらがザイルメーカーによってあらかじめ表示されていなくてはならない。それさえあれば熟練者は、それと目的とするコース（要するにT）とを比較して、必要にして充分なザイルを選ぶことができる。

(2)初心者のための（または一般的な登山目的のための）性能の下限の設定。

FとTとの比較検討ということは、初心者には容易ではない。したがって、市販されているザイルに各種強度の表示がしてあったとしても、初心者はその選択を誤るかもしれない。初心者によるザイル切断をできるだけ防止するには、ザイルが通常の使用状況では切断しにくいように、登山に関するすべての性能について、一定以上の強度を持ったザイルを特別に指定する必要がある。できうれば、どのような場所で、どのような滑落をしても、しかも登山者の技術に関係なく切断しないザイル、つまりF_mとF_SがT_mより大きいザイルを初心者用（または一般登山用）と指定することが望ましい。

しかしそういうザイルはないので、やむなくそれに近い性能を持ったザイルを指定し、他方、そのザイルが切断する場合を、わかりやすく記した取扱い説明書をザイル一本ごとに添付することになる。なおその説明書には、ザイル切断防止のほかに、確保全般についての注意が記されていなくてはならないであろう。

さて、ザイルの性能の下限をどこに設定すべきであろうか。以下、今回の基準案に関連させて記すことにする。なおこの場合にはザイルの太さに下限が設けてある。

(a)ザイルの支点がカラビナの場合（基準案の④）

基準案④の試験でザイルが切れないということは、前記したようにF_kがT_mより大きいわけであり、この点では全く安全なザイルである（F_kについてはＵＩＡＡ—国際アルパイン連合—の基準と一致する）。この点はかつてのマニラ麻のザイルでは不可能なことであったが、ナイロンの出現によって可能になった。

なお衝撃応力T_mの表示は、登山の安全にとって次の意味を持つ。前記のごとくT_mは登山活動のなかでザイルに発生する可能性のある最大荷重を意味する。したがってハーケン、カラビナ、安全ベルト、人体などに作用する可能性のある最大荷重はすべてこのT_mから導き出される。そのようなわけでこの値を表示することは、確保体系全般の安全を科学的に判断することに役立ち、事故防止に大いに貢献する。基準案④で、第一回の試験で衝撃応力T_mが一二〇〇kg以下であることという制限は、ハーケン、カラビナなど確保の構成要素の保護に役立つものであり、特に初心者の場合必要と思われる

（ザイルがカラビナで一八〇度向きを変えるときは、ハーケン、カラビナにはザイルの張力の二倍近い力が作用する）。ＵＩＡＡの基準もそうなっている。またこの制限はザイル係数 k の制限を意味するが（2図をみられたい）、第一回の試験でのデータであるので、実際の k の制限値は2図から求められるものより相当に大きくなる。

(b)ザイルの支点がシャープエッジの場合（基準案の⑤）

基準案⑤のテストでザイルは容易に切断するが、このときの破断強度 F_S（せん断衝撃応力）が一五〇kg以上のものを合格としてある。[注4] この場合のザイル切断防止は、斜面の傾斜が充分に緩いとか落下係数 f が充分に小さい場合以外では、制動確保によってザイルに作用すべき力 T をせん断衝撃応力 F_S 以下にする以外にない。また制動確保は前記のごとく F_S が体重 W より大きければ成り立つ技術であるが、人間が勘で調節することであるので相当な余裕がなくては危険である。一五〇kgという値はその余裕が少なく、制動確保は難しいものとなる。したがって安全のためにはこの値を大きくすることが望ましいが、現在のザイル製造技術と、ザイルの試験におけるデータのバラツキを考えると、現時点ではこれくらいが妥当のように思われる。いずれにしても今回の基準案にせん断衝撃応力 F_S が加えられたことによって、今後ザイルの F_S を大きくするための研究に拍車がかけられるであろう。将来その状況をみてこの下限の値は高められてゆくと思われる。

なおＵＩＡＡの基準では、ザイルのシャープエッジでの規制は全くない。このことは、外国ではザイルの切断が少ないことを意味するものではない。また外国でもザイルの切断のほとんどが岩角で発生していることは、日本山岳会会報一八九号の金坂一郎氏の記事からよくわかる。ザイルを切断させる最大の原因を野放しにしてよいはずはない。

次に衝撃応力T_mとせん断衝撃応力F_Sとを比較することの意義を述べる。将来ザイルが改良されてF_SがT_mに等しくなったとき、そのときこそザイルは全く切断しないものとなる（よほど特殊な場合を除き）。したがってF_SとT_mとの開きがそのザイルの危険の度合いを示すものとなる。つまりこの二つの数字を見れば，〝このザイルのシャープエッジでの強度は必要な強度の何分の一〟ということがわかる。危険度を具体的に示すことは大きな警告となり、事故防止にとっても、またザイル改良の目標にとっても有意義である。

(c)ザイルの直径を九㎜以上としたことについて（この点は政令で定める）。

既述によりザイルの切断は、ザイルの破断強度Fとザイル係数kに関係し、直径には関係しない（細くても強いロープ、太くても弱いロープがある）。しかし登山者の安全を考えるとザイルの太さは次の点でかかわりを持つ。パートナーを確保する場合とか（トップが後続者を支えるとき、またはセカンドがトップを制動確保するとき）、懸垂下降するときには、ザイルに対し相当な握力を加える必要があるが、ザイルがあまり細いと必要な力を出しにくい。また夏山など薄着で肩確保した場合、ザイルが細いと肩に食い込み必要な力が出にくくなる。したがって、一般登山者を主な対象と考えた場合、安全のためには太さに制限を設けることが必要と思われる。基準案では九㎜以上となっている。

(d)水、寒さおよび日光についての強さの制限は、基準案⑥、⑦および⑧にそれぞれ示している。

消費生活用製品安全法との関係

前述のごとく、ザイルの基準は熟練者に対しては、登山者が必要とする種類の強度を表示すればよく、一般登山者に対しては、それらの種類の強度それぞれについて、下限を定めたザイルを特別に指定する必要がある。したがって、安全法に基づく基準は、そのような二本立てになることが望ましい。

しかしながら、二本立ては安全法では困難ということであり、結局、実現可能な方法としては、一般登山者に対するものを安全法によるザイルとしてSマークを付し（九㎜以上で基準に合格したもの）、熟練者に対するものを民間（ザイル業者）の自主規制によるザイルとしてSGマークを付する（八㎜以下で必要な種類の強度表示がなしてあるもの）、ということのようである。前者については今回の基準案がそれであり、後者についてはいまだに構想の段階であるが、前者の実施までの猶予期間中に解決され、両者同時に実施されなくてはならないであろう。安全法による場合でも民間の自主規制の場合でも、その仕事は製品安全協会が行なうことになるので、そうと決まれば作業はスムーズに進められるであろう。いずれにしても、ザイルという生命にかかわる品物が、必要な強度表示も付されずに販売されるということは、ありうべからざることであろう。

ザイルの選び方と扱い方

今回の基準案が正式に制定された場合、これから登山をやろうと思う人は、どのようなザイルを選び、またそれをどのように扱ったらよいであろうか。そういう人には、登山中発生するかもしれない不慮の事態の精確な認識とか、ザイルの性能の理解が難しいので、当然基準に合格しているSマークのザイルを選ばなくてはならない。また取扱い説明書の記載を充分に理解し、かつ適当な指導者の下で確保全般に対する充分なトレーニングを経た後、現場のコースに向かわなくてはならない。万一滑落したとき、ザイルがシャープエッジに引っ掛かることが予想される場所では、Sマークのザイルのうち、一一㎜のザイルでせん断衝撃応力が大きいザイルを選び（この値はザイルの銘柄によって相当な差がある）、かつダブルザイルを用い(注5)、しかも滑落したときザイルがシャープエッジに掛からないよう、ハーケンを余分に打ってランニングビレーを細かくやるとか、適当な長さのザイルシュリンゲを設けるとか、コースを変えるなど徹底した配慮が必要である。シャープエッジでの制動確保は難しいばかりでなく、トップが滑落し、ザイルが確保者よりも上方にある岩角に引っ掛かるときには、ザイルは岩角で二回屈曲する可能性が大きく、制動確保を行なおうとしてもザイルは滑らず、いわゆるジャミング状態となってザイルは切断するからである。またこれらの正しい判断は一般登山者には極めて難しいからである。（ザイルをダブルザイルとして、一本長くし一本短くすることもシャープエッジには効果がない）。

次に、滑落したときザイルの支点がカラビナとなる場合は、Sマークのザイルならば切断の心配はない。しかし危険はザイルの切断だけではないので、T を小さくするためザイル係数 k の小さいザイルを選ぶことが望ましい。この場合のダブルザイルはむしろ不利である。

つまりダブルザイルとなし二本のザイルに同時に張力が作用するときは、(I)式で k が二倍になるので T は約四〇％増となり、ハーケンは抜けやすくなる。長短のダブルにすればよい。さらに制動確保の技術をマスターするように努力しなくてはならない。

あとがき

近く設定されようとしている基準の最大の特徴は、シャープエッジに正面から取り組んだことであろう。このことはシャープエッジというザイルを切断させる最大の敵に対し、人類初めての科学的挑戦の足場を築いたものである。そうはいっても、この基準案が実施される段階では、幾多の思いがけぬ難題にぶつかるのではなかろうか。しかしながら、基準がそれらを通じてより良いものに育ってゆくことは確かであり、同時にそのことが、安全で快適な登山につながることも確かであろう。私はそう祈らずにはおれない。

注1　ザイルの強度は、ザイルがカラビナで屈曲したときの破断強度とシャープエッジで屈曲したときの破断強度とに分けて考える必要がある。前者の強度はザイルの太さにほぼ比例し、あみとかよりという点にはほとんど影響されない。これに反し後者の強度は、たとえば一一㎜のよりロープは九㎜のあみロープよりも際立って弱い。従来の登山界では、これらの文献が示すように両者を区別することがなかったように思う。

注2　(I)式は次のように算出される。4図でW kgの錘は、最初H m落ち、ザイル（長さL m）の伸びのためさらにΔH m落ちる。したがって、登山者の位置エネルギーは$W(H+\Delta H)$ kgm減少する。1図でザイルに作用する最大の張力をT kg、そのときのザイルの伸びを$a\times 100\%$とすれば$\Delta H = L\cdot a$。ゆえに$W(H+\Delta H) = W(H+L\cdot a)$　となる。このエネルギーをザイルが吸収する。1図で一mのザイルが吸収するエネルギーの大きさは三角形$OaA = (T\cdot a)/2$で示される。したがって、ザイルL mが吸収するエネルギーは

$$\frac{1}{2}T\cdot a\cdot L=\frac{1}{2}TL\frac{T}{k}$$ 1図で $\left(\frac{T}{k}=\frac{a\times 100}{1\times 100}\right)$

したがって　$W\left(H+L\frac{T}{k}\right)=\frac{1}{2k}LT^2$

ゆえに

$$LT^2-2WLT-2kWH=0$$

ゆえに

$$T=W\left(1+\sqrt{1+\frac{2k}{W}\cdot\frac{H}{L}}\right)$$

をうる。（$ax^2+bx+c=0$　$x=\frac{-b\pm\sqrt{b^2-4ac}}{2a}$ を使う。）

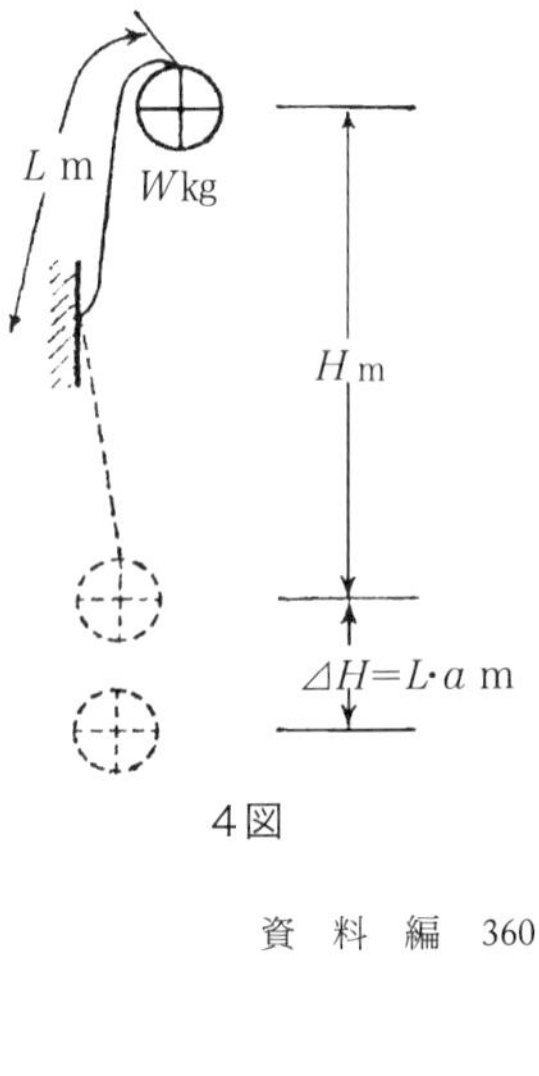

4図

注3　制動確保とはザイルのトップを確保する技術である。理想的な制動確保は、トップが墜落したとき、セカンドは、ザイルに作用する張力が一定値を超えないように、しかもその一定値に近い張力を保つようにザイルにブレーキをかけながらザイルを繰り出してやることである。ここでいう一定値とは、確保の構成要素となっているもの、すなわちハーケン、アイスハーケン、埋め込みボルト、カラビナ、ピッケル、確保者、ザイル、安全ベルトおよび墜落者の肉体的強度のうち、最も脆弱なものの破断強度である。たとえばザイルの支点がシャープエッジのときには、ザイルのせん断衝撃応力がそれに該当し、ザイルの支点がカラビナのときにはハーケンの脱落強度がそれに該当することが多い。近年それらの強度測定に関する研究が目立っており、確保の科学性が向上する

傾向をみせている（アイスハーケンの脱落強度は『岩と雪』三三号、ザイルのシャープエッジでの破断強度は『岩と雪』一八号、ピッケルはトニー・ヒーベラーの『アルピニスムス』、カラビナ、ハーケン、安全ベルトは通産省工業品検査所の報告書）。

注4　実験に使用するシャープエッジをステンレス鋼、SUS304、表面研磨3・2Sと定めたことの理由を述べる。試験に用いるシャープエッジはゲレンデの岩角であることが望ましい。しかし他方、試験結果は再現性の高いものでなくてはならない。自然石もステンレス鋼以外の鋼材も再現性に乏しいので、再現性が比較的高い、前記加工を施したステンレス鋼を用いた。ステンレス鋼でのせん断衝撃応力は、自然石よりも二〇％ほど小さい値を示すので、安全の目的には背反しない。

またトラバース中に滑落したときのように、ザイルが岩角の稜線に沿って動きつつかつザイルがエッジを越えて動く場合のせん断衝撃応力は（せん断力と切削力が作用する場合）実験によれば、通常のせん断衝撃応力（切削力が作用しない場合）よりやや大きい値であった。

注5　二本あるいはそれ以上のザイルを同時に使用して登る方法がある。この方法のザイル切断防止のための効果は、トップが墜落したときそれらのザイルのうち一本でもシャープエッジに引っ掛からないことを期待するものであるが、ザイル切断の根本対策ではない。生命の問題を確率に置き替えることはできないと考える。またこの方法には将来の安全性を高める可能性はない。しかしながら、確実なザイル切断防止策のない現状としては、この方法も用いなくてはならない。

安全基準調査研究委員会で決定したザイルの基準案

①汚れ、擦れ、その他の欠点がなく、仕上げが良好であること。
②直径は八〇kgの荷重をかけて測定したとき、呼び径に対する許容差がプラスマイナス五％以内であること。
③重さは呼び重さに対する許容差がプラス七％マイナス五％以内であること。
④衝撃強さは有効長二・八mの試料をとり、一端を固定し、支点において九〇度の角度で屈曲して垂直に懸垂させ、

懸垂する部分の長さが二・五mになるようにし、その先端に重さ八〇kgの錘をつけ、支点の上方二・五mの高さから錘を自然に落下させる。この試験を二回繰返したとき、試料が切断せず、かつ初回の試験における衝撃応力が一二〇〇kg以下であること。この場合支点には、日本工業規格G四三〇三で定めるSUS三〇四であって、曲率半径五mmプラスマイナス〇・一mmのものを用いるものとする。

⑤せん断衝撃強さは、④の試験において、支点に用いるSUS三〇四を九〇度の角度で面どりを施さず、かつ表面粗さが三・二Sのものにして、三回試験を行なったとき、せん断衝撃応力がいずれも一五〇kg以上であること。

⑥耐水衝撃強さは、試料を温度二〇度プラスマイナス五度の水中に三時間浸せきした後、④の試験を行なったとき、試料が切断しないこと。

⑦耐寒衝撃強さは、試料を温度マイナス四〇度プラスマイナス五度の低温そう内に四八時間放置した後、④の試験を行なったとき、試料が切断しないこと。

⑧対候衝撃強さは、試料を日本工業規格Z〇二三〇で定めるサンシャインカーボン光源、温度および回転ドラムにより四〇時間処理した後、④の試験を行なったとき、試料が切断しないこと。

⑨次の表示が付されていること。

(1) 品名、呼び径（単位mmで〇・五まで）、呼び重さ（kgで少数位一位まで）

(2) 衝撃応力（kg）

(3) せん断衝撃応力（kg）

(4) 製造業者名または輸入業者名＝ザイルの外面の見やすい箇所に容易に消えない方法で、製造または輸入の事業を行なう者の氏名または名称、ならびに製造年月日が表示されていること。ただし氏名または名称は、通商産業大臣の承認を受けた略号または記号をもって替えることができる。

⑩次の取扱い上の注意事項を明示した取扱い説明書のほか、ザイルの履歴記入用紙を添付すること＝ザイルを鋭い岩角などに掛けないこと。長時間または激しく使用したザイルは使用しないこと。特にけわしい岩場などでは二重ザイルを使用すること。制動確保を行なうこと。ザイルの使用履歴について整備し、廃棄時期の参考とすること。

ザイルの安全基準はどうなる——安全基準の歴史と今後の方向（本文二一〇頁参照）

この一文は『山と仲間』昭和六〇年九月号に、雑誌編集部の要請に応える形で執筆された。ザイルの安全基準制定に当初から関わり、確保用具の研究者でもある石岡さんが見守っていた安全基準のその後に関する著述である。先に掲載した「ザイルの選び方と使い方」と対になるものだが、この文章では、安全基準が制定された後のアルピニスト協会国際連合（UIAA）の基準との貿易摩擦がらみの軋轢や、安全基準が、もともと問題をかかえていた基準内での、製造コスト競争の激化を引き起こし、可能な限り欠陥の少ないザイルを開発するという前向きの努力を阻害している実態、さらに、行政による「岩角欠陥をザイル一本ごとに表示する」という委員会決定のサボタージュなど、命の問題を棚上げにした実施上の問題が批判されている。「おわりに」で石岡さんが記しているように「五〇年の委員会決定が今度こそ実現することを、行政の担当者に心からお願い」しなければならぬ「安全基準後の一〇年」であったのである。

はじめに

登山用ロープ（以下ザイルと記す）にかかわる事故防止のためには、①ザイルメーカーは、ザイルが使用されるあらゆる状況（滑落を含め）で切れないザイルを作ることである。（しかし、現在の製造技術では不可能。）②欠陥のあるザイルを使って、しかも切断事故を起さないためには、登山者がザイルの性能の限界（欠陥）を熟知し、その限界の範囲内で使用することである。③そのためには、ザイルメーカーがザイルの性能の限界を明らかにすることが必要であり、またそれは義務である。業者には事故防止のための注意義務が課せられているからである。また政府は、国民の生命を守るため、業者を監督する責任がある。

以上の前提にたって、ザイルの安全性に関する歴史的経過と現在の状況をみてみよう。

ザイルの安全基準制定までの経過

昭和二六年頃、ナイロン製ザイルが出現した。それ以前は麻ザイルが使われていたが、麻ザイルは伸び率が小さいため、滑落などによる衝撃によって切断しやすいという欠陥があった。これに対し、ナイロンザイルの伸び率は五〇パーセントほどであり、登山者の滑落に充分耐えるということであった。

ところが昭和二九年から三十年にかけ、年末年始のわずか一週間のあいだに、前穂高、明神岳で径九ミリ、八ミリ、一一ミリのナイロンザイル各一本が切断する事故が起きた。そのひとつ、岩稜会の事故の場合、わずか約五〇センチの滑落で、約九〇度の岩角でこすられた八ミリのナイロンザイルが切断し、私の弟が墜死した。

岩稜会の責任者である私は、自作の実験台で実験を行ない、ナイロンザイルの岩角欠陥を確認してそのデータを発表したが、遭難者の兄であるということで客観性を信頼されなかった。

一方、その切断したザイルのメーカー・東京製綱㈱でも事故直後に社内での実験によって岩角欠陥を確認したが、その後の公開実験（昭和三〇年四月二九日）では、角を丸くした岩を使って実験し、ナイロンザイルには岩角欠陥はないとし、八ミリナイロンザイルは四五度と九〇度の岩角では、一二ミリ麻ザイルの三倍強いという実験数値を提示した。

また、この実験を指導した当時の大阪大学応用物理の教授で、日本山岳会関西支部長であった故・篠田軍治氏は、日本山岳会発行の『山日記』三一年版（一九五六年版）に、一一ミリのナイロンザイルは九〇度の岩角では一三メートルの滑落まで耐え、一二ミリ麻ザイルの四倍以上強いと発表した。そのため、事実に反して〝ナイロンザイルは岩角でも強い〟ことになってしまった。

しかしその後、〝岩角に強い〟はずのナイロンザイルの切断事故が続発し、とくに昭和四五年六月一四日、同じ日に別々の場所（巻機山と奥多摩）で、引張強度二・七トンの一一ミリナイロンザイルがいずれもわずかな滑落で切断し、二名が死亡した。

ことここに至り、登山界はナイロンザイルの岩角での強度に疑問をもちはじめ、昭和四五年八月の東京トップ（ザイルメーカー）の実験、そして昭和四八年の鈴鹿高専での公開実験の結果、三〇年の岩稜会の事故発生以来、ナイロンザイルの岩角欠陥を主張しつづけてきた私の警鐘の正しいことが実証されたのである。

安全基準調査研究委員会発足

昭和四八年六月六日、一般消費者の生命または身体に対する危害の防止をはかるという目的をもつ

「消費生活用製品安全法」（法律第三一号）が制定され、先に記したような経過の中でザイルもその対象となって、「登山用ロープ安全基準調査研究委員会」（以下委員会と略称する）が発足した。その委員会において、実験を通じて様々な検討がなされた結果、ザイルの安全基準が決まり、昭和五〇年六月五日の官報で発令された。また通産省にはザイルを試験する装備が作られた。

このような動きのなかで、東京製綱㈱はそれまでの一切のことについて陳謝の意を発表し、また、日本山岳会も『山日記』の件で遺憾の意を発表した。

このように現行のザイルの安全基準は、多くの犠牲のうえに成立したものなのである。

安全基準制定後の諸問題

安全基準の制定以後、ナイロンザイル切断事故は少なくなったが、次のような問題が残った。

ザイルの安全基準を記した文書、「登山用ロープの認定基準及び基準確認方法」〈通商産業大臣承認50産第7670号・昭和五〇年一二月九日、同改正承認51産第7279・昭和五一年一一月一五日〉（製品安全協会＝国の規制事務を代行する機関＝発行）には、ザイルの具体的な試験方法のほかに、合格したザイルには一本ごとに、ラベル及び取扱説明書によってザイルの末端部にいくつかの事項が表示されることになっている。その中には、衝撃応力（登山者の墜落によってザイルに加わる可能性のある最大の張力の値を一〇キログラム単位で記す）と、せん断衝撃応力（九〇度のシャープな岩角でザイルが切断したときの値を五キログラム単位で記す）が含まれているが、この値は登山者にとってきわめて大切なものである。たとえば前者が一〇〇〇キログラムで、後者が二五〇キログラムであったとすれば、このザイルの岩角での強度は必要な力の四分の一であることを示し、具体的な数値をもって登山者の注意をうながすことになる。

と同時に一方では、これらの値が公表されれば岩角でのザイルの種類による優劣がはっきり示され、ザイルメーカーによるザイルの改良（欠陥の除去）への努力をうながし、その結果登山の安全性を高めることになるのである。

この表示すべき事項の中にはまた、ザイルを鋭い岩角等にかけないこと、などの注意も含まれている。これらはつまり、安全基準に合格したザイルでも重大な岩角欠陥があることを示すものである。

以上のような事項の表示義務は、委員会が強く希望して安全基準に組み入れたものであった。

行政及びメーカーサイドの怠慢

ところが、この安全基準が発効したあとも、行政サイドの理由によってこれらの表示は長い間実施されず、そのためいくつかの弊害が生ずるようになった。

そのひとつは、ザイルメーカーが岩角に強いザイルを作る努力をしないどころか、せん断衝撃応力の合格値一五〇キログラム（実はこの数値は、ザイルとして実際に必要な強度の八分の一でしかないが）スレスレのザイルを作って、製造原価を下げるという傾向がみられるようになったことである。

つまり、安全基準の制定が逆に、可能な限り欠陥の少ないザイルを作っていこうとする努力を阻害するという、皮肉な事態を生んだのである。

更に重要なのは次の点である。

安全基準に合格したザイルにはSマークのラベルだけが添付され、肝心の、岩角欠陥を示す表示がなかった。従って、ザイルの安全基準が作られたときの経過を知らない人は、国が制定した安全基準に合格したことを示すSマーク付きのザイルは全く安全なザイル、つまり滑落しても切断しないザイルであると思いこんでしまう。このようなことでは岩角欠陥の認識は年月とともに薄れ、逆にSマーク付きのザイルは欠陥のないザイルという印象に変わっていくのではないか。それを防止するためにも、岩角欠陥をザイル一本ごとに表示することが必要である。——委員会でのこの主張は、安全基準には明文化されているにもかかわらず、行政の壁にはばまれて実現せず、ザイルの安全基準は危険をはらんだままの実施となったのである。

転機となったザイル切断事故

昭和五五年九月二一日、南アルプスの北岳バットレス第四尾根をA大学山岳部員二名が登攀中、トップのM君が滑落、ほぼ新品のスイス・マンモス製一一ミリナイロンザイルが切断し、M君は墜死という事件が起きた。

この事件は、安全基準にかかわる耐候性調査研究委員会で取り上げられた。A大学山岳部は山では伝統ある有名校であったが、ナイロンザイルに岩角欠陥があるという先輩からの伝承が途切れ、それどころかSマークが付されたザイルは切断しないと思っていたということであった。その委員会で急きょ岩角欠陥表示への具体的方法が検討され、現在みられるように、岩角で切れることがあるという表示がザイルの末端になされるようになったのである。私は、役所というものは犠牲がともなわない限り腰をあげないものだという印象を強くもった。

Ａ大学はこの事故を契機にＳマークの意味を勉強して大いに恥じ入り、この事実を発表することを控えているようである。私は、Ａ大学の怠慢の責任はもとよりだが、行政の怠慢の責任はさらに大きいと思っている。行政の反省を促す意味からもこの事実を記した。

検査廃止の動き

昭和五八年、委員会が再開された。その目的は、安全基準作成後八年を経過したので、基準をもう一度見直し、改めるべきは改めようというものである。いろいろ議論がなされたが、結局、現行のままとなった。

一方それとは別に、貿易摩擦解消をはかるための政府の市場開放策に起因する検査基準緩和の問題が新たにとりあげられ、これに本格的に取組んだ。

ザイルの基準としては、日本には国で定めた安全基準があり、国際的にはアルピニスト協会国際連合（ＵＩＡＡ）の基準がある（昭和三九年九月にスイスで登録、翌年に国際的に承認）。その基準に合格したザイルにはＵＩＡＡのラベルが添付されるが、ＵＩＡＡの規約を記した印刷物には、「ＵＩＡＡのラベルを付したザイルは品質優良であるが、いかなる場合にも切断しないことを意味するものではない」と記してある。事実、ヨーロッパの山でのザイルの切断事故はおびただしい数であり、そのほとんどは岩角での切断である（日本山岳会会報および通産省の資料による）。

ＵＩＡＡの基準が登山者の安全を目的としている以上、ＵＩＡＡに合格したザイルであっても、どういう状況のときに切断するかという点を示すことは大切だと思うが、それにはふれていない。ザイルメーカーの圧力が強いからと思われる。

さて、日本で使用されているザイルの九〇％以上が外国製であり、それらはＵＩＡＡに合格している。そのザイルがもう一度日本の基準で検査され、不合格品は返品される。返品はかなりの量にのぼる。その理由は、両者の安全基準の間に差があり、その差の最大のものは、日本には鋭い岩角でのテストが含まれているが、ＵＩＡＡにはそれがないことである。いま、外国のザイルメーカーは、日本の基準をＵＩＡＡにあわせるべきだと主張している。具体的には主として、せん断衝撃試験を行なわないように、という要求である。この問題は、規模は小さいが貿易摩擦であり、この検査が非関税障害のひとつとして政府の基準緩和の対象にあげられ、通産省の依頼で委員会での検討となったわけである。

安全基準の目的は登山者の危険防止であるので、日本基準をＵＩＡＡに整合させることによってその点がマイナスになることは許されない。従って委員会は、ＵＩＡＡに次のような趣旨を伝えた。

「一九五五年来、ナイロンロープの岩角での切断事故が続発した。その理由は、現在のナイロンロープは岩角にかかった場合、必要な力の何分の一程度の強度しかないからである。この種の事故防止のためには、この事実を登山者に知らしめ、その状況を避けるよう強く警告することが必要である。日本の基準のうちシャープエッジのテストは、この警告のためのものである。日本はこの制度が発効して以来、この種の事故は激減している。従って他に良策がみつからない限り、安全基準からこの項目を除くことはできない」

なお、委員会は本年三月をもって解散した。今後、安全基準が維持されるか、あるいは廃止されるかは、登山者にとって大事な問題であるといえる。

おわりに

最後に、私は、「昭和五〇年に安全基準を制定したときの委員会の決定、つまり前記50産第7670号および51産第7279において義務づけられた表示項目をザイル一本ごとに添付し、不合格品は作らない」という提案をしたい。これで警告は充分であり、また、現在の多様化する登山形式の中では、登山者がその登山目的に応じて、ザイルの径（ザイルの重さといってもよい）、岩角に強いザイル、衝撃に強いザイルを自由に選べるようにするのが、スポーツとしての登山を健全に発展させる方策であると考える。また、不良ザイルはそのデータが明らかになることによって、前記したようにザイルメーカーの自由競争をうながし、ザイルの進歩改良にもつながるものである。

私は、五〇年の委員会決定が今度こそ実現することを、行政の担当者に心からお願いしたい。

《参考》登山ロープの認定基準（基準確認方法は略す）

1．適用範囲　この基準は、登山用ロープ（身体確保用のものに限る。以下「登山用ロープ」という。）について適用する。

2．安全性品質　登山用ロープの安全性品質は、次のとおりとする。

［認定基準］

(1)　すれ、傷その他の欠点がなく仕上げが良好であること。

(2)　呼び径は、九ミリメートル以上であり、ロープの一端に八〇キログラムの荷重をかけて測定したときの直径の値は、呼び径の値に〇・九五を乗じて得た値以上であること。

(3)　落下衝撃試験を行ったとき、初回にはロープの衝撃応力が一二〇〇キログラム以下であり、二回目にはロープが切断しないこと。

(4)　せん断衝撃試験を三回繰り返し行ったとき、ロープのせん断衝撃応力がいずれも一五〇キログラム以上であること。

(5)　耐水衝撃試験を行ったとき、ロープが切断しないこと。

(6)　耐寒衝撃試験を行ったとき、ロープが切断しないこと。

(7)　耐候衝撃試験を行ったとき、ロープが切断しないこと。

3．表示及び取扱い説明書　登山用ロープの表示及び取扱説明書は、次のとおりとする。

［認定基準］

1．ロープの末端部の表面に容易に消えない方法で、次の事項を表示すること。

なお、(3)~(6)は、取扱い上の注意事項とともに取扱説明書に表示してもよい。

(1)　申請者（製造業者、輸入業者等）の名称又はその略号

(2)　製造年月若しくは輸入年月又はその略号

(3) 品名
(4) 呼び径（〇・五ミリメートル単位）
(5) 衝撃応力（一〇キログラム単位）
(6) せん断衝撃応力（五キログラム単位）

2. 製品には、次に示す主旨の取扱い上の注意事項を明示した取扱説明書のほか、ロープの履歴記入用紙を添付すること。

なお、一般消費者が容易に理解できるよう図で明示するのが望ましい。

(1) 岩の割れ目に食い込ませたり、鋭い岩角等にかけないこと。
(2) 靴やアイゼンで踏んだり、岩の上を引きずらないこと。
(3) キンクしたまま使わないこと。
(4) 制動確保を行うこと。
(5) 特に険しい岩場等では二重ロープを使用すること。
(6) 巻くときはよじれないように巻き、持ち歩くときは必ず袋の中に入れること。
(7) 火器に近づけないこと。
(8) 使用後は、通風のよい所で陰干しにして十分乾燥してから冷暗所に置くこと。
(9) 使用後、損傷の有無を確認すること。

なお、長時間使用したロープ、又は一度でも大きな衝撃を受けたロープは、外観に損傷がなくても使用しないこと。

⑽　使用履歴について整備し、廃棄時期の参考とすること。

⑾　ＳＧマーク補償制度の対象となるのは登山（山岳救助活動を含む）に使用されている場合に限り、レンジャー部隊の訓練、風水害の救助活動など特殊な使い方をしている場合は、対象外となります。

ナイロンザイルの岩角での実験（本文各所）

文部省登山研修所『登山研修』第5号（平成2年3月20日発行）に石岡さんが執筆した論文「ナイロンザイル事件」から「資料1　ナイロンザイルの岩角での実験」を紹介する．この論文は，岩稜会のザイル切断事故直後の実験から，昭和48年6月に制定された消費生活用製品安全法にもとづき通産省検査神戸支所で15年にわたり続けられた実験にまで及ぶ，長期間の岩角性能実験について概観したもので，本書収録の資料と重なる部分は割愛してあるが，資料「ナイロンザイルの強度」とあわせて読むとザイル実験の推移が俯瞰できる．

岩角について

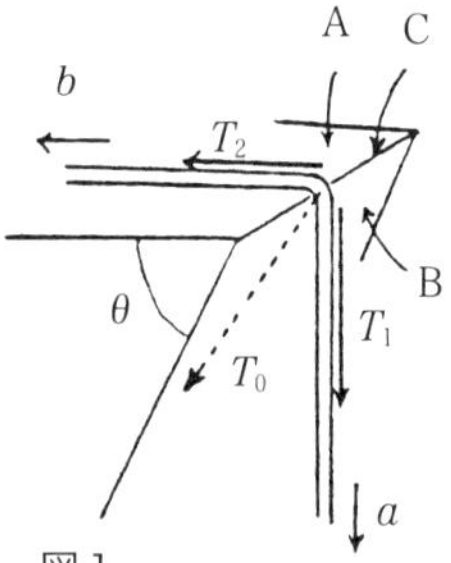

図1

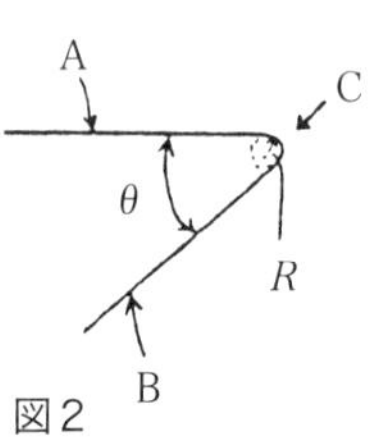

図2

図1と図2について，岩角は2つの平面AとBが交わって出来ており，その境の線Cを通常エッジとか稜線と称している．エッジは岩角全体をあらわすこともある．2つの平面の交わる角θを稜角という．稜線を指で押してみてとがっていて痛いとか，丸みがあるということを数値で示すには，図2のように曲率半径R（アール）ミリであらわす．曲率半径を測定する測定器はあるが0.1ミリ程度になると測定がむつかしい．たとえば「岩角が鋭い」という表現は，稜角が小さい．たとえば20度とか5度とかいう場合に使われるが，曲率半径が小さい場合にも使わ

れる．ザイルの岩角での強度を考えるとき両者を区別しなくてはいけない．

さて登山者が滑落しザイルが図１のようにかかったとする．通常ザイルは b の方向で固定され，a の方向で登山者に結ばれる．a の方向へのびるザイルの張力を T_1，b の方へのびる張力を T_2 とする．登山者の落下に伴って T_1 も T_2 も大きくなる．T_1 は T_2 より大きくたとえば稜角90度，$R=5$ ミリ（直径10ミリのカラビナに等しい）のとき，T_2/T_1 は約80％で，$R=0$（その作り方は後述）のとき，３つ撚りでは約50％，編みでは約40％である．従ってザイルはエッジをその合力 T_0 で押し，エッジはザイルを大きさ T_0 方向逆の力で押す．T_0 の大きさは T_2 及び T_1 とザイルが屈曲する角度から計算できる．

さて，ザイルの強度はエッジの曲率半径 R によって大きく左右される．ザイルがエッジに対して，縦方向に滑ろうと横方向に滑ろうと R の影響が大きいことに変りない．

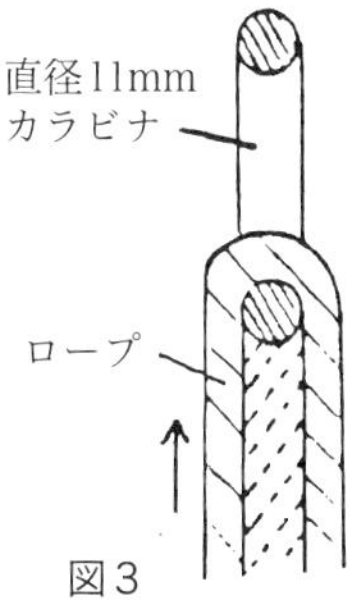

図３

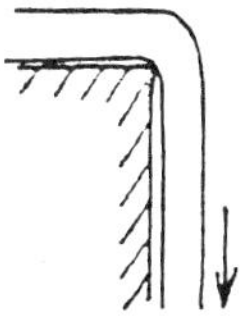
図４

図３においてカラビナの下，点線の部分に岩があるとすれば，この状態は稜角０，$R=5$ ミリの鋭い岩角といえなくもないが，ザイルは傷つかずザイルの切断荷重は，結び目の強さよりそれほど小さくないであろう（実験していない）．これに反し図４は稜角が90度，曲率半径０の場合である．この場合岩角はザイルを大きく傷つけザイルの切断荷重は小さい．この２例から分かるように，ザイルを傷つけ，切断に導くのは稜角ではなくて曲率半径である．図３で稜角が90度になれば，図３と図４は昭和50年６月５日に国によって制定されたザイ

ルの安全基準に定められた2つの落下衝撃試験方法でのエッジとなる．安全基準に合格したザイルは，図3で稜角を90度としたエッジでは，登山者（80kgとする）の滑落で切れないが，図4ではすべてが切断し，しかもそのときの切断荷重は，必要な力の最小のもので1/8，最大1/3以下である．要するにナイロンザイルは岩角で非常に切れやすく，従って登山者の安全は，図4の状態にならないように登山者自ら登り方を工夫する以外にない．

登山者が滑落しザイルが岩角にかかった場合，ザイルは岩角のエッジに対し縦方向にのみ滑る場合と，縦方向に加えて横方向にも滑る場合があり，後者は前者に比して切れやすく，またその切断荷重は，縦横の比によって大きく異なるが，おおまかにいえば，後者は前者の50％までとなる．この場合二重ザイルで2本のザイルの長さを変えれば，後者でもそれほど低下しないようである（実験未完成）．

さて鉄製で$R=0$のエッジとは，図1のAとBの面をシェーパー又はフライス盤で削ったままのものをいう（安全基準に定められたエッジは，材料ステンレス鋼で表面を所定の方法で研磨したもので，通産省ではアール0のエッジとかシャープエッジと称している）．アールとザイルの切断荷重の関係を資料1の⑧の図9に示す．

ザイルが岩角のエッジ上を縦方向に滑ったときの強さとか，横方向にも滑ったときの強さというものは，登山者にとって無意味である．縦横どちらに滑っても，まちがいなく切断するからである．ただザイルの切断荷重以内で巧みに制動確保すれば切断をまぬがれる（昭和63年10月から平成元年2月にかけて通産省が私の実験装置を使って行った実験で証明された）．目下のところ一般登山者にとって安定した技術ではない．将来，それを安定的に可能にする制動器等が市販されたとき，縦，横の強さのデータは

有意義となる．

現時点としては，登山者は，登る岩場を十分観察し，ハーケンを打つ場所を考慮し，かつシュリング等によってザイルが通るカラビナの位置を変え万一滑落したときザイルが岩角にひっかからないようにするとか，ザイル2本を交互にカラビナにかけて，滑落のとき，ザイルのどちらか1本はカラビナで屈曲するように工夫するなど，ザイルの岩角での屈曲を防ぐ．現在登山者はそうしている．ナイロンザイルの正しい性能が普及したからである．

これまで行われた実験

①　木製架台の実験（石岡）〔資料「ナイロンザイルの強度」と本文71頁に記載〕

30年1月中旬製作，高さ15センチ，7本の10センチ角の木製柱を組み合わせて作った．エッジは鉄製鋭角120度，90度，60度，45度を自作する．エッジのアールを0に作る．鋭さは指で押して痛い程度だが45度はかなり痛い．テストのザイルは前穂高で切断した8ミリナイロンザイル（新品），実験の一例を図5〔71頁に掲載〕に示す．エッジは90度，錘りは15.5kgの石，手で持ちあげて落とす．落下距離60センチないし65センチで切断．横滑りはない．来訪者に適宜見せる．31．12．1の「岳人」に発表（現在から見れば当然のデータであるが，このザイルで岩登りをしたかと思うとぞっとする．また保証付新製品ということにも戦りつが走る）．

②　静的引張り実験（石岡）〔本文76頁に記載〕

昭和30年1月30，31日，名大工学部の1トン引っぱり試験機を使用，エッジは室内にたまたまあった，かなり錆びた鉄製の

エッジで，エッジの鋭さは指で押して痛い程度，ザイルは前穂高で切断した８ミリナイロンザイル．引っ張りは静荷重に近く，横方向の滑りは全くない．30 年２月９日，日本山岳会関西支部主催で篠田氏司会の今冬の３件のナイロンザイル切断原因検討会の席で黒板で図６を描いて説明，31．12．1 の「岳人」に発表．このうち47 度のものが篠田氏ほかの欧文論文〔資料「登山用ナイロンロープの力学的性能」〕に引用掲載された．

③　三角ヤスリの実験（篠田）

30．2 ないし 30．4 の間に東洋レーヨン株式会社で篠田氏指導のもとになされた．詳細は 30．9 と 31．10 の「山と渓谷」に三重県山岳連盟理事加藤富雄氏が発表〔本文115 頁参照〕．次に実験の一例を記す．試験するザイルの一端を固定し他端を三角ヤスリに直角にわたし，端には40kg の荷重をかけてロープを緊張させ，三角ヤスリを５センチの往復運動をさせてザイルをこすり，ザイルが切れるまでの往復運動の回数を測る．11 ミリナイロンは６ないし７回，前穂高で切れた８ミリナイロンは２ないし３回，従来の12 ミリマニラ麻は47 回ないし70 回でそれぞれ切断した．

④　蒲郡実験（篠田）

30．4．29 篠田氏の指導で，東京製綱蒲郡工場に建設された実験装置を用いて行われた実験．使用されたロープはマニラ麻12 ミリ，ナイロン11 ミリ，ナイロン８ミリ（前穂高で切断したもの），マニラ麻24 ミリ，岩の稜角90 度と45 度，落下させる錘りは55kg，実験データの一例，ナイロン８ミリ，岩の稜角90 度と45 度の岩，落下距離３メートル，$H/L=1$ で切れず．また90 度，落下距離１メートル，水平距離1.5 メートルというザイルがエッ

ジ上を横にすべる実験で切れない〔この装置は本文113頁に図を掲載〕. 12ミリマニラ麻は45度, 落下距離1メートル, $H/L=0.5$で切断, となっている. なおこの実験に用いられた岩角は90度は0.5ミリ, 45度は2ミリのアールとなっている〔のちに出版された篠田軍治監修・梶原信男著『ザイル——強さと正しい使い方』では各々1ミリのアールとなっている〕.

⑤ **巨木を利用した実験（石岡）**〔資料「ナイロンザイルの強度」および本文122頁参照〕

30. 9. 1鈴鹿市の城跡の巨木を使って行う. 8. 6の現場調査で, 滑落時の詳細な位置関係がわかり, ザイルがかかった岩角も石膏にとったので, それと似た石を探し（写真）, 図のように行う. 31. 12. 1の「岳人」に発表.

松の巨木による実験は岩稜会会員の奮闘の成果であった

⑥ **東京トップKKの実験**

45. 8. 1東京トップは岩角を丸くしないで装置を用いて公開実験を行う. 抗張力2.7トンのナイロンザイルがわずかな滑落で切断した（新聞報道で知る）.

⑦ **鈴鹿高専での実験（石岡）**〔資料「登山綱の動的特性と安全装置の研究」参照〕

46. 7. 私は勤務先の国立鈴鹿高専に高さ5メートルのザイルの

$r = \mathrm{min}/\mathrm{max}$

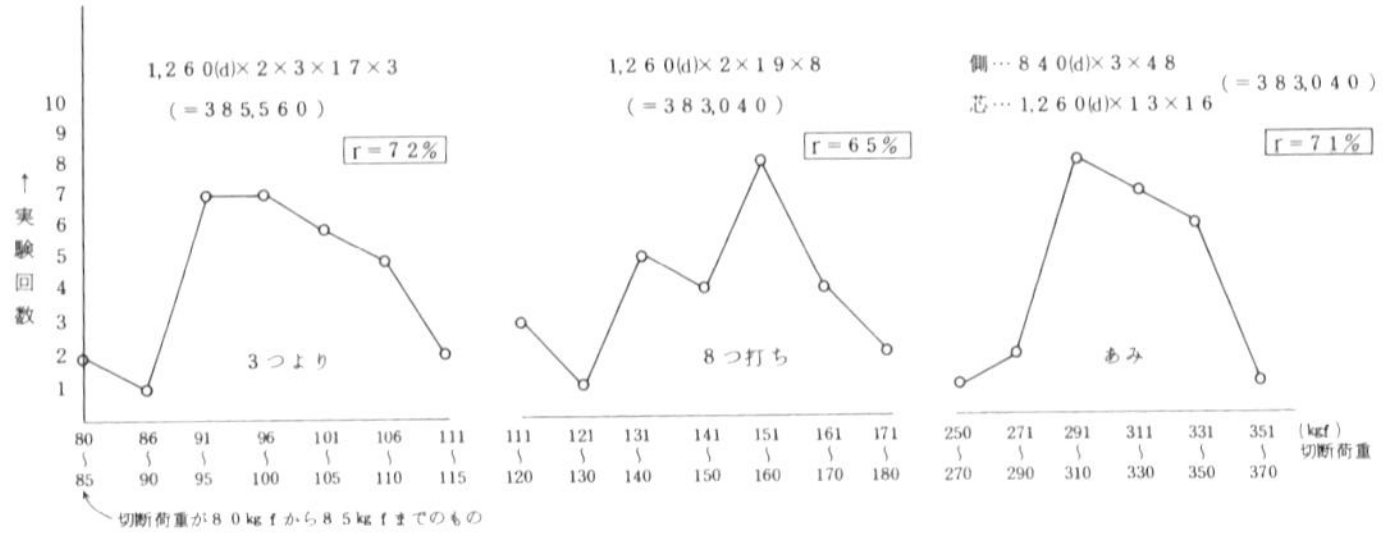

図8　ロープの構成による切断荷重の分布の相異
切断荷重度数分布表

『日本繊維機械学会29回年次大会講演論文集』46頁6行目各30回のデータの内訳
ナイロンロープ−90°，0^R エッジ（JIS G4303 SUS304 ステンレス鋼登山用ロープ安全基準指定のもの）
3種のロープは，トータルデニールをほぼ一致させた.
(使用するナイロンの材料を同じにしたときの強度の比較　編みは3つ撚りよりも約3倍強い)

実験装置を作った．これは電子測定器を用いザイルが落下衝撃を受けたとき，ザイルに作用する張力の大きさ及びそのときの張力の変化の波形を描かせることができるもので，従来みられなかったものである．エッジの稜角はいずれも90度，鉄製はアール各種（各種直径のピアノ線をエッジに埋めこむ，及びアール0），自然石は花崗岩と水成岩で適当な大きさのものを探し，それをU綱にコンクリートで固定したものを用いた．ロープはマニラ麻，ナイロン，テトロン等市販されているすべてのロープを用いたほか，特殊注文のものを用いた．特殊注文のロープを使った実験の一例を，登山者の参考になると思うので図8に記す．この実験によって $R=0$ のエッジでは芯と外皮とからなる編みが8つ打，3つ撚りより強いことが判明し，それ以来編みザイルは少なくとも

日本では全面的に使用されるようになった（編みザイル以外は安全基準に合格しない）.

また，48. 3. 11にこの装置を用いて公開実験を行った〔本文198頁参照〕. 市販されているナイロンザイルは，アール0の鉄製，自然石とも90度，60kg，50センチの落下ですべて切断した（ついでながら私はナイロンザイルの弱点を補うべく，登山用緩衝装置の研究を行ない現在もつづいている）.

⑧　通産省の実験〔本文207頁参照〕

48. 6に制定された消費生活用製品安全法（法律31号）にもとづき，昭和50年から平成元年3月にかけてザイルの耐候性の実験という，長期間の実験を含む実験が，通産省検査神戸支所で行われたが，次にその実験データの一部を記す.

（イ）安全基準で定められたザイル検査の2つの落下衝撃試験方法（前述）ではロープの長さは稜角90度のエッジから錘りまで2.5メートル，落下の高さは5メートル（$H/L=2$），荷重は80kgであるが，$R=0$のエッジでは現在市販されているすべてのザイルが切断するので，落下距離を小さくして試験した. ところが，落下距離0（荷重が実際に落下する距離は，ザイルが切断するまでに伸びた長さ）ですべて切断，そこで荷重を55kgと小さくして行なった. その結果，落下距離10センチではすべて切れず，40センチではすべて切断した.

なお，この結果は，私が行った前掲実験の①，②，⑤及び⑦の結果と同一とみなされるが，蒲郡実験のデータとはきわめて大きな差がある.

（ロ）荷重80kg，エッジの曲率半径$R=0$ではすべて切断するので，アール0の切断機構を知る目的で，荷重は80kgで，エッジのアールを0.3ミリ，0.5ミリ及び5ミリについて行い，横軸

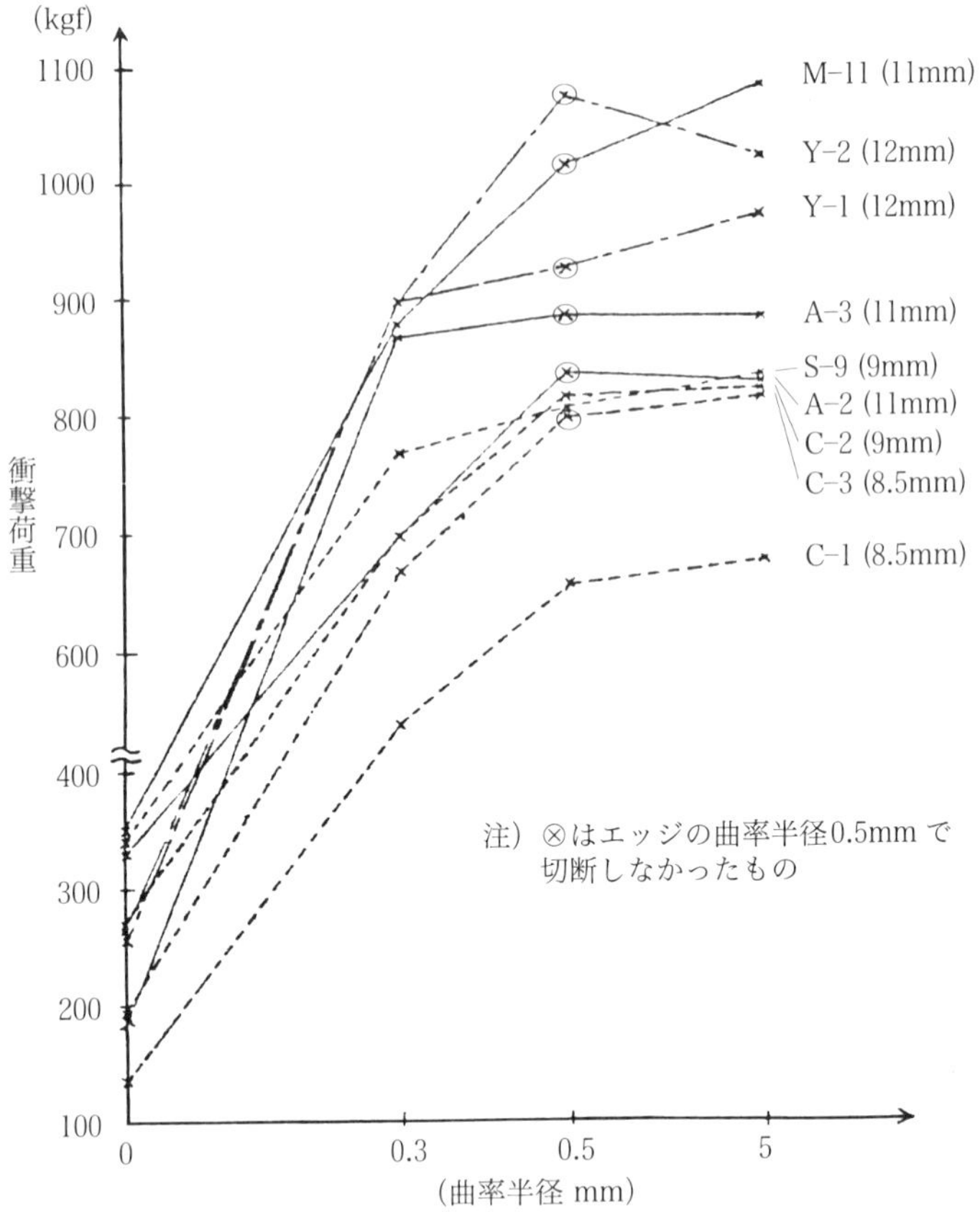

図9　ナイロンザイルの切断荷重とエッジの曲率半径との関係

をエッジの曲率半径，縦軸をナイロンザイルの切断荷重としたグラフを，9本のザイルについて作成した．図9である．なお曲率半径0.3ミリは実際の岩角に比して相当に丸いことが指摘された．曲率半径0から0.3のあたりで，曲率半径を少し大きくする

とナイロンザイルは大幅に強くなることが分かる．要するにごくわずかな面とりでも切れにくくなる（ナイフを面とりしたときと同様）．

このグラフは前述のごとく80kg，落下距離5メートルのものであるが，$R=0$ の切断荷重は最大のもので約350kgがある（ここまで改良されてきた）．他方落下距離0で切断する．ところが落下距離0のときのロープにかかる張力の最大値は，理論的にも荷重の2倍つまり160kgとなる．従って落下距離0の場合の切断荷重は落下距離の5メートルのときの約半分となる（20%ないし50%）．この理由は現時点では解明されていないと思う．

なお，前記消費生活用製品安全法にもとづき，通産省（製品安全協会委託）は，昭和48年から平成元年3月にかけて登山者代表（日本山岳協会代表），学識経験者及びザイルメーカー代表（外国関係者を含む）で構成される委員会を設置しそこで必要とされるすべての実験を行って，登山用ロープの安全基準を審議，作成しかつ必要な改正を行った〔資料「ザイルの安全基準はどうなる」参照〕．

登山用緩衝装置の研究（本文126頁参照）

「登山用緩衝装置の研究」は『鈴鹿高専紀要』（第11巻第1号，pp. 19-25，1978）に掲載されたもので，石岡繁雄，笠井幸郎，山木薫（京都工芸繊維大学）の三氏による実験と研究の成果である．この論文に到るまでには，昭和30年1月のザイル切断事故以来すでに23年の歳月が，ナイロンザイルの岩角欠陥克服のために費やされていることを想起する必要がある．緩衝装置は改良が重ねられ，研究の成果は登山用の緩衝装置（MSA）だけではなく，高所災害時の脱出器具（ハイセーバー）などを生み出すこととなった．右の図版は昭和30年5月に最初の特許として出願されたものの特許公報である．

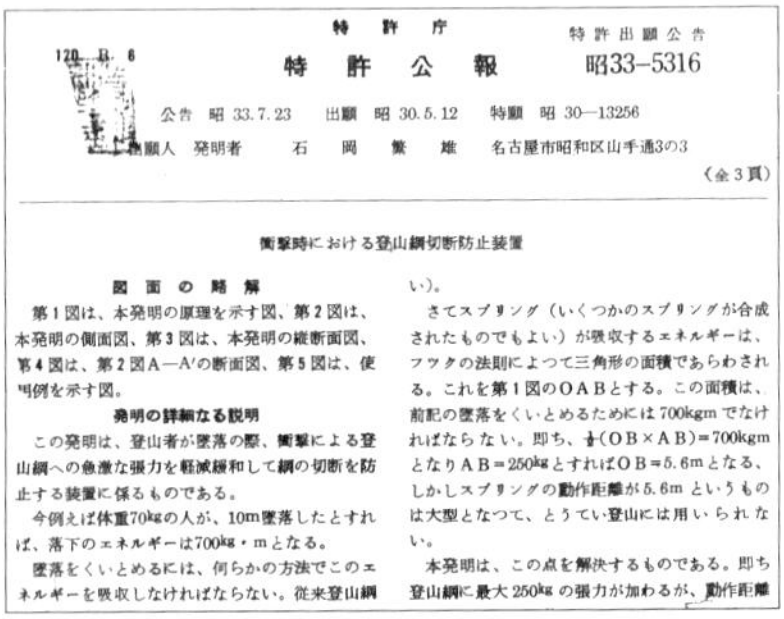

特許庁

特許出願公告

120 B 6

特許公報　昭33-5316

公告　昭 33.7.23　出願　昭 30.5.12　特願　昭 30―13256

出願人　発明者　石岡繁雄　名古屋市昭和区山手通3の3

（全3頁）

衝撃時における登山綱切断防止装置

図面の略解

第1図は、本発明の原理を示す図、第2図は、本発明の側面図、第3図は、本発明の縦断面図、第4図は、第2図A―A′の断面図、第5図は、使用例を示す図。

発明の詳細なる説明

この発明は、登山者が墜落の際、衝撃による登山綱への急激な張力を軽減緩和して綱の切断を防止する装置に係るものである。

今例えば体重70kgの人が、10m墜落したとすれば、落下のエネルギーは700kg・mとなる。

墜落をくいとめるには、何らかの方法でこのエネルギーを吸収しなければならない。従来登山綱

い）。

さてスプリング（いくつかのスプリングが合成されたものでもよい）が吸収するエネルギーは、フツクの法則によつて三角形の面積であらわされる。これを第1図のOABとする。この面積は、前記の墜落をくいとめるためには700kgmでなければならない。即ち、$\frac{1}{2}$(OB×AB)=700kgmとなりAB=250kgとすればOB=5.6mとなる、しかしスプリングの動作距離が5.6mというものは大型となつて、とうてい登山には用いられない。

本発明は、この点を解決するものである。即ち登山綱に最大250kgの張力が加わるが、動作距離

1. 緒言

山での遭難事故は年間500～600件が生じ，そのうち62%が登山者の転滑落にもとづく事故となっている．転滑落に伴う事故は登山用ロープ（ザイル）を用いた場合と用いない場合の事故に分類される．

本研究は前者の事故を防止または軽減することを目的として従来から行なわれている確保を考察し，さらに確保技術の優劣等に関係なく，しかもザイルや確保支点の破損をきたすこと無くより確実に転滑落の際に生ずる落下エネルギーを自動的に吸収して停止させる緩衝装置を試作考案し検討を加えた．

2．実験および考察

2.1　ザイルを用いた場合の事故の発生原因

2.1.1　確保要素の強度

通常複数の登山者が登山していて転滑落（小さな落下速度の発生）の危険が生じ，かつそれが致命的な墜落（大きな落下速度）につながるおそれのある場所にいたったとき登山者はお互いに確保の手段をとる．その措置には次の2つがある．

i　転滑落を支えるための支点の設置：確保者は転滑落に備えて足場等を確実にさせ，かつそれに適した姿勢をとる（肩確保，腰確保，座り確保等），また氷雪の斜面ではピッケル，氷雪用のハーケン等を斜面に打ちこむ．岩壁では岩壁用のハーケンとか埋めこみボルトを打つ，その他，自然の岩角とか樹木等が利用される．

ii　支点と転滑落者とを連結する：これにはザイル，ザイルとハーケン等を結合するためのカラビナ，シュリンゲ（細引き），安全ベルト等がある．

さて，確保に必要なこれらの要素を確保要素とよべば，確保要素は確保の目的に対してそれぞれ有限の力を要する．この力には大きな開きがあり，たとえばハーケンの脱落強さは岩質，ハーケンの打ち方によって差が出来る．また肩確保等人間が支点となる場合の荷重には大きな個人差がある．

これらの確保要素のうち雪の斜面に関連したものの強さを実測した結果（1977年5月21・22日富士山で測定）を表1に示す．表からも明らかなように従来行なわれている確保姿勢のうちでは座った姿勢での腰確保が比較的大きな荷重に耐える．また近年工夫された確保姿勢[2)]も含めると，実験番号6の雪面にさしたピッケルを靴で踏んで立つ姿勢のものが最も大である．いずれにして

表1　確保要素の強度 (1) 雪上

実験番号	項　目	記　事	強度(kg)*
1	確保姿勢	立位、肩確保（荷重，確保者に対し直角）	30 ～ 48
2	〃	〃　（荷重，角度変える）	30 － 57
3	〃	座位，肩確保	55 － 97
4	〃	〃，腰確保	92 ～ 110
5	〃	ピッケルを深くさし膝でおさえてグリップビレー	176
6	〃	ピッケルを深くさし靴で押しつけシュリンゲをかける肩確保	154 － 176
7	〃	カラビナ1個をアイゼンで踏みザイルをかける肩確保	80
8	〃	カラビナ3個を両足のアイゼンで踏みザイルを通して肩確保	120
9	ピッケル	雪面に垂直に深くさす	75 ～ 145
10	〃	雪面に直角に深くさす	145
11	スノービン（きのこ）	直径約80cm	＞250

* ～は個人差を示す。

表2　確保要素の強度 (2) 岩場

実験番号	項　目	記　事	強　度
1	確保姿勢	立位，肩確保	57 － 110
2	〃	立位，肩確保，グリップ	120
3	〃	立位，肩確保，グリップ，クロス	100 － 140

も雪上での確保要素の強さは30～200kgの範囲にある．さらに岩場を想定した写真1に示すような方法によって肩確保の強度を測定した結果を表2に示す．雪上での肩確保と比較すると足場が安定しているため約2倍程度の荷重に耐える．

以上のように確保要素の強さは雪上での肩確保のように30kg程度からザイルやカラビナのように1トン以上のもの[3)]まで大きな巾がありしかも人間が確保要素となる場合には確保姿勢の違いや，また同じ姿勢でも個人差や足場の状態等によりさらに差が

写真１　確保強度の測定

写真２　緩衝装置の実験

生じることが認められる．

2.1.2　確保要素に作用する力

１）　制動確保を行なわない場合

登山者は転滑落のあと大きな落下速度となるが確保要素のために停止する．このとき確保要素に作用する力を F_T とする．F_T のうちザイルに作用する力を T とすれば T は次式で表わされる．

$$T = W(1 + \sqrt{1 + 2\frac{k}{W} \cdot \frac{H}{L}} \cdot (\sin\theta - \mu\cos\theta)$$

なおこの式は，転滑落に伴う位置エネルギーをザイルのみが吸収する場合のものであり，W は登山者の体重，k はザイル係数(ザイルのヤング率と断面積の積，ザイルの伸びと荷重は直線的に比例するものとする)，H は落下距離，L は登山者が落下したとき衝撃力が作用した部分のザイルの長さ，θ は斜面の傾斜，μ は斜面と登山者との摩擦係数である．

F_T の測定で基準となるのはザイルに作用する張力である．1977 年 5 月21 日富士山大沢，７合目の雪上で実測した値は次の

ようである．$W=62$ kg，$k=2500$ kg，$H/L=2$，$\theta=33°$で$T=175$kg（3回の平均）であった．これよりμを逆算すると0.39となり，従来報告されている雪面と衣服の摩擦係数とほぼ一致する．

以上のように確保要素に作用する力は転滑落者の体重，斜面の傾斜，ザイルの伸び，落下距離などによって異りこれも前項の確保要素の強さ同様，0近くから1トン以上という巾がある．

結局事故は，前項で示した確保要素の強さをF_Sとすると$F_S<F_T$となったときに発生する．一般に転滑落に伴う落下エネルギーは大きく$F_S<F_T$となるケースは多いが，この場合には，確保要素の破損，ひいては確保者は転滑落者と共に墜落という決定的な事故になる．

このように転滑落に伴う力が大き過ぎるときには，それを小さくしてやることが確保を成功させるために絶対必要となるが，従来このための技術として次項に述べる制動確保が実施される．

2）　制動確保を行なう場合

図1に示すように，WがH落下しザイルに張力が作用したとき確保者はザイルを支点Aで摩擦による制動を加えながらhだけ落下させて停止させたとする（ザイルの伸びは考慮しない）．このときのザイルの張力（制動力）をT_Bとすれば，$W(H+h)=T_B \cdot h$の関係が得られ，これよりhを大きくすればT_BはWに近づくことになる．

通常，転滑落によって確保要素に作用する力F_Tは確保要素の強さF_Sより大きい．したがって，このときには前述のようにhを大きくしてT_Bを小さくすることにより$F_T<F_S$とし転滑落者を停止させることができる．このように落下のエネルギーを摩擦を利用して吸収し$F_T<F_S$とする確保を制動確保という．したがってこの方法によりあらゆる転滑落で$F_T<F_S$として確保を成功させることができそうであるが，これには次の弱点がある．

i　制動力 T_B は確保要素の強度のうち最も小さい値より小さいことが必要である．T_B が必要以上に小さいときには，落下距離が不必要に大きくなり岩石などに激突する可能性が増大する．確保要素の強さには約30kg 程度から1トンを越えるものまでかなりの巾があるが制動力はその間で調節する必要がある．

以上のことから，制動確保を成功させるためには，登山者がとっている確保要素の個々の強さを全て知り，しかもそのなかの最も小さいものを知ってそれを越えないように T_B を調節しなければならない．不安定な足場でこれらのことをとっさのカンによって瞬時に行なうのは極めて困難なことである．

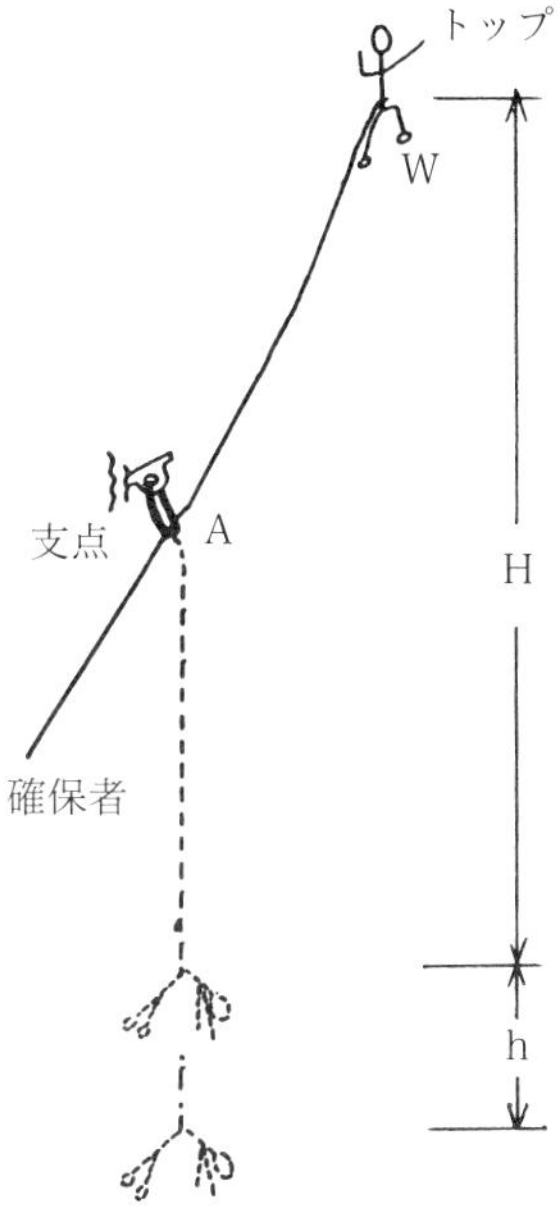

図1　トップの転落

ii　ザイルが岩の割れ目に喰いこんで動かないとき制動確保は不可能である．

iii　たとえば制動力 T_B をハーケンの脱落強度に合わせたいときがしばしばあるが，その強度は先頭の登山者にはある程度判るが後続の確保者には判らない．したがって後続者が行なう制動確保は効果が少ない．

これらの弱点を補う方法として考えられることは先頭の登山者が制動用ロープを持っていて自ら制動すること．また，とっさのカンで行なうための困難さを解消するには，自動的に動作する装

置を利用する以外に方法はないと考えられる．そこで本研究ではこれらの要件を充すものとして以下に示すような緩衝装置を考案検討した．

2.2　登山用緩衝装置

2.2.1　登山用緩衝装置が有すべき条件

実用上この装置には次のような条件が要求される．

i　装置は小型かつ軽量で先頭の登山者が携行できること．

ii　装置は登山者の転滑落によって自動的に動作すること．

iii　登山中といえども制動力の調節が容易であること．

iv　構造が簡単で堅ろうであること．

2.2.2　バネ式緩衝装置

装置の概略を図2と図3に示す[4)]．この装置は前項2.2.1の要件に対しi　かなり重い，ii 良好，iii 登攀中の制動力の調節がかなり面倒，iv 構造がかなり複雑というように3項目に欠点を有す

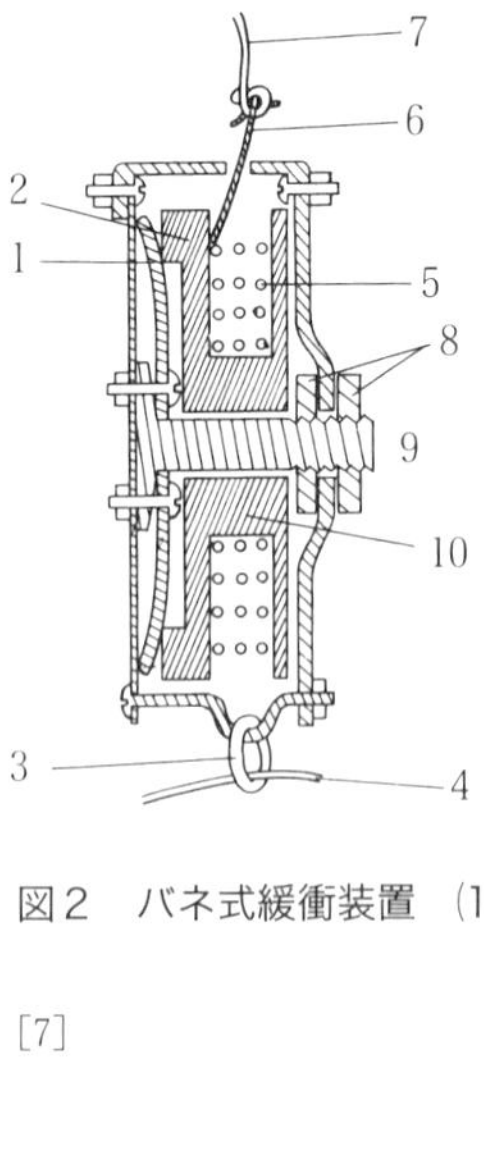

図2　バネ式緩衝装置　(1)

1	弾性羽根	7	ザイル
2	摺動歯	8	ナット
3	金　輪	9	回転軸
4	安全ベルト	10	回転盤
5, 6	ワイヤーロープ		

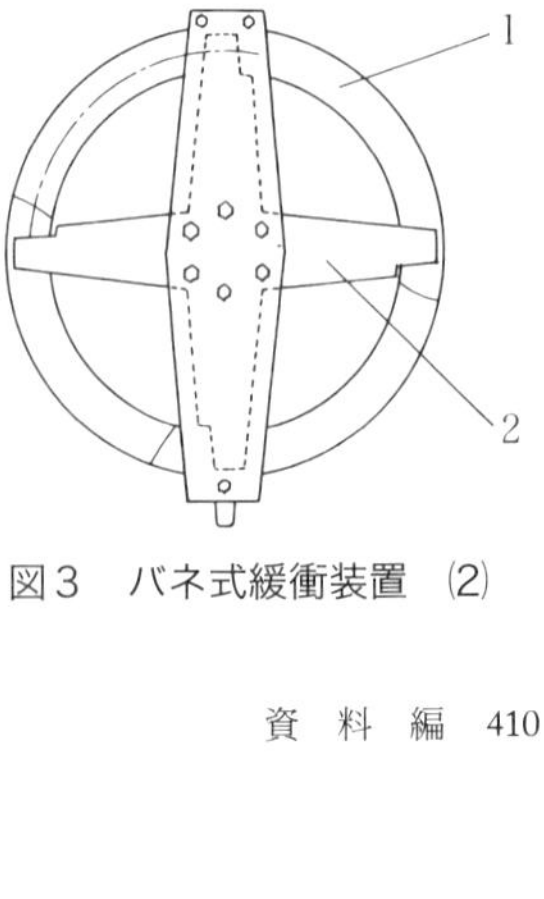

図3　バネ式緩衝装置　(2)

る．

2.2.3　摩擦式スパイラル型緩衝装置

装置の概略を図４に示す[5)]．2.2.1項の要件に関しⅰ～ⅳはいずれも良好である．しかし摩擦式であるため乾いているときと雨等でぬれたときとの制動力に差があること，また始動のときの制動力が大きいことおよび反覆使用によって制動力が変化することなどの欠点を有する．さらにスパイラル型は，落下距離が５ｍを越したとき制動力が異常発振を起す．このとき制動用のナイロンロープは摩擦熱のため融けていることが認められる．しかしこの欠点は装置の材質と制動用ロープの材質を選ぶことによって解決は可能である．たとえば装置と制動用ロープの接触面に銅のパイプをかぶせ，かつ制動用ロープをテトロンにすると落下距離10ｍ以下では振動は発生しなくなる．また，スパイラル型では装置に３回以上制動用ロープを巻きつけると，制動中ロープが互いに接触しそのため制動力が急に大きくなるという欠点がある．

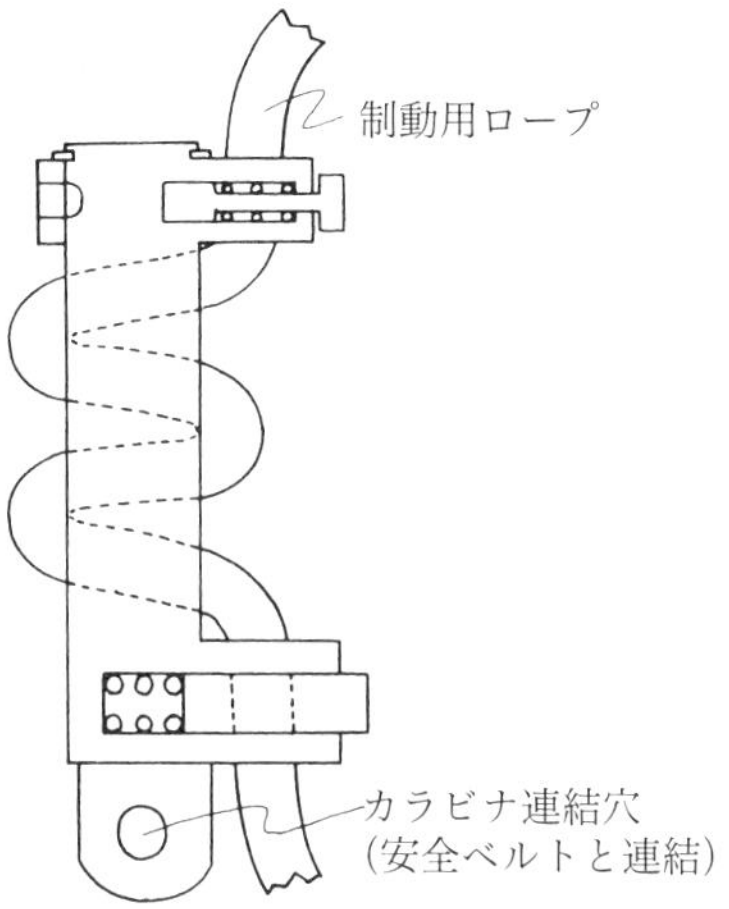

図４　摩擦式スパイラル型緩衝装置

2.2.4　摩擦式多孔型緩衝装置

装置の概略を図５に示す．2.2.1項の要件に関しⅰ～ⅳはいずれも良好である．またスパイラル型のごとき異常振動とか制動用ロープ間の接触現象は発生しない．しかし摩擦式であるためスパ

イラル型同様乾いている状態とぬれている状態で制動力に差が生じることは免れないが，現在のところ前述の２者に比べこのものが最も実用性が高いと判断されるので，目下この問題を解決すべく，制動力に変動の少ない材質について検討中である．

さて，制動用ロープの制動力は，およそ$T=F\cdot e^{\mu'\theta}$で示される（T：制動用ロープの張力，F：第一穴の摩擦力，μ'：制動用ロープと装置の摩擦係数，θ：そのときの接触角）．なお制動用ロープ（直径R）が制動溝（巾a）をくぐって蛇行する様子を図６に示したが，このときのθの値は次式で示される．

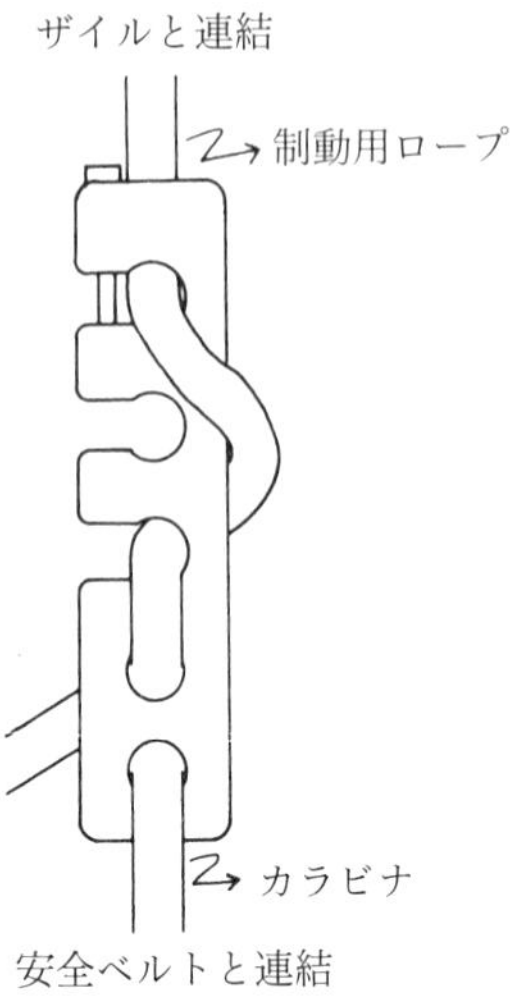

図５　摩擦式多孔型緩衝装置

$$\sin\theta=\frac{d+R}{d+a}$$

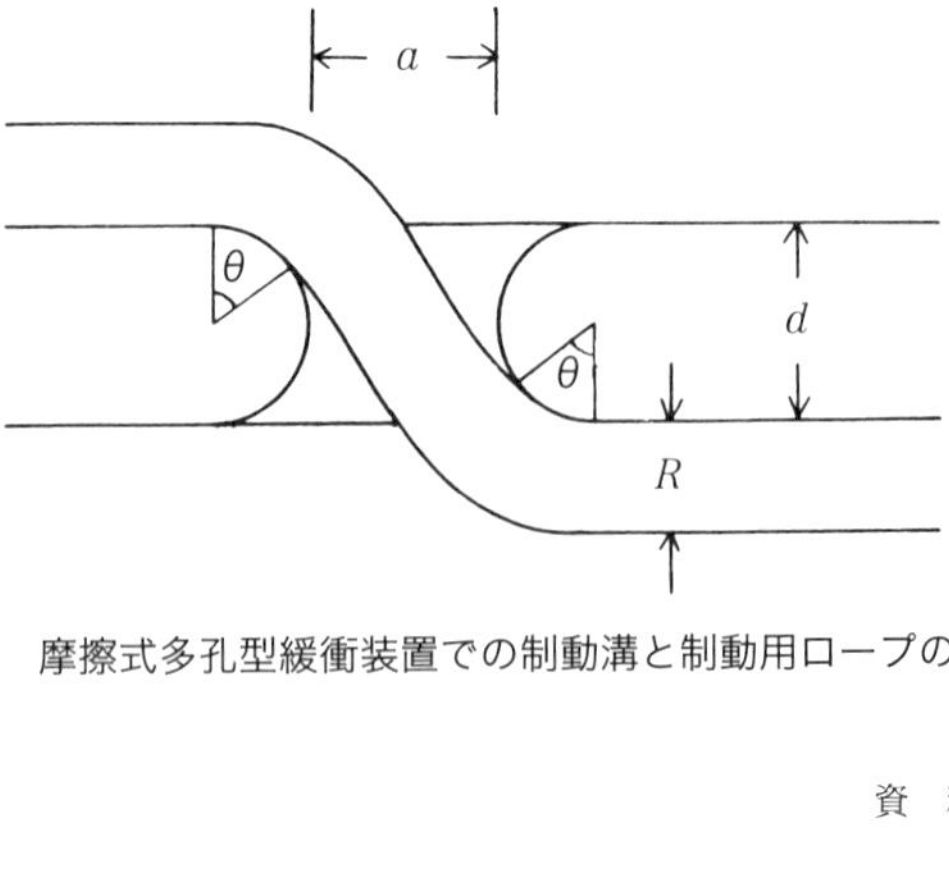

図６　摩擦式多孔型緩衝装置での制動溝と制動用ロープの蛇行

また，登山者は30 kg ～ 500 kg の間で，できるだけ数多くの制動力を選ぶことができなくてはならない．その選びうる数を n とし制動溝の数を p とすれば，

$$n = \frac{1}{2}(p+1)(p+2) - 1$$

の関係がある（図5に示した試作品では $p=3$，$n=9$）．

図5に示した多孔型緩衝装置の制動力を図7に示す．横軸のうちたとえばＫ１は制動用ロープが制動溝を１回通って蛇行したことを，Ｋ２は２回通ったことを示し，Ｒ１は制動用ロープが１回回転したことを示す．

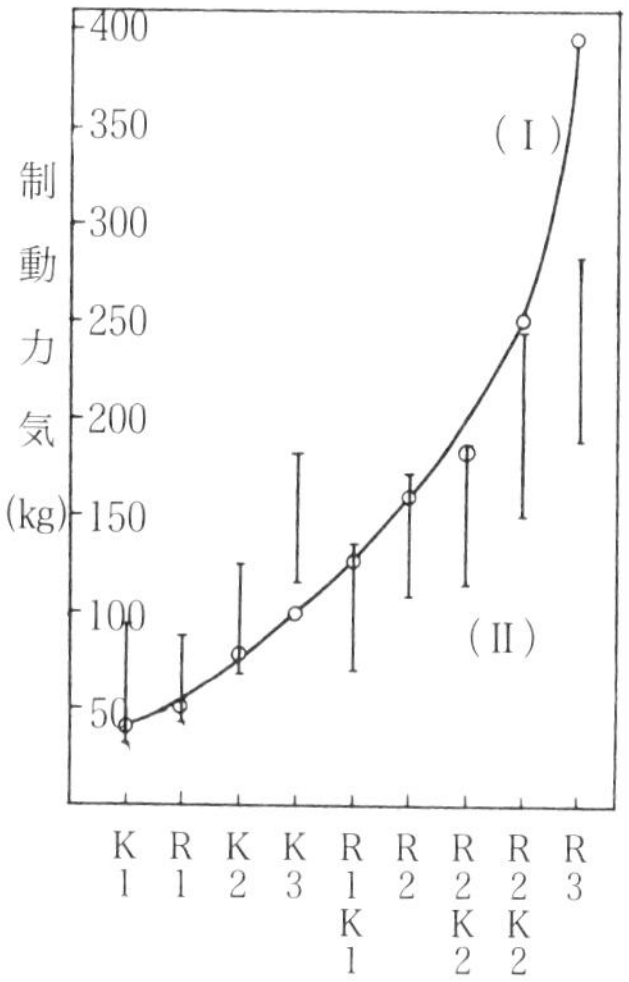

図７　摩擦式多孔型緩衝装置の制動力

（Ⅰ）の曲線は，装置の材質に高力アルミ75S，制動用ロープはナイロン９ ϕ，16打ちを用いたものである．制動力は図からも明らかなように蛇行数および巻き数を増すことにより増大し，その強さは横軸に並べた順の組合せである．蛇行１回につき50 kg 程度増大し，巻き数１回につき100 kg 余り増大する．この装置により30 kg ～ 400 kg 程度の制動力が得られる．なお，（Ⅱ）の棒状グラフは図５の装置の第一穴に加圧ネジを設けて，制動用ロープに３段階の圧力を加え，さらに微調整できるようにして測定した制動力を示す．（Ⅰ）の値と制動力が一致しないのは，制動用ロープにパラフィン処理をしたためである．

摩擦式緩衝装置では前述のように制動力に変動が生じるという欠点がある．これを解決するために考えられることは緩衝装置本体および制動用ロープの材質である．そこで，緩衝装置（高力アルミ）に各種メッキを施したもの，制動用ロープを熱処理あるいはシリコン処理を施したもの，また装置の第一穴に焼結金属を埋

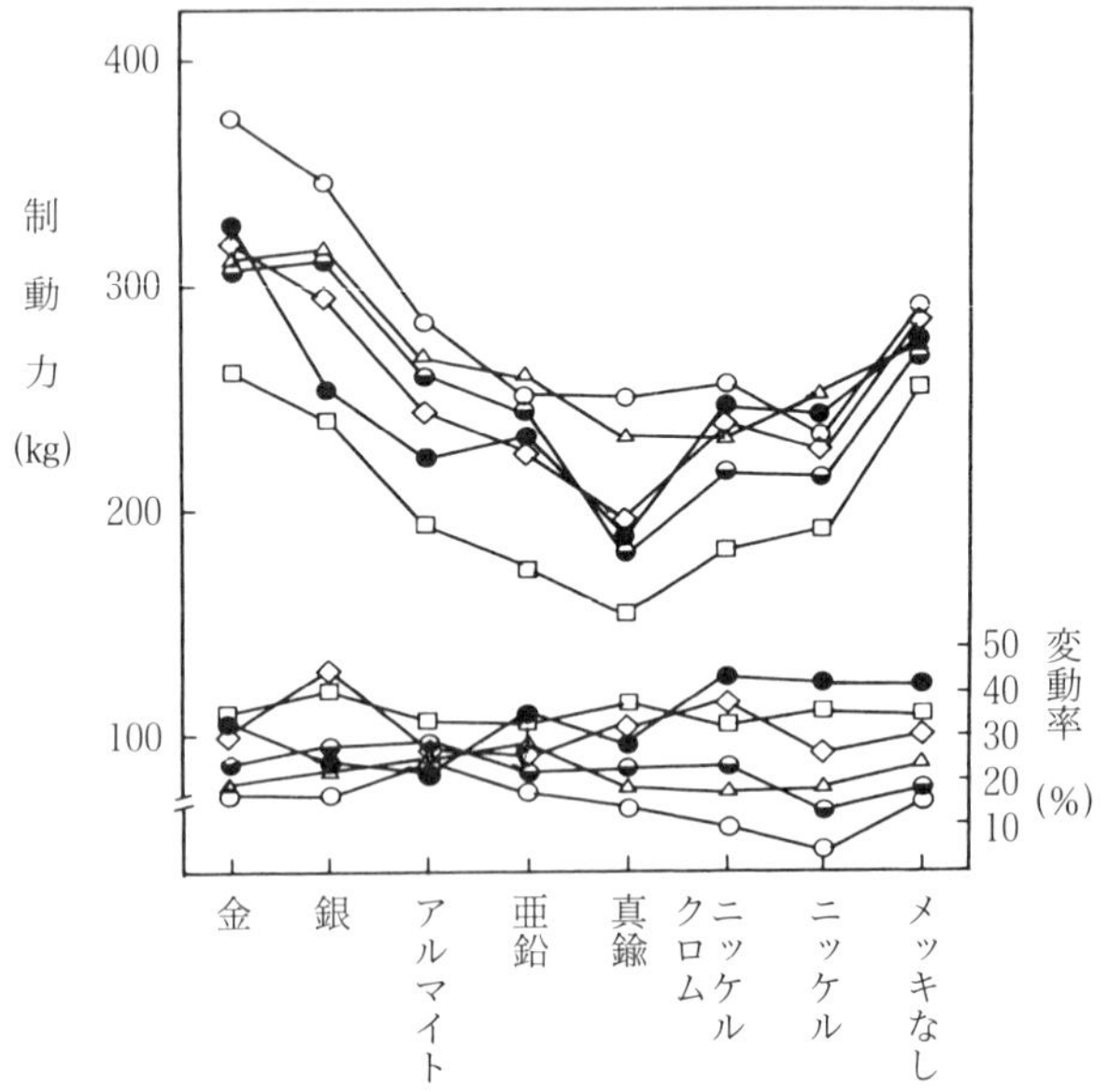

	制動用ロープ熱処理の有無	第1穴の状況
●	無	潤滑油
□	〃	シリコン
◇	〃	ローコルオイル
△	有	潤滑油
◒	〃	シリコン
○	〃	ローコルオイル

図8　摩擦式多孔型緩衝装置の制動力および変動率

めこみそれにシリコン，潤滑油，二硫化モリブデンをそれぞれ浸ませたものを用いて検討した．結果を図８に示す．変動率の最も小さいのはアルマイト処理をしたもので，これについで金および真鍮メッキしたものが比較的小さい．なお制動力については，金および銀メッキしたものが大きくこれについでアルマイト処理および未処理の高力アルミが大きい．また制動用ロープを熱処理したものは一般に未処理のものに比べ制動力が大きく，さらに第一穴の焼結金属に浸ませた油剤のなかでは，ローコルオイルを用いた場合が制動力が大である．以上のように現時点での装置の材質については，高力アルミにアルマイト処理を施し，また第一穴には焼結金属を埋めこんでそれにローコルオイルを浸ませ，さらに制動用ロープはナイロン９ φ，16 打を熱処理したものが実用への可能性が最も大である．

なお，前述の（2.1.1 および2.1.2 項）富士山７合目雪渓での本装置を用いた滑落実験では，制動用ロープをＫ１，加圧ネジを２にセットし，滑落距離７～10 mで，制動力は60 ～ 80kg，制動用ロープの伸びは1.8 －1.9 mの間で安定した値が得られ滑落者は殆どショックを感ずることなく確保された．また，写真２に示すようなビルの側面を利用した荷重210kg，落下距離10 mという苛酷な条件の実験においても制動用ロープの表面がわずかに融けたことが認められた程度で安定した確保がみられた．

本研究によって考案された緩衝器は実用化へかなり接近したものであると思われるが，今後さらにぬれた時等の制動力の変動について検討を加える必要があり，この問題が解決されれば実用化が可能であると考えられる．

（昭和52 年６月10 日，日本繊維機械学会年次総会にて発表）

文 献

1）文部省体育局監修，スポーツ安全協会編：安全登山必携，7（1974）
2）松永敏郎：岩と雪，28号，58（1972）
3）これらに関しては従来多くの報告がある．たとえば，

ザイルに関しては

梶原信男：ザイル——強さと正しい使い方，日本工業新聞社（1966）
安田　武：繊維製品消費科学，12巻，281，310（1971）
辻阪新二：岩と雪，26号，32（1972）
有元平次ら：繊維工学，25巻，41（1972）
石岡繁雄ら：岩と雪，28号，38（1972）
田川高司ら：繊維と工業，29巻，433（1973）

カラビナ，埋込ボルトおよびハーケンに関しては

矢野　正：現代アルピニズム講座2　登山用具と装備，93，あかね書房（1968）
矢野　正：山と渓谷，382号，152（1970）
兵庫岳連技術委員会：岩と雪，20号，74（1971）

ピッケルに関しては

富田幸次郎：岳人，209号，162（1965）

安全ベルトに関しては

矢野　正：山と渓谷，389号，94（1971）

4）石岡繁雄：日本特許246776号（昭和33年）

登山綱の動的特性と安全装置の研究（本文193頁参照）

石岡さんが鈴鹿工業高等専門学校に赴任したのは昭和46年4月．そこで，登山家である共同研究者の笠井幸郎氏（工業化学専攻，2006.9.2死去）と出会い，水を得た魚のように活発なザイル研究が始まる．この論文は石岡・笠井の共著で『鈴鹿高専紀要』(1972記念号，pp. 139–155）に発表された．論文そのものを生み出したザイル実験装置は，昭和47年1月に三重県山岳連盟理事会が見学し，その時の驚愕が翌年3月の三重県岳連主催の公開実験へとつながってゆく．ナイロンザイル事件大詰めの幕を切って落とした，理系モノグラフ（専攻論文）には少ない「気」の入った力作である．

1．緒　　言

登山綱（以下ザイルと称する）の切断による死亡事故が後を絶たない．この理由は，現在使用されているザイルの性能が，登山者の目的に対して不充分であること，つまりザイルは登山者の墜落による衝撃によって切断する場合があること，およびザイルの欠陥を補なうための安全装置が充分でないことである．本研究の目的は，それらの点の確認と保安の目的を拡大させるための方法およびそれに伴なう装置の研究にある．

2．実験装置および実験方法

実験装置として図1のものを，主としてL形鋼を用いて製作した．テストするザイルは，固定支点Aからエッジ B を経て荷重C にいたる．AとBの間の L_2 とBとCの間の L_1 の部分にロードセル（ストレインゲージ，共和電業株式会社の200 kg用と2トン

用）を装置し，L_1 の張力 T_1 と L_2 の張力 T_2 とを測定した．それらのロードセルは電磁オッシログラフに結合させ，張力(T)-時間(t) のグラフを記録した．L_2 は 4 m以内で調節可能である（なお図 1 のD点に滑車をおいてザイルの方向を変えれば L_2 はさらに大きくなる．実験番号26)．荷重C（重さ W kg）は75 kg の砂袋（滑車，ロードセル等を含む）とした．砂袋は人力で引き上げた．Bのエッジは S 45 C の鋼材，稜角は90 度，エッジの曲率半径は 5 ミリ（以下 5 Rと記す）約 1 ミリ（1 R）および形削り盤で削ったままの面とりしないもの（0 R）の 3 種とし，0 Rエッジは磨耗にそなえ24 箇所用意した（実際に使用したのは 4 箇所

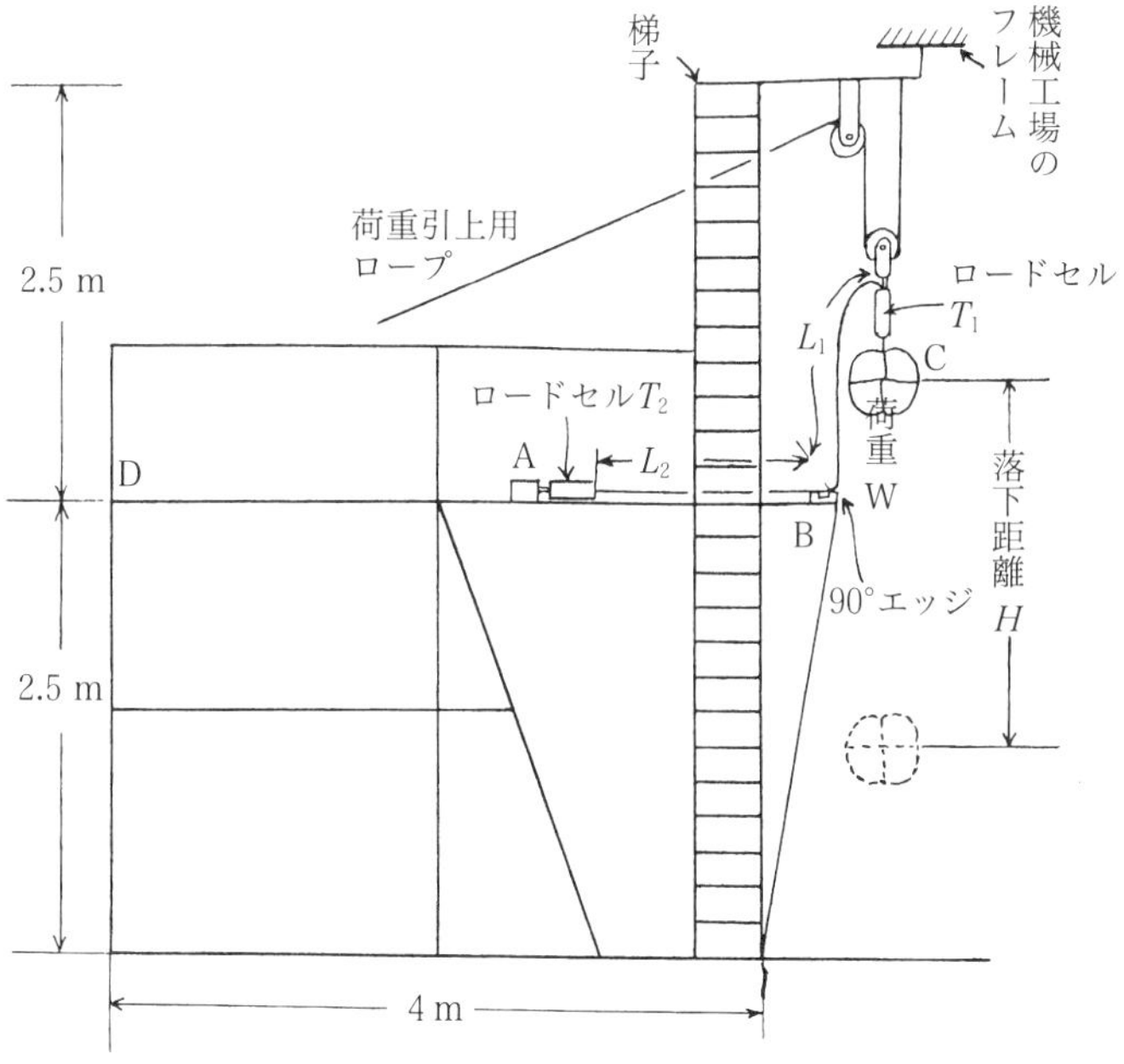

図 1　実験装置（巾1.2m）

であった).

3．実験データの解析等について

i）市販されているザイルに添付されるカードに表示されている静的引張強度とそのときのザイルの伸びを表2に示す．登山者の墜落によってザイルに荷重がかかるとき，もしつねに表2の値が適用されるならば，ザイルは切断することはない．このことは梶原ら[3]の著書からも明らかである．遭難事故の原因となるザイルの切断は，通常，登山者が墜落しザイルが岩角にひっかかったとき発生している．この理由の最大のものは次の点である．ザイルの支点となる岩角のエッジの部分の曲率半径をRとすれば，ザイルの岩角での破断荷重は，Rに比例して小さくなる．本実験では，Rは前記3種類しか行なっていないが，後述の実験結果から，この範囲でもこの関係は肯定できる．なおこの点は有元らの報告[6)]に記されている．他方，登山者が岩登りを行なうときの岩場の岩角は，通常曲率半径が充分に小さい．従って数多くの事故例が示すように，ザイルは岩場の岩角によって容易に切断する．なおこの点の決定には，岩場の岩角の曲率半径が測定されなくてはならない．しかし従来そのような測定結果はなく，今後の研究を待たなくてはならないが，過去において実際の岩場で切断したザイルの切れ口[1)]と，今回の実験によって切断したザイルの切れ口と，実験に用いたエッジとを比較することによって，実際の岩場の岩角の状況（曲率半径等）がおおむね推測される．その結果，岩場の岩角のエッジは，本実験装置の0Rエッジに近いと判断したので，本実験では主として0Rエッジでの衝撃テストを行なった．

ii）電磁オッシログラフによってえられるザイルの張力(T)—時間(t)のグラフを模形的に画いた図2にもとづいて説明する．

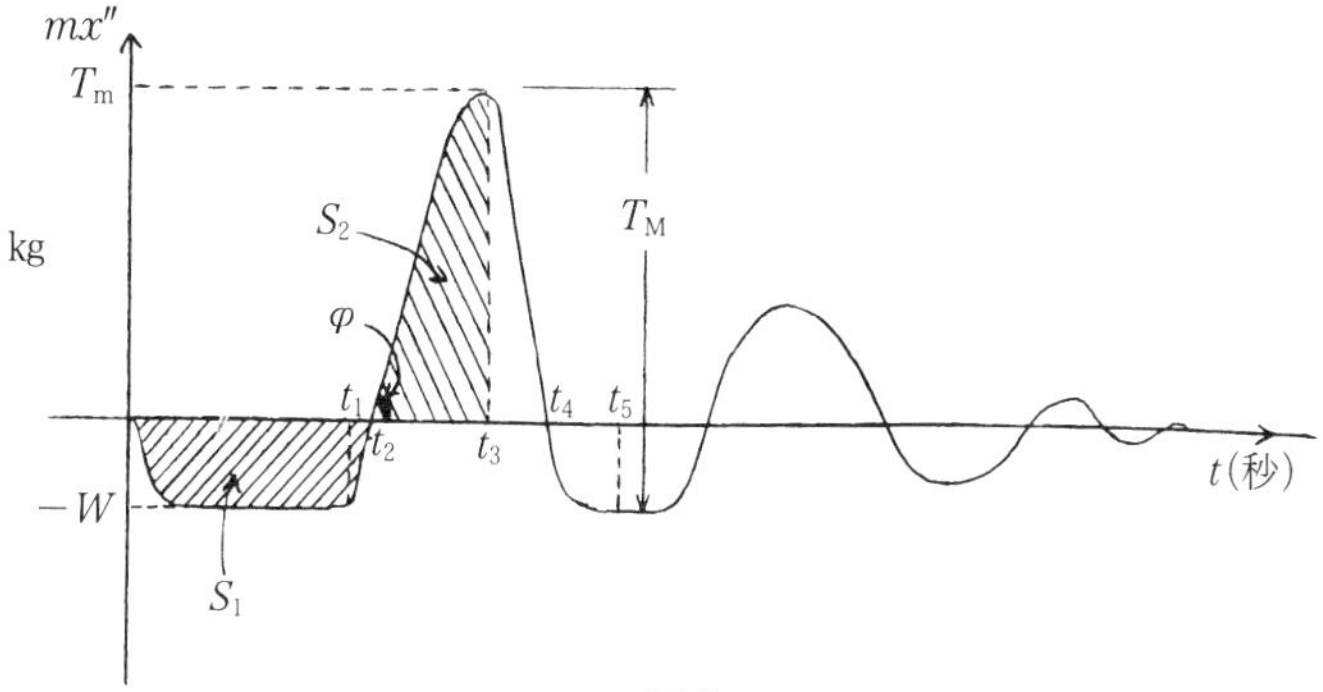

図2

（この図は，ザイルが衝撃で切断しないときのものである.）

荷重Cが図1の状態から床につくまでの間の荷重Cを系とし，上向きを $+x$ とすれば，系Cの運動方程式は

$$x'' = \frac{T_1 - W}{m} \quad \text{ゆえに} \quad mx'' = T_1 - W$$

となる（m は荷重の質量，$m=W/g$，g は重力加速度）.

図2は，縦軸を，系に作用する外力の合力(mx''）にとり（原点を $mx''=0$ とする)，横軸を時間に（原点を図1で荷重引上用ロープから手を離した瞬間とする）にとったものである.

さて $t<0$ では（図1の状態）$mx''=T_1-W=0$ であるが，$t=0$ で $mx''=-W$ となり系Cには重力のみが作用する. 系に下向きの力が作用する間は，系は下向きに速度を増し，t_2 において最大の速度 v_m に達する. $0\,t_2$ と落下距離 H との間には $H \fallingdotseq g(0\,t_2)^2/2$ の関係がある. v_m は，$t=0$ から $t=t_2$ までに増加した運動量とその間の力積の関係から

$$-mv_m - 0 = -mv_m = \int_0^{t_2} (T_1 - W)dt$$

ゆえに　$v_m = -\int_0^{t_2} (T_1 - W)dt/m$

となる．次に t_2 から t_3 まで系に加わる外力は上向きとなるので，下向きの速度は次第に減少しやがて荷重は停止する．荷重が下向きの運動を停止する点は，ザイルがもっとも伸びた点であり，このとき mx'' は最大値 $+T_m$ を示す．従って荷重Cは，グラフの T_m 従って t_3 の瞬間に停止する．この間，t_2 における運動量 $-mv_m$ が t_3 で 0 になるので

$$0 - (-mv_m) = mv_m = -\int_{t_2}^{t_3} (T_1 - W)dt$$

となり従って面積 S_1 と S_2 は等しくなる．

次に荷重の速度は t_3 において 0 であるがザイルの張力は最大であるため荷重は上向きの速度を生じ，t_4 にいたっては上向きの最大速度となる．その速度を v'_m とすれば

$$v'_m = \int_{t_3}^{t_4} (T_1 - W)dt/m$$

となる．t_4 から系には下向きの力が作用するので荷重の上向きの速度は減少しやがて停止する．その点を t_5 とすれば

$$\int_{t_3}^{t_4} (T_1 - W)dt = \int_{t_4}^{t_5} (T_1 - W)dt$$

となる．このとき荷重は，最後に静止する位置よりも H' だけ上方に位置するとすれば，t_5 以降のグラフは，荷重を落下距離 H' で落下させたときのグラフとなる．つまり t_5 以降のグラフはザイルを H から落下させたときのグラフつまり $t=0$ 以降のグラフと同じ性格となる．（ザイルの塑性変形を考慮しなくてはならない．）

しかしザイルの切断は，t_2 t_3 間に発生するので，本研究の目的としては，t_3 以降は考慮しなくてよい．

次に $T_m+W=T_M$ とすれば T_M はザイルが S_1 という衝撃の条件で切断しないために必要なザイルの強度を示す値となる．以下 T_M を必要強度とよぶ．また $t_2 t_3$ 間のグラフの傾斜を φ とし，S_2 の形を三角形とみなせば

$$S_2 = T_m^2/2 \cdot \tan\varphi$$

となる．従って φ が小さければ T_m も小さくなる．φ はザイルの伸び等固定支点から荷重までの緩衝作用の大きさに逆比例するので，ザイルの必要強度 T_M は緩衝作用が大きければ小さくてよいことになる．

またザイルがエッジ等で破断するときの荷重を破断荷重 T_c とすれば，ザイルが切断しないためには $T_c > T_M$ が必要となる．

iii）図2において t_1 から t_3 までの間は，ザイルが荷重によって伸びる時間である．前述のごとく，図2のグラフの面積から荷重の落下速度がわかるので，それからさらに荷重の位置の変化つまりザイルの伸びがわかる．従って図2のグラフからザイルの張力と伸びの関係を示すグラフを求めることができ，ザイルが吸収するエネルギを求めることができる．他方図2において〔(0 t_1 にもとづく荷重の落下距離 H)＋(前記ザイルの伸び)〕×W は，荷重が落下したときに失った位置エネルギを示す．従って公知のごとく両者のエネルギは等しく，この関係からも落下衝撃の現象を解析することができる．

iv）実験の主要目的は事故防止にあるので，実験はザイルにとって厳しい条件について行なわねばならない．登山者が墜落する場合，ザイルが切断しないための必要強度 T_M は，前述のごとく落下距離に比例し，ザイルの長さに反比例する．従って T_M は，登山者が垂直に登っていて墜落したときつまりザイルの長さ（図1の L_1）の2倍を落下したときがもっとも大きい．この理由

から本実験では可及的に$H/L_1=2$とした．また図１のL_2が小さいときほどL_2での伸びが小さくなるので，図１のφが大きくなり従ってT_Mが大きくなる．また墜落者の肉体による緩衝作用などは，落下距離に関せずほぼ一定とみなしうるので，落下距離が小さいときほど，それらの影響が大きい．従って実験は$H/L_1=2$とするとともに，Hそのものも大きくすることが必要である．しかし本実験では装置の関係からHは４m以下となった．

４．実験結果と考察

4.1　市販ザイルおよびロープの検討

4.1.1　エッジ衝撃テストの結果

市販各種ザイルとロープのエッジ衝撃テストの結果を表１，表２および表３に示す．実験条件は，以下とくに注に記されないかぎり$W=75$kg，$L_1=1$m，$L_2=0.9$mとした．なお５Ｒ，１Ｒの実験で$H=1$mとしたことの最大の理由は$H=2$mでは実験装置（とくにカラビナ）破損のおそれがあるためである．なおこれらの値には５パーセント内外の誤差がある．ザイルはすべて新品を用いた．

本実験の結果，市販ザイルおよび市販ロープ(直径12㎜程度)は，０Ｒエッジ衝撃テストではすべて切断した．しかし１Ｒおよび５Ｒエッジでは，ザイルが切断した例はなかった（１Ｒでかなり傷ついたものがあった）．

4.1.2　テスト結果の考察

ｉ）実験番号19，20，21から，T_MはHとともに増加することがわかる．

ii）より(３つより)ザイルと編みザイルとを比較した場合，静的引張荷重は，よりザイルの方が大きい傾向にあるが，０Ｒエッジ破断荷重は，編みザイルの方がかなり大きい．よりザイルが小

表1

実験番号	市販ザイル又はロープの呼称	H (m)	エッジの曲率半径 (㎜)	T_1	T_2	T_2/T_1	記　事
1	ナイロンザイル12ミリ（3つより）	1	5	233.9			
2	〃	1	5	357.3			
3	〃	1	5	389.9			
4	〃	0.5	5	180.0			
5	〃	0.5	0	197.6			
6	〃	1	0	185.8			
7	〃	2	0	170.2			
8	〃	1	1	309.0			
9	〃	2	0	160.0	85.2		L_2=2.5 m 坐確保
10	ナイロンザイル11ミリ（3つより）	1	5	298.0	224.4	0.75	
11	〃	1	1	365.3	223.3	0.61	傷はなはだし
12	〃	1	0	134.6	79.2	0.59	
13	〃	1	0	150.3	62.4	0.42	L_2=3.9 m
14	ナイロンルビー編ザイル11ミリ	1	5	350.5	260.4	0.74	
15	〃	1	1	361.4	213.3	0.59	
16	〃	1	0	236.6	139.1	0.59	
17	〃	1	0	231.0	132.1	0.57	L_2 =3.9 m
18	〃	0.5	5	209	158.8	0.76	
19	〃	0.5	5	250	199.6	0.80	
20	〃	1	5	383	298.2	0.78	
21	〃	2	5	522			
22	ナイロンザイル9ミリ（3つより）	1	5	310.9	242.1	0.78	
23	〃	1	5	329.7	262.6	0.80	
24	〃	1	5	366.3	279.2	0.79	
25	〃	1	0	106.9	73.7	0.69	
26	〃	0.5	0	124	51.0	0.41	L_2 =5.1 m 肩確保
27	ナイロンルビー編ザイル9ミリ	1	5	331.7			

28	ナイロンルビー編ザイル9ミリ	1	0	214.8	116.9	0.54	
29	テトロンザイル9ミリ（3つより）	2	5	498.0			
30	〃	1	0	148.5	86.4	0.58	
31	ポリプロピレン12ミリ（ダイヤトーン）	1	0	196.0			
32	〃	1	0	173.3			
33	ポリエチレン12ミリ	1	0	172.3			
34	〃	1	0	203.0			
35	マニラ麻12ミリ	1	0	227.7			
36	〃	1	0	251.5			
37	クレモナ12ミリ	1	0	372.2			
38	〃	2	0	368.3			

さいのは，エッジが3つよりの凹部に喰いこんでザイルを削るからと考える．従ってたとえば同じよりザイルでも8つよりは3つよりよりその影響は小さいと思われる．

iii）実験番号1，2，3と22，23，24は，同一ザイルを用い5Rエッジ衝撃テストを3回くりかえしたものである．この結果から実験をくりかえすことによって，ザイルの必要強度T_Mが大きくなってゆくことがわかる．この理由は，ザイルに大きな力を加えるときには，ザイルが塑性変形をおこし，ザイルの弾性が減少し，従って図2のφが大きくなるためと考えられる．

iv）実験番号5，6，7は，0Rエッジ破断荷重Tcが，落下距離に反比例することを示している．この理由は筆者には不明であるが，登山者にとってこの現象の解明は必要である．（本実験装置ではHを充分に大きくすることができない．）

v）実験番号10ないし17では，T_2/T_1の値にかなりの差があらわれている．T_2/T_1は，公知の$T_2/T_1=e^{\mu\theta}$（μは，ロープとエッジとの摩擦係数，θは接触角）の関係にあるので，エッジの曲率半径にかかわらず一定であってもよいが，実際には曲率半径

表2

実験番号	市販ザイル又はロープの呼称	添付カードの表示		ノギスで計った直径（mm）B	0 Rエッジ破断荷重（kg）C	C/A	C/B^2
		荷重（kg）A	のび（%）				
6	ナイロンザイル 12ミリ（より）	2700	47	12.2	186	0.069	1.3
12	ナイロンザイル 11ミリ（より）	2300	47	11.5	135	0.06	1.0
16	ナイロンザイル 11ミリ（あみ）	2170	43	10.8	237	0.11	2.0
25	ナイロンザイル 9ミリ（より）	1680	45	9.30	106.9	0.06	1.2
28	ナイロンザイル 9ミリ（あみ）	2000	45	9.5	215	0.11	2.4
30	テトロンザイル 9ミリ（より）	1420	33	8.9	149	0.105	1.9
31,32の平均	ポリプロピレン 12ミリ（より）			12.1	185		1.26
33,34の平均	ポリエチレン 12ミリ（より）			12.1	186		1.26
35,36の平均	マニラ麻 12ミリ（より）			13.0	240		1.42
37,38の平均	クレモナ 12ミリ（あみ）			13.0	370		2.2

が小さくなるとこの値は急に小さくなる．このことが，ザイルが岩角で切断するとき確保者にショックを感ぜせしめない理由の一つとなろう．またこの傾向は，編みザイルより，よりザイルの方が大きい．

vi）実験番号9は，図1でザイルを固定支点Aから離して，人（確保者）が持つようにしたものである．ザイルの持ち方は，人が坐り，ザイルを腰のまわりに約半回巻いて握るという，いわゆる登山での坐り確保の姿勢である．荷重の落下によって，確保者に衝撃力が作用するがその度合はやや感じるという程度であった．またザイルはあっけなく切断したという感じである．従来，

ザイルが岩角で切断するとき，確保者にはほとんどショックがないといわれていたが，本実験はそれを示すものである．このことはザイルが切断するときのグラフから推測できる．すなわち確保者にはグラフの面積に相当する力積が作用するので，それまで運動量 0 であったのが，衝撃力によってある運動量となり v の速度をもつようになる．しかしグラフの面積が小さいので，結局 v は小さく，身体がわずかに動いたという程度にとどまる．（力の加わる時間が 1/10 秒程度である．）

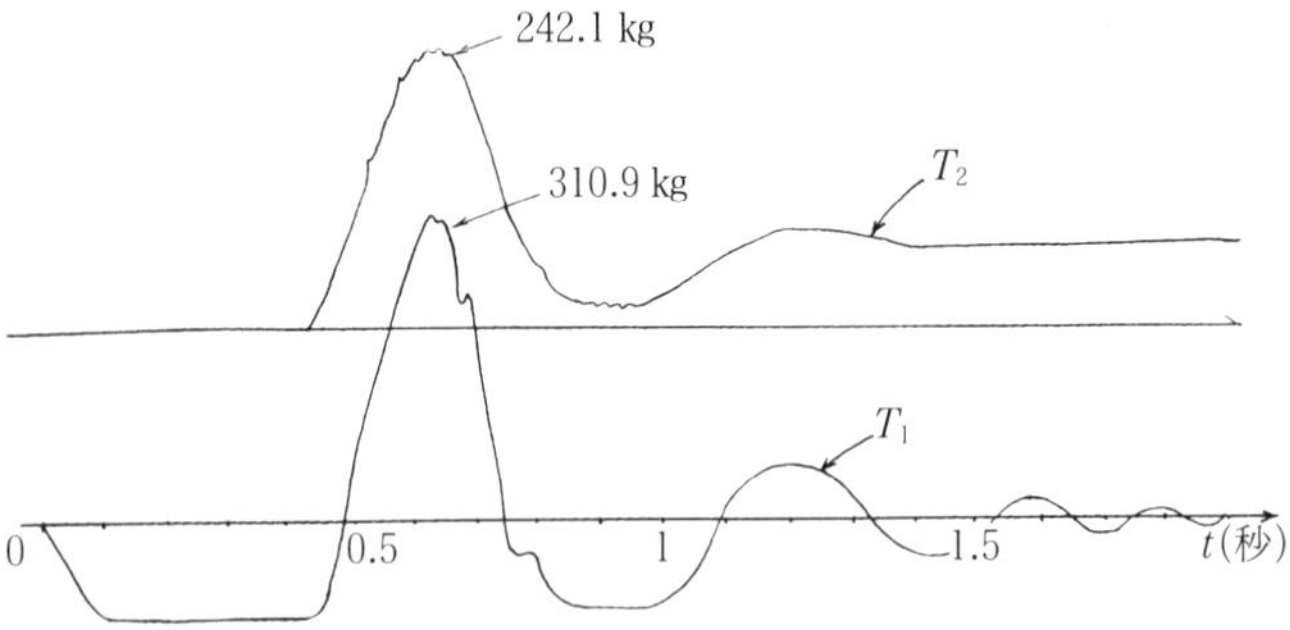

ザイルが切断しないときの波形（実験番号22）

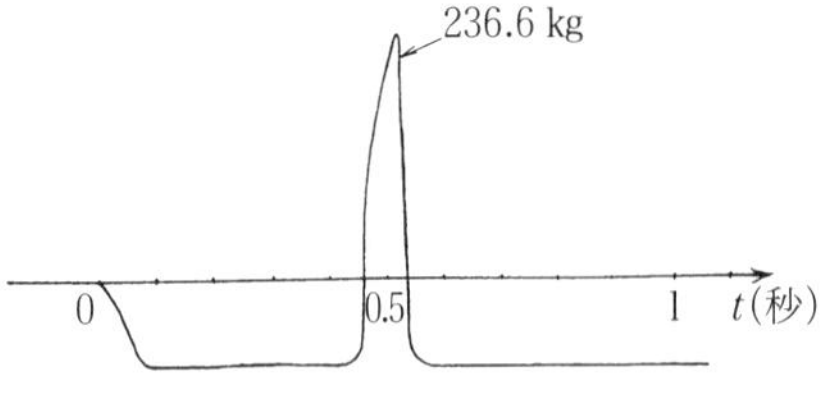

ザイルが切断したときの波形（実験番号16）

図3

ⅶ）図１の L_2 が大きくなれば，L_2 の伸びのため L_1 が大きくなったのと等価となり，図２の φ が小さくなり，ザイルは切断しにくくなる．しかし０Ｒエッジのような場合には，たとえば実験番号13からも計算できるように L_2 の伸びは1.6パーセント程度にすぎないので，この効果は僅少である．他方実験番号13，26が示すように，次に述べる縦傷のためザイルはむしろ切れやすくなる．（編みザイルでは L_2 が大きいほど切れにくい．）

ⅷ）実験番号13と26では，図４のABに示す一定長さの繊維束十数束がザイル本体から離脱した．しかし他の実験ではそのような現象は，ほとんど生じない．次にこの理由をのべる．荷重が落下しザイルはエッジに押しつけられ，ザイルには，ある深さの傷が生じて繊維は切れる．落下の増加とともに，ザイルの張力が増すので傷は深くなる．また傷はザイルの長さの方向に発生する．（この傷を縦傷とよぶ．）他方，３つよりのザイルにあっては，図４のように，１ストランドについて10個ないし14個の繊維束が配列されているので，縦傷とザイルのよりのピッチのため，たとえば図４で５の繊維束は，Ａ点とＢ点の２箇所で切断されることになる．この繊維束は，ザイルが切断しないときには，ザイルの

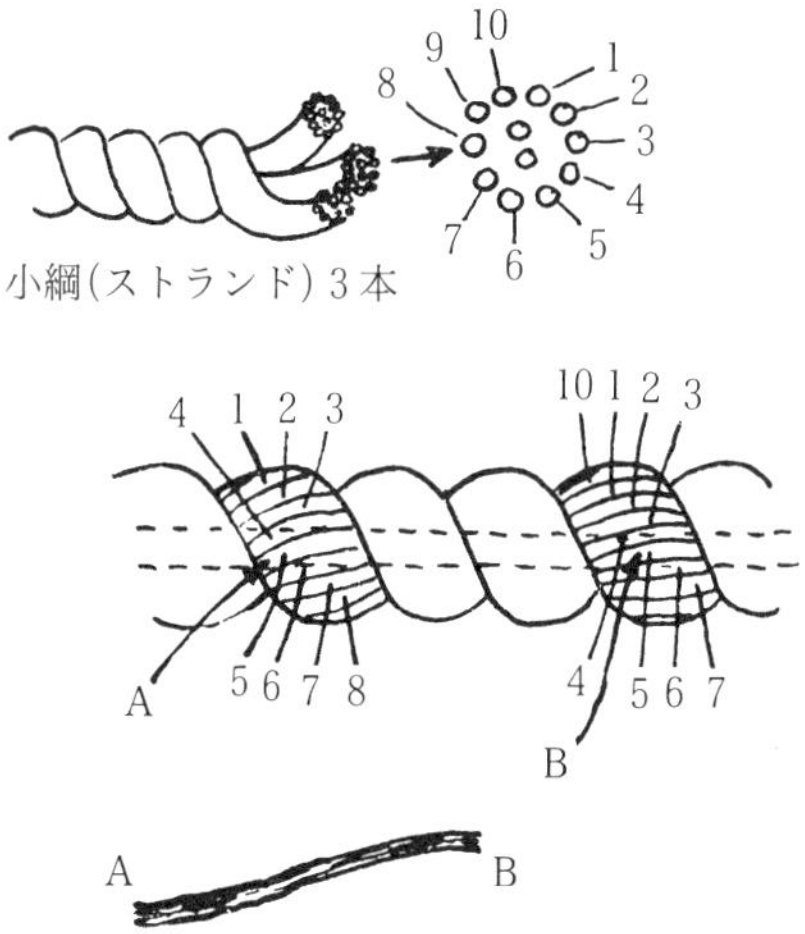

図４

よりのため，ザイル本体から離脱することはないが，ザイルが切断し，よりがほぐれて各繊維束がバラバラになれば，ＡＢの部分はザイル本体から離脱する．すなわち繊維束の長さは，ザイルのよりのピッチの長さとなっている．従って縦傷の長さがピッチの長さより大きいときには，ザイルが切断したとき原則として，繊維束がザイル本体から離脱する．実験番号13と26ではL_2が長いため縦傷が長く繊維束が離脱したが，他の実験ではL_2が短かいため縦傷も短かく従って繊維束は離脱しない．また実験番号17のように編みザイルの場合には，L_2が長くてもこの現象は起きない．またザイルの縦傷の状況からエッジの状況をある程度推測できる[1)]．

ix）実験番号26の位置関係は，昭和30年1月2日，前穂高岳で発生したザイル切断事故（ザイルはナイロン8㎜）のときの位置関係にほぼ等しいものである．この実験によるザイルの切れ口と，事故が発生したときのザイルの切れ口[1)]とは酷似し，両者とも類似の繊維束が生じかつ墜落による確保者へのショックは，両者ともほとんどない．

4.1.3　ダブルザイルのエッジ衝撃テスト

ザイル2本同時に使用した場合の0Ｒエッジ衝撃テストの結果を表3と図5に示した．W＝75kg，H＝2 m，L_1＝1 m，L_2＝0.9 mである．なお表3で“一致”とは2本のザイルの長さを等しくし，2本のザイルに同時に荷重がかかるようにしたものである．“不一致”とは2本のザイルの長さの差を約20 cm設け，荷重が別々に作用するようにしたものである．ザイルはすべて切断した．

4.2　確保技術の検討

4.2.1　確保理論

ザイルの切断を防止するには，ザイルの破断荷重T_Cが必要強

表3

実験番号	ザイルの種類	一致・長短の別	T_1(kg)
39	ナイロンザイル12ミリ（より）	一致	369.3
40	〃	一致	339.6
41	〃	長 短	172.3 143.6
42	ナイロンザイル11ミリ（あみ）	一致	461.3
		長 短	277.2 221.8
4	ナイロンザイル9ミリ（あみ）	一致	352.2

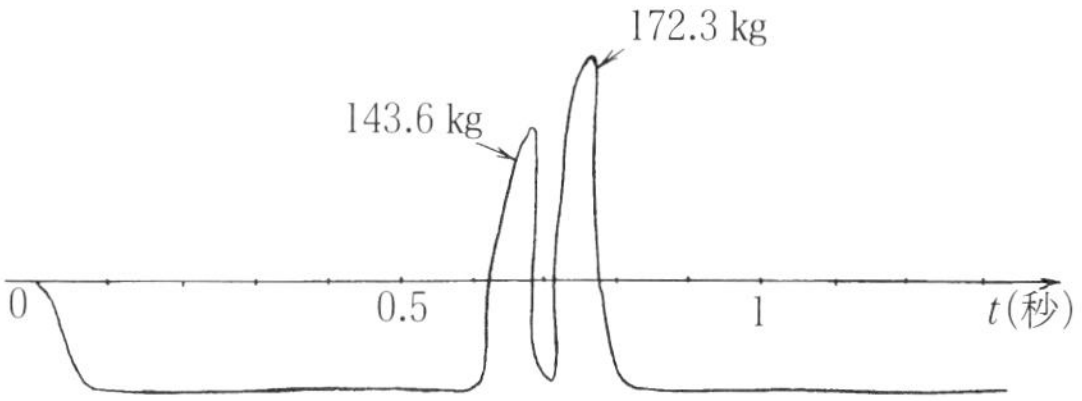

図5（実験番号41）

度 T_M より充分大きくなることが必要である．このうち T_C を大きくするには，たとえば0 Rエッジに強い繊維を選ぶことなどが必要となる．次に T_M を小さくする点について考察する．T_M を小さくするには既述のごとくザイルの伸びを大きくすることは有力な方法である．ナイロンザイルはよく伸びるので，この点では優れているが0 Rエッジに対する破断荷重 T_C が小さいので，結局ザイルは切断する．従来登山の技術として，T_M を小さくする方法が，後述のごとくいくつかある．しかしそれらはいずれも次の原理にもとづいている．

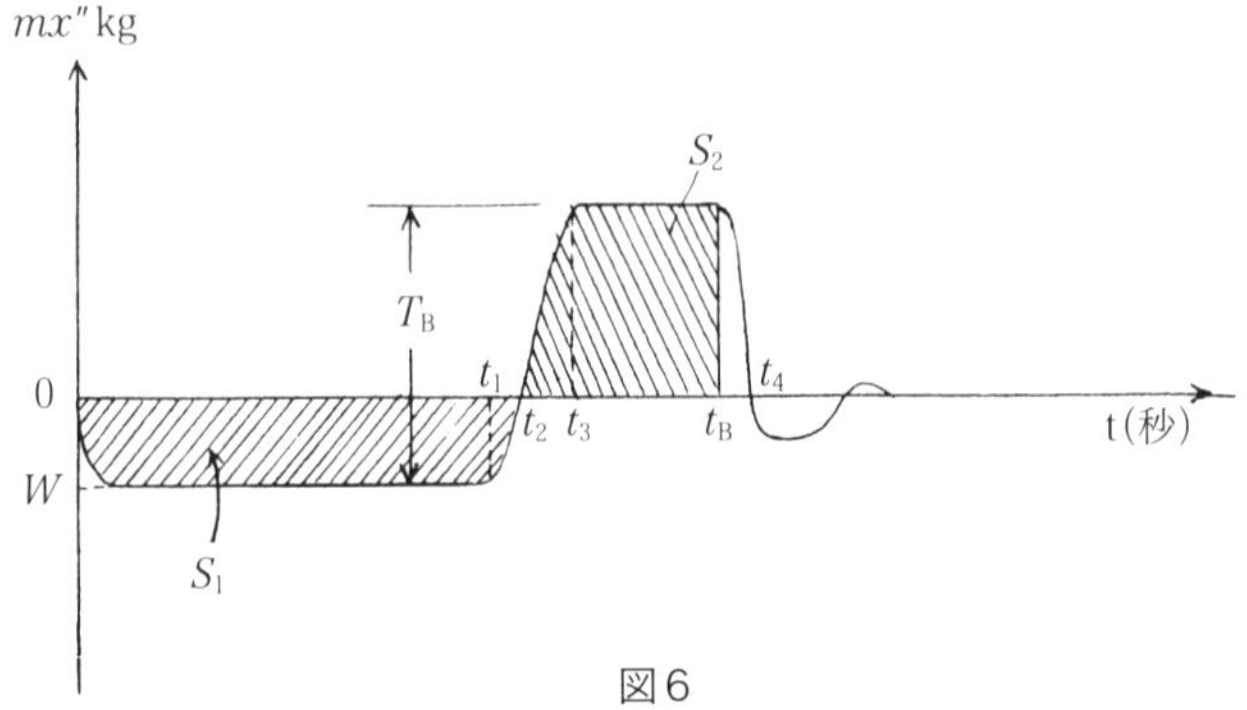

図 6

図 2 で T_m を大きくすることなく S_2 を大きくするには，S_2 の形を図 6 のようにすることである．ザイルは t_1 から t_3 まで延びた後，t_3 から t_B まで，張力を増すことなく延びることになる．いま登山のとき先頭を登る者（以下トップとよぶ）とその後から登る者（セカンドとよぶ）がザイルで結び合っていたとする．トップの万一の墜落が予想される場所では，セカンドは停止してトップを確保することになる．図 1 でトップはC，セカンドはAに位置する．トップが墜落した場合，セカンドがザイルをAに固定すれば図 2 のようになるが，もしセカンドが，何らかの方法でザイルに制動を加えつつザイルを延ばしてやったとすれば図 6 となる．ザイルを制動しつつ延ばした時間が t_3t_B となり，そのときの制動力（ザイルの張力）が T_B となる．この技術を制動確保という．現在行なわれている制動確保の方法には，セカンド自身とザイルとの摩擦による方法[4]（この方法を単に制動確保とよぶ．図 7 は，第 1 図のA点で坐り確保による制動を行なっている図），ザイルを，支点となるカラビナに通し，往復するザイルを手で握る方法（グリップビレーとよぶ[5]．図 8 は，第 1 図のA点で操作

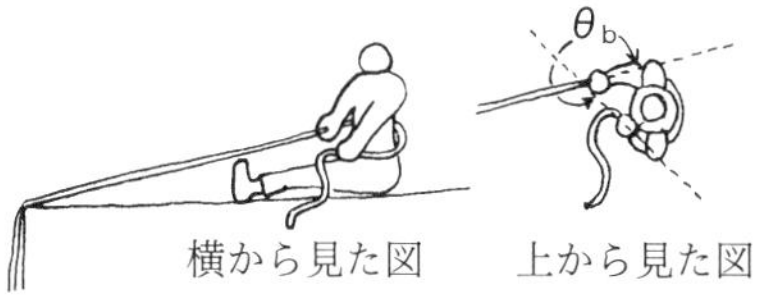

図7

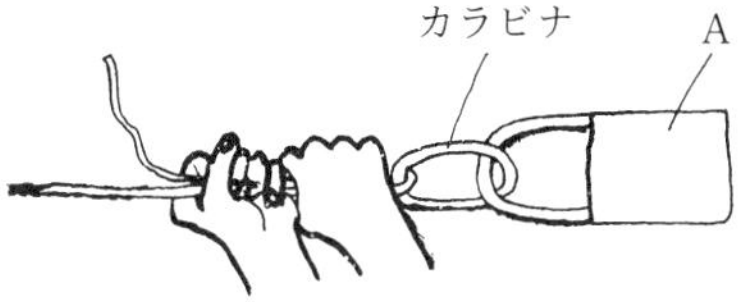

図8

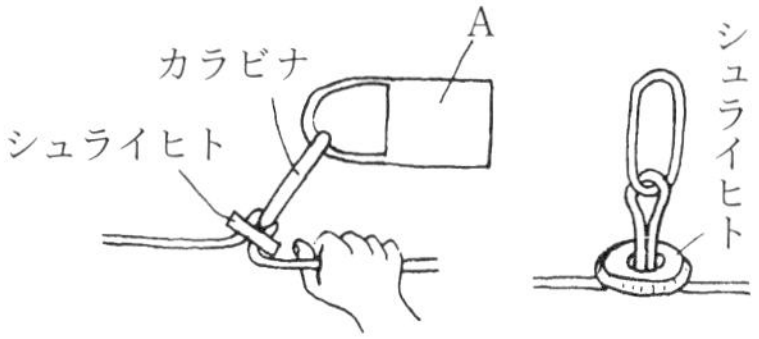

図9

しているところ）およびオーストラリヤ製の器具によって，ザイルに摩擦力を与える方法（シュライヒト制動用具[5)]，図9に示す）の3つがある．それぞれについて実験した結果を表4と図10ないし図12に示す．これらの実験はいずれも，W＝75kg，5 Rエッジ，H=0.9 m，使用したザイルは11ミリ編みザイルである．

次に表4について説明する．セカンドがザイルを制動しつつ伸ばした長さをa，そのときの平均制動力をT'_Bとすれば$W=(H+a)=a\,T'_B$となる．（T'_Bはこの式から計算できる．ただしザイルの伸びを無視する．）制動力の最大値をT'_mとすればT'_B/T'_mが1に近いことが望ましい．またa/Hの値は1/3～1/2ぐらいが望ましいとすれば，このときのT'_Bは$3W$～$4W$となり，W=75kgとすればT'_B=225kg～300kgとなる．またT'_Bは図6のT_Bに等しい．この点は表5も同様である．

4.2.2　確保技術の欠陥

前記の方法には次の欠点がある．

i）トップとセカンドを結ぶザイルが，何個かのカラビナをくぐっているときには，その状況を考慮して制動力を調節しなくて

表4

実験番号	確保の種類	ロープの伸び a (m)	T_m (kg)（グラフ）	T_B' (kg)（計算）	記　事
44	制動確保	地面につく	150		$\theta_b = 180°$
45	〃	0.95	253	146	$\theta_b = 270°$
46	〃	1.1	228	136	$\theta_b = 270°$
47	グリップビレー	0.82	183	157.3	両手（軍手）力いっぱい
48	〃	0.8	180	159	〃
49	〃	地面につく	136		片手（荷重がとまったとき，保てない）
50	シュライヒト	0.47	265	217.5	両手
51	〃	0.75	184	165	〃
52	〃	0.47	199	217.5	〃　，ザイル損傷
53	〃	0.63	219	182	〃
54	〃	0.65	131	179	片手
55	〃	0.75	202	165	片手

はならない．とくにそのような場合にザイルが岩角にひっかかるときは，これらの方法では制動力の調節が過大となりそのためザイルが切断する傾向が大きい．

ii）セカンドがザイルを延ばしてやるとき，トップとセカンドの間のザイルが岩の割れ目に喰いこむような場合には，ザイルは延びてゆかない．またザイルが岩角で屈曲を重ねるときにも，ザイルはほとんど動かなくなる．このような場合には制動確保は不能となる．またトップが墜落したとき，ザイルがどのように動くか判断しにくい場合が多いので，これらを防止することがむつかしい．

iii）０Ｒエッジでザイルが切断するときには，セカンドにかかるショックがきわめて小さい．従って制動量を正しく調節することは容易ではない．

iv）筆者の実験結果としては，制動力の大きさは，最大の制動

を行なった場合でも，シュライヒト制動用具でやや不足し，グリップ・ビレーではさらに不足である．制動力が不足すればトップの落下距離が過大となる．

4.3　安全装置の検討

保安の目的を拡大させるための方法およびそれに伴なう装置の試作と実験

4.3.1　作動原理

既述の確保技術の欠陥を補なうための試みは，たとえば筆者の考案になる装置[2]がある．この装置の原理は，前記制動確保の手段を自動的に行なうようにしたものである．またザイルが岩の割れ目等に喰いこんで動かなくなる場合にそなえ，装置をトップが腰に着けて登るようにしてある．トップが墜落した場合には，セカンドはザイルを直ちに固定すればよい．装置に内蔵されているロープが制動されつつ延びてゆき，トップはやがて停止する．しかしこの装置は制動力の調節が面倒でありかつかなり重いという欠点があり，実用化されていない．以下のべる安全装置は前記装置の改良に係るものであり，両者は同一原理のものである．主な相異は，前者にあっては制動はばねによってなされるが，改良した装置にあっては摩擦制動によっている．

4.3.2　機構

本装置の一実施例を図13ないし図17にもとづいて説明する．図13と図14で，1は登山者（トップ），2はトップの腰・肩・両股等に回して結ばれたロープ（腰バンドとか安全ベルトと呼ばれる），3はトップ1とセカンドとを結ぶザイル，4は緩衝器で本考案になる安全装置の主要部をなし，カラビナ5によって腰バンド2に結合されている．6は制動用ロープで，一端はカラビナ7によってザイルに結合され，他端は蓄え用ロープ8として保護袋9に収められ，その間で緩衝器4と以下述べるような結合をし

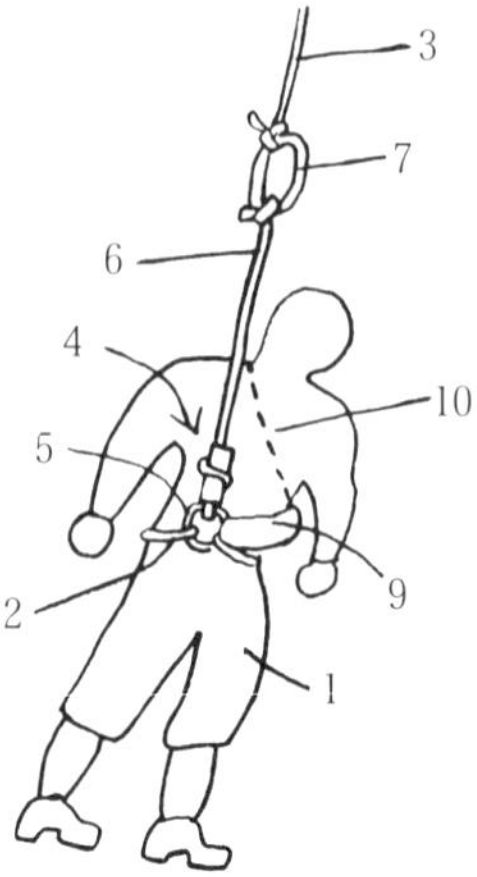

図13

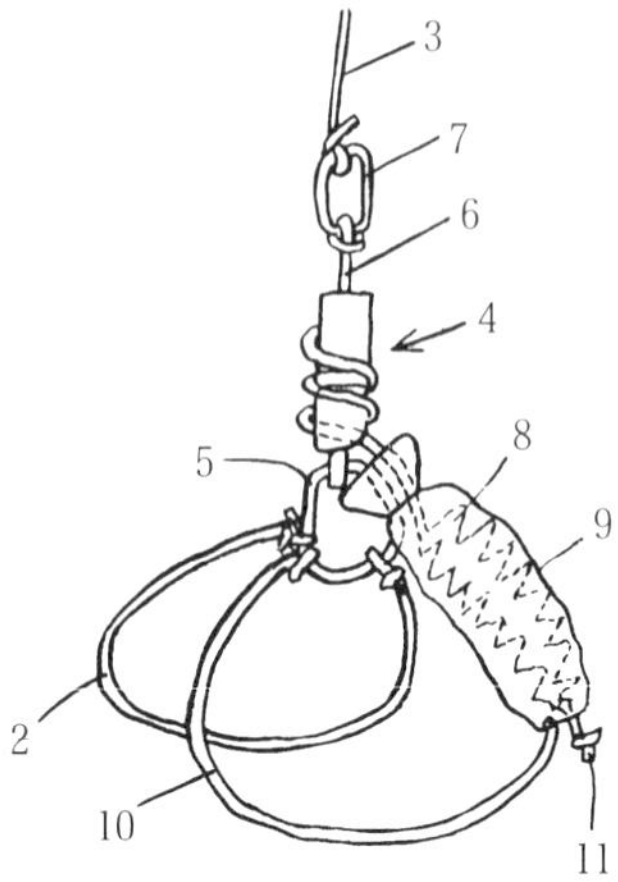

図14

ている．10は保護袋9を登山者1に装着させるためのひもで，一端が保護袋9に固着され，他端は登山者の肩等を回った後，カラビナ5に結合される．カラビナ5は保護袋9の一部を貫通している．11は蓄え用ロープ8の末端に設けられた結び目で，保護袋9の端に設けられた穴から袋の外に出ている．次に図15ないし図17にもとづいて説明する．緩衝器4は接触角調節筒12とロープ制動筒13とからなる．接触角調節筒12には穴14が，ロープ制動筒13には穴15が設けられ，制動用ロープ6が貫通している．またロープ制動筒13には穴16が設けられカラビナ5が貫通する．17は補助環でロープ制動筒13に螺合している．接触角調節筒12，ロープ制動筒13および補助環17は図のように配設されておりまた2個の爪18（中央に穴のある円板を2つに割ったもの）が図のように装着している．19はロープ加圧子，20はロープ加圧子を制動用ロープ6に押しつけるための押しばねで図のよ

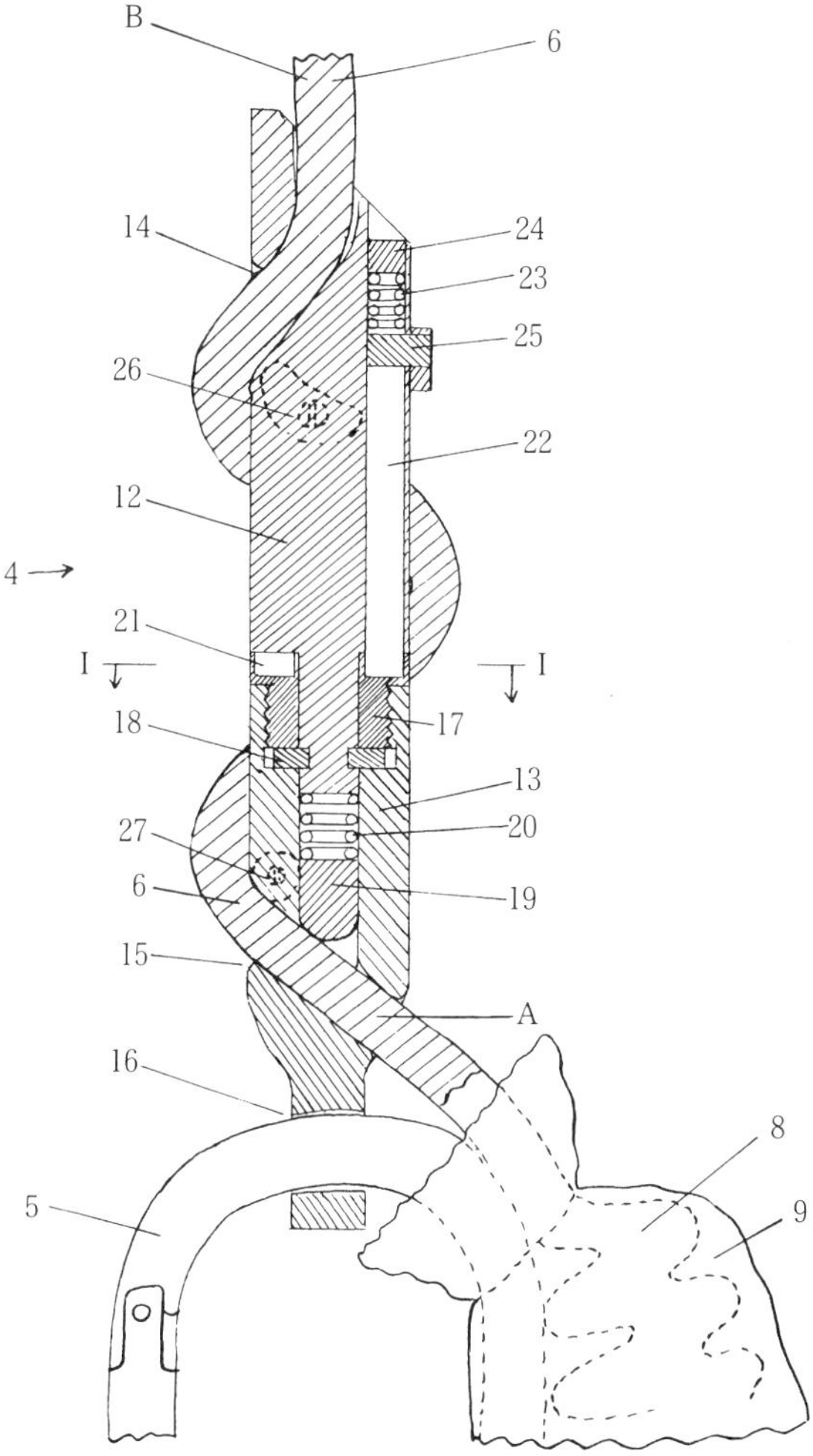

図15

うに配設されている．21は補助環17に設けられた8個の穴で互に等間隔となっている．22は接触角調節筒12に挿入された錠止杆で，穴21に係合しうる．23は錠止杆22を穴21に押しつけるためのばね，24はばね23の止め金で接触角調節筒12に固着する．25は把手で錠止杆22に固着しかつ接触角調節筒12にそって上下に移動しうる．26と27はそれぞれ接触角調節筒12とロープ制動筒13に固着し，制動用ロープ6を案内するための案内子である．

さて本装置を図のように組み立て，制動用ロープ6を緩衝器4に巻きつける場合注意すべきことは，ロープ制動筒13と補助環17の螺合が左ネジの場合は右巻きとし，右ネジの場合は左巻きとする点である．また組み立てられた本装置で，把手25を持ち上げながら接触角調節筒を左または右に回せば，接触角調節筒はロープ制動筒に対して容易に回転する．また把手から手を離して錠止杆22を穴21に嵌合させればロープ制動筒と接触角調節筒は固定する．従って本装置は，制動用ロープを緩衝器4に巻きつけるときの接触角を自由に（45度間隔で）調節しうる装置である．なお接触角調節筒には，図17に示すように8個の穴21が位置する場所に，0から7までの番号が印してあるので，登山者はその番号に合わせて接触角の大きさを調節することができる．また蓄え用ロープは登山者が墜落し，蓄え用ロープが送り出されるときもつれることのないように保護袋の中へ順序よく押しこんでおく．緩衝器の材質は，ジュラルミン75Sとした．

次に本装置の動作を述べる．いまザイル3を固定してカラビナ5を下方に引っぱれば，やがて緩衝器と制動用ロープとは滑りだす．制動用ロープのうち，図15のA点の張力をT_A，B点の張力をT_B，ロープ加圧子が制動用ロープを押す力をF，制動用ロープがBからAにいたる間に緩衝器4に接触しつつ方向をかえた角

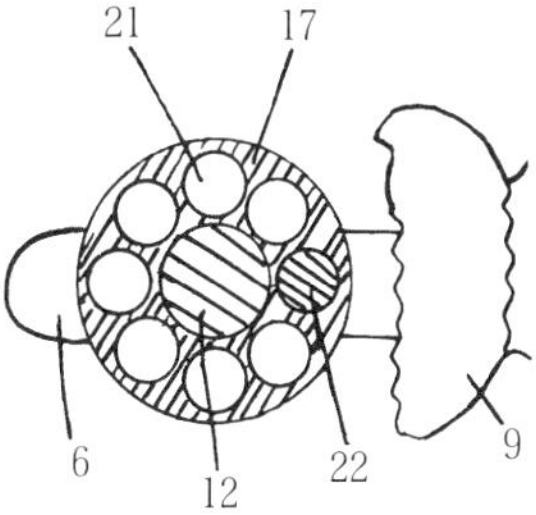

図16

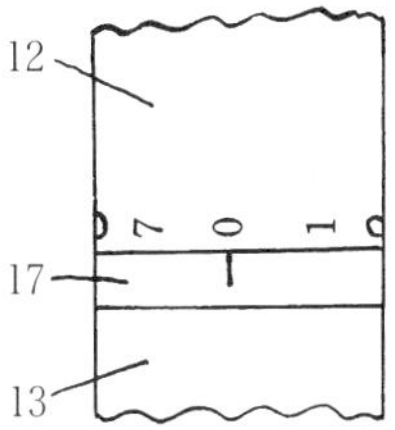

図17

度（接触角）をθ，制動用ロープと緩衝器との摩擦係数をμ_S，制動用ロープとロープ加圧子との摩擦係数をμ_tとすれば

$$T = \mu_t \cdot F \quad T_B/T_A = e^{\mu_S \cdot \theta}$$

ゆえに　$T_B = \mu_t \cdot F e^{\mu_S \cdot \theta}$

となる．このT_Bが，図6のT_Bに等しく従って本装置によって制動確保が可能となる．なお本装置からロープ加圧子19と押しばね20を除いても同様な効果をもつ．この場合のF_Aは，ロープの剛性にもとづく制動用ロープとロープ制動筒との間の摩擦力となる．

4.3.3　安全装置における制動用の調節について

制動確保を実施するためには，制動力T_Bは，$W<T_B<T_C$が必要である．T_Bが体重Wに近づけば，制動用ロープを延ばす長さが大きくなるので，トップが余分に落下し岩等に激突する可能性を大きくしまた蓄え用ロープが欠乏するおそれが生じる．またT_Bをザイルまたは制動用ロープの破断荷重T_Cにギリギリ近づけることも，もちろん危険である．さて安全の目的を拡大するために$W<T_B<T_C$を$W'<T_B<T_C'$とおきかえる．まずW'については，登山者が空中を落下するときには$W'=W$でよいが，たとえ

ば傾斜ρ，人体との摩擦係数μの雪の斜面を滑落するような場合は，$W'=W(\sin\rho-\mu\cos\rho)$となる．また$T_C'$については次のようになる．トップが最初の滑落から致命的な墜落にいたる原因は，単にザイルの切断によって起るだけでなく，ハーケン（アイスハーケンを含む）埋めこみボルトの脱落・折損，カラビナの破損，ザイルの支点となる樹木の折損，確保にハーケンを使用せず肩確保・坐確保による場合にはその確保の失敗（いわゆる連続登攀をしているときを含め）等となる．またたとえば強固に打ちこまれたハーケンにカラビナ，ザイルが通されている場合，それらが破損する強度は1トン以上になろう．このような場合，トップの墜落は防止しえても，トップが1トン以上の荷重にたえるかどうか不明である．（トップがこの荷重に耐えるかどうかは，トップとザイルを結ぶ安全バンド等の機構によることが大きい．）従ってトップの安全のためにはT_C'はこれらの要素によって決定されなくてはならない．従って前述のそれぞれの場合に応じたW'とT_C'の値が予め測定され，それを登山者が知っていることが必要である．もちろん本装置におけるθの調節は，前記を考慮して定められなくてはならない．

なお前記T_C'のうちとくに問題になるのは，ザイルの0Rエッジでの破断荷重を大きくすることである．従来ザイルの改良は，ザイルの破断荷重と延びとの両者を大きくすることに向けられていたが，どのような方法にしろ，本装置のごとき緩衝器が完成すれば，ザイルの改良は0Rエッジでの破断荷重のみを大きくすればよいことになる．0Rエッジに強い繊維とロープのより方の研究が必要となろう．（クレモナ・ロープは表1によっても，また梶原ら[3)]の著書からも，0Rエッジに強いことがわかる．しかしクレモナは耐磨耗性が小さいので，使用中ザイルの表面が傷みやすい．ザイルの芯をクレモナとし外覆をナイロン等のあみで包

むことも良策と思われる.)

4.3.4　安全装置テスト結果

i）静的引張テスト

試作品の問題点として，図15の加圧ばね20は必要かどうかという点と，装置（とくに制動用ロープ）が乾燥しているとき（D）と，水にぬれているとき（W）との緩衝器と制動用ロープの間の摩擦係数の相異の点がある．従ってそれらを含め予備的実験として，静的引張テストを行なった．図15で，6の上端を固定し，カラビナ5を引き下げ緩衝器と制動用ロープが滑りだすときの制動用ロープの張力を求めた．その結果を図18に示した．

ii）エッジ衝撃テスト

W=75kg，L_1=0.2 m，H=1 m，5 Rエッジ，ロープ加圧子なしかつ装置は乾燥状態で行なった．その結果を表5と図19に示した．

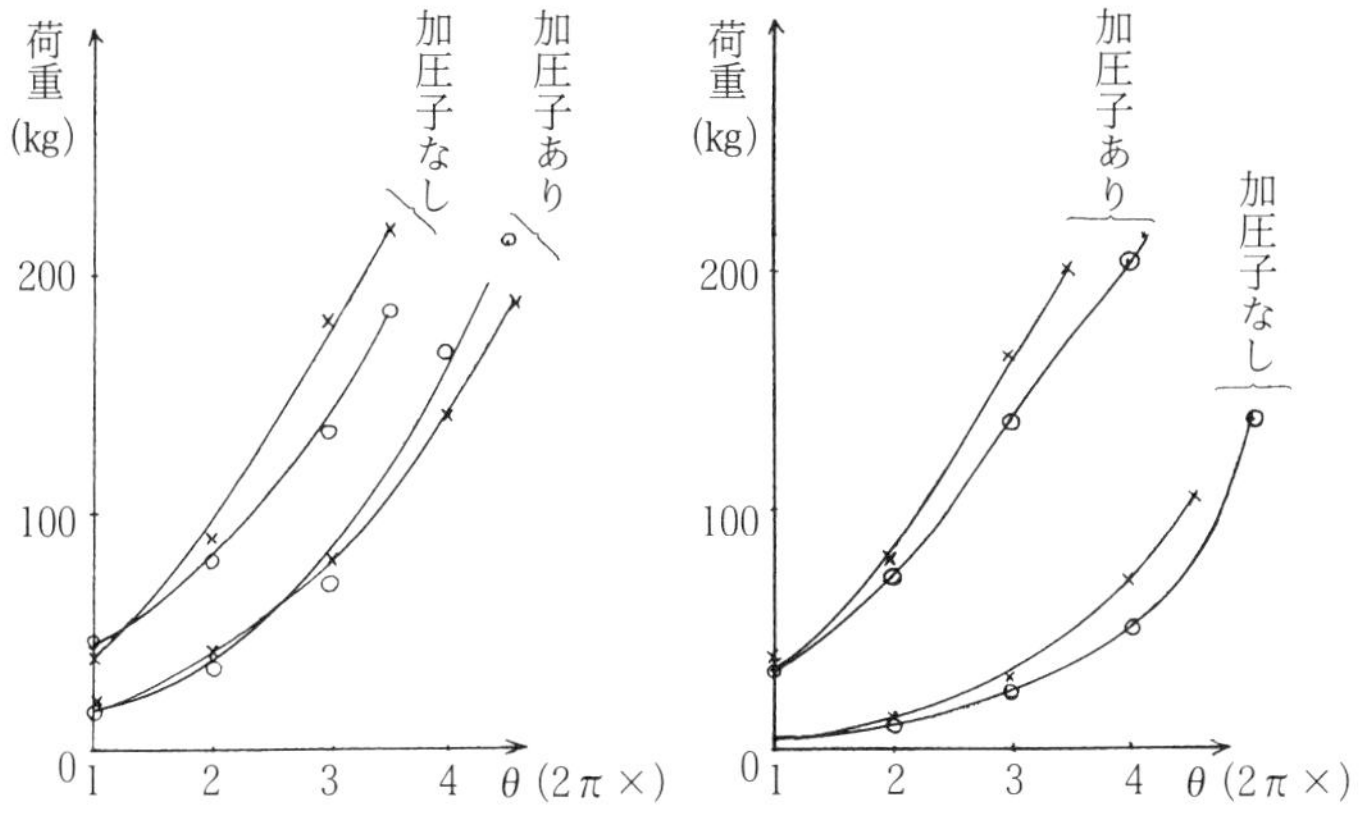

制動用ロープを9ミリナイロンよりとした場合（○はD，×はW）　　同じく，9ミリテトロンよりとした場合（○はD，×はW）

図18

表5

実験番号	制動用ロープの種類	θ (回)	ロープの伸び a (m)	T_m' (kg) (グラフから)	T_B' (kg) (計算から)	記　事
56	ナイロン9ミリあみ	3	0.90	172	158	
57	〃	3	0.90	190	158	
58	〃	3.5	0.51	237	224	
59	〃	3.5	0.56	213	209	
60	〃	3.5	0.41	236	258	
61	〃	4	0.35	291	289	
62	〃	4	0.37	281	275	
63	ナイロン9ミリより	3⅘	0.90	197	158	
64	〃	3⅝	0.82	194	160.4	
65	〃	3⅝	0.50	270	225.0	
66	〃	4	0.50	225	225	
67	〃	4	0.61	213	198	
68	〃	4	0.87	200	151	
69	〃	4.5	0.36	235	$T_m' < T_B'$	ザイルの伸び等のためと考えられる
70	〃	4.5	0.31	243	〃	
71	テトロン9ミリより	4	0.56	230	209	
72	〃	4	0.47	237	235	
73	〃	4.5	0.31	274	$T_m' < T_B'$	
74	〃	4.5	0.33	265	〃	

4.3.5　テストの結果の考察

試作品の目標は，図6のように，S_2 の上辺が水平なものをうること，θ の調節によって制動力が確実に調節されることおよび装置が乾燥しているときとぬれたときおよび気温が−30°から40°までの範囲で制動力の差が小さいことである．このうちグラフの波形を滑らかにする点については，当初，緩衝器と制動用ロープ

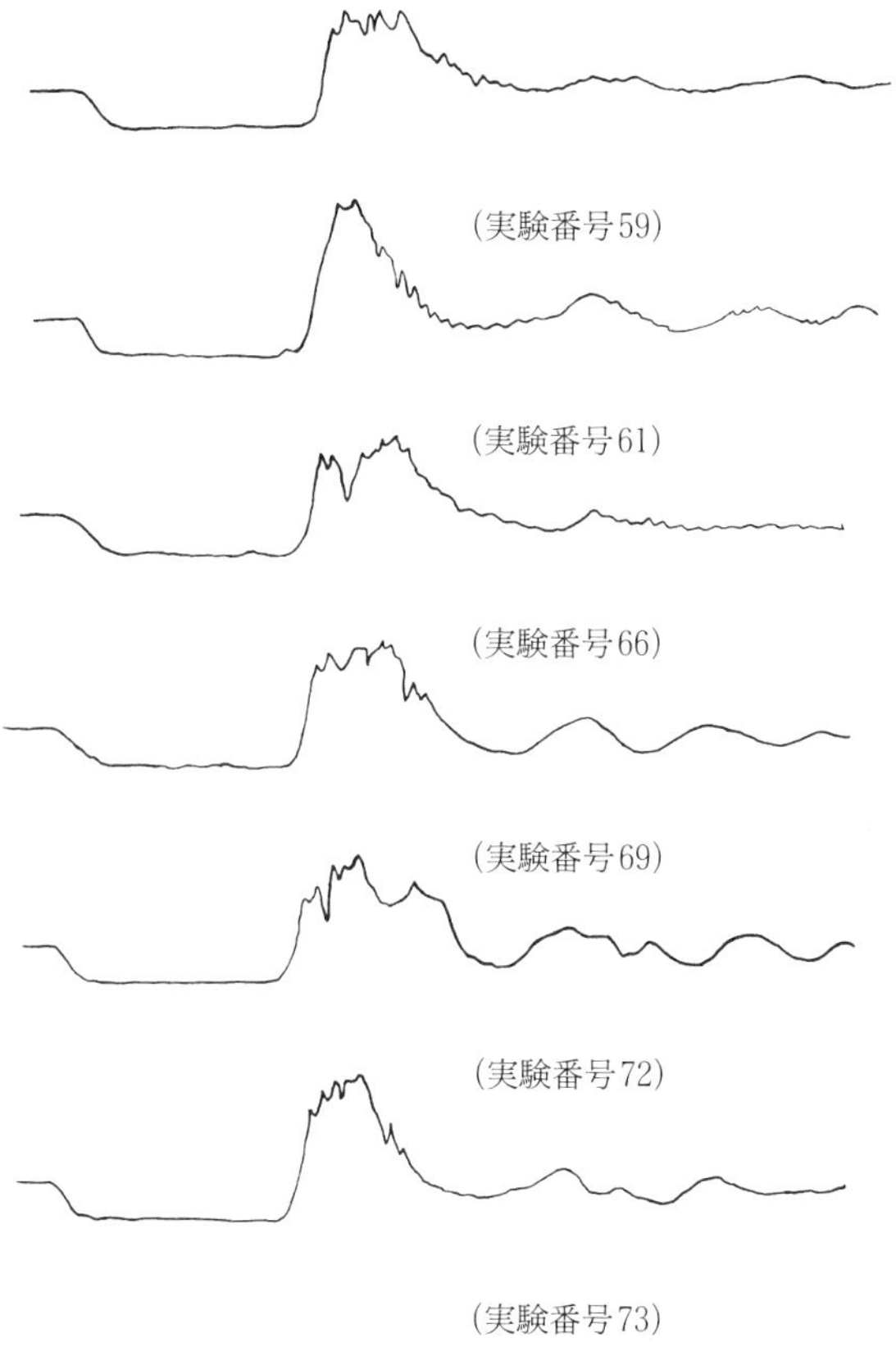

図19

との静摩擦と動摩擦の差のため，滑りはじめに大きな制動力が発生することが予想され，また実験結果もそれを示したので，それを除くための装置を数種試作した．しかし制動用ロープが緩衝器に入る穴とか出口の穴の形状を修正しているうち滑りはじめの大

きな制動力は消滅し，静摩擦と動摩擦の差にもとづく配慮は不要となったようである．現在最終試作品でも波形は滑らかといえないので，さらに研究を重ねたい．とくに乾湿と温度の差の点については，それを支配するのは緩衝器と制動用ロープの材質にあると思われるので今後この点をさらに進めたい．またHを大きくしたときの実験が必要である．

5．結　論

市販されているナイロンザイルは，０Ｒエッジではいずれも登山者の使用目的の中で切断するものであり，またそれを補なうため現在用いられている技術は，いずれも充分ではない．従ってザイル事故の原因もこの点にあることが確認できたと考える．またそれを補なうための方法を検討しかつそれを実現するための装置の試作品について実験を行なった．実験はおおむね予期した効果を収めたが，まだかなりの問題を残しており，今後の研究に待たなくてはならない．なお曲率半径の小さいエッジに強いザイルは，事故防止にとって不可欠であるのでこの点の研究も急がねばならない．

本研究は，本校ワンダーホーゲル部員の協力なくしてはできなかった．心から感謝したい．

参考文献

1）岩稜会：ナイロン・ザイル事件，310，岩稜会（1956）
2）石岡繁雄：特許第246776号（1958）
3）篠田軍治監修，梶原信男著：ザイル――強さと正しい使い方，日本工業新社（1959）

4）石岡繁雄：日本山岳会会報“山”，279-282（1968）
5）阿部和行：岩登り技術，172，東京中日新聞社（1971）
6）有元，高田，近藤，安田，藤原：繊維工学，72巻，41-49（1972）

ナイロンザイル事件関係年表

〔　〕は本書に記載した頁を示す。

年月日	事項
1865・7・14	ウィンパー等七名、マッターホルン初登攀の下山に際してザイル切断、四名墜死、ザイル切断原因究明のためのスイス政府の委員会設立等、ザイル事件発生する。
(昭和)28・8・20	『山岳』第四八号、金坂一郎氏は確保論で、ナイロンザイルは麻ザイルの数倍強いという記事発表する。
29	東洋レーヨンパンフレットに「命の綱」という見出しで「電気工夫が用いるナイロンの安全帯はガサガサの電柱とか金属性の桁の縁ともすれあうが、ナイロンは普通の帯の三倍も強い」と記載する（後述のヤスリ実験と逆のデータ）。
29・6・25	『登山技術と用具』西岡、海野、諏訪多三氏共著で「ナイロンザイルは麻の欠点をすべてカバーしている。太さが細くなり軽くなるから有難い」と記載する。
29・8・1	『山と渓谷』諏訪多栄蔵氏執筆「ナイロンザイルが優秀であることは万人の認めるところである。まず軽くて強い。このことは岩登りはもちろん、積雪期登山において実に魅力である」と記載する。
29・12	岩稜会の責任者石岡繁雄は、運動具店主熊沢友三郎氏から八ミリナイロンザイル八〇メートルを購入する。
29・12・28	東雲山渓会員一名、穂高明神岳で墜落重傷、八ミリナイロンザイル切断〔本書三七頁〕。
30・1・2	岩稜会員三名（石原國利、澤田栄介、若山五朗）前穂高で遭難、若山墜死、八ミリナイロンザイル切断する。
30・1・3	大阪市立大学山岳部員一名前穂高で墜落、軽傷、一一ミリナイロンザイル切断する。

年月日	事項
30・1・11～12	中部日本新聞（現在の中日新聞、以下中日新聞）に石岡記述の岩稜会遭難状況の詳細とナイロンザイルの岩角欠陥の仮説を掲載〔本書五四頁の『岳人』と同じ〕
30・1・12	熊沢友三郎氏、澤田に「ザイルは切れたのではなくて、結び目がほどけたのではないか」という意味の書面を送る。
30・1・15	朝日新聞「今日の問題」欄で「切れたザイル」の見出しで「原因を徹底的に究明せよ、保証付ザイルとは何を保証したかを明らかにせよ」と掲載。
30・1・17	NHK第一放送「私達の言葉」で若山五朗の父は「息子は新製品の試験台となって、あたら若い生命を失った」を全国に放送〔本書五二頁〕
30・1・下	石岡は、木製架台のザイル実験装置を製作。エッジを介しての衝撃実験を行なう。〔本書七一頁〕
30・1・30～31	石岡は、名古屋大学工学部土木研究室で、ナイロンザイルがエッジにきわめて弱いことを示す実験を行なう。〔本書七五頁〕
30・2・9	日本山岳会関西支部主催のナイロンザイル切断検討会開催される。日本山岳会関西支部長・大阪大学教授篠田軍治氏は、切断原因究明のための研究に着手することを表明。石岡、名大土木研究室で行なった実験を発表する。
30・3・1	『山と渓谷』と『岳人』は、岩稜会の遭難状況とナイロンザイルの岩角欠点の仮説を掲載、『岳人』は「世にも不思議な出来事」の見出しをつける。また『山と渓谷』は、篠田氏の実験を予告する。
30・1・31～3・上	東洋レーヨン及び東京製綱の代表と若山五朗の遺族との会談、決裂する。
30・3・24	全日本山岳連盟は、機関紙で「ナイロンザイルの切断の原因が判明するまで一時使用を停止されたい」と発表する。
30・4・20	三重県山岳連盟に、蒲郡実験見学の案内が寄せられ、加藤富雄理事が出席することとなる。

30・4・24	日本山岳会関西支部で篠田氏と石岡、伊藤経男会見。篠田氏ナイロンザイルの岩角欠点を認める。
30・4・29	愛知県蒲郡市の東京製綱内で篠田氏指導によるザイルの実験が公開される。
30・5・1	中日新聞は蒲郡実験を詳細に報道「ナイロンザイルに岩角欠点はない。八ミリナイロンザイルは、前穂高で切断しなかったと見なされる」と発表する。〔本書八七頁〕
30・6・1	『岳人』蒲郡実験を報道する。
30・6・29	『毎日グラフ』蒲郡実験を報道する（内容に矛盾あり）。〔本書一二二頁〕
30・7・1	『山と渓谷』は「ザイルメーカーは科学的テストによってナイロンザイルを保証した」と発表する。又、熊沢氏は同誌で「ザイルの切断の原因は、指導者があまりにもザイルの知識を知らなさすぎたからだ」と発表する。
30・7・1	雑誌『化学』で早稲田大学助教授関根吉郎氏は、「登山者は自分たちのミスをナイロンザイルに転嫁した」と発表する。
30・7・20	三重県暁学園機関誌『暁学園鈴峯会記録』第二号で加藤富雄氏は、篠田氏が三〇年二月以降、東洋レーヨンで行なったヤスリ実験（ナイロンザイルは麻ザイルより一桁弱い実験）の詳細を発表、又蒲郡実験でナイロンザイルが強かったのは岩角をまるくしたからだと発表する〔本書一一一頁〕
30・7・31	若山五朗の遺体、前穂高東壁下のB沢で発見。遺体には切断した八ミリナイロンザイルが結ばれていた。八月三日荼毘に付す。〔本書九七頁〕
30・8・4	新村橋のたもとで加藤富雄氏と石岡の会話。石岡は前記鈴峯会の記録を知る。
30・8・6	伊藤、石原らナイロンザイル切断の現場を調査する。三種のナイロン繊維束を発見、また岩角の石膏をとり、位置関係など計測をする。〔本書一一九頁〕
30・9・1	岩稜会、松の巨木による実験を行ない、蒲郡実験の誤りを証明する。〔本書一二二頁〕
30・9・1	繊維機械学会誌は「三〇年七月二八日、東京製綱は、蒲郡工場見学会で学識者五〇名にナイロンザイルだけが苛酷な条件でも切れない実験を見せた」と発表する。

年月日	事項
30・9	岩稜会「ザイルに関する見解」（現場調査、巨木による実験等の報告書）を作成。〔本書一二〇頁〜〕
30・10・17	名古屋大学における昭和三〇年秋季応用物理学連合講演会で篠田氏、ザイルに関する講演を行なう（蒲郡実験のスライドを行なう）。〔本書一二七頁〕
30・10・21	中日新聞、篠田氏の講演を報道する。
30・11・10	山崎安治・近藤等氏共著『積雪期登山』で「ナイロンザイルは非のうちどころがない」と発表する。
30・11・18	大阪大学にて篠田氏・神保正樹氏と石岡・伊藤・澤田の父、会見。「ザイルに関する見解」に本質的にまったく誤りはないと言明。
30・11・26	毎日新聞は岩稜会が行なった現場調査、巨木の実験などを報道。ナイロンザイルは鋭い岩に弱い、と書く。
30・12・19	篠田氏は石岡への書簡の中で「ナイロンザイルは石原報告の条件で切断する」と記載する。〔本書一三三頁〕
30・12・24	岩稜会臨時総会。ナイロンザイルの岩角欠陥を明らかにするためと石原の名誉回復のため、篠田氏と訴訟含みの交渉を行なうことを決定。また石岡は岩稜会を退会し伊藤が代表となる。
31・1・1	『岳人』は「岩場におけるナイロンザイルの使用について」を発表する。内容は、前記三〇年一一月二六日の毎日新聞と同様。
31・1・1	『一九五六年版山日記』発行される。篠田氏は「ナイロンザイルは九〇度の岩角でマニラ麻ザイルの四倍以上強い」と記載する。
31・3・24	岩稜会は、東京製綱と篠田氏に、内容証明の書簡を送る。大阪大学工学部発行の欧文による論文集に、
31・3	篠田氏ほか二名のザイルに関する論文発表される。蒲郡実験のデータは前穂高の事故原因にとって重大な矛盾を持つものであると記載する。（篠田氏は蒲郡実験のデータが、事故原因の究明にとっても登山者の安全にとっても矛盾を持つことを承知されながら、それを権威ある『山日記』に発表された）。〔本書一五六頁〕

31・6・23	石原は篠田氏を名誉毀損で告訴する。
31・6・24	朝日新聞・毎日新聞・中日新聞・国際新聞およびNHKは、告訴を報道する。
31・7・1	岩稜会、印刷物『ナイロン・ザイル事件』を発行する。〔本書一四三頁〕
31・7	前穂高山麓の若山五朗荼毘の地に、ケルンを建てる。
31・9	日本山岳会報（一八七号）で、金坂一郎氏は、篠田氏が東洋レーヨンで行なったヤスリ実験を発表する。
31・9	石岡ら井上靖氏と会い、ナイロンザイル事件をモデルとした小説の作成に協力することを約束する。
31・9〜10	『山と渓谷』に加藤富雄氏の蒲郡実験に関する鈴峯会二号の記事が掲載される。〔本書一一一頁〕
31・11・22	三重県山岳連盟は、奈良県吉野で行なわれた全日本山岳連盟の評議員会に、ナイロンザイル事件の解決を求める緊急動議を提出する。
31・11・23	前記緊急動議のこと、朝日新聞に発表される。
31・11・24	井上靖氏の小説「氷壁」、朝日新聞に連載始まる。
31・10〜12	『岳人』に、石岡が三〇年一月三〇日と三一日に名古屋大学土木教室で行なった実験とか三〇年九月一日に行なった巨木の実験など掲載される。〔本書二八九頁〕
31・12・11	若山五朗の父は「ナイロンザイル事件をウヤムヤにするな」という遺言を残して病死する。
32・2・21	石岡、伊藤、石原は、大阪地検で斎藤検事に会う。
32・3・25	名古屋大学法学部長信夫清三郎氏ほか二七氏から、斎藤検事あて要望書提出される。
32・4・25	石岡、大阪地検にて斎藤検事と会う。斎藤検事、慎重調査を約束する。
32・5・14	石岡、伊藤は、朝日新聞専務信夫韓一郎氏と会う。
32・6・2	週刊朝日に、「ナイロンザイル事件」という見出しで二頁掲載される。それに「蒲郡実験と前穂高での遭難とは無関係」という篠田氏の談話が発表された。
32・6	朝日新聞信夫専務、ナイロンザイル事件の解決のため大阪大学で篠田氏に会うも失敗に終る。

年月日	事項
32・6	雑誌『インダストリー』にナイロンザイル事件に関する記事二頁掲載される（偽りの内容を含む）。
32・7・23	石原の告訴、不起訴と決定される。
32・7・31	朝日新聞は不起訴を発表する。
32・12・20	三重県山岳連盟は、全日本山岳連盟尾関副会長にお願いして、東京製綱に対して文書で申し入れる。
33・1・29	斎藤検事は、石原に「不起訴理由の告知について」という公文書発送する〔本書二九七頁〕。
33・2・22	篠田氏に対する第一回公開質問状発送する。
33・2・27	弁護士正木ひろし氏他多数の方から公開質問状に対する激励の手紙をもらう。〔本書一六四頁〕
33・3	「氷壁」大映が映画化、公開。
33・3・7	『山と渓谷』社川崎隆章氏から「あくまで貴会を支持しますのでご健闘下さい」という書簡をもらう（『岩と雪』Ｉに掲載）。
33・3・8	中日新聞笠井亘氏（三〇年五月一日の記事を書いた人）から、事件を大いに追求していただきたいという書簡をもらう（『岩と雪』Ｉに掲載）。
33・3・15	石岡は、雑誌『講座』第二号に「前穂高に弟を失う」を発表する。
33・3・28	神戸大学山岳部員二名、穂高岳で墜死。ナイロンザイルが切断していた。
33・4・2	岩稜会は、中日新聞に対して文書をもって、三〇年五月一日付蒲郡実験の報道の誤りに関する申し入れを行なう。
33・4・3	中日新聞は、「篠田教授は、ナイロンザイルは岩角で弱いことを承知しながら、角を丸くした岩で、前穂高で八ミリナイロンザイルは切れないとみなされる実験を公開した」と発表する。〔本書一六五頁〕
33・5・1	『山と渓谷』に岩稜会は「ナイロンザイル事件」という見出しの記事を発表。検察当局の判定は、重大なミスであることを強調する。
33・6	全日本山岳連盟機関誌『全岳連』第五号は「東京製綱が、岩稜会に対し、新製テリレンザイルを贈り、

	一切のことについて深甚なる陳謝の意を表した」と発表する。テリレンザイルも岩角欠陥の改善はなく、結果的に陳謝にならず。
33・6・14	朝日新聞は、ナイロンザイルはわずか五〇センチのずり落ちで切断すると警告する。
33・7・1	石岡は、『岩と雪』Ⅰに「ナイロンザイル切断事件の真相」を発表する。
33・10	大阪大学学生部長森河敏夫氏はナイロンザイル事件の解決に努力されたが成功せず。
33・10・16	岩稜会、二回目の公開質問状を発送。朝日新聞・産経新聞・読売新聞・大阪新聞等に大々的に掲載される。
33・10・22	篠田氏の「蒲郡実験はグライダーや船舶の実験である」という声明がＮＨＫ、ラジオ・新聞等で報道される。〔本書一六八頁〕
33・11・7	第三回公開質問状発送。一一月一一日の朝日は「岩稜会、篠田氏に対し公開の席上で話し合いを」という見出しで「公開質問状を発送した」と報道する。
33・11・16	東京中日新聞（現在の東京中日スポーツ）は、「篠田実験に重大欠陥」という見出しで、約四分の一頁を使って「ナイロンザイル事件」を詳細に報道する。
33・11・25	『岩と雪』Ⅱで石岡は「その後のナイロンザイル事件」を発表する。
33・12	「ナイロンザイル事件」関係の資料が長野県大町市、山岳博物館に展示される。
33・12・20	大町市立山岳博物館機関誌『山と博物館』で、海川庄一氏は「ナイロンザイル事件」を詳細に発表する。
33・12・22	石原らは、篠田氏に対し、蒲郡実験に関し謝罪広告することを内容証明で催告した。
34・7・30	篠田氏監修・梶原信男著『ザイル――強さと正しい使い方』が発行される。蒲郡実験のデータ六四種類発表される（しかし、この書には重大な矛盾がある）。
34・8・30	「ナイロンザイル事件に終止符をうつにさいしての声明」（二一〇頁）を発表する。とくに朝日新聞が大きく報道した。石岡　岩稜会に復帰する。〔本書一七〇頁〕

年月日	事項
34・9・12	三重県山岳連盟も「ナイロンザイル事件論争を終止するに当って」（五頁）を発表。〔本書一七〇頁〕
34・10・4	アサヒグラフが「ナイロンザイル論争果てて」を二頁にわたり掲載。〔本書一七七頁〕
34・11・1	『岳人』は、「電気器具とナイロンザイル」という見出しで岩稜会の終結声明の一部を紹介する。〔本書一七六頁と同じもの〕
36・10・3	泉州山岳会員一名穂高で死亡。ナイロンザイル切断する。
37・8	槍ヶ岳で一名死亡。
38・7・16	法政大学山岳部員二名剣岳で墜死。ナイロンザイル切断する。
38・8・11	サンデー毎日は「ナイロンザイルの紛争がウヤムヤに片づけられているうちに、またしても遭難が起った」と報道した。
41・6	『岩と雪』一九号によれば、某大学山岳部員一名奥多摩で墜死。一一ミリテトロンザイル切断する。
43・8	通産省資料によれば、穂高岳でザイル切断（ザイルの種類記載なし）。一名死亡する。
45・4・1	『山と渓谷』は、特別レポート「ザイルの特性」を発表。それに示された実験データは、東京製綱蒲郡工場に設置された、丸い岩角の実験装置にもとづくものであった。
45・6・14	雲表クラブ会員一名奥多摩で墜死。抗張力二・七トンの一一ミリナイロンザイル切断する。
45・6・14	東京電力山の会会員一名巻機山で墜死。抗張力二・七トンの一一ミリナイロンザイル切断する・
45・7	通産省資料によれば、奥多摩で四メートルの滑落でザイル切断。（ザイルの種類記載なし）。一名死亡する。
45・8・1	ザイルメーカー、東京トップKKは、角を丸くしない岩を用いたザイル実験を公開する。読売新聞は大きく報道。〔本書一八七頁〕
45・12	『岩と雪』は「ザイルが安全限界と考えられている範囲で切れてしまったらどうなる」という見出しの記事を掲載する。

46・1・1	石岡、山岳雑誌『山と仲間』に「思い出の事件」を発表。蒲郡実験の性格とともに日本山岳会に対して『山日記』の訂正を強く訴えた。
46・11・1	『新岩登り技術』（阿部和行著）で「八ミリナイロンザイルを二重で使うのが最良」と発表する。
47・6	三重県山岳連盟、「昭和四五年六月一四日に発生したナイロンザイル切断による死亡事故の原因と、今後同種の事故を防止するために必要な措置についての見解」を発表。朝日新聞は二回にわたって掲載。
47・10・1	『岩と雪』は、三重県山岳連盟の見解を掲載。
47・9・15〜10・15	日本山岳協会機関誌『登山月報』は、三重県山岳連盟の見解を掲載する。
47・11・1	朝日新聞は「一〇月三一日北アルプス槍ヶ岳で二遺体発見。ナイロンザイルが切断していた」と報道する。
47・11・23	石岡と笠井幸郎は、電子装置を使用したザイル実験装置を製作し、ザイルに関する各種実験データを発表した。朝日新聞が報道。
47・11・26	日本山岳協会の理事会は、三重県山岳連盟の見解を支持する決定をする。
47・12・1	『岩と雪』は、石岡らのザイル実験の詳細を発表した。
47・12・1	『岩と雪』で日本山岳協会常務理事K氏は「三重県山岳連盟の見解に反対である。ザイルメーカーは、ザイルの欠点を発表する必要はない」と発表。一方、ザイルメーカー東京トップKKの村井葵氏は、三重県岳連の見解を全面的に支持した。
48・2・1	『岩と雪』で三重県山岳連盟は、K氏の論文に反論した。
48・2・28	日本山岳協会は、内外のザイル業者を集めて、ザイルを販売するさい、ザイルに「ナイロンザイルは岩角で弱い」等を記したパンフレットを添付することを要望する。
48・3・11	三重県山岳連盟は、鈴鹿高専で各種ザイルの公開実験を行なう。参観者約一三〇名、新聞、テレビが大きく報道。〔本書一九八頁〕

年月日	事項
48・4・2	毎日新聞社は、ユニチカの田川高司氏のザイル実験（ナイロンザイルは、岩角できわめて弱い）を報道する。
48・6・6	消費生活用製品安全法（法律第三一号）が制定され、登山用ロープが同法の対象となった。
48・7	東京製綱株式会社のザイルに添付されるパンフレットに「八ミリナイロンは二重でも岩登りには使ってはいけない。弱いので非常に危険です」と記載する。〔本書二〇五頁〕
48・7・30	石岡は、シャモニーにおけるフランス国立スキー登山学校において、ザイルの講演を行なう。
48・10	石岡は、名古屋大学電気学科卒業生の会報FUTABAに「ナイロンザイル事件」を発表。著名大学学長をはじめとする多数から、激励の手紙をもらう。
49・9・14	井上靖氏一行、前穂高山麓にある若山五朗のケルンに詣でる。〔本書二三六頁〕
50・3・13	登山用ロープの検定のための試験装置、神戸繊維検査所に設置される。
50・4・22	石岡、NHKテレビのスタジオ一〇二でナイロンザイル事件を説明する。
50・6・5	登山用ロープの安全基準、官報で公布される。
50・7・7	岡崎市在住の元地方公務員Y氏、石岡に蒲郡実験の内幕を明らかにした書面を送る。
50・8・21	三重県山岳連盟速水会長は、日本山岳会今西会長に対し、一九五六年版『山日記』の訂正を要望する。
50・10・25	蒲郡実験を参観された加藤富雄氏は、石岡に蒲郡実験に関する新事実を語る。〔本書一一八頁〕
50・11・11	岩稜会会員と故若山五朗の肉親が前穂高山麓の若山五朗のケルンに詣でる。朝日新聞、NHKテレビが報道。〔本書二一〇頁〕
50・12・11	若山五朗の母照尾、日本山岳会会長今西錦司氏および篠田軍治氏あて『山日記』の訂正を要求する内容証明の書簡を発送する。
50・12・27	石岡は、今西会長を訪問し事情を説明、『山日記』の訂正をお願いする。〔本書二二三頁〕
50・12・28	NHKは、五〇年度「スポーツハイライト」でナイロンザイル事件を放映する。

51・4・29	篠田氏から日本山岳会皆川理事あてに「『山日記』のどこに誤りがあるかご教示を」との書簡発送される。〔本書二二九頁〕
51・6	登山用ロープの耐候性調査研究委員会発足する。鈴鹿高専の実験装置によるテスト始まる。
51・10・16	日本山岳会『山日記』担当理事皆川完一氏・日本山岳会常務理事近藤信行氏および石岡は、ホテルニュージャパンにおいて、一九五六年（昭和三一年）版『山日記』に関する覚え書に署名する。
51・12	日本山岳会は、『一九七七年版山日記』で五六年版記載の登山用ロープに関して遺憾の意を表わす。
51・12・22	朝日新聞は、「今日の問題」で、「二一年目の真実」という見出しで「ナイロンザイル事件」の概要を書く。
52・1・14	日本経済新聞「私の履歴書」で井上靖氏は「氷壁」と「ナイロンザイル事件」との関係を明らかにする。〔本書一四四頁〕
53・10・6	岩稜会は、ナイロンザイル事件解決等の功績により社会体育優良団体として文部大臣表彰される。
59・2	石岡高所安全研究所を建設、登山用緩衝装置の研究開発に傾注する。
63・10・27	日本山岳会評議会で関西支部発議による篠田氏の名誉会員推薦が一部評議員の反対で見送られる。
（平成）	
1・11・6	日本山岳会評議会で今西寿雄、篠田軍治両氏の名誉会員推薦を決定する。
1・11・17	石岡、石原連名で篠田軍治氏の名誉会員撤回要望書提出。
2・1・11	日本山岳会評議会、篠田軍治氏の名誉会員取消し不可能と再度決議す。
2・9	日本山岳会東海支部長名で日本山岳会に対し名誉会員取消し嘆願書提出。
3・8・12	「登山用ロープの認定基準及び基準確認方法」が通産大臣の承認を得る。

私にとってのナイロンザイル事件

相田 武男

私が石岡繁雄さんに最初にお会いしたのは、昭和四七年（一九七二）の五月だった、と思う。

当時、名古屋本社の社会部に勤務していた。大学紛争、学園紛争が頻発した時期が過ぎていたが、豊田高専（愛知県豊田市）から退学処分を受けた学生を支援する先輩が「不当な処分だ」として、学校当局を名古屋地検に告発しているという話を知った。

どういう事情なのか告発した本人を探し出して、事のいきさつを聞かせてもらおうとしたら、「ぼくらの告発なんか、問題にならないほど、もっとすごい先生が鈴鹿にいますよ。二〇年近く、ナイロンザイル事件で闘ってるんですから」という答えがはね返ってきた。

ナイロンザイル事件をもとにして井上靖が書いているという「氷壁」を高校一年か二年のころ、朝日新聞の連載小説で読んでいた。ナイロンザイル事件は、すでに解決した問題ではなかったのか？それが、まだ解決していない。しかも闘いは十数年にわたっている、と、いうのだ。驚いた私は、すぐ石岡さんのお宅に電話した。その二日後、近鉄電車を乗り継いで鈴鹿を訪ねた。

その三年前まで、私は津支局で勤務していた。が、岩稜会や石岡さんの存在を知らずに一年十か月をすごして、名古屋に転勤したことを悔いていた。

目と鼻の先の津支局にいながら、ナイロンザイル事件も苦闘している石岡さんや岩稜会の存在も知らなかった自分の取材力、能力不足を恥じた。

ナイロンザイル事件のごくあらましをお聞きし、驚いた。スクラップや各種の資料を大量にお借りして帰り、ナイロンザイル事件の経過をなぞった。その結果、私なりにナイロンザイル事件の理解が深まった。

名古屋の街のビルは三階、四階から七階、八階……と高くなるが、窓のガラス拭きの作業をする人たちはロープにぶら下がって命がけに見えた。そのロープも、消防の救急隊や自衛隊のレンジャーが使っているロープもナイロンであることを知った。命をかけるロープ、ザイルは山だけのものではなかったのだ。

約二週間後、資料を石岡さんのお宅に返しに行った際、「先生、まったくの山の素人が生意気なことを言うようですが、間違っていたら許してください。ナイロンザイルの問題を山岳界だけでやっていては、ダメなんじゃないでしょうか？ いまは、消防、自衛隊ばかりか、ビルの窓ガラス拭き作業にも使われているんだから、ザイル、ロープの弱点を、一般の人にも十分に分かるようにしなければならないのではないでしょうか」と言った。

石岡さんの反応は「うん、なるほど、そうですね」だった。間もなく鈴鹿高専で三重県山岳連盟の主催で石岡さんが指導するナイロンザイルの公開実験が行われた。

石岡さんは、長年にわたってナイロンザイルの「岩角性能」を認めることによって対策が開発され登山者の安全が保たれる、という視点から山岳雑誌などで主張を続けたのは本書でも語られている通りだ。

ナイロンザイル事件を長引かせたのは、日本山岳会が、三重県の小さな山岳会の真実追及の動きを無視し続けたこと、企業倫理の欠如、企業に加担した学者のモラル意識、権威に盲従する学者や登山家の事なかれ主義であり、同時にマスコミの取材に取り組む姿勢そのものだったのではないか、と考えられる。

新聞社、放送局に身を置く記者は、次々に起こる事件、ニュースの後追いで毎日を過ごさざるを得ないのが実情だ。いわば、毎日の「流れ」に身を置けば、仕事をした形にはなる。

しかし、「流れ」に乗らない記者は、協調性がない、勝手なヤツ、という評価が生まれる。私自身の経験を語れば、「君、ナイロンザイル事件は、石岡さんがやっているだけなんだよ。ナイロンザイルが弱いなんて事は、みんな知っているんだ」と、昭和四七年秋に、名古屋社会部の日本山岳会員を自称するデスクに言われた。大学時代、山岳部員だったという先輩記者もそのデスクに同調して同じようなことを言った。

何回か石岡さんにまつわるナイロンザイルの記事を書き、出稿した私は彼らにとって、問題のある若造だったに違いない。日本山岳会の『山日記』の二一年目のお詫びの原稿を出稿した時、デスクの発した一言は「またか！　いいかげんにしろよ、何回ナイロンザイルのことを書けば気が済むんだ、お前！」だった。記事は、東京、名古屋本社発行紙面は社会面の三段、大阪、西部本社紙面は社会面のトップであった。

消費生活用製品安全法が制定され、登山用ロープが同法の対象となったことが伝えられたころ、突然、先輩記者が私のところに、「石岡さんのことをデスクから書くように言われたんで、ちょっと話を聞かせてくれよ」と、言ってきた。私はナイロンザイル問題を取材する記者が一人でも多くなればいいことだ、と考えていたから彼の要望に応じた。彼は、私が話したことを石岡さんに確認して記事を書いたかどうかしらないが、数日後、彼の署名記事が紙面に載った。

しかし、彼が石岡さんに関する記事を書いたのは、デスクから指示されて出稿したその記事一本だけで終わった。彼の記者生活は定年まで、いわゆる陽の当たる場所であった。

事件やニュースが次から次に降ってくる時代である。記者には、いわゆる発表ものをいかに早く、要領よく記事化するかが要求されている。そういう中で、問題意識を持続して取材を続けることはますます困難になってしまうだろう。しかし、管理する側からは、わき目もふらずに、日々のニュースを処理する使いやすい記者が増えることはありがたいことだ。若い記者にとっては、そういう流れに逆らうことは、つらく苦しいことだ。

仮定の話だが、いずれかの新聞社なり放送局の記者が、昭和三〇年四月の公開実験後、石岡さんの小規模な実験を実際に見せてもらうということをしていたら、石岡さんに「岩稜会も公開実験をしたらどうですか、そして、篠田氏の指導した公開実験でザイルが切れなかったのは、岩角に丸みがつけてあったからですと言って、丸みをつけた岩角の実験をして見せてみたらどうですか」と、言っていただろう。早い時期に、そういう話があれば、多分、石岡さんたちは貴重な意見として岩稜会の公開実験をしていたに違いない。

当時、取材する側は権威者（この場合、東京製綱と篠田軍治氏）は善なるものという意識を持っていた、と考えられる。このことは、社会全体に言えることだ。

率直に言えば、石岡さんとの出会いから始まったナイロンザイル事件の取材は、私を新聞記者として育ててくれた重要な礎石の一つだったと、思う。

本書の執筆中、二〇〇四年五月に三菱自動車工業（現在は三菱扶桑トラック）が製造したバスや大型トラックの欠陥を「整備不良によるものだ」と、ユーザーに責任をかぶせ、重大欠陥を隠し続けたことによって、走行中のトラックやバスから車輪がはずれる事故が続出した。はずれた車輪が歩行中の母子を襲い、死傷させる事故も起きた。企業倫理の希薄さ、欠如をさらした事件だ。

企業がユーザーのクレーム、指摘をまじめに受け止め、早期に欠陥を率直に認めて改善策をとっていたら、人命にかかわる不幸な事故がなかったことは、誰が考えても明白だ。ナイロンザイル切断から五〇年。いまだに、「クロをシロ」と装ったり、主張したりして社会を欺く、モラルに反した企業がまかり通る日本の社会があるのだ。

さらに金を得るために、法の規制がないところを捜したり、くぐり抜けたりすることを現代の先端を走るビジネスと心得るような風潮、それを先端企業ともてはやすような社会になっている現在だから、石岡さんたち岩稜会が、ザイルメーカーや日本山岳会に対して言うべきことを言い続けることが、いかに大変なことであったか理解できるし、石岡さんや石原さんたちの行動に心を打たれるのだ。

一方で、私たちが周囲に起きていることに対して、無関心を装ったり、発言を控えることによって、「石岡さん」や「石原さん」「岩稜会」の苦闘を将来もつくり出してしまうことになるのだ。その結果は、いつか私たちの生活にも影響を及ぼす可能性がある、ということだ。

＊　＊　＊

本書執筆中、石岡さんの人柄を語るエピソードとして思いついたのが、次の話と写真である——

昭和五三年（一九七八）七月、三重県山岳連盟がマッターホルン登山旅行を企画した際、私も参加した。ウインパーが初登頂したルートが観光登山ルートとなっていて、このルートで四四七七メートルの頂上を目指す計画だった。観光登山ルートといっても、ガイドなしでは困難な登山だ。全員にガイドをつけることができず、結局二十数人のうちガイドがついたのは四人だけ。時間的余裕も少なく、登下山時の危険も予想された。

登攀前夜、眠れない私がヘルンリ・ヒュッテの外に出ると、頂上に向って頭を垂れて、手を合わせている石岡さんのうしろ姿が目に入った。

ナイロンザイル事件を闘うなか、石岡さんは母、照尾さんの影響もあって、仏教への信仰心を高められたことを知っていただけに、私はそっと、その場を去った。

かなりあとになって、マッターホルン登山の思い出話がでた機会に、あの時目撃した話をし、「何を祈っていたんですか」とおたずねすると、石岡さんは「双眼鏡でルートを間近に見ると、非常に危険な場所が多く、ガイドなしでは事故も十分に考えられるほどだったので、登った全員が無事下山できるように祈ってました。あの時、相田さんに見られちゃったんですか」と、頭をかかれた。石岡さんは、ヘルンリ・ヒュッテに到着した翌日の朝、登山直前に「わしは登らないで、ここで留守番をする」と、突然に言い出したが、その理由が、その時になって理解できた。

石岡さんは、私たち約二十人が、午前二時にヒュッテを出発して、夜七時すぎに下山するまで、ヒュッテのテラス、部屋の窓から、双眼鏡で私たちを見守っていたのだ。いわば、わが身を犠牲にして、私たちのマッターホルンへの無事登山を祈ってくれたのだった。ちなみに、この時頂上に立てたのはガイド・パーティの四組中三人。他はソルベイ避難小屋（四〇〇三メートル）付近で引き返さざるをえなかった。

写真は、ヘルンリ・ヒュッテに到

着して、「お父さん、来たねぇ、ついに来たわねぇ。あこがれのマッターホルン！」と喜ぶ敏子夫人と、「そうやなぁ」と応える石岡さんを相田が撮影したものである。

資料探し、資料の点検などに時間がかかり、本書が校正段階に入った八月四、五の両日、川角信夫さんと共に石岡さんを自宅に訪ね、最後の打ち合わせをした。先生は「本が出来るまで、もう秒読みですね」と喜び、自ら音頭をとってビールで「乾杯」をした。その十日後、突然、帰らぬ人となった。

本書の刊行にあたり、藤田壮二さん（岩稜会員）、石岡さんの次女石岡あづみさん、あづみさんの友人の野村容子さんにご協力いただいた。資料の解説には、石岡さんの豊田高専時代の教え子である編集者で株式会社あるむの川角さんにご尽力を願った。そのほか、多くのご協力をいただいたみなさんに改めて深く感謝の意を表し、石岡繁雄先生（法名・智岳院釋輝繁）と二〇〇四年六月に逝かれた敏子夫人（法名・智乗院釋敏浄）の霊に本書を奉げます。

二〇〇六年十一月

本書は二〇〇七年一月二十五日に刊行された『石岡繁雄が語る 氷壁・ナイロンザイル事件の真実』の新装版です。

石岡繁雄が語る 氷壁・ナイロンザイル事件の真実

［新装版］

2009年 8 月15日　第 1 刷発行

著者＝石岡繁雄・相田武男 ©

http://www.geocities.jp/shigeoishioka/

発行＝株式会社あるむ

〒460-0012 名古屋市中区千代田3-1-12　第三記念橋ビル

Tel. 052-332-0861　Fax. 052-332-0862

http://www.arm-p.co.jp　E-mail: arm@a.email.ne.jp

印刷＝松西印刷　　製本＝渋谷文泉閣

ISBN978-4-86333-015-3　C0036

今西錦司・井上靖氏称讃の古典的登攀記、穂高岳玄関に屹立する大岩壁への挑戦！

屏風岩登攀記

■石岡繁雄著　四六判上製四五二頁　定価二四一五円 ISBN978-4-901095-87-7 C0095

本書は人間界の葛藤が織り成す人間ドラマでもあった穂高・屏風岩初登攀をめぐる優れた山岳ドキュメントであると同時に、戦前から戦後にかけての登山界のありさまや日本アルプス・クライマーたちの姿を活写した貴重なエッセイ集である。

■花の百名山の著者・田中澄江さん評

（本書は）岩稜会によって初登攀された屏風岩中央カンテ登頂の手に汗を握るような克明な記録や思い出の山旅の記などをおさめている。しょせん登山は「行」の世界であるとする石岡さんの山に対する姿勢は、限りなく謙虚に、絶え間なく未知への夢で燃え、かつ不屈の闘志をひそめている。それは私たちが人生という登山を生きるのとよく似ていて、登山への愛情を語る氏の筆は、深い人間への愛を語って胸を打つ。

■井上　靖氏評

石岡さんは名アルピニストであると共に、志を持った数少ない登山家の一人である。私は氏の実弟の遭難事件をモデルにして『氷壁』という小説を書いているが、私に『氷壁』の筆を執らしめたものは、事件そのものよりも、寧ろその悲劇を大きく登山界にプラスするものであらしめようとする氏の志に他ならなかったと思う。屏風岩完登の壮挙は日本山岳界の大きい事件であり、言うまでもなく氏の不屈な闘志によって成就されたものであるが、氏によって為されたということが大きい意義を持つものではないかと思う。氏は記録を造る人でなく、山に志を刻む人であるからである。